旅行與讀書

Have BOOK – *Will* TRAVEL

詹宏志

by H. T. JAN

獻給　王宣一（1955-2015）

一位認真的作家、一位聰明的廚子、

一位天生的美食家、以及一位熱情體貼、大方慷慨的朋友。

「在這本書中的每一場旅行，都有她低調而堅定的身影陪伴。」

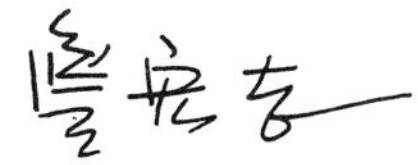

序文

這些旅行，該從何說起呢？

詹朴

敲敲門，房門打開，年輕的身影探出了頭。

房門之外他那年長的室友，有點難得地露出不太好意思的神情，拿了一份書稿，問他看一看，給點想法。在這之外，或許沒有直接說出口的是：這些文章是那樣的私人，比較像個人旅行的遊記，像對著親友故事分享的重整，而且是一段一段的情節拼組而成，如果集結成書，會有什麼樣的人有興趣讀一讀嗎？

挑著燈，讀完了。

青年想了想，這該從何說起呢？

這數十篇文章，主題都是關於他年長室友最主要的人生志趣：旅行和讀書，時而講讀書時而講旅行，時而透過旅行來講讀書。當然也跟組成的旅行夥伴有關，所以還有許多篇幅，敘述旅行中遇到的那些食物。

像是一個書生，看了一輩子的書，從某一天開始踏出了門就其實再也沒有停下來過，透過那些旅行中遇到的經歷來回想過去讀到書中的源起和典故。像是一個旅人，一個一輩子渴望旅行的旅人，從內心自我探索式的追尋，到真實中揹著背包抵達遙遠的另一端；從書本中的旅行一路走過現實世界中的旅行。

所以什麼樣的人會看這本書呢？所以這本書是寫給什麼樣的人看的呢？當然也許會有很多不同類型的人會想看；喜歡旅行的，喜歡旅行中探索美食的，也去過書中提及的那些地點而好奇不同旅者觀點的；和青年一樣喜歡透過故事旁支的敘述來獲取知識和想像畫面的。

可是比起那些人，這些文章更像是寫給旅人自己的。像是對著過去年輕的自己的分享：「也許過了三十年才抵達，但最終我們還是到了當年那些看著書，想像中的地方。這裡還跟你想像中的一樣嗎？」

也許是看著吉卜林所寫的《基姆》（*Kim*），書中描述過的那些印度的風景民俗；還有那缽跟喇嘛一起化緣的飯，想像印度這樣的食物是否常見嗎？也許是看著郵購的地圖，想像某座島嶼上的一草一木。

有多少對於世界的想像最初都是來自於這些故事或是其他人的遊記；而真的抵

達了，也許比想像中的更奇特，也許比想像中的更平凡；也許什麼都沒有變，但真的到達了卻已經是完全不同的心境了。也許會失望，也許儘管失望卻還是很滿足。旅行是孤獨的人在尋找不孤獨的方式，旅行是不孤獨的人在尋找孤獨的方式。

我們已不是活在探險家的時代，所有的地方就算再偏遠，也幾乎都有人抵達過。大量的照片和經歷被傳送了出來。這是一個資訊充足，旅行更加便利的時代；要去到電影中、小說中、歷史中那些描述過的地方，好像沒那麼困難了。描述多了，可以想像的空間卻好像少了，即便透過寂寞星球也很難再能碰觸寂寞。

旅行方式一直在轉變，也許要花更大的氣力去選擇避開而不是選擇探索；也許很多地方已經變成了觀光景點，但是生活中和風土民俗中的細節是一直在變動的；仍然可以找到一道菜，一個角落，是自己的體驗。也許再也沒有到不了的島嶼了，但抵達的過程和心情仍然是百分百專屬的。在現代找不到的，於是透過了書，穿梭時代去想像，畢竟旅行永遠是想像和真實並行的。

這是一本旅人對過去的自己訴說的書。每一篇也許是一個夜晚的床邊故事，也許是一次飯後的茶餘時光。未必會有開頭和結尾，是一章一章的經歷。喜歡讀很多很多書的旅人總是有太多想說的，而想說的是說不完的，於是透過幾段旅程做為引子，一邊回顧一邊追憶，讓想說的那些事，漸漸聯結成一塊。

其實原本的版本是更雜一些的，更多的主題交織在一起的，青年雖然喜歡閱讀越長越好的文章，但卻建議專注先講旅行吧。於是年長的室友丟回了一個題目：那幫我寫一篇序吧。可能還是又沒說出口的，是想問問看：這些旅行有趣嗎？會找到有共鳴的人嗎？

可是還是不知道，該從何說起呢？

不同於年長室友的之前的旅行散文。這一回，青年已經不再是這本書中一起旅行的主要角色了；走出了鏡位之外，存在於這字句建立的空間中看不見的另一端，發生在故事的前一段或後下一段，那些不一定有收錄在書中的。更多的時候，他轉化成一個第一手的讀者或聽眾，見到了這些故事還迷濛一片的形狀。有些故事他沒有聽過，有些故事他聽了數十遍。也有些時候，會在共同的屋子中看到一些旅行過後的痕跡，也許是一雙被磨平鞋底的鞋，也許是一瓶花椒，一罐印度茶，也許是故事中那塊混紡的印度地毯。或是看到某個來自遙遠的地方包裝印著看不懂的語言。

原來真的到了這些地方啊。

提姆波頓的電影《大智若魚》中，主角的父親總是講一些奇幻的故事；主角從來都不太相信這些故事是真實存在的。但如果他父親的記憶裡面有這麼多不一定存在的故事，那這些真實的時間裡，他都去了哪裡，做了什麼呢？所有虛構的故事必然混雜了真實的記憶，眾多的經歷才有辦法堆疊出這些想像。而與虛幻交雜的故事可能代表了內心中的某種盼望。

什麼才是真實的呢？在青年登場的旅人的上上本書。那些旅程，同樣的地方，同樣的景色。卻可能有類似但不盡相同的記憶，情節在轉折之際有微妙的不同。以為的情緒也跟回憶中的不一樣。也許翻出了照片，看到的又是另外的模樣，也許是比想像中更矮小的影子，也許是比記憶中更遼闊的山河。

什麼才是真實的呢？第一人稱的旅者身旁常常還有一起旅行的旅伴，跟許許多多的作者一樣，將這些暗示在文字中的另一側，隱隱約約；包含在「我們」之中，包含在「一行人」之中，一起看到了這些地方，低調又開心地一起出發。

而最終，永遠都在身邊的旅伴還是休息了，也許沒有誰可以永遠結伴同行，所有的旅行還是會回到獨自一人。那位年輕的室友也脫離了旅程，來到了地球的另一端，開始了另外的故事。不知道該怎麼形容這本書的他把介紹的任務就先擱著了，擱了許久，去面對他原本是旅行卻莫名定居在異鄉的混亂人生。

就這樣又過了好幾個月，有天，收到了旅人在不知道哪片海洋釣魚的照片，在船上一手拿著釣竿一手緊握著一大尾活魚，還是用智慧型手機傳來的。

原來都還在旅行啊。青年默默想著。還是在追尋新的地方，或是在不同的地方尋找過去沒能停留的，也許上次釣的是幼時南投池塘旁的青蛙。

旅人的旅行接觸到了很多，也失去了很多，但還是在繼續；就好像電影該有的最後，經歷總總，還是會揹上背包，再度踏出家門。

畢竟還有沒去過的地方呀，畢竟還有那麼多耗盡一生想看也看不完的書；有些地方不一定會再回去，但還有更多想去卻沒去的地方，所以能出發的時候還是記得要出發。

很久很久以前，年長的室友對年輕的室友提議，休學揹著背包去一起去沙漠中探險。

「可是我還在學校啊，可以等長大之後再去嗎？」

「等你長大之後可能就很難出去這樣久了。」

當時不了解，後來才知道長大之後有太多放不下的東西，應該早一點丟下一切就出發的。

二十幾年前，有一本書叫《旅行》；這次旅行的旁邊多了讀書。《旅行與讀書》，就好像一對搭檔，一個叫旅行一個叫讀書，他們總是一起出發，帶著彼此，去到很遙遠的地方。

於是好多記憶擠壓結合成一塊，好多資訊只記得片段；如果能記得更多就好了。還是要寫下來吧，還是印成字吧。青年私心地想，那麼多回憶的片段如果找不到了，該怎麼辦？

那麼多知識的花絮，在一起的時候，以為是自己的，可是分開了，卻總是散落成一撮一撮，連不成一線。

如果可以，也幫我留下旅行的痕跡。如果可以，要讓文字帶著去旅行；帶著還去不了的人們。就如同當年想著不知道有一天是否可以去到這些書中所描述的地方，年輕時的自己。

於是關上了門，青年漸漸脫離了旅程。但是回到家中的書櫃還是共同的，擁有的記憶還是聯結著。

詹朴／APUJAN品牌總監。英國皇家藝術學院（Royal College of Art）女裝時裝設計系畢業。

序文
為後來者畫地圖

工頭堅

「車子過了小田原以後，背後的山勢漸高，山容漸壯。熱海是山與海的匯合點，我們上次來訪熱海，是在黃昏的雨中，今天則麗日當空，彩雲一抹，那種層巒聳翠，上出崇霄，飛閣流丹，下臨無地的景象，自又別有一番情趣。而那鐵路設計，似乎也故弄玄虛，一定要把路線沿著山坡，開到山的盡頭，也即海的邊緣，才穿過山洞，像矯捷的游龍，又轉了過去。」

這段文字，出自楊乃藩先生的《環游見聞：亞洲之部》，我手上擁有的這本，是民國六十八年（1979）五月發行的三版。這本書出版之後的兩年，一九八一年，是我第一次有機會跟著家人出國，而且目的地就是從童年時期開始嚮往的日本；當時我國中二年級，市面上可以找到的旅遊書寥寥可數，除了父親從他任職的旅行社帶回來一本薄薄的、日本政府觀光局 JNTO 印行的簡介手冊之外，楊先生的這本書，可說是市面上少數甚至唯一能找到的指南了。

你可以想像，當時我是如何把這本書的內容反覆地讀了又讀，甚至把行程中預定造訪的城市或地點，在書中寫到的部份，用紅筆在句子旁劃線，簡直比在學校上課還認真。因此，其中部份篇章，雖然時隔三十多年，但印象依然鮮明如昨。

好比說開頭引用的這段，描寫的是作者從東京經由鐵道前往大阪，途經熱海時的窗外景致；書雖然是一九七九年出版的，但楊先生在序文說道，這段紀錄的是他一九五七年第一次去日本的見聞。當時他搭乘「國鐵東海道本線的特別急行」，才剛完成全線電氣化不久，從東京到大阪，即使是特急，也需要七小時半。如今看來固然稍嫌舟車勞頓，但他所記錄下來那漫長車程中洋溢著的濃厚「旅情」，卻是現在只需三分之一時間的新幹線，所難以提供的；儘管現今的東海道本線已被切割成幾個不同的營運路段，但我依然興致勃勃地計畫著，有朝一日、要重新搭乘一趟這少年時期在心中推演過無數次的經典路線。

回想起來，如我這般在一九六〇年代中期出生的台灣讀者，大抵都還經歷過那「純文字的旅行想像」之階段。除了早期的《讀者文摘》、《今日世界》等雜誌，為懵懂的吾輩開啟一扇稍稍窺見世界的窗之外，印象中，真正稱得上圖文並茂的旅遊指南、或內容跟得上時代發展的旅行紀錄，以及旅居海外的作者所撰寫的在地生活風情，總要等到一九七九年開放出國觀光之後，面貌才開始慢慢豐富多元起來。而我相信許多同一輩的人，當出國之機會終於來臨的時候，總會有那麼幾部曾經構築我們對世界想像的作品，隨著我們踏上旅程。

除了前面提到楊乃藩先生的《環游見聞》提供了我對日本的想像之外（事實上他陸續出版了亞洲、美洲、歐洲、非洲等集），也仍記得第一次到法國時帶著張寧靜的《歡迎到巴黎》，以及直到現在都非常仰賴、被台灣的背包客暱稱為《地球步方》的日文旅行指南；還有，台英社的《知性之旅》系列，由於紙張厚重，可能較不適合攜帶，卻適合臥遊，尤其是其中的《歐洲大陸》、《環遊美國》兩本，更提供了一種全觀式的理解角度，幾乎被我翻閱了無數次，建立起對歐、美的旅行想像。

講到美國，又絕對不能忽略張北海的一系列描寫紐約生活的著作，我喜愛他的程度，甚至在初次造訪曼哈頓時，還特意帶了《人在紐約》到時代廣場上自拍留念；而當我成為國際領隊之後，更喜歡在帶團行程中，朗誦與目的地相關的文學作品，特別是在普羅旺斯讀《山居歲月》，團員們一邊看著窗外各個山城與花田的絕美景緻，一邊聽著彼得．梅爾如何挖苦當地人，總能會心一笑，為行程增添幾分知性的樂趣。

當然，提到這些關於旅行的閱讀經驗，在我自己看來都還是破碎、片面而且粗淺，缺乏系統性的；儘管也知道在這世界上古往今來必然累積了眾多的經典遊記，但礙於自身的外文閱讀能力不夠好又不夠快，除了一般的旅遊指南以外，始終無法領略到直接從原文閱讀之收穫與樂趣。直到——直到「探險與旅行經典文庫」以及「當代名家旅行文學」等書系的出現，才稍稍彌補了這樣的缺憾。

我猜想正在閱讀這篇文字的讀者和我一樣，多少可能是詹宏志先生長年的粉絲，於是我們也大抵知道，這幾個旅行書系的誕生，和詹先生個人的興趣（以及意志）有著直接的關係。他在「探險與旅行經典文庫」的編輯前言中，曾寫下這麼一段話：

「在我們出發之前，我們知道過去那些鑿空探險的人曾經想過什麼嗎？我們知道那些善於行走、善於反省的旅行家們說過什麼嗎？現在，是輪到我們閱讀、我們思考、我們書寫的時候。（中略）……是不是該有人把他讀了二十年的書整理出一條線索，就像前面的探險者為後來者畫地圖一樣？通過這個工作，一方面是知識，一方面是樂趣，讓我們都得以按圖索驥，安然穿越大漠？」

這是一段多麼大氣、充滿了力量和鼓舞的文字！

我並不確定詹先生寫下它們的確切時間，但事實上就在這段文字被寫出來之後不久，旅行寫作這個領域，在過去至少十年之間，已經產生了幾乎是結構性的變化；關於旅行的紀錄或作品，不再是像我少年時一般的稀缺與匱乏，相反地，變成了撲天蓋地又隨手可得的巨量資訊。而造成這些變化的原因，正如我們都已經知道的，當然是網際網路、數位相機和智慧手機的普及。

由於每個人都能隨時隨地拍攝、撰寫、上傳，分享生活或旅途中的見聞，我們不僅單純扮演讀者或粉絲的角色，也成了作者或說故事的人。在國外，它形成了一些依賴群眾的點評與經驗、提供行前或行程中參考的大型旅遊評鑑平台；而在台灣，這些現象尤其反映在部落格（Blog）與部落客的強大影響力上。必須苦笑地承認，做為台灣最資深的部落客（或至少是之一），以及「部落客旅行團」的創辦者，我似乎必須為這樣的泛濫負一些責任，但如果你真的問起，內心裡我還是覺得，這其實反映了讀者對於更詳盡與更即時的旅行資訊之渴求，是一個必然的現象。

這樣的時代，對於旅行者而言，究竟是更好或更壞的時代？——同樣地，做為網路的信仰者，我當然更樂意去看它的光明面：撇開有可能造成一窩蜂或一頭熱的現象不談，至少有助於讀者獲得更新的資訊，哪怕是對於詹先生這麼資深的旅行者而言。好比說他在本書中曾提到，因為誤信某本「知名的旅行指南」，而走上比想像更長更崎嶇的瑞士山區步道；又因誤信某旅行社網站上的美麗詞藻，差點毀了一趟滿心期待的印度美食之旅。如今，透過部落客的熱情更新、或點評網站的群眾智慧，如果出行前不要「盡信書」，而能夠花點時間搜尋更新的資訊，或許就可以少掉吃下「炸羊腸」才知道是羊睪丸的潛在風險（儘管我相信那仍是美味無比的）。

但這樣的結果，其實並沒有辦法回答前面那個「對於旅行者而言，究竟是更好或更壞時代」的問題；也就是說，這個時代可能因為資訊流通而顯得相對更安全，但似乎也失去了一點旅行中應該有的冒險樂趣，以及可能隨之而來的意外驚喜。不止一次地，詹先生在本書中向我們展示了，他藉由閱讀得來的知識，在面對旅行中的突發狀況時發揮的作用，而屢次「化險為夷」；更不用說，這樣的過程本身，便充滿了值得閱讀的樂趣。

「他憑藉著閱讀而展開一次次的旅行，我們則閱讀著他的旅行而獲得知識與樂趣」，這簡直要像是克里斯多夫·諾蘭電影中所設定的多層夢境之瑰麗世界一般了；而且更恰好呼應並實踐了作者在前述「探險與旅行經典文庫」編輯前言中的豪情壯志：「把他讀了二十年的書整理出一條線索，就像前面的探險者為後來者畫地圖」。

網路時代的部落格式寫作固然有其存在之時代意義，但這般帶著點老氣橫秋的風格所寫就的《旅行與讀書》筆記，卻給了如我這樣一位讀者更多的驚喜，於是我們將會從心底認同：這兩者，其實都有它們存在的絕對必要性。

讓我回到一個「詹粉」的身份，再稍微回顧一下自己對這位作者的理解：早期人們對詹先生的印象大抵是「博學強記」，見到的肖像多是帶著厚重眼鏡、留長髮並低頭看書的文人模樣，總給我一個錯誤的印象，認為他是每天窩在書房閱讀、足不出戶的蒼白文藝青年／中年；直到後來讀了《人生一瞬》、《綠光往事》，以及他陸續發表的關於旅行的文字內容之後，才猛然驚覺，詹先生其實並不像我以前想像的那般「文弱」，而徹底是個讀萬卷書、行萬里路、知行合一的實踐者。

我固然不能說，你非得完整了解過去的詹宏志，才具備讀這本書的資格，但如果能理解他過去諸多不同的興趣與身份，再來看他關於旅行的文字，也就會有更多的趣味；因為在這些文字中，我們不時可以看見某一個階段的詹宏志之身影。從這些文字中，我逐漸拼湊出一個屬於這個時代的中年旅行者之樣貌，他的行為模式大抵是這樣的：

——他博覽群書，閱讀過許多經典的旅行文學、動植物圖鑑，或者從雜誌角落或旅行指南的一小段文字中擷取旅行的動機；

——他旅行的模式與類型廣泛，從古都覓食、登山健行、入住海島特色設計旅店、到冰海中間划獨木舟、北地國家公園生態旅行、非洲薩伐旅探險，「無役不與」；但也常隨興改變行程計畫，天涯海角，行者無疆；

——他讀過不少美食評鑑或米其林指南，並自己下廚做菜，對廚房流程與食材的了解，甚至可能被誤認為微服出巡的美食評論家；

——他熟悉網路（特別是電子商務），懂得從各類型的網路旅遊服務、甚至個體戶的特色旅行社網站，去尋找、訂購、安排自己的住宿以及當地導覽行程，但也曾遭遇到現場情境與網站說帖不符的狀況，反而產生了考察商業模式的意外收穫；

——他熱愛推理小說，因此即使在紀錄旅行的文字中，仍不時流露出一種引人入勝之懸疑布局與趣味；

——最後，由於他對科幻小說的熟悉與興趣，以此類型小說詮釋旅行文學的終極樣貌，把旅行的想像延伸到穿越時空的境界。

做為我這個世代的閱讀者／旅行者／寫作者，其實是既幸運、又焦慮的。因為我們一方面夠老，得以在童年與少年時期，度過一段不受太多干擾的、「跟著文字去旅行」的純閱讀時代；可是我們又不至於太老，於是在網路百花齊放的時刻，依然有足夠的年輕心態與體力，去追隨、去接受它的眾聲喧嘩的狀態。

但是在我視野所及的旅行寫作這條路上，前方既有張北海、蔣勳、雷驤、舒國治、劉克襄、王浩一、馬家輝，甚至村上春樹——等諸位前行者，現在又加上一個詹宏志，長久以來已令我感到仰之彌高、望塵莫及；轉頭後方又有網路世代的眾多部落客、甚至行腳節目主持人等，群雄（當然還有雌）並起、虎視眈眈；自己敲起鍵盤來，常常覺得進退失據，滿腦子旅行經驗，卻不知從何說起是好。

可喜的是，詹宏志先生的這本《旅行與讀書》文集，為吾輩示範了一個旅行者——在這探險家早已踏遍全球的二十一世紀——應該有的一種態度和風格；他可能不會自詡為旅行作家，但在我看來，詹先生為這個時代的旅行寫作，建立了一個全新的高度，以及值得去追求的方向。或許我們永遠無法達到他的成就，但總該努力把這樣的心情與志向，繼續傳承下去。無論成功與否，即使單純做為一個讀者與追隨者，我都必須心悅誠服地說，這是一次無與倫比的，豐富且美妙的旅行閱讀經驗。

工頭堅 Ken Worker／一九六六年生。曾是影像製作與網路趨勢觀察者，後進入旅遊產業，擔任國際領隊與網路社群行銷等職務，且短暫兼任行腳節目主持人與雜誌總編輯等角色；現任線上旅遊媒體《旅飯》共同創辦人暨「旅行長」。

自序
旅行的意義

好像是一種害怕「落伍」的心情，當我編選完自己關於「旅行」文章的選集之後，第一個「求助的」對象正是我那位為創業栖栖惶惶的兒子⋯。

因為前幾年出版的兩本文集，每當有朋友熱心回應：「這書寫得太好了，我讀了充滿共鳴⋯。」我冷靜打量著他（或她），這位「有共鳴」的朋友通常已經年過五旬了。這彷彿也是人生真相，年輕的時候我寫各種廣告文案，總是信心滿滿，覺得自己能夠找到合適的話題與言談方式，打動各色年輕人；然而有一天，我突然間覺得坐立難安，發現「那個能力」消失了，我對年輕人的心情與感受似乎失去了接收的天線，訊號顯得駁雜不清；而從我自己口中說出來的某些話題與用語，也開始變成「推開」年輕人的「老人符號」，他們的反應變得客氣拘謹，也有點避之唯恐不及的疏遠⋯。

為了不要讓自己的書變成「老人讀物」，我覺得需要一些「年輕人」的意見，但同學、同事和朋友都已經開始退休養生、含飴弄孫，我去哪裡找可以諮商的年輕人呢？只好敲敲隔壁房間二十八歲偶而回來的「室友」，拜託他抽空看看我的稿子。略帶「文青」氣息的兒子花了幾天看了稿子，推推眼鏡，沉吟半晌，很客氣地說：「嗯，我看起來是還好啦⋯。」

問他有沒有什麼意見，他倒是毫不遲疑：「太雜了，你什麼都捨不得丟，很多文章性質不同，卻都放在一起，讀起來感覺很不一致。」這個切中要害的批評我倒是瞎子吃湯圓，心裡有數，但不是我真正的擔心與關心，我只好更直接地問：「你覺得年輕人會不會看這樣的書？」坐在我面前這位可能「不具代表性」的年輕人變得面有難色，支吾地說：「嗯，很難講，這些東西對他們來說很遙遠，文章又那麼長⋯。」

唉，在寫這些文章的時候，或者說在我寫過的每一篇文章，我心中想的閱聽對象也確實一直都是同一位「年輕人」，只是這位熟悉的年輕人如今青春不再，與我偕老，而新的年輕人如今都是陌生人了；我那些自以為「循循善誘」的言談方式，如今在「臉書」快速回應的時代裡已經變得「太長了」（也太老了）⋯。

但我還是聽從這位現代文青的忠告，回到筆電「桌面」，狠狠刪去三分之一的稿子（但怎麼辦？還是剩下二十萬字，當然是「太長了」），基本上，所有

「夾議夾敘」的論述文章都拿掉了，只留下「夾敘夾議」的說故事文章為主；最後，所有帶著「旅行論述」意味的文字都放棄（只剩一篇附錄），這就變成了一本像是以「旅行敘述」（travel narrative）為主調的「遊記」。

我倒開始感到汗顏，我自己的旅行遊蹤有什麼可以記錄之處？這裡並沒有什麼艱難辛苦的路線與地點，也沒有什麼驚異駭人的情境與遭遇，更沒有千鈞一髮的危險與轉折；若要說這些旅行有什麼獨特，也許只有一點點散漫隨興的旅程，加上一點點「與書相遇」的個人風格……。

散漫隨興，是因為害怕有固定節目的集體行程，特別是那種節目滿檔、喧嘩慌亂的行程；事實上我對所有既定觀光行程與特定地標都有恐懼，總覺得人生片段變成了某種鑄模澆灌。旅行裡讓我留下深刻印記的經驗往往發生在最無目的的時候與場所，樹下小酒店的一杯沁涼白酒，迷路崎嶇城區偶遇的小麵包店，異國鄉間等待公車窺見的鄉民日常生活景致，這些無意間得來的吉光片羽反倒成了日後反覆咀嚼的旅行滋味。

與書相遇，說的則是自己的旅行來歷。是什麼決定了一個人旅行的目的地？又如何決定那條從這裡到那裡的旅行路線？在我的例子裡，很少是因為身邊朋友的推薦或描述，大部分是來自各種因緣際會的閱讀經驗；也說不上來是什麼樣的閱讀，有時候就是關於當地的敘述（譬如峇里島），有時候來自小說家的描繪（譬如傑克・倫敦筆下的阿拉斯加），有時候就來自於探險家或文學家腳蹤，譬如說會來到非洲贊比亞（Zambia）的維多利亞大瀑布，自然是因為傳教士探險家李文斯頓（David Livingstone, 1813-1873）的緣故，但坐在瀑布辛巴威這一側「維多利亞瀑布旅館」的酒吧裡，點一杯叫做「我推測」（I presume）的雞尾酒，心裡感到激動與滿足，覺得歷史與自己相會，那就是十足的書呆子氣味⋯。在探險文獻裡，當新聞記者兼探險家亨利・莫頓・史丹利（Henry Morton Stanley, 1841-1904）應召深入非洲尋找下落不明的李文斯頓，結果他穿行叢林七百哩，真的在今日坦尚尼亞的烏濟濟（Ujiji）找到李文斯頓，傳說中，他在部落民層層圍觀之下走向那位略顯虛弱的白人，拘謹地說：「是李文斯頓醫師嗎？我斗膽推想⋯。」（Dr. Livingstone, I presume?）這是旅行與探險史上一個令人難忘的場面與對白，書呆子不可能不對這杯雞尾酒感到激動。

是的，「為書所成，為書所毀」（made by books and ruined by books）真是我的人生寫照，即使在行走途中也不可免；對我來說，帶著一九二〇年版的倫敦「藍色導遊」（Blue Guide）遠比帶著二〇一四年的 Lonely Planet 指南有趣得多，雖然毫不實用（我真的幹過這種事）；但旅行的真義之一不過就是「想像他者的生活」，我多麼希望走出倫敦旅館門口，伸手招到的是「兩人座小馬車」，而不是黑頭計程車，那才是我錯過的、無從複製的人生，除非威爾斯（H. G. Wells, 1866-1946）的「時間機器」（time machine）再現江湖，否則我們是不可能旅行於時間軸的另一段時光⋯⋯。旅行，因而只能是空間的移動，無法是時間的逆旅。

只有一個人生是令人不滿足的，但我們誕生之際時空已定，這個人生也就跟著「註定」，還有什麼方式能讓我們擴大實體世界與抽象世界的參與，在我看起來，也許只有「旅行」與「讀書」能讓我們擁有超過一個「人生」。讀書時，你固然要融入情景，因而有了另種人生的感受；旅行時，我們也要想盡辦法糾纏地，假裝另一種文化與生活的短暫化身，這也是我不愛「旅行計劃」，也不喜歡「安全旅行」的緣故，如果我們沒有大膽一點，我們永遠只是戴著「家鄉之殼」去旅行的人，沒有接觸異世界，也就沒有短暫的另一個人生⋯⋯。

這不是一本有參考用處的旅行書，一切實用資訊全部付諸闕如，你不能照抄其中的路線去旅行；這也不是一本有文學企圖的書，沒有含蓄節制和優美辭藻，他像是一個喋喋不休的返鄉浪子，體能已衰卻談興頗高，他興致勃勃對著那位未滿二十的年輕自己敘述窺探他種人生的各色經歷，至於那位年輕人是否有興趣傾聽，卻也不再是他力所能及的事。

目次

旅行與讀書

書呆子相信凡事書中都有答案，在旅行一事也不應有例外，所以他們通常會以一本書或幾本書做為旅行的依據，我當然也是這種人。

出發往義大利托斯卡尼旅行之前，我從書架上找出前些時候在倫敦買到的一本主題式的旅行書。這本書的書名叫《佛羅倫斯貪吃鬼指南：兼含托斯卡尼的美食周遊》（*The Food Lover's Guide to Florence: With Culinary Excursions in Tuscany*, 2003），作者是一位美國的旅行與美食記者愛彌莉・懷絲・米勒（Emily Wise Miller）。

根據作者米勒小姐的自述，她本來駐在舊金山，為《舊金山紀事報》擔任旅行與美食的記者，有一次當她採訪來到托斯卡尼與佛羅倫斯，不意竟被當地紮實的美食與慵懶愜意的生活風景完全迷住，因此她移居托斯卡尼，一住十八年。平日她替幾家英文報紙和網站繼續擔任美食與旅行的特約撰述，但現在她的職志是向世人推薦介紹托斯卡尼的「美好生活」了。

這一類的故事很多，有時候是推銷書本的手段，不能盡信，不過讀起書中的內容，發現作者米勒小姐的胃口很好，她照顧到的層面不僅是著名餐廳，還包括麵包店、冰淇淋店、酒店、咖啡店、雜貨店、熟食店、甚至也包括食材店和菜市場，這就讓我相信她真的有一種「托斯卡尼生活」，而不是到此一遊的「過客」。

但如果你是讀了旅行相關的書才去旅行，書中所記就有了一翻兩瞪眼的攤牌考驗。書中描繪的世界終究要和「真實世界」相遇，書寫者究竟是忠於真實，還是製造了真實？在書與「世界」面對面的時候，閱讀者顯然是會要求「兌現」的。而米勒小姐書中所記，就在我這樣一位讀者按圖索驥的對照下，必須呈現出真相來。

書本的書寫工具畢竟是文字，描寫美食的文章觸動人心的有時候是文字而非美食本身。我也必須承認，米勒小姐書中觸動我的，常常是靈光乍現的文采。譬如底下這個例子，米勒提到位於「中央市場」（Mercato Centrale）的「奈波奈」（Nerbone）時說：「奈波奈不只是一家三明治攤子，它是一項衝撞式運動。」（Nerbone is more than a sandwich vendor, it's a contact sport.）

這就有趣了，為什麼把賣三明治的攤子比喻成美式足球的「衝撞式運動」呢？讓我忍不住想再讀下去，她也繼續解釋「衝撞式運動」的意義。她說，你必須先在收銀台前的飢餓人群中殺出一條血路，擠到收銀員可以和你「四目相接」的地方，你伸長手臂把三點七歐元（一個三明治的價格）交給他，換來一張收據；然後你再緊握收據，排開人群，擠向另一個由磨刀霍霍大廚領軍的三明治櫃檯，告訴他你的需求，基本上三明治有兩種，一種叫做panino con Lampredotto，另一種叫做panino con Bollito。米勒小姐解釋說，Lampredotto是fatty intestine，也就是肥腸囉；Bollito則是boiled beef，所以是煮牛肉。這樣還沒完，醬汁也有兩種，肥腸和牛肉沾用的醬汁也要一併告知師傅，一種是紅色的辣醬，名叫Salsa di Piccante；另一種則是綠色的青醬，名叫Salsa di Verde；如果你要兩種醬都放，你就要說tutte le salse，也就是兩種通通來的意思。

書呆子相信凡事書中都有答案，在買麵包一事也不應有例外，我在佛羅倫斯中央市場開市不久，早早來到聞名遐邇的「奈波奈」，人龍還沒有太長，我不困難就擠到可以看到收銀員眼白的地方，把一張大鈔遞過去，用我自認為發音正確的義大利文向他要了三個燉牛腸麵包（panino con Lampredotto）、三個煮牛肉麵包（panino con Bollito）、以及一公升的奇揚地紅酒（Chianti）⋯。

旗開得勝之後，我更加有信心擠向三明治師傅的處理櫃台，大聲叫出我的注文內容，並且豪氣干雲地為醬汁選擇了tutte le salse。只見師傅拿起一個圓麵包，腰上用刀劃出一個缺口，叉子從鍋中挑出一大塊牛肉，痛快地切了十來片（後來我們發現麵包夾的牛肉幾乎有半磅以上），夾入麵包中，再對著牛肉澆上紅、綠兩種醬汁，最後再把整個麵包拿進鍋中沾一下牛肉汁，才包進紙張中，完成了一個煮牛肉麵包。接著製作燉牛腸麵包，師傅用大叉叉出一串像生腸一樣的內臟，已經燉煮成紅色（應該是和蕃茄一起燉煮的結果），一樣豪快地切了十數刀，鼓鼓地塞滿了一個麵包。我要的紅酒則是從一個大桶裡像水龍頭一樣流出，注入一個大玻璃瓶裡。沒多久，我們捧著堆如山積的戰利品，走向臨近的公共桌椅，開始據案大嚼起來。那牛肉柔軟多汁，那牛腸滋味甘美，紅色辣醬嗆辣有勁、綠色青醬香郁清新，連那一公升價格低廉的紅酒，搭配著牛肉牛腸的脂肪，也顯露出一種圓潤的滋味……。

表面上看，這是一場「知識的勝利」。書呆子讀了書，找到對應世界的方法，而當書呆子面對真實世界，世界也果真如出一轍回應了他剛得來的「新知識」。但等我回到家，重新上網想更弄清楚什麼是Lampredotto。這一次，我找到的是義大利文版的「維基百科」（wikipedia），卻發現「維基百科」告訴我完全不一樣的故事…。

首先，百科條目裡告訴我，Lampredotto不是牛腸，而是兩個用法，意思也有一點不同，它先說，"Il Lampredotto è un tipico piatto povero della cucina fiorentina…"，奇怪的是，當你知道你在討論什麼話題，語言能力突然增強，在這裡，我發現從未學過的義大利文是「猜得懂」的，這句話的意思應該是：「Lampredotto是佛羅倫斯料理中一道典型的窮人料理。」然後它又進一步說，"Il lampredotto, che è un particolare tipo di trippa, è uno dei quattro stomaci dei bovini…"，我發現這一層意思也可以明白，它說的應該是：「Lampredotto是牛肚的一個特殊部位，它是牛的四個胃當中的一個…。」

我的書「騙」了我，我以為我知道Lampredotto是什麼，結果是錯的；更糟的感受是，整個旅程中我都以為我吃到了獨特的「牛腸麵包」，結果我吃的也不過就是滿街都有的「牛肚三明治」（蕃茄燉牛肚這道佛羅倫斯知名料理，你連在台灣的義大利餐館都吃得到），雖然「奈波奈」用的部位的確與別人不一樣…。

我發現我已經不只一次栽在intestine這個字的手裡，有一次我在倫敦一家中東餐館，看到它有一道「炸羊腸」的菜，我想知道他們是怎麼處理羊腸的，就點了這道菜，菜上來之後，我吃了幾口，對它的口感極為困惑，我實在想不出這羊腸是怎麼做的，完全不像羊腸。再吃幾口之後，我又覺得它似曾相識，應該是我認識的某種部位。經過我搜索枯腸，反覆咀嚼，才猛然領悟這根本不是什麼羊腸，而是「羊睪丸」，也許因為料理太過「地道」，店主人怕嚇到食物冒險性不夠堅強的西方人，才委婉地稱它是intestine。把侍者找來一問，果然證實了我的判斷。

但我不能抱怨米勒小姐的書，沒有它，我能夠充滿信心走進店中，並且順利要到一切我的夢想之物嗎？

◆

愛彌莉．懷絲．米勒的《佛羅倫斯貪吃鬼指南》一書，帶我勇敢地擠開排隊的飢餓人群，吃到了我誤以為是牛腸的「牛肚三明治」（panino con Lampredotto）。現在我已經知道，Lampredotto不是fatty intestine，而是牛肚的一個「特殊部位」（un particolare tipo di trippa），更是牛的「四個胃當中的一個」（uno dei quattro stomaci dei bovini）。牛隻胃部裡的第一個胃是瘤胃（rumen），第二個胃是蜂窩肚（reticulum），在料理裡有時候我們稱它做金錢肚，第三個是瓣胃（omasum），也就是俗稱的牛百頁，第四個就是皺胃（abomasum），也就是這個三明治攤子使用的不常見的Lampredotto。

但米勒小姐的美食指南書教會我吃的不只是「牛肚三明治」，她的書中還有許多餐廳或熟食店等著我去「探險」，譬如說，你看看她怎麼樣描述另一家有意思的餐廳：「每當有人問我哪一家是佛羅倫斯我最喜歡的餐廳，我馬上想到馬力歐，跟著就餓起來了⋯。」（…When people ask me what's my favorite restaurant in Florence, I think of Mario, then I get hungry.）

這樣的開場文字當然令人感到懸疑好奇，忍不住想要進一步讀下去，作者就像沒事人一樣繼續輕描淡寫地說：「為什麼馬力歐餐廳的食物會這麼美味？可能是因為它靠近中央市場，所以它的食材特別新鮮；或者是因為某種馬力歐神力，食物中隱藏著他熱情投入的各種能量⋯。」作者談到的餐廳是一家位於中央市場對街的小餐館Trattoria Mario，每天只營業中午到下午三點半，星期天還休息，「裝潢介乎簡單到不存在，服務是直截了當，菜單上的菜色則和佛羅倫斯其他小餐館大致相似」，侍者要你坐哪裡你就坐那裡，通常你得和一大堆陌生人摩肩接踵坐在一起⋯。

米勒小姐又說，儘管這家小餐館已被「發現」，而且出現在若干「旅遊指南」或「餐館指南」書上，但它每天仍然擠滿在地人（通常是好的徵兆），包括在地的生意人和附近大學的教職員，有些人甚至是每天中午都向它報到。

我們開車抵達佛羅倫斯時，已經過午了，好不容易還了租車，辦好旅館的住房手續，一行人趕到馬力歐餐廳的門口已經快三點，門口卻還排了長長的隊伍。我擠到前頭去向女侍者報姓名人數時，生怕她會拒絕我的排隊（如果他們想準時下班的話）。忙得不可開交的侍者小姐倒是仁慈大方，回頭指著一張大桌子，說：「他們差不多要吃完了，等一下我就給你這張桌子。」大桌子上看來不只一組人馬，大部分已經杯空盤空，抱著雙臂在聊天了，幾個人聽到女侍者的話，紛紛站起來結帳；不多久，只剩一對深情對望的戀人，不但沒有要走的意思，還繼續叫了一杯甜酒和餅乾，頗有天長地久戀戀不想散席的樣子。

眼看著時間一分分過去，我心裡暗暗焦急，那位女侍者回頭對我擠擠眼，面露神秘微笑，只見她走過去把兩位情人請去另外一張小桌，把整張大桌空出來，揮手要我們過去。我們大概是當天最後一批被接受的客人了，周圍的食客鼓起掌來，慶賀我們得到座位。我們正要擠過狹窄通道，一路「依思巧思米」，一位食客拉拉我的衣服，正色說：「不要錯過 tagliatelle al ragu。」另一位則插話說：

「vitello arrosto。」其他人也聽到了，紛紛出起主意，但我可就聽不懂那些七嘴八舌的義大利發音了。

坐定之後，女侍者走過來，指著我身後寫滿字的白紙，用力在幾道菜名上劃了叉叉，說：「這幾樣沒了，其他都還有，你們想吃點什麼？」

「我們什麼都想吃，我可以點一大堆東西，不管它前菜主菜，全部都一起分享嗎？」我說。

「當然，我們義大利人也是這樣吃飯的，何況，你們愛怎麼吃全看你們高興，誰也管不著。」

「好極了。那我先要一份tagliatelle al ragu（肉醬寬麵），一份牛肝蕈麵，一份培根蕃茄麵，再要一份煮白豆，一份烤小牛肉（vitello arrosto），一份烤兔子，一份燉雞，我還要來一份你們最有名的bistecca alla fiorentina（佛羅倫斯牛排）⋯⋯。」

「要喝點什麼嗎？」

「你們的house wine是Chianti嗎？」

「當然，你現在就在佛羅倫斯呀！我要提醒你，我們的house wine，一壺是半公升。」

「那我們就先來兩壺吧。」

過了一會兒，一位帥哥廚師抱來一塊巨大的牛肉，問我們所要的牛排份量要如何，我們在托斯卡尼地區旅遊時已經知道此地的牛排習慣以「寬度」為單位，我把手指頭一指，指在約一吋多厚的位置，一位老先生，應該就是馬力歐本人，負責操刀，在肉案上用斧頭一砍，砍下一吋半厚度的大塊帶骨牛肉，放在秤上，大叫一聲：「1.36 Kilo。」這樣，我們就知道牛排的份量，連帶價格也知道了，因為牆上就有牛排每百公克的單價。帥哥廚師把切下來的牛肉抱進開放式的燒烤廚房，放在炭火上的鐵架上，高溫的炭火立刻把牛肉炙得滋滋作響，脂肪也隨著流在鐵架上，發出一陣陣誘人的香氣。

很快的，酒來了，各種菜餚也以驚人的速度上菜了。真的如指南書作者所說，無一不好吃。當然，這也可能是美好的氣氛作祟；剛才要我必點 tagliatelle al ragu 的中年男子站起來，走到我們桌前低頭檢視：「你點了 tagliatelle al ragu 嗎？」

「咕嚕咕嚕…。」我的嘴巴裡塞滿了食物，發出無法辨識的聲音，只好用手指著桌上，讓他看見那盤他強力推薦的肉醬麵。鄰桌的客人也跟著笑了起來，七嘴八舌來搭訕問候：「菜怎麼樣？」「你們從哪裡來？」「這裡的白豆是最好的。」「你們來早了，松露的季節下星期或下下星期才會開始，這裡的松露麵，那才叫做人間美味⋯⋯。」

侍者也沒閒著，隔一會兒就來跟我說兩句話，先是問我怎麼知道他們餐廳，我把書本拿出來，女侍者笑了，也回身去拿一本出來；又看我們頻頻拍照，還問我們要不要進廚房試試烤那塊牛排，奧斯婷就被我們推派到廚房，由幾位帥哥廚師的圍繞下，戴上廚師白帽，手持巨叉，在爐火前擺出各種拍照的姿勢。

其他桌的客人大概都用完餐了，遲遲不肯離去，人人手持一杯酒，大聲說笑著，還有一位客人正大聲唱著歌。其他客人喧鬧著，和著歌，取笑他，好像彼此都是相識一樣。也許他們真的彼此相識，如果他們就是書上說的每日來吃飯的常連客，吃飯吃到彼此相識也並不稀奇，何況他們每個人都叫著老闆：「嘿，馬力歐，我的酒沒了⋯⋯。」

突然間，那位唱歌的客人生氣了，對著另外的客人咆哮起來，滿臉通紅，音量驚人，另外一位客人也大聲回擊，拍桌助勢，兩人似乎都喝醉了，雖說是午餐，但這時候已經四點半了，在我的家鄉，晚餐已經不遠了呢。

◆

午餐已近尾聲，鄰桌有人滿臉通紅開始唱歌，也有幾桌客人跟著唱和起來。餐廳服務生一面偷笑，一面跟著輕聲哼唱，手上也沒停，動作敏捷地開始清潔吧台、收拾桌椅。突然間，那位滿臉通紅、率先唱歌的客人不知何故生氣了，對著另外一位客人大聲咆哮，音量非常驚人，另外一位客人也不甘示弱，站起來大聲回應，還擊桌壯勢，發出巨大聲響，兩人似乎都喝醉了。「卡洛，卡洛，別激動⋯⋯。」其他客人好像都認得這兩位吵架的客人，有人出言相勸。除了我們這一桌，其他人似乎都完成了食事，桌上已經空了，多半只是一杯在手，聊天閒坐而已。一位年紀稍大的廚娘站出來勸架，一手扯住站立客人的衣袖說：「卡洛，卡洛，」她用一種像母親的口吻：「回家吧，回家去。」幾個客人笑起來，戲謔地和聲說：「卡洛，卡洛，回家去吧。」

我才注意到這位勸架的中年廚娘可能就是老闆娘，這時候，她突然改用比較嚴厲的斥喝口氣，聲音提高了：「卡洛，回去，你喝太多了，下次我不倒酒給你。」挨罵的客人變得洩了氣一般，低頭慢慢轉過身，老闆娘一路扶著他往門外走去，一面低聲不知和他說些什麼；一直服務我們的女侍者，笑嘻嘻跳出來說：「你們還要來點什麼嗎，我們的廚房要關了。」

我搖搖頭，她說：「那你們還要多來點酒嗎？」

我說：「不，我們都夠了。」

「那我給你拿帳單來。」她轉身蹦跳離去，輕快得像一隻麻雀。

我回頭看門外，那位吵架的客人還在門外和老闆娘拉拉扯扯，不肯離去，老闆馬力歐也已經靠過去，對他好言相勸。再看室內那位領頭唱歌、率先吵架的酒醉客人，則已經頹然醉倒在桌前，吵架對象一走，他的力氣也彷彿放盡，現在，他的頭垂到胸前，紅通通巨大的酒糟鼻發出呼嚕嚕的聲響，旁邊的人也不理他，繼續開心地聊天，餐廳一半的燈已經熄了，客人還沒有要走的意思，倒是帥哥廚師和美女侍者一個個換上T袖、牛仔褲，低聲匆忙地交換告別：「Ciao, Ciao。」

結完帳，我們也依依不捨起身走人了。多年後重返佛羅倫斯的第一餐，的確讓人難忘，不僅食物的滋味飽滿豐富，連在地人的生活風情也讓人覺得真實親切。這不是人工的、觀光的、虛構的，彷彿是不小心走進別人的生活裡，彷彿不小心窺見人家後院晾掛的衣物⋯⋯，走出門口，門外白花花的陽光洒了我們一臉，但市場前的廣場卻有點冷清了，看看時間，已經下午五點了。

我是怎樣得到這樣闖進他人生活的能力或者運氣？如果這時候我敲敲我因為喝酒而有點暈陶陶的頭，我會記起來，那是因為一本書的緣故，作者分享她的奇緣，我只是一個受到誘引的讀者。我沒有什麼了解「他者」的能力，那不過是來自作者一兩句起「化學作用」的敘述語句。

一本書有時不只帶你去一家或者兩家餐館，在這個例子裡，因為第一天的嘗試奏效，我把背包裡的其他書都丟在旅館裡，我已經決心要追隨這一位從美國移居至托斯卡尼的女作家愛彌莉．懷絲．米勒，以及她以無限的熱情所寫的《佛羅倫斯貪吃鬼指南》。

我在書中細心尋找打動我的句子，以便決定該如何「按圖索驥」；細讀之下，我可以敏感地察覺她對「高級昂貴餐館」說話並不起勁，反而在那些最適合「平民」甚至是「貧民」的餐館介紹裡，找到「最真心、最不保留」的推薦。

但對於我來說，那些試圖說服我等凡眾的文字裡，充滿了令人驚喜稱奇的「新知識」。譬如說，她推薦了幾家專門喝酒的地方，喝酒的地方大部分也有餐點供應，你也可以拿它當做用餐的去處（有點像日本的「居酒屋」有時候是很好的餐廳）。事實上，愈來愈多佛羅倫斯名叫「酒店」（enoteche）或「酒吧」（wine bar）的，常常就是完整而高價的餐廳。米勒小姐顯得對這些不符傳統的「改變趨勢」頗不以為然，她在書中解釋了傳統的佛羅倫斯用餐習慣，人們應該先到「酒店」來個「餐前酒」（aperitivo）時光，常見的時間是晚間七點到九點，兩杯酒以及一點下酒點心之後，心情和胃口都進入狀況，這時候才是移駕餐館進行真正晚餐的合適時間。米勒在書中介紹了一家堪稱「不惑酒店」，因為他們選酒不重名氣，而是重視「良好的品質價格比」（un buon rapporto prezzo/qualita），一支酒只要「貴起來」，貴到名不符實，他們就毫不猶豫地放棄，即使那瓶酒是因為他們的推薦而出名，他們也絕不再賣。但我讀出來的「春秋大義」卻是這一句：「他們想恢復威尼斯酒店傳統氣氛，人們在餐前到酒店，試一杯有意思的酒，吃一點小點心……，他們甚至在晚上八點就關門，那是典型的佛羅倫斯晚餐時間……。」

米勒小姐贊許這家酒店維持傳統，「謙沖自抑」，默默為顧客尋找物美價廉的好酒，不搶餐廳的生意與鋒頭。她也「順便」批評了別的酒店：「不像其他酒店，他們只不過是舖上桌布、點上蠟燭，就化身成了過度收費的餐廳……。」

這些文字讓我太感興趣了，也對「酒店」與「餐館」的分工有了新的了解。我們為此選擇了一個午後，專心一意要去感受一下這家得到作者盛情贊美的酒店

「狐狸與葡萄」(La Volpe e l'Uva)。

酒店其實位於觀光地帶，就在過了「老橋」(Ponte Vecchio)不遠處。但確切位置卻隱密得令人意外，我在橋頭繞了一遍又一遍，遍尋不著；最後只好走進一家小裁縫店，向一位滿臉倦容的裁縫婦人問路。不會半句英文的裁縫婦人好不容易才搞清楚我的問題，卻又無法用義大利文讓我明白她的答案，她只好嘆了口氣，掙扎爬起身，帶我走到一個上坡轉彎處；真奇怪，這個地方我已經繞經幾次，本來山窮水盡疑無路，現在柳暗花明冒出一個小廣場，廣場邊上幾張鋪了大理石桌面的鐵桌鐵椅，一家樹蔭下的小酒店赫然在望。

店裡頭架上密密麻麻擺滿了酒，幾乎每瓶不同，簡直讓我眼花撩亂；店內只有一個吧台和兩張小桌子，早已坐滿喝酒看書的顧客，室外樹蔭下倒有較多座位，我向一位頭髮花白的年老侍者要了樹下的幾個座位，表明我們是來喝酒的。老先生也會心一笑，轉身拿來一本大簿子，裡面也密密麻麻是按地區排序的酒名，價格則多半極便宜，低的不過八、九歐元，偶而有貴一些的，也不過是三十或四十歐元，最多的酒款價格落在十二、三元。我看那本子是難以細讀了，想到書上說他的工作人員擁有絕佳的酒品知識，我一區一區向侍者詢問其特色，再一瓶一瓶探問它的評價，老侍者堆滿笑容一一耐心回答，表情時時有義大利人特有的豐富與誇張，折騰一番之後，我終於挑定了三瓶酒，說明了品嚐的順序，又要了一些小點心和起司、臘腸之類的佐酒之物，商量完畢之後，老侍者頷首微笑而去⋯⋯。

頭髮花白的老侍者頷首微笑而去，不多時，又面帶微笑而來，他手上持著一個冰桶，腋下夾著一瓶冰透了的白酒，一路上還不忘與其他桌的客人打招呼並交換幾句閒聊。來到樹蔭下我們的桌邊，他架好冰桶，口袋裡拿出侍酒者的開瓶刀，手法熟練俐落地開瓶取了瓶塞，把瓶塞讓我聞味確認之後，將它立在桌上，隨即從瓶中倒出一點黃澄剔透的酒液讓我品嚐。

我拿起酒杯湊鼻深深吸了一口氣，一股近乎杏桃花的清香味道立即在我的口鼻腔孔散發開來。這是一瓶產自托斯卡尼的維歐尼耶（Viognier），酒廠則是未曾聽聞的坎佩弟（I Campetti），維歐尼耶葡萄是外來品種，並不是本地常見的白酒主力品種鐵比亞諾（Trebbiano），我們從托斯卡尼鄉間一路走來，路途嚐過多種聖吉米那諾的維納奇亞（Vernaccia di San Gimignano）白酒，用的都是鐵比亞諾種葡萄，滋味大同小異，現在突然冒出一種特別香氣，有點讓我精神一振。輕啜一口，冰涼沁透，滿口清香，加上一點刺激味蕾的酸度，的確是一瓶別具一格的好酒，我連忙點頭，示意侍者為所有同伴倒酒。

又過了一會兒，下酒小點心也來了，一碟鋪滿各式臘腸、火腿、醃肉的肉品切盤，一碟三種不同起司的切盤，還有一碟托斯卡尼油漬菜（sott'olio misto）；在廣場樹蔭下，我們放鬆心情，一面啜飲美酒，一面品嚐滋味豐富多彩的佐酒美食，一面還看著廣場輕盈流轉的光影與人群。我們漫無邊際地聊著天，談著近日來旅行途中的種種見聞感受，心裡不再記掛旅行的行程與計畫，有一種時間靜止的悠閒之感。

這時候，我卻忍不住注意起鄰桌三位衣著艷麗的中年女子的食物，她們大概比我們更早一步入座，但光是拿著菜單聊天就耗去不少時間，其中一位面向我的女子，穿著西裝外套，裡面一件翻領的大紅襯衫，一副女強人打扮，她一面戴上大框眼鏡看著菜單，一面還對著手機大聲講話，侍者前後被召喚了三次，好不容易才把酒菜點好（她們似乎是很容易改變主意的人，每次有一位女士點了東西，另外的女士就想到要更改她原來點的東西）。

我心裡想，這不是一家不搶餐廳生意的傳統酒店嗎？菜單上的簡餐，來來去去不是就是那幾樣嗎？她們為什麼有這麼多主意可以改變？現在，我們第一瓶酒已經快要喝完，她們的午餐終於上桌了。

每個人都是一個大盤子，放眼看去底層露出烤成棕色的 bruschetta（一種到處可見的小點，切片的麵包塗了橄欖油和大蒜去烤），上面鋪滿了油光紅亮的蕃茄切丁，還有一些綠色沙拉葉，只有中央放著不同的內容，有一位盤上滿滿的火腿切片，另一位盤中看起來是魚，面對我的那位女強人，則動手切著一大塊牛排模樣的主菜，幾份菜餚看來誘人地美味可口，令我感到羨慕，但我完全記不得菜單上有牛排這樣的東西。

三位女士各自叫了一杯酒，有紅有白，書上提到這家酒店每天都開十幾種不同紅白酒，供客人單杯選點，每一款都物超所值，作者還說她自己經常去試各種當日酒款，並和老闆閒話家常，每次總能得到許多知識，看起來單杯點酒才是這裡常客的習慣。

消暑解渴的白酒已經喝完，我點的另一瓶紅酒也已經來到面前，這是來自義大利最北邊、靠瑞士邊境的Alto Adige地區的紅酒，此區酒莊很多冠有德國姓名，大概是瑞士德語區人士移入的緣故，眼前這瓶酒的酒莊也有個德國名號，叫做Rockhof，酒名叫做Caruess，Alto Adige以白酒聞名，老侍者卻推薦我紅酒，也許有些原因。酒倒入杯中，呈淡紅紫色，看來是比較接近黑皮諾（Pinot Nero）的路數，入口之後，果然淡雅有味。配著盤中的黑豬火腿，食物與酒的滋味都提升不少。我持著酒杯，啜飲一口，忍不住舒服地嘆了一口氣。

這種時刻追問酒莊與酒品的來歷要做什麼？夏日午後在廣場上無所事事，放鬆心情，美酒相伴，就讓日子貼著肌膚自然流逝，我們似乎已經體會到托斯卡尼人心目中「美好生活」的真義，酒是否出自名廠並不重要，心情好、同伴對，每一支酒都能提供你片刻美好時光。這種徜徉佛羅倫斯一角的幸福感，似乎並不需要用很高的代價去取得。但這樣的美好時光，是誰提供給我們的呢？

我們離開托斯卡尼奇揚弟（Chianti）地區的時候，特地從瑞士趕來陪伴我們的德國友人絲兒可（Silke）非常憂愁，因為她不能再陪我們前往佛羅倫斯了，我要她別擔心，她卻滿臉愁容說：「可是你對佛羅倫斯一點都不熟，你們要去哪裡呢？」

我露出微笑，拍拍我的書包說：「When I travel, I always arm with a couple of books.」

不是嗎？當我四處行走之際，「我總有幾本書防身」。我讀著書本，有時候我循書中線索走進陌生城市的僻巷酒店或黑暗城區餐廳，並不特別感到害怕，因為我知道我有「某位知識豐富的友人」與我相伴，我其實並不孤單。

每一本書的存在，就意味著一位「前行者」的存在，你並不是一位「冒險者」，你只是一位「追隨者」。所以說，豈止是讀書「防身」，我幾乎可以說，

「have book, will travel.」

旅行與讀書的關係極其微妙，讀書常常在旅行之前很久就已經開始了，甚至開始於你不自覺之處。

常常是因為書中所述的某件事，觸動你前往某處的動機，特別是如果你有一個「眾人無法理解的目的地」，常常是因為你讀了一本「冷僻的書」的緣故。我曾經來到靠日本海離能登半島不遠處一個荒僻的小漁港，來到一家可以投宿的「魚料理餐廳」，這個地點在任何旅遊書裡都找不到，原因就是我有一次在一本日文旅行雜誌裡看到一則讀者投書，提到這家令他終身難忘的餐廳，他的贊歎口氣不知怎地就觸動了我，後來有機會設計前往附近地區旅行的計畫時，就有「某種理由」使它突然轉彎，成為後來那樣的蛇行曲線，我和我的朋友也因而得到另一個終身難忘的經驗。

沒錯，讀書開啟了一場旅行，我們甚至運用書本「想像一場旅行」，我指的就是我們參考各種書籍來計畫旅行的時候。書中有各種資料和提示，告訴我們此處如此，他處如彼，這家餐廳有難忘的滋味，那家酒店有獨特的風情⋯，我們乃從中挑選心之所嚮，因而有了一場旅程的構想。

然後，如果我們計畫成真，有幸成行，我們也通常帶了書本出發去旅行。

帶著書本去旅行，有時候是為了打發旅途中不可避免的「無聊時光」，譬如長程飛行時或困居車站時，手邊如果有一本不用大腦的通俗小說，時間會流動得更快一些。但這些是做為「伴侶」的書，就像「咖啡伴侶」（coffemate）一樣，本身並不成就一場旅行。另外有一些書則「任重道遠」，因為它們要負起「指導」旅行的責任，它們提供資訊與建議，供你檢索與參考，它們是所謂的「導遊書」，也就是特殊的書本類型：「旅行指南」（travel guide）。

我們旅行總是帶著一本或幾本旅行指南，雖然不限是哪一種型式或體例，總之，旅行中有一些書是預備用來「驗證」或「兌現」之用。它將是我說的與「真實世界」相遇的書，也就是描述的世界與真實的世界要面對面的時刻。

這些兌現時刻，決定了你將「由書所成」還是「為書所毀」，決定了你對「真實世界」的適應程度，決定了你旅行歷程的幸福與否⋯。

◆

旅行時隨身必備的「旅行指南」，並不一定每次都安全護送你抵達彼岸。

有一次，在瑞士旅行來到茵特蕾肯（Interlaken）時，我被隨身攜帶的旅行指南書中的一段話吸引著了，它說：「全瑞士最美麗的景致出現在少女峰區域，…人們的注意力太常聚集在當中的三個巨峰：少女峰（Jungfrau, 4158公尺）、僧侶峰（Monch, 4099公尺），和艾格峰（Eiger, 3970公尺）；…但閃閃發光的皓首雪峰只是一半的真相，鄰近山丘與溪谷以綠色、棕色、金色交織而成的景色其實更為美麗…。」

我讀到這段話停了一下，因為我讀到的「言外之意」是，只知道遊覽少女峰的旅客並非真的「行家」，懂得在「鄰近山丘與溪谷」尋求旅遊目的地的人才真正懂得這個區域的隱藏之美。怎麼辨？照這樣說，我也即將變成一個「外行人」，因為我雖然此行並無計畫，但前一天從瑞士、義大利邊境的盧加諾（Lugano）湖畔來到此地，本來正是為了搭乘登山火車上少女峰，現在我可躊躇了。

我趕緊在書中繼續尋找「鄰近山丘與溪谷」的資料，發現了一段語焉不詳的話，它說：「…在那裡可以搭乘齒軌火車（cog-wheel train）直上標高2001公尺的舒尼格・普拉特（Schynige Platte），此處景觀開闊，是遠眺三高峰最佳觀賞點，並有一所種植五百多種花草的高地植物園（門票三瑞士法郎）。在這樣的高度，許多花卉都到六月、七月才開始盛開。有一條絕佳的健行路線可從此出發，前往法爾宏恩（Faulhorn，標高2681公尺），再經巴哈湖（景色如畫，許多旅行畫片以它為景），最後可達法斯特（First），單程健行約需六小時，法斯特山區有纜車可直抵山下的格林德（Grindel），並有路線巴士接往格林德森林（Grindelwald）⋯。」

雖然線索不多，但我已經相信這是比直上少女峰更有意思的旅程，六小時腳程聽起來對我也還游刃有餘，花一天時間爬山走路也比較像是來到這個「千山之國」該做的事，我當下就做了決定。

我把大背包寄存在茵特蕾肯火車站的Locker裡，揹上一個能收納過夜所需的中型背包，興致勃勃地向舒尼格．普拉特出發。搭上齒軌式登山火車，火車咬著齒軌，爬上坡度陡峭的山路，木製的車廂嘎嘎作響，經驗頗為有趣。抵達舒尼格．普拉特時，時間還早，才八點鐘，我與同伴先去參觀高山植物園。不知是時間的緣故，還是其他原因，園內人蹤罕見，我們兩個人東逛西看，只見花草鳥獸，不曾遇到其他遊客，連管理工作人員也渺無所睹。

出園之後，我看時間不到九點，心想六小時的健行時間綽綽有餘，如果我們腳程正常，應該在下午三點不到即可抵達纜車所在，也許傍晚以前我就有機會到達格林德森林，再來尋覓住宿之處應該不難。我們追隨山上的指標由西向東行，看見也有不少人前來健行，健行者兵分二路，一部分人向山下走去，大概他們的路程是走回火車起點，一程坐火車，一程走路，有人由上而下，有人由下而上，這裡空氣新鮮，景色怡人，顯然是很好的休閒活動。

另外一些健行者則往東出發，看來方向與我們相同，或許也是同條路徑的伴侶，這樣就更令人放心了。走了一小段路，木製指示牌消失了，路標就直接用油彩寫在石塊上，路也變狹窄了，健行者慢慢自然形成一列單人的蜿蜒曲線。這時一位高大健碩的女子靠過來，微笑問道：「Guten Morgen（早安），你們往那裡去？」

我連忙答禮：「Guten Morgen，我們要健行，預備走到法斯特。」

這位友善的婦人從頭到腳把我打量了一下，遲疑一會兒，欲言又止，她揮揮手上成雙的登山手杖：「你需要手杖嗎？我可以給你一根。」

我說：「非常多謝，但我想我這樣可以的。」

她看了一下我的同伴：「也許你的夫人需要一根手杖。」

我說：「她和我一樣，很會走路，謝謝你的好意，真的。」

這位臉部線條剛毅、戴著運動墨鏡的高大金髮女子拘謹禮貌地點點頭，揮揮手向我們告別，轉身離去，她健步如飛，不多時，她已經離我們有好一段距離了。

我遠眺她的背影，心裡覺得不祥，因著她的提醒，我才注意到其他健行者的穿著與裝備都與我們不同。拿這位女士來說吧，她頭上戴著毛線帽，臉上戴著防紫外線墨鏡，身上穿著雪衣夾克，腳上穿著厚重的登山靴，手上還拿著一副登山手杖，杖尖還有一個圓圈圈，如果沒有認錯，我在書上看過這種手杖，它是雪地登山用的裝備。但現在是盛夏的七月天呀，我們不是只要在山上「走一走」（take a hike）嗎？

我看看我自己，上身一件馬球衫，下身一件牛仔褲，腳上踏著休閒型皮鞋（旅行之際有時在城市，有時在鄉間，有些場合輕鬆，偶而也有略為正式的場合，如果不想帶兩雙鞋，一雙可以混充正式的休閒鞋是很好的選擇），背上有個行動時略嫌太大的軟背包，我的服裝比較像是在城中遊覽的觀光客，做為登山客就有點遜了。但人在路途，總不能樣樣如意呀！

那些裝備齊全的健行客已經走遠，我們已經落單。這倒也讓我省去憂愁。事實上，這條路很快就走到山脊稜線上，右邊遠方就是少女峰等三巨峰的連峰全景，山頭覆蓋著皚皚白雪，氣象開闊，雄偉壯麗。左邊遠處是不知名的山峰，山勢較矮，但山形嫵媚，一片翠綠，也是賞心悅目。山路兩旁，盡是破碎碎石，碎石中有雜草與白色小花破土而出，緊貼地面，不畏山風。兩側往下陡坡之處，綠草連綿，間或有棕紅色或黑白相間的牛隻在綠茵中吃草，牠們脖子掛著巨大牛鈴，移動時鈴聲輕脆，悅耳動聽。

這時候，輕風徐來，略帶涼意，鼻腔中都是草香，覺得彷彿身在仙境。或者不是仙境？我又沒去過仙境，不知仙境是什麼模樣。但此情此景，至少說身在「風景卡片」中絕無疑問。所以，一刻鐘之前，一位陌生女子捎來的奇怪問候，已經被我忘在腦後。

一面走在高山上，一面看著遍山漫野愈來愈多的綠草地與小白花，心情十分舒暢。這時候我突然想起來，這些到處可見的小白花，不就是德奧民謠裡的edelweiss嗎？edelweiss這種菊科的薄雪草，遍生於阿爾卑斯山區的岩石間，此刻我們正在阿爾卑斯山區，行走在小白花的故鄉，而小白花未曾預告，一下子就滿坑滿谷地冒出來，讓人毫無準備也喜出望外。

我們走了約莫一個小時，本來還可以看見一些遠方前面的健行客身影，但現在我們轉進了一個山谷感覺的地方，太陽一下子被高山陰影所遮，變得陰暗涼爽也比較狹窄局促，視線變得不開朗，也看不到其他人蹤了。

可是再一個轉彎，眼前出現的景觀可把我嚇傻了。我們大概是走到了山的背陽面，雖然已經是真夏的七月，眼前出現的是一整片未融的雪坡，白花花覆蓋了山面與山路。走在前面的健行客此刻又看見了，他們正走在雪坡上，山的坡度極陡峭，山路此刻只是雪地上一個個踩出來的腳印，健行客走在山坡上像是白色雪坡上一個個黑色剪影。那腳印踩出來的山路旁，是一路直下數百公尺的山谷，最底下則是淅瀝聲響的溪澗，只要一個失足，你就要滾下幾百公尺，撞上各種巨石，最後則落入那些雪水融成的溪谷之中⋯⋯。

◆

面對右有雪坡，左有落崖的羊腸雪徑，我看著自己空空的雙手，以及腳下的平底皮鞋，躊躇再三，不知該不該落腳。此刻突然想起剛才遊完高山植物園後，火車站旁有家鞋店提供租鞋服務，那是登雪山的專用靴鞋，靴底有固定釘的那種，而且強調可以在此地租，在下一站還，你無需回頭，現在我可終於知道是怎麼回事了⋯⋯。

但千金難買早知道，此刻回頭到出發點又要一個鐘頭，來回兩小時，我的六小時健行不就要變成八小時了嗎？眼前這條路看來雖然驚險，但未融的雪地僅限於山的背陽面，也許就是這麼一兩處，既然乘興而來，何不就隨興而為呢？何況導遊書上說得一派輕鬆，應該不是什麼真正困難的路線吧？想到這裡，精神與勇氣都恢復了，就決定上路了。

陡坡雪地上的「路」，就是一個一個的「腳印」踩出來的凹陷。我小心翼翼把鞋底印在「前人的腳印」上，走了兩步，發現很困難，因為那雪早已踩成冰塊，又硬又滑，只要腳底一滑，我就得滾下那幾百公尺的深淵了。我改變策略，面向山壁，把手扶在雪坡上，積雪時日已久，此刻也變成冰了，抓起來尖銳刺掌。但我們也顧不得這許多。雙手緊抓雪壁，兩腳戰戰兢兢，一步「一腳印」，試著穿越這條攔著山腰的雪路。

途中有幾次感覺到腳底打滑，一顆心像要從口中跳出來，但幸好另一腳是踩穩的，手上也傳來抓緊雪地的刺痛，總算一步一步，有驚無險地穿越了一片山坡。當我們走完雪路，重新回到碎石與草地的路上，我覺得自己緊繃的身心都鬆弛了下來，回頭再看那一片陡峭的雪壁，驚心動魄，簡直不敢相信真的已經度過了這一關。

往前看，前方我們已經完全看不到任何健行客的身影，視野又變得開闊，只見遠方的連綿山峰，棕灰的地面和散落其間的綠意與小白花，心情重新又感到快慰愜意，忍不住想吹起口哨。

約莫又走了半小時的稜線，我們又走進一片涼蔭，山路似乎又下坡轉進一個山谷，再一個轉彎，我們又傻了，一整片比剛才更大更陡峭的雪壁出現在眼前。我們再度走到了山的背面，另一大塊未融的雪坡擋住我們的去路，雪壁仍然是有路的，也就是那沿著雪壁腰上刻出來的一個個「腳印」。我們倒底是走還是不走？

不走的話，我們就要回頭，就算放棄，也要再走將近兩個鐘頭，才能重新乘坐齒軌火車下山，更重要的是，你還是得穿越好不容易才通過的第一片雪壁回去，那片雪壁有比眼前這一片雪壁容易嗎？這一片雪壁帶你「走向」目標，另一片雪壁帶你「放棄」目標，我應該走哪一片雪壁？

我和同伴商量，她聳聳肩說：「都已經走到這裡了。」說得也是，我們已經走了兩個多鐘頭，如果「照書本上說的」，我們應該只剩三個半小時路程，就算前方還有兩片雪壁，咬一咬牙，也就撐過去了，不是嗎？

我們再度走上雪壁，手腳並用，又爬又走，走在驚心動魄的硬滑冰地上。沒有穿戴手套的雙手，已經因為抓著雪壁而多處割傷了，現在手心隱隱作痛。但我心中仍有不真實的感覺，此刻是七月的盛夏，我的頭上因為日曬而冒著汗，我的手掌卻有凍傷之虞，而踩在冰壁的休閒鞋擋住足底傳來的寒意，這究竟是什麼樣的一種情況？

用了也許是半小時，但感覺像一世紀一樣長，我們又越過了這片雪壁，吁噓了一口氣，一面暗稱僥倖，再度走在景觀美得不似人間的壯麗山景，清風徐來，空氣中充滿香氣，心情也跟著又愉悅起來。

好消息也不久長，再一個轉彎，第三片巨大的雪壁冒出眼前。我們對望了一眼，搖搖頭，但我們已別無選擇，也不用討論了，我率先又踏入冰壁上「前人的腳印」，我們已經不是「健行」，而是「爬行」，手掌心傷痕累累，手背上卻被曬得發紅發燙。已經爬過兩片雪壁，卻也無法降低心中的恐懼，每當向下看著腳下幾百公尺的溪谷，聽到轟隆隆的溪流聲，還是忍不住一陣腳軟，手上抓著冰雪就更緊了。

再度越過雪壁，回到正常山路上，我們已經不再抱持「這是最後一片雪壁」的虛幻期望，我們傾向於相信，前方還有更多更大的冰壁正在等著我們。我們趁著走在尋常山路，看到坡地上有放牧的牛隻，走下坡地想找一點人蹤求助，但我們看不到半個人影。在一個廢棄的牛棚，我們拆下幾片木頭，看看能不能充當登山手杖來用。果然，走沒多久，我們再度面對一片雪壁，我們試著使用新來的登山杖，雖然形狀不對不容易趁手，但終究多了一個支撐，平衡感覺好得多，我們也就信心大增了。

幾乎轉一個彎，就出現一片雪壁，愈來愈頻繁，我也數不清我們到底走了幾個雪壁。我開始感到飢腸轆轆，看看錶，此時已是下午一點多，我們已經走了四個多鐘頭，也難怪餓了。我翻找背包，沒看見半點零食，只找到一罐前一天在路上購買未喝的啤酒。越過一片雪壁後，我把它放進冰壁裡冰一冰，坐在路邊石塊上就分著把它喝了，權充一個簡單的午餐。

吃完克難午餐，精神恢復過來，我一面覺得自己有點可笑，一面也覺得這是人生不可預料的奇遇之一，何不苦中作樂呢？我們再度抖擻精神，大步向前走了。

沒有再走太久，就在我們穿越另一片雪壁之後，我們走進一個幾乎全被積雪淹沒的山谷，遠遠看到有民房，心裡不覺一振，不由加快腳步，內心一面揣摩，這究竟是哪裡？猛可想起書上說的，在健行路線上，有一處賣咖啡和香腸的所在，雖然簡陋，卻是登山者休憩補給的好去處，也因為這段話，讓我覺得準備糧食並無必要。想到有熱騰騰的咖啡可以充補，心裡更加興奮期待起來。

但走得愈近，愈覺心疑，因為看不出一點人氣。走近看清了，一間小木屋被積雪掩蓋，屋外有一些不辨形體的木桌木椅，的確「曾經」是個營業的咖啡店。但看這副積雪深埋的模樣，不營業應該已經很久了，書上的資料顯然是過時了。

熱騰騰咖啡的盼望落空，我有點感到洩氣，也覺得有點累了，我們撥開木桌椅的積雪，先就坐下來休息。但我有點納悶，我們已經走了五個小時，這個地點究竟是哪裡，離我們要去的地方還有多遠呢？

突然間，遠方傳來一陣笑聲喧嘩，我抬頭看見雪路上走來三個人影，他們一面喧鬧，一面也看見我們，揮手向我們打招呼。這倒是第一次我在這個路線見到對面有人走來，如果此地離纜車不遠，他們可能只是上山走走，隨即原路下山，但也意味著路途不遠了。

等人走近，發現他們是三個衣著簡便的年輕人，T袖、牛仔褲，腳踩球鞋，手上也沒登山杖之類的東西，和我們一樣，他們是一隊訊息不足、裝備完全不對的健行客。

「Hi, there，你們是從舒尼格．普拉特來的嗎？」為首的一位年輕人問道。

「是呀！」我說。

「還有多遠？」

「我們走了五個鐘頭。」我說。

三位年輕人抱著頭發出慘叫。但我有同樣的疑問，我問：「從這裡到纜車有多遠？」

「我們走了四個鐘頭……。」

◆

「嗄——！」聽到三位年輕人說離纜車還有四個鐘頭，現在輪到我抱頭發出慘叫。他們面色不安，繼續探問：「前面的路和我們來的地方一樣恐怖嗎？」

「我不知道你們那邊什麼樣子，但我們來的路上是夠恐怖了。」我一面比手畫腳把我來的冰天雪壁描述了一下，為首那位年輕人蒼白著臉，回頭以詢問的眼神看著他的同伴：「我們要回頭嗎？」

另外兩位穿T袖的年輕人立刻發出淒號，好像天塌下來一樣：「No!!!」

為首的年輕人乞求援助地看著我：「How about you, Sir?」

「我也絕不回頭。」我一面站起身：「而且我覺得我們應該立刻就動身，免得天黑了還在山上。」

我們互相祝福對方幸運，動身前往不可知的前程。

我再度走到雪地上，新的路段不是一整片高懸的雪壁，而是一個積雪盈尺的山谷。我們的每一步都要踩進鬆軟不一的雪地，有人走過留下腳印的較硬，無人走過的較軟，一部分雪地也在融化中，溼軟的雪泥中偶而還冒出堅韌的雜草。我們發現踩在雜草上比較不容易滑動，而手上那兩片木板也對平衡有很大幫助，走起來比前段快多了。

但四小時才走到纜車這句話糾纏著我，我感到恐懼。此刻已經是下午兩點多，如果真的再要四個鐘頭，我們抵達纜車站已經是六點以後，而纜車的末班車是四點五十分，意味著我們要自己走下山，那可能又要一個多小時，到了山下天已經黑了，更糟的是巴士也沒有了，前往格林德森林的計畫又要如何進行？

我們加快腳下的速度，走完雪谷，又看見一大片雪壁，好像一連串的路線都走在山的背陽面，不知何時才能重見陽光與草地。越過兩、三片雪壁之後，雖然還是積雪處處，但我感覺路線綠意又多起來，慢慢連雪壁也不覺得太恐怖，可能是比較適應了。

我和同伴不再像剛出發時那樣一路上有說有笑，我們各自悶著頭走路，愈走愈快，只希望那三位年輕人的情報有誤，我們還有希望可以趕上纜車的末班車。

一面快走，我內心一面也有點抱怨起那一本一路伴隨我的旅遊指南書來。為什麼沒有絲毫線索提到夏天可能仍有積雪？為什麼也沒有提醒讀者，這不是一般的健行路線，你需要一點雪地的裝備？

山路轉了一個彎又一個彎，每過一轉彎，就再出現一片雪壁，偶而也出現有雪谷路段，我們也麻痺了，看到雪壁就爬過去，看見雪谷就踩過去，不再多想。最後我甚至對自己腳下的Camper休閒鞋感到驚奇，覺得它的表現太神奇了，我已經在雪地和山路裡走了七個小時，這雙城市裡的休閒鞋竟然還沒有一點變形或滲水的跡象。

走著走著，山路和雪地還是綿延不絕，放眼望去，群山層層相疊，不知所終，而我腕上的錶面已經顯示五點，代表著末班纜車已經開走，我內心忍不住嘆了一口氣，腳下也進一步加快腳步。

大約是在五點二十分，我們終於看見纜車站的蹤影。走近看時，已經空蕩蕩無一人影。纜車站旁有小路下山，看來也是積滿白雪，旁邊還有許多湍湍小溪流，發出琤琮之聲，可見積雪是在融解之中。

我們走在雪地上，積雪和雜草、爛泥混在一起，我的鞋子再也無法保持乾燥，雪水從鞋子上方流入鞋中，襪子濕了，腳底覺得又冷又難受。開始走的時候還覺得路途清楚，但再走下去，發現山路愈來愈陡，腳下很難平衡，我走得又急，有好幾次就滑倒在地。在其中一次滑倒時，我重重摔在雪地上，一時竟然停不住，一路往山下滑去，我用手上的木板充做煞車，才減緩了速度。但卻在這一摔裡領悟了某種訣竅，我發現可以坐在雪地上，用「滑溜梯」的方法向下急降，並用手上的木板來控制方向並煞車。

我和同伴立刻改採這個方法，在較陡的坡段，用坐位滑溜的方式前進，來到坡地較緩處，我們再站起來步行。這個方式速度很快，前進也很順利，至於牛仔褲完全濕透，屁股碰撞石塊疼痛不堪，也顧不得了。

且滑且走，不多久，坡度愈來愈緩，雪地也面積變小，水聲愈來愈大，處處有湍流，草地又開始大片大片地出現。不知何時，我發現我們已經完全走回到路地上，處處有流水綠地，偶而看見牛隻，又是一番田園景象。我猜想我們的惡夢已經過去，我們應該是回到「人間」了。

我想我們已經來到格林德，只是還未見村莊和人蹤。很奇怪的，坡地和緩了，心情也和緩了，在山上還一直擔憂著無巴士可乘，此刻我也不感到害怕，反倒相信「船到橋頭自然直」了。

我們像散步一樣，依依不捨地丟掉手上的木杖，走在風景如畫的田園裡，山路不知何時已轉成舖裝路面，到處流竄的湍流也已經變成溝圳，田園已不再是純粹的自然景觀，我們感覺到人工介入的痕跡，我們已經回到「文明世界」了。

既然有「文明」，應該就有人蹤，很快的，我們開始看見農舍，看見道路，更遠遠看見一棟大房子，那有可能是某種「營業」的所在。靠近時，果然看見一家正在收拾打烊的咖啡店兼賣店，一位老太太正在門口清掃整理，在她身旁就是巴士的站牌。

「Hi, Good evening!」我趨前和老太太打招呼，她抬起頭充滿興味地看著一身狼狽的我們。我指著站牌問：「還有往格林德森林的巴士嗎？」

老太太用灰藍色的眼睛瞅著我，似笑非笑地說：「最後一班車一個鐘頭前已經走了。」

「這附近有任何地方可以住宿嗎？」

「最近的地方就是格林德森林。」

「那怎麼辦？我有任何方式可以找到車嗎？」

「我幫你到停車場看看。」說完之後，她轉身走到房子後方，一會兒又走回來說：「停車場裡還有一輛車，他們可以載你一程。」

我們走到停車場，一位略為禿頭的年輕男子正在清洗一雙沾滿泥濘的鞋子，他的車子停在一旁，車門開著，一位金髮女子正在整理她的頭髮。我走過去和他們打招呼：「你可以載我到格林德森林？」

男子頭也沒抬，說：「是呀！我順路的。」他又問：「你們是從纜車站下來？我們剛才也才走下來。」跟著又指了指那雙滿是泥濘的球鞋。

我說：「我們是今天早上從舒尼格．普拉特走過來的。」

男子一面把鞋子放進車內，一面吹了一聲口哨，好像對這個回答感到驚訝，但他只說：「進來吧，我們可以走了。」

◆

好心的一對年輕男女願意載我們一程，我們鬆了一口氣坐進車內，這才看清楚我們一身的狼狽。我的休閒鞋和襪子已經完全濕透，牛仔褲也完全濕了，身上處處沾染了泥漬，我背上的背包也在滑下雪坡時弄濕了，汗水流在我們的額頭上，頭髮全部糾結成一團，我們的確像是歷劫歸來的倖存者。

車上兩位男女講著法文，我搭訕地問他們的來處，男子回答是日內瓦湖畔的洛桑（Lausanne），也是出來旅行的，大家因此聊起分別去了那些地方。不過車程不遠，對話無多，很快地我們就抵達格林德森林的火車站，男子很客氣地問我：「把你們在車站放下可以嗎？或者你希望我載你們去其他地方？」

「車站就可以了，非常非常感激。」

下了車，與好心車主告別之後，我發現自己兩腿酸痛沉重，舉步維艱，我已經沒有力氣再走進站前的遊客服務中心去尋找住宿資料。我把手一指，指著眼前看見的一家最大最近的旅館，說：「就去那家吧。」

那是一家花園盛開、窗明几淨、充滿渡假氣氛的木造旅館，走進大廳，穿著瑞士傳統服裝、站在櫃台服務的小姐露出潔白如編貝的牙齒：「一般的客房已經滿了，我們只剩一間眺望山景的套房，價錢是395瑞士法郎含早餐，可以嗎？」

我已經失去換算貨幣的能力，也沒有再探問另一個房間或另一家旅館的力氣，此刻我對任何建議都會回答：「Excellent, I will take it.」

走進房間，我已經精疲力盡。鄉村風的房間極其奢華舒適，各種木製傢俱搭配著大量的鮮花植物，還有一個寬大的陽台，擺著桌子和躺椅，從另一個角度面對少女峰的連綿高山，距離較近，山勢看來更為雄偉。最誘人的是那張鋪著碎花床單的舒適木床，但我知道我不能靠近床，我一定會爬不起來。因此我們先梳洗了一番，決定在旅館先好好吃一頓晚餐。

泡在熱水浴缸裡，我開始清楚地感覺到身上每一個地方的疼痛。手掌被冰雪刮傷多處，手背因為未塗防晒油而晒傷，腿部和臀部因為滑下雪坡而處處瘀青，大腿小腿則因為不斷上下坡而酸痛不堪……。梳洗完之後，我又發現另一個問題，我根本沒有衣服可以進入正式餐廳，我身上換下來的髒破衣服是我僅有的外出服，背包裡放的只是過夜用換洗衣物和睡衣。而在辦住房手續時，我看到餐廳裡全是穿著正式服裝的紳士與淑女。

但我們也顧不了這麼多，我上身是另一件休閒服，下身只有半短的睡褲，鞋子已經全濕了；同伴比我稍好，但也絕不是適合晚宴的模樣。餐廳一半在花園裡，我們要了一個戶外的座位，兩個野蠻人坐在衣冠楚楚的瑞士高雅人士當中。所幸大家好像也見怪不怪，沒什麼人多看我們一眼。我們點了羊肉、點了魚，還叫了一瓶白酒；此時星光下用餐的氣氛特別悠然，食物也顯得特別美味，唯一的困難是自助式的沙拉吧，每次要站起來拿餐的時候，全身各處的疼痛就會提醒我，我才剛從一場災難歷劫歸來……。

當晚也是人生少有的深沉睡眠，無夢無擾，「一夜黑甜」，醒來彷如隔了一世。清晨時分，我全身仍舊酸疼，但精神抖擻，坐在陽台的鐵桌上看書寫稿，桌上一杯剛煮好的咖啡，巍巍的少女峰近在眼前，我時時停下來注視著美麗的山景，享受一下什麼也不做的悠閒，心中突然若有所悟，我告訴自己，你已經不再年輕，下次遇見山的時候，不妨在山下遠眺就好，不一定非要爬上去不可⋯⋯。

這個意外反而成了這次旅行最難忘的經驗，我記住了我在陽台上的「頓悟」，卻忘了一本旅行指南差點讓我命喪異鄉的危險。直到很多年後的有一天，報紙上說有一位澳洲青年來台灣自助旅行失了蹤，他的父親追來尋找，從青年的旅行計畫和他生前行蹤研判，他可能使用某一本旅遊指南，試著要走台灣中央山脈的一條古道，但那條古道荒廢已久，書中卻還畫出可以行走的地圖。山友救災團體組隊協同父親上山搜索，在山中找到青年的登山背包，部分衣物，那本誤導青年上山的旅遊指南也還在包中，書上還有青年在古道資料畫線的痕跡，但這位年輕人是再也沒有回來了⋯⋯。

順便一提，這位澳洲青年用的旅遊指南和我用的是同一個系列。

所以我說，盡信書不如無書，你旅行時隨身攜帶的旅行指南，不一定每次都安全護送你抵達彼岸，有時候還把你送進死亡或災難。

但我們又有什麼選擇？這不就是書本的力量，我們因為讀書而觸動某一場旅行的動機，我們也因為讀書而規劃了某條合情入理的或曲折詭異的旅行路線；

我們更選擇了書本（在這裡是旅遊指南）做為行動時的錦囊，一舉一動都向它探問，並且乖乖地遵從它的各種建議。

這也還不是終點，我們的閱讀並不因為旅程結束而終止。事實上，我們還可能繼續閱讀，也繼續閱讀和我們旅行地相關的書，或者說，我們對我們去過的地方可能閱讀興趣還會增加許多，因為我們對它有了某種親密的理解，也在親身接觸中建立起《小王子》裡狐狸說的那種「馴養關係」⋯。

甚至我可以大膽的宣稱，關於旅行地的閱讀，我們是從旅行結束後才真正開始的。在旅行之前，我們對旅行地的閱讀是一種「想像」；在旅行之際，我們對旅行的閱讀則是一種「摸象」；只有在旅行完成之後，或者「一再完成」之後，才是我們真正對旅行地了解的開始。

去過托斯卡尼之後，再讀《托斯卡尼艷陽下》我會有不同的理解，我不再只了解字面，我還了解氛圍，我甚至知道如同認同她的感受。去過羅馬之後，當我再讀到有人說：「問起羅馬司機哪一家餐廳的麵食最好，每位司機都有他們獨到的名單和見解，但是最好的麵食恰巧是他媽媽的秘方。」你會忍不住露出會心微笑，你不是讀懂文本，你是「經歷」了文本。

我曾經在日本深山旅行，目睹深山旅館的工作人員背負重擔，把所需的物資補給（包括當日報紙、換洗床單、以及晚餐所需的生魚片等）靠人力一點一滴背負進去，敬業精神令人印象深刻。多年之後，日本電視上介紹到這家秘境旅館，並且介紹工作人員背上的背包，說他們在崎嶇的山路上行走，每日背負的重量是「三十到四十公斤」，節目上負責大驚小怪的外景主持人忍不住掩口驚呼。我瞥見電視上這短暫的一景，瞥見工作人員熟悉的身影，我內心卻有更深沉的感受，這不再只是電視採集的奇風異聞，我知道我識得他，也略識一點他所在的世界。

不管是那一種「閱讀」，總是在旅行完成之後才開始。

我來過，我看過，我了解⋯⋯。

吟誦奧瑪・開儼的地毯商人

「您覺得我應該先把它收起來嗎？」他表情嚴肅，灰白濃密的眉毛之下射出一線銳利的目光，隨即閉了起來。

「哦，不，讓我再考慮一下！」我忍不住發出哀號。

「那，那一張呢？我們是不是把那一張先拿走？」戴穆斯林小帽子、蓄著山羊鬍子的喀什米爾男子張開眼，繼續壓迫著我，前方站立的那位捲頭髮漂亮小男生作勢要把地毯收起來，放到另一邊，我急急伸手制止他，悶哼似地低聲說：「不，再讓它留一會兒，讓我一起考慮。」

「They are beautiful, aren't they?」年紀應該已經超過六十的喀什米爾男子，相貌嚴肅，不怒自威，頭髮都發白了，他的英文雖然帶著濃厚口音，但節奏和語感無懈可擊。

「可不是？但，這裡又有哪一張不漂亮呢？」我嘆了一口氣，張開雙手，我的面前起碼放了七、八張各形各色的地毯。

「如果我說錯了，請原諒我，」他濃眉底下的銳眼再次斜射過來，偷偷地上下打量我，他緩緩伸出一根手指：「我可不可以說，您最喜歡的是這一張？」

「唉，你說得完全對，」我忍不住又要嘆氣：「You are perfectly right, but it's too expensive.」

他用手指正指著的，是一張蠶絲與羊絨（pashmina）混織的喀什米爾地毯，它不只是貴，事實上，它是今日展示的所有地毯當中最貴的一張；此刻它正平躺在地板上，隱隱散發著金金閃閃卻含蓄圓潤的光澤。

它的中央有六個方格，每個方格裡分別是不同的植物造型，或是伊斯蘭典型的「生命樹」圖案，邊框則是一層一層對稱的樹葉與花草的紋飾，用的顏色是金色、銀色、一點咖啡色，還有各種層次的綠色，從不同角度觀看，它還會呈現不一樣的明度和彩度，它的配色柔和優雅，織工細緻巧妙，我從不曾看過這麼美麗的地毯。但話說回來，除了博物館裡的古董地毯，我也沒看過很多市場上實際販賣的地毯。

他說他叫庫瑪（Kumar），一輩子住在喀什米爾，剛剛才來到德里；庫瑪露齒微笑，說：「太貴？啊，錢財乃是身外之物，價昂乃是因為美麗而生，但離開這裡，你再也看不到這樣的地毯了。」

他說的雖是狡猾商人的辯詞，但說一離此地再難相見，也確實是實話。

他趺坐在地毯上，閉目養神似地輕闔上眼，緩緩伸出食指在雙眼之間指著天，彷彿要發誓一樣：「您知道，我們家鄉有一位出名的詩人，我們喀什米爾人從前都是波斯來的，我們有一位古老的詩人，叫奧瑪．亥嚴……。」

我一下子掉入五里霧中，好熟悉又好陌生的名字，亥嚴，亥嚴，那個亥嚴？猛然我想起來：「你是說奧瑪．開儼嗎？」

山羊鬍老先生庫瑪點點頭，眼睛還闔著：「是的，奧瑪．亥嚴。」

Omar Khayyam，十一世紀、十二世紀的波斯古詩人，在中文世界也鼎鼎大名，大學時代曾是文藝青年的我也很著迷。但庫瑪的 Kh 發音是一種從喉頭發出咳嗽一般的濃濁之聲，赫赫作響，我的 Kh 發音卻是齒間咬牙切齒的卡卡課課聲，但我已經知道我們講的是同一位詩人了。

「是的，我們的老詩人，奧瑪．亥嚴，有一首詩，」庫瑪回轉頭，雙眼直視盯看著我，停頓了一下：「也許您也熟知這首詩，但請容許我用古老的波斯文為你誦讀一遍……。」

他別過頭，慢慢閉上眼，調節一下呼吸，微啟雙唇，唇上的髭鬍也跟著微微震動，然後他輕聲朗誦起來：契契切切，磬磬琮琮，叮叮咚咚……。啊，古波斯文的奧瑪．開儼，我一個字也聽不懂，但太美了，太好聽了，每一個音節都像歌唱一般，每一個句子都像押韻一般，好像押的是頭韻，又好像押的是尾韻，總之，我全身舒暢，好像三萬六千個毛細孔都有輕風吹透。但，那只是一下下，悅耳動聽的琤琮之聲就嘎然而止了，庫瑪也睜開眼，彷彿大夢初醒一般。

「這太美了，這太美了，」我由衷讚美：「但我一句也聽不懂，它到底說的是什麼呢？」

「我恐怕我的拙劣英文不能表達詩人的意境，」庫瑪面容嚴肅：「它的意思大致是說，盡興使用你的財富吧，我們終究要化做一坯塵土，有酒有歌，今朝宜醉，如此這般，如此這般……。」

夠了夠了，我已經招架不住了，一位以古波斯文吟誦奧瑪．開儼的地毯商人，氣質孤傲高貴，舉止談吐不凡，完全擊中我的要害，就算眼前這張地毯開出了嗜血天價，我也無法抗拒。

但山羊鬍庫瑪老先生還不放過我，他說：「所以，先生，人生是短促的，我們的錢財留著要做什麼用？地毯也可以不買，它並不重要。但如果覺得它漂亮，也何妨可以買，您也只會佔有地毯一小段人世間的時間，如果您真心喜愛它，這短暫就是永恆，這是詩人的真意，不是嗎？」

庫瑪露出微笑，捻著他的山羊鬍子，似乎對自己的雄辯與修辭頗為滿意。隨即他又說：「先生，您要再來點咖啡嗎？」也不等我回答，他頗有威嚴地大喝一聲，用Hindi語交待了幾句。很快的，一位同樣是黑色捲髮的漂亮少年用托盤再度端來兩杯咖啡。

我捧著充滿印度香料味的咖啡，心裡一面還迴響著奧瑪．開儼無法聽懂的音樂般的詩句，一面思索著如何延宕這筆交易，事實上我也真心對這位獨特的商人感到好奇：「庫瑪，告訴我，你說得一口完美英文，你在哪裡學的？」

「先生，謝謝您的誇獎，」庫瑪搖頭，露出一種謙遜的神情：「但，我的英文是極可憐的，再說下去我就要洩露我的貧乏，我的英文是在我的家鄉喀什米爾學的。」

「但你一定做過什麼，能讓你這樣使用語言？」

「先生，您讓我覺得羞窘，我做過一段時間的記者，到過若干地方，寫過一些不成樣子的詩，後來我在家鄉的中學教書，教了好一段時間。」他嘆了一口氣：「但您看看我，幾年前我生了場病，右邊的身體不聽使喚；如今我只是個舉不起右手的地毯商人，賣賣一點家鄉的老東西。」

他話題一轉，指著地上的地毯：「您看看這些美麗的東西，在我家鄉有幾個家族，世世代代織造這些地毯，已經五百年了，從前他們做給帝王將相，現在這些地毯，幸運的進入博物館，有的就流入尋常百姓家了⋯。」

◆

山羊鬍地毯商人兼詩人庫瑪鏗然有節所引誦的奧瑪．開儼，旅程結束後我忙不迭在家中找出塵封已久的舊書，經過反覆的翻尋與推敲，對照他所解釋的意思，覺得應該是下面這一首：

"Ah, make the most of what we yet may spend,
Before we too into the Dust Descend;
Dust into Dust, and under Dust, to lie,
Sans Wine, sans Song, sans Singer and-sans End!"

時恐秋霜零草莽，

韶華一旦隨花葬；
微塵身世化微塵，
無酒無歌無夢想。

我根據的，當然不是庫瑪朗誦的波斯原文，而是英國詩人費氏結樓（Edward FitzGerald, 1809-1883）的著名翻譯，也正是這份譯文讓奧瑪．開儼聞名於世，風靡了好幾個世代的人。中文譯文則是轉引自物理學家黃克孫先生的名譯，黃氏譯本用七言絕句古體衍義，追擬意境，不盡拘泥原句，附在上頭，只是為了便於參考，不能字字對照。但話說回來，費氏結樓的譯作也是如此，他並不完全忠於原文，而是本於原作精神的重新創作。但經過雙重「創作」之後，我們所讀的詩作與奧瑪．開儼的原文究竟有多大距離，已經是無法估計了。

順便一提，奧瑪．開儼的人名音譯，黃克孫先生本來是譯為更優雅的「奧馬珈音」，奧瑪．開儼則是昔日晨鐘版孟祥森譯本與桂冠版陳次雲譯本的用法，在台灣頗為流行，大陸學者則普遍譯為「歐瑪爾．海亞姆」，另外也有譯做「莪默．伽亞謨」的。如果從這位老先生的波斯文發音聽起來，「海亞姆」可能最為準確接近，但最沒有詩意氣氛；「奧馬珈音」最有詩人氣質，發音卻相對遠離真相。世事常常如此，真實與美麗難以兩全。

言歸正傳，話說山羊鬍地毯商人兼詩人庫瑪再次把我拉回現實話題，指著地上閃閃發亮的絲毛混織地毯，銳利的眼光斜睨了我一眼，溫柔地說：「…您看，如此美麗的地毯，您即使只擁有它片刻，那也已經是永恆！——先生，您想要這一張地毯嗎？」

這就來到我必須面對的「真理時刻」（moment of truth），我已經無可遁逃，訥訥地說：「Well，庫瑪…，」我小心翼翼地措詞，深怕冒犯這位三分鐘前才詩興大發的詩人：「庫瑪，我可以還一點價嗎？」

說出這句與奧瑪．開儼氣質絕不相容的庸人俗語，庫瑪面容嚴肅，低頭沉吟半晌，好像是發愁，又像是生氣，旋即緩緩抬頭說：「先生，我看您談吐不凡，想來不是學者就是作家，但我其實不知道您在哪裡高就，如果我猜錯了，也請您多包涵…。」

他頓了一下，又繼續說：「我們一定是有緣份在此相見，不然，此刻我應該在喀什米爾，您應該在泰國…，」

「Not Thailand, it's Taiwan.」我忍不住插嘴。

「Of course，台灣，I am sorry，…你會在台灣，我們老死不能相見。現在，我們坐在這裡，喝著代表友誼的咖啡，看著這美麗的東西。是的，先生，美麗的東西永遠伴隨著某種價格，但我知道我該怎麼做，我會試著免去您一些負擔，雖然我能做的恐怕只有一點點⋯。」庫瑪在胸前把手往地上一切，做出了一個決絕的姿勢。

但老天爺，這是什麼答案？這到底指的是七折、八折，還是九折呢？這種時候詩人的語言既無助於我的判斷，也一點無助於我的討價還價。

「但是，庫瑪⋯，你這麼說我很感激，但你倒也困惑了我，這到底說的是多少錢啊？」

庫瑪嘴角微微抽搐，灰白鬍子好像吹動起來，音量也突然大起來：「我們說的究竟是幾張地毯？是這一張，還是包括其他？」

我被嚇了一跳，但我也想起來自己不就是個生意人嗎？我也是略知談判的原則呀，我強做鎮定地說：「庫瑪，我不知道，走出這裡，即使買一張我也一定後悔的，因為我根本用不到這樣的東西。不如就請你先告訴我這一張的價錢就好了，可以嗎？」

庫瑪閉目端坐，嘰哩咕嚕大喝一聲，一位黑髮小男生快步送來一部計算機。

庫瑪低頭在計算機裡打了又打，算了又算，最後遞過來他的計算機，液晶螢幕上閃著數字：「2160。」本來開價是2750美元，那差不多是八折了。

但庫瑪指著另一張純羊絨地毯，圖樣是古典的伊朗花藤與葡萄葉紋，我曾在這張地毯流連多時，想必他也看在眼裡，他緩緩地說：「如果您連這一張都買，那我可以給您……」計算機噼哩叭啦一陣響，顯示的數字是是：「2720。」

「喔，庫瑪，不行的，我不能花這麼多錢買這些我根本用不到的東西。」我發出求饒的哀鳴。

「先生，不然這樣，您看那一張，那一張有著滿州圖案的地毯，您知道它是罕有的，又是那麼美麗，您再拿這一張，我只要給您……」計算機再度閃出數字：「2510。」

這張黑白相間、直線幾何圖案的地毯打開時，新穎紋飾與其他地毯大不相同，顯得十分搶眼，當時庫瑪曾稍加解釋，它用的不是波斯傳統花飾，圖案來自「滿州」（Manchuria）古毯，生產則還是在喀什米爾。現在庫瑪步步進逼，計算機裡顯示的數字，算起來新的一張全羊毛地毯，超過六呎乘四呎，本來要價六百九十元，現在只要三百五十元，比起來真的是便宜了。再多花三百五十元，就能再有一張美麗的地毯，真叫我有點心緒動搖了。

但，且慢，故事說到裡，也許我更應該回頭解釋這一切的來歷，何以我身處這個四面掛滿地毯的地下室，和一位髮鬢花白、貌似地下革命領袖、能朗誦奧瑪・開儼詩作的地毯商人庫瑪並肩席地而坐，我又何以陷入這種被兩張地毯夾殺的窘境…。

那是來到德里的第二天…。

自從我小時候在家鄉的小圖書館讀過糜文開先生譯的《泰戈爾詩集》之後，我已經不知讀過多少關於印度的書籍，僅只是英國史家約翰・基伊（John Keay, 1941-）談印度的作品，我至少就有全覽式的《印度史》（*India: A History*, 2000），談東印度公司的《尊榮的公司：英國東印度公司史》（*The Honourable Company: A History of the English East Indian Company*, 1991），與旅行、探險有關的《當人與山相遇》（*When Men and Mountains meet*, 1977）和《吉爾吉特大競局》（*The Gilgit Game*, 1979），或者是講英國工程師測量印度地表的《大弧線》（*The Great Arc*, 2000）等，還不說其他各種作家的作品。我已經不能確定我對印度的興趣起自何時，但「想像」終於要與「真實」面對面，這是我第一次來到印度…。

雖然是第一次前往印度，但「經驗」卻比落地更早。我先在網路上尋找相關訊息，很快就看到一個吸引人的標題：「金三角烹飪之旅」（Golden Triangle Culinary Tour）。大體上行程與一般自助式套裝旅行無異，「金三角」是個印度旅行的「入門行程」，主要包括德里市、艾格拉（Agra）和齋浦爾（Jaipur）三個城市所包圍的區域，但描述中出現另一些讓人嚮往的文字，譬如說：「回到旅館，參加旅館餐廳主廚為您示範的傳統印度晚餐廚藝，而享受完美味的印度料理後，您就可以回房間休息⋯⋯。」（…Return to the hotel for a demonstration on cooking a traditional Indian dinner by the hotel chef in the hotel kitchen. After enjoying the delicious Indian cuisine retire to your room for the night…）

當我看到行程裡每站都包含了某種與烹飪料理相關的內容，也強調他們安排的餐廳都是當地享有盛譽的名店，我感到怦然心動。於是寫e-mail信給當地的旅遊網站，詢問所述行程的細節。回信很快就來了，頭銜為行銷協理的寫信者署名拉喀許（Rakesh），這是常見的印度男子名，是「月亮」的意思；內容寫得禮貌客氣，要我說明需求，他可以客製安排並且報價，幾封電郵往返之後，我們以原來「金三角烹飪之旅」行程為基礎，敲定了天數與我的特別需求，主要是多幾天自由閒逛、什麼也不做的行程。

然後「月亮先生」的報價來了，看起來一點也不貴，但他在信末說：「因為公司的政策，您必須先付報價的百分之五十，我們才能進行代訂服務，另外的百分之五十則在您抵達德里時支付……。」（In regard to the payment, as per the company policy you are required to pay 50% of the total amount at the time of placing the booking and rest 50% of the amount on your arrival at Delhi.）

先付費用的百分之五十？這倒令我躊躇不決了。在我讀過的各種印度導遊書裡（沒錯，即使我還沒去過印度，但厚達千頁的磚頭式導遊書我早已經讀過十種以上，很多旅行地點幾乎都能成誦了），每一本都鄭重其事地提醒讀者「小心印度騙子」：要小心路上熱心來幫你找路的好心人、要小心導遊介紹你的任何賣東西的店、要小心路邊攤商的開價、要小心繞道並且漫天開價的計程車或電動三輪車（auto-rickshaw）、要小心車站裡協助你買車票的人、要小心這個、要小心那個……，從書中的諄諄告誡來看，印度簡直就是騙子的天堂或集散地，你一切都要提高警覺，小心提防……。

現在，有一個印度本地不知名的小旅遊網站，我素不相識，也不知其信用，他們要我先匯款，雖說整體報價不貴，但以當地所得水準來看也是一大筆錢，他們會不會「捲款而逃」呢？或者這網站本身根本就是設局的空頭？失錢事小，如果人已經興沖沖抵達德里，發現一切都是騙局，旅館也沒有，行程也落空，那不是更悲慘的場面嗎？

但我想不出還有什麼選擇，除非自己一家一家直接預定旅館，每個行程交通都自己安排，當然也沒什麼不可，但這個誘人的標題「烹飪之旅」可就難有著落，其他網站上儘管也有專門安排「烹飪課程」的活動，如果這個網站是騙子，我怎麼確定另一個網站不是？

我試著上網到著名的旅館去預定房間，發現此時正是歐美人士度假旺季，熱門旅店早已被預定一空，旅行社或旅行網站一定是早早就向旅館包下一定數量的房間，手上才仍然有房可賣。旅館房間如此，交通恐怕更難料理。好像時間倉促的我所能做的選擇不多，何況「月亮先生」與我書信往返已不下十回，每回的內容也都信而有徵，可以假設真有其人，不妨就冒險一試吧。

把錢匯過去之後，本來勤奮快捷的通訊卻突然好像斷了線，好幾天都沒有「月亮先生」拉喀許的消息，我寄了幾封催促的信函，也是石沉大海，以為真的遇見騙子了。眼看出發日期即將到臨，拉喀許的回信來了，他說旺季訂房不易，他原本允諾我的旅館已不可得，但他說：「我們為您升級至更好的旅館，仍然給您相同的價格⋯。」(For the same, we have upgraded in better hotels on the same package cost for you.)

我立即上網查閱資料，他所訂的「升級」旅館雖然不似他宣稱的「更好的旅館」，但至少也是「真實的存在」，等級也過得去，況且回覆及時而來，已經讓我喜出望外，不敢再有奢求，急急忙忙回信向他說謝謝，並且約好接機事宜。

抵達機場時，旅行社的代表穿著繡有公司名稱的棕色西裝，人模人樣前來接機，只是此君的英文口音太重，頗難聽懂。他一面對近日旅遊旺季客人太多無法親自陪同到其他地點表示歉意：「但我們有最好的導遊照顧您。」一面不由分說把我載到旅行社，「我們還有一些費用的問題要解決。」

旅行社座落在一個「不知怎麼說才好」的地方。前不巴村，後不著店，在一個荒郊野外，一片違章建築似的矮房中，不遠處即是稻田，路邊有牛隻漫遊，抱著小孩的乞婦一看到車子靠近，立即驅前乞討。進村之處，有一處賣炸蔬菜餅的攤販，圍站了好多工人模樣的進食者，他們全都站在小桌前，用手抓著餅，沾著桌上一盤共用的醬汁。

在一家鐵工廠的旁邊，有一棟公寓房子，門口掛著一個小牌子，英文寫著：「印度假期私人有限公司」（Indian Holiday Pvt. Ltd.）。接機代表領我上樓，公寓裡隔成許多小房間，每間都擺了辦公桌，每間都有一些看來像閒雜人等之類的正高聲交談著。

我坐在一個小房間裡的一張鐵桌前，有人進來問要不要飲料，我說麻煩給我了一杯咖啡，沒多久，咖啡裝在又小又髒的杯子被送了上來。枯坐一陣子，終於有一位面貌猥瑣、白襯衫領口發黃的年輕人出現，開口就說：「Mr. Hung?」笑口露出缺齒和金牙，但這種經驗我也多了，我只能耐著性子說：「我姓詹，宏是我部分的名字。」

「喔，So, Mr. Hung, how was your flight?」

「The flight was good,」我心裡嘆了一口氣，姓洪就姓洪吧，反正那也是我媽媽的姓：「只是我等不及要看德里的其他地方。」

「喔，很快您就會看見的，我們這裡只要辦一點手續⋯⋯。」

他從卷宗夾子裡拿出兩個信封和幾張紙，他先遞一張過來，我拿下眼鏡，以我的老花眼睛瀏覽一下，那應該是我的行程清單。然後他又推過來一張紙，剛才那張行程清單在這裡列成各種單項描述：「12/26-28克拉里治旅館雙人房兩晚含早餐」、「12/27德里全日城市導覽，含冷氣房車帶司機，ESG一名」、「齋浦爾琥珀城堡騎大象一回」、「海浪餐廳晚餐B套餐，不含飲料」等等，年輕人再度露出金牙：「先生，您仔細看看有沒有漏掉什麼？」

「這裡有一些錯字，」我從前是個編輯，有字的地方就校對：「但，別理它，真正的問題是這最後幾天，我應該是在德里，不是這單上寫的地點……。」

我又補充了一句：「不過，旅館名字倒是對的，只是城市好像不對。」

金牙年輕人低頭看著清單：「讓我來看看……。」

金牙年輕人露齒微笑，輕鬆地說：「行程表的打字有點錯誤，但沒關係，voucher都是對的。」

話一說完，他就推給我兩個信封式的卷宗夾，打開來裡面是裝訂好的一張張憑券，其中一本是各地旅館的住宿憑券，另一本是其他各種服務與活動的憑券，憑券上的字樣則和清單上的大致相同：「12/26-28克拉里治旅館雙人房兩晚含早餐」、「全日城市導覽，含冷氣房車帶司機，ESG一名」、「齋浦爾琥珀城堡導覽含騎大象一回」……。

我已經按捺不住：「嘿，什麼是ESG？」

「Oh, ESG, English Speaking Guide, that is.」年輕人聳聳肩，好像我問了個

蠢問題：「你知道，我們也提供其他語言導遊，法文、德文、義大利文、日文⋯⋯。」

他拍拍桌上的憑券本子，好像決心要完成交易：「Mr. Hung，請仔細檢查，看看憑券有沒有漏掉什麼？」

我拿著清單對照，一張張數著，並且順便「校對」了一下清單上與憑券上的錯字，最後我抬起頭：「看起來，除了這一些拼錯的字，憑券倒是一張不少。」

年輕人雙手合十，說：「那太好了，請您再看看這張帳單，我們還有一點尾款沒結清，看您怎麼付；如果您付信用卡，我們要另加百分之三的手續費。」

我看著他推過來的另一張紙，上面載明我的旅行費用以及已付的二分之一，我還有一半要付。我打開我的背包，拿出裝著美元現金的小信封，掏錢來數給他，他接過去，手指沾一下口水，一張張數起來，點點頭說：「ＯＫ，我得找您錢，但我恐怕只能找給您盧比。」

「盧比沒問題。」

金牙再度閃耀，年輕人露出微笑，說：「我去換個錢，馬上回來，您要再來點咖啡嗎？」

年輕人離去後，彷彿失去了音訊，只聽見公寓裡許多人進進出出，高聲談話。我枯坐等待，把手上的voucher全部細讀了一遍，眼看無字可看，只好把背包裡的導遊書拿出來讀。這時候房間走進來一位年約三十六、七的濃妝女子，戴著金邊眼鏡，一副幹練的模樣，舉手投足架勢十足，還沒自我介紹，就已經讓我相信她是公司的女老闆了。

女老闆面帶自信的微笑，自我介紹又感謝我的光顧之後，就問起：「您是怎麼知道我們公司的？」

「Google，你知道的，我只是打上印度旅遊，跑出來的網頁，你們就在前幾個，然後我是被『金三角烹飪之旅』那幾個字所吸引的。」

「So you like good food?」

「Good foods and the cooking of good foods.」

「那您絕對不該錯過南印度，那裡有絕佳的美食。」

然後我順便問及南方印度旅遊的若干特色，包括喀拉拉著名的水鄉，也順便問問北方喜瑪拉雅山麓的避暑勝地，東南西北任意打聽，女老闆也侃侃而談，知無不言。最後我突然想起和我通信的月亮先生：「對了，拉喀許在哪個辦公室？我也許應該過去跟他打個招呼，為了做我這趟生意，他起碼被我煩了十幾封電郵。」

「拉喀許?他今天起休假去了，他工作到昨天半夜，累壞了。」

「啊，這個季節你們一定生意很好。」

「可不是?行程全賣光了，帶團的全出動了。接下來我就要禱告別出差錯，這種度假季節裡我最怕接到電話，一定是哪裡出了問題，不是旅館房間搞錯了，就是車子拋錨，有時候是甚至導遊落跑了⋯。」

說著說著，金牙年輕人終於回來了，氣喘噓噓地說：「公司出納沒錢了，幸虧換錢的銀行還開著⋯。」

銀行還開著?這一天是星期六呀!但我才剛下飛機，印度的事說不上內行，人家怎麼說，咱們就怎麼聽吧。

年輕人掏出錢，說：「今天匯率是四十五，找您的一共是兩千又二十五。」

他看我停在那兒沒伸手收錢，有點詫異：「怎麼?」

「不是都說印度人算術世界第一的嗎?」我說：「但你算錯了。八十五乘四十五，你應該找我三千八百二十五盧比。」

「八十五?喔，喔，喔，我還以為是四十五美元，對不起，對不起。來來來，應該找您三千八百二十五，這裡是一千盧比、二千、三千，三千五百、六百、七百、八百⋯。」

「您看，我們印度人算術沒問題的，我們是世界上唯一發明零的民族。」他吁了一氣，笑著說：「如果您算算沒問題的話，憑券也都確認好了，我要麻煩您在這裡簽收。」

收好了所有代表旅遊服務的憑券，心裡雖然還覺得有點不對勁，但又不太說得出來，只好向女老闆與金牙年輕人道謝並告別，回到外面等候的車子，連同接機代表一齊向旅館出發了。

德里城南邊綠葉成蔭，從車窗看出去街道也出人意外的寬廣整潔，不多久，我們就抵達了首夜的住宿之處，一家殖民風格白色三層建築、有著大片迷人草坪的旅館，端著盤子穿梭在綠地上的侍者穿著整齊的白衣黑褲，大廳裡的櫃台接待小姐則穿著花色優雅的傳統紗麗，看起來應該是一家可以放心的好旅館。

接機的旅行社代表幫我辦好住房手續，回頭神情輕鬆地對我說：「先生，我將不再陪您了，在此預祝您在印度的旅途愉快。明天早上導遊將到旅館的大廳與您會合。您先休息一會兒，下午的其他行程與晚餐都將由司機為您服務，記得要帶著您的憑券。您若有其他任何需求，都不要客氣請向司機提出。如果行程上有什麼疑問或困難，您有我的手機號碼，白天或黑夜，隨時都可以打電話找我……。」

旅行社代表鞠躬告退之後，我心裡覺得頗為踏實，網路上google得來的旅行社並非向壁虛構，而是有模有樣的真實服務。印度的第一回合經驗，特別是旅行社辦公室那段經歷，雖然有點老土好笑，但畢竟是新鮮有趣，何況所有的承諾都是真的呢。

在房間休息片刻之後，按照我和「月亮先生」約定的行程，此刻應該有人帶我遊覽「香料市場」（spice market）；但等我坐上車之後，唇上蓄著小鬍子、名叫甘姆立許（Kamalesh）的司機回頭微笑：「先生，我們現在去哪裡呢？」

「香料市場，不是嗎？」我有點意外他並不知道行程。

「香料？您要買香料嗎？」

「帶我去個傳統巴剎，我想看看你們平日買香料的地方。」

「我知道有賣香料很好的地方。」司機露出陽光般的笑容。

「那我們還等什麼，出發吧。」我興致勃勃，完全忘了導遊書上的諄諄告誡：「……不要相信導遊帶你去的任何地方。」

◆

蓄著小鬍子的司機甘姆立許伸出大姆指：「香料，Yes，Sir，我知道賣香料最好的地方，沒問題的，Sir。」

車子在大街小巷繞來繞去，我看到舊德里的街景風情，看到驢子拉的車、馬匹拉的車、駱駝拉的車，全部與汽車、摩托車並肩擠在街道上，想像的異國情調變成真實的身歷其境，心中已經感到興奮。我正在想像即將出現的香料市場是否如日本旅行書中所描述的「色彩與氣味的大轟炸」，想像大巴剎中人車獸力摩肩擦踵，紗麗、頭巾五彩繽紛，香料、食物氣味撲鼻。不料在一個街角轉彎暗處，汽車卻猛然停了下來，左右似乎都是公寓住宅，看不出這是什麼樣的地方，疑惑之際，甘姆立許微笑從後視鏡裡看著我。我雙手一攤，問：「香料市場在那裡？」

司機指指旁邊一間房子：「這是德里最好的香料店。」

我抬頭看，這是一家燈光明亮的整潔小店；雅致的招牌上果然寫著：「世界頂級，咖啡、茶葉、與香料。」

雖然不是我想像的傳統市場，不過好歹有個「香料」的字樣，為了不要辜負人家的一番好意，我只好下車進了店面。

店裡頭一位年輕店員立刻迎了上來：「歡迎，Sir，您想要買茶葉嗎？」

我看著光鮮的貨架，擺著的是各式各樣包裝精美的茶罐與咖啡罐，也有紙盒包裝的茶葉包，但看不到我期待的一堆堆山積的茴香子、芫荽子、肉荳蔻、小荳蔻（Cardamom）等的景觀。我問那位年輕人：「你們外面的招牌說有賣香料，它們在哪裡？」

「就在這裡。」年輕店員神情似乎略感失望，隨隨便便地往牆壁上角落一指。

我順著他的手指看過去，果然在貨架上看到一排彩色紙盒包裝，共有三種，每種都有英文註明「頂級香料」，另外說明它的性質，一種是「綜合香料」（Gram Marsala），另一種稱為spice mix for meat，再有一種則是spice mix for seafood。這太令人失望了，這些全是工廠調配好的混合香料，和日本人Ajinomoto出品的即食咖哩包有什麼兩樣？如果要買混合好的香料包，台灣的專出香料、調味料的「小廚師」也有一整包提供營業用的「印度咖哩粉」呢。

「這就是你們有的全部香料？你們沒有單獨散裝的香料，不是混合的？」

「沒有其他的了，這就是我們全部的香料產品，都是我們自己生產、自己調配出來的最高等級香料。您有興趣嗎？」

「沒有，我沒有興趣要現成配好的，我想要找的是個別的香料，我自己可以調配的⋯⋯。」

「或者您願意看看我們的茶葉，我們的茶葉產自自家在大吉嶺的茶園，您在其他家看不到的品質。」

我仔細瞧著架上的茶葉，包裝茶葉的鐵罐或紙盒設計都很精美，有的茶包用玻璃罐裝著，是立體造型的，看起來很高級的樣子，散裝的茶葉桶裡則是未切碎的大葉紅葉，的確是個有水準的茶葉專門店。但我來自產有世界聞名烏龍茶的南投茶鄉，我還需要買印度人的茶葉嗎？

這個時候，一位相貌堂堂、唇上蓄著鬍髭的中年人從店後方走出，滿臉堆笑、熱情打著招呼：「Good evening, Sir.」

「您想試試我們的茶嗎？」

我聳聳肩：「我本來是想看看香料，但看不到你有我想要的。」

「敝公司以茶葉著名，我們家族種茶已經一百多年了，香料只是我們茶園的副產品，但都是從原料開始生產，全部有機栽培，完全沒有化學品。──先生，您從那裡來？」

「台灣。」

「啊，台灣，當然，你們有最好的茶，烏龍茶，我也去過的。」小鬍子老闆有著豐富的肢體語言，他比手畫腳講得起勁：「只是我們印度人生產茶葉的概念不太一樣，我不敢說我們的茶比較好，你們中國人和台灣人不會同意我的，我只能說我們印度人有自己的特色⋯。」

這位老闆顯然是肚中有點貨色的人物，一開口就引起我的興趣，但他真的講得很投入：「⋯可惜過去幾百年印度茶被不懂喝茶的英國人搞得亂七八糟，連我們印度人都忘了我們的祖先是怎麼喝茶的。」

「你是指加了牛奶和糖嗎？」

「可不是？好的茶葉應該單獨喝，直接品嚐茶的優雅滋味，就像你們台灣人喝茶那樣；有些茶葉適度加點糖，只能是一點點，可以增添它的風味，添加牛奶，大部分是英國人的胡作非為。除非是⋯。」

我可更好奇了：「除非是⋯？」

老闆一面伸手去架上拿一個茶葉罐，一面劈掌做了一個下結論的手勢：「除非是香料茶（Marsala Chai）。」

「來來來，您這位來自台灣的先生，請來試試我的馬撒拉茶，您就會明白它與街上那些被英國人教壞了的茶有什麼不同。」

他打開一個電水壺煮水，一面打開茶葉罐，遞過來示意我聞一聞，我湊鼻過去，一陣香料味傳來，依稀可以辨別出有薑黃、茴香、肉桂和香茅的味道，其他的就分不太清楚。香料味並不強，是屬於淡雅的路數，和茶葉香氣混合，果然比過去我曾喝過的香料茶都高明很多。

水一下子就滾開了，老闆舀了一大匙茶葉進茶壺裡，注入滾水，隨手打開一個計時器，我問他茶葉要泡多久，他說：「第一泡我讓您試試三分鐘，雖然我更喜歡三分半的時間，第二泡我讓您試試五分鐘，不一樣的味道。」

等待泡茶的時候，他又介紹了製程和他們的家族企業，他又抱怨了一會兒英國人破壞印度人喝茶的品味：「像我這樣遵守古法製茶的人，印度人自己嫌貴，寧願喝那些混合切碎的茶末，喝不出茶的味道，就加一堆糖和牛奶……。」

茶泡好了，顏色橙紅透明，我接過來一小杯，立刻感覺到複雜的香料氣味迎面拂來，茶湯入口則和一般紅茶口感相似，但滋味中似乎多了一點薑味，可見茶葉裡面不只有薑黃，也許還有薑汁在內。我問道：「茶葉中似乎有薑？」

老闆微微一笑，摸著唇上的小鬍子：「薑，有的。您知道，最好的茶不會做香料茶，它本身的滋味太細緻，不該加進任何東西。但我們印度人喜歡香料，茶葉買來泡的時候，就把家中使用的香料放進去，荳蔻、小荳蔻、肉桂、孜然、香茅、老薑，有什麼放什麼，每家的味道也都不相同。」他停了一下：「但我們不是把香料加進茶葉烘培，而是把香味抽淬出來，用機器以 injection 的方式均勻噴灑在茶葉上，這樣香氣更純，更平均。這機器是我們自己開發的，全世界只有我們才有⋯。」

我有點意外這馬沙拉茶——也就是混合香料茶——出奇的好喝，香料味道也優雅節制，不搶茶葉的滋味。正當我點頭稱許，想要表示意見，這位相貌堂堂、蓄著鬍鬚的中年老闆又說話了：「但香料茶只能做到這樣，最好的茶葉當然還是單獨來喝，不該添加任何外來的味道。來來來，先生，您應該試試我們的頂級的大吉嶺茶⋯。」

一面說一面就動手泡起新茶來，老闆摸著鬍子、不無驕傲地說：「不加奶、不加糖，回到我們祖先喝茶的方法，這樣您才會知道真正茶的滋味。您一定常聽說喝茶要喝第一摘（first flush），第一摘也因此變得最貴，但我告訴您，以我的想法，第二摘的茶才夠滋味。我現在就給您試試我們的二摘茶。」

第一摘相近於中國人的「春茶」，第二摘則接近「夏茶」。賣茶老闆進一步解釋說，中國茶葉或者半發酵、或者不發酵，追求淡雅清香，春茶被認為是上品，但印度茶是全發酵茶，第一摘其實失之過雅，第二摘才能感受濃厚的完整滋味，說到激昂處，老闆雙手一攤：「第一摘茶成了神話，價錢也高不可攀，市場就是這樣，我能有什麼意見？」

解說完了，茶也泡好了，我捧著啜飲了一口，果然幽香撲鼻，有一種近乎柑橘與紫羅蘭的花果香氣，茶湯則色澤橘紅，口感圓潤飽滿，真的和以往喝的印度茶經驗頗不相同。我一面贊美他的茶葉出色，一面卻瞥見書架上有本日文旅遊書「地球步之方」系列的《印度》一書，忍不住脫口問道：「貴公司有人能讀日文書嗎？」老闆笑得更得意了，唇上的鬍鬚幾乎要飄揚起來：「私，」他立刻以略帶口音的日文作答：「初次見面，請多指教。」

「嗄，請多指教。」我也忙不迭回應起來。

「小社在日本有分公司，在京王百貨也有設櫃，」老闆拿起書，快速地翻到書中的一頁：「這本書對於小社也有取材報導。」

他指給我看，果然在書中「德里購物」那一欄裡，列出他的店名，也登出店面的照片，正如我在門口所見，文章內容則強調它的紅茶品質絕佳，在日本也有出店，德里旅行時最值得造訪云云⋯⋯。

我中了蠱似的，對茶店老闆接下來的話語已經完全沒有抵抗能力，他每說一段話，我都點頭稱是，而且心悅誠服。此刻我只能充滿佩服地問道：「我要如何稱呼你的大名？」

相貌堂堂的茶店老闆回身取出名片一紙，雙手奉上，說：「Vikram Jain，耆那教（Jainism）的Jain，我們家族自古以來就是耆那教的信徒，您可以叫我VJ。」

也許是茶店老闆本身侃侃而談的說服力，但當然也可能是我對日本書資訊的盲目信賴，緊接下來我再嘗試的各種茶葉，怎麼都覺得滋味比過去嘗過的印度茶高明很多，最後我表明了要買香料茶和大吉嶺第二摘夏茶，完全忘記我其實是來尋找香料的。老闆頷首微笑，親自從大桶中取出散裝茶葉裝袋，一面親切熱情地對我說：「等您回到德里，請再來我這裡喝茶，我還有好幾種有意思的茶葉值得您嘗嘗……。」

我完全忘了詢問價格，等到信用卡的簽單來到我手上，我突然覺得那有很多零的數字有點與想像大不相同。等我暈陶陶地回到車上，才開始計算茶葉單位與貨幣之間的關係，這才驚覺茶葉的價格並不平凡，在印度這麼貧窮的國家裡，這一些茶葉的價格竟然和我南投家鄉的冠軍茶相當。是我錯認印度茶的真正價值？還是這一家茶店的茶葉真的高出別人好幾倍的水準呢？

這是我來到印度的第一天，我心中還對一位虔誠、素食的耆那教信徒不疑有它，我根本不知道，從明天開始，還有無數高明的騙術和各種優雅的騙子正在等著我呢……。

第二天，吃完早餐之後，旅行社派來的ＥＳＧ（說英文的導遊）果然依約前來，這是一位村姑似的年輕女孩，她手裡提著一個塑膠袋，一面伸手致意：「我叫恩琪兒，但人們都叫我安琪兒（Angel），您就叫我安琪兒吧。」

「好，安琪兒，今天的城市導覽，你要帶我們去哪些地方呢？」

「我們從印度門開始，然後往北到老德里，去紅堡和星期五清真寺，如果交通狀況好，不塞車，我們就能多去幾個地方。」

這當然是個典型的觀光客行程，每一個景點都擠滿了來自各國的觀光客，每一處下車，蜂擁而上的都是賣觀光紀念品、黏度超高、揮之不去的小販：「買明信片嗎？先生。」「買大象嗎？先生。」「買項鍊嗎？買畫冊嗎？」

村姑導遊安琪兒的解說也是無趣得很，她顯然對歷史也沒有什麼興趣，默書一樣講完星期五清真寺的背景，指指我手上拿著的厚書：「我想您書上說得一定更詳細，您可別考我，嚇死人了，那麼厚的書。」回到車上，她又變回一個小女孩：「先生，要聽一個笑話嗎？」

那是一個腦筋急轉彎式的笑話，但一點也不好笑，安琪兒一個人講完自顧自地咯咯笑了起來，我只好勉強陪笑一下，並且問她：「接下來我們要去的地方是哪裡？」

「紅堡。但您接下來還要去阿格拉，那裡的紅堡和這裡的構造是一樣的，但更精緻，所以只要在外面看看就好了，不用進去了。」

我們果真只在城牆外眺望了紅堡，然後就轉去古德卜尖塔（Qutab Minar）。到了門口看見買票的隊伍，倒抽了一口冷氣，這是一個星期六，印度人扶老攜幼全都上街了，那條隊伍起碼有五百公尺長，村姑嚮導攤開雙手，聳聳肩：「怎麼樣？大概要排兩個小時。」

除了星期五清真寺讓我印象深刻以外，今天去的其他五、六個地方都不怎麼有意思，折騰一天加上一個冗長的午餐，現在也已經下午三點多了，眼見一天也快沒了，我嘆了一口氣：「那就算了吧，等我回德里，我再自己來吧。」

「現在怎麼樣，您想去什麼地方？」

我忘了昨天的教訓：「我想去看個傳統市場？」

安琪兒眼睛亮起來：「市場？您想買東西？」

「不一定是買東西，我想看看市場，你看附近有沒有比較傳統的巴剎？」

「先生，我告訴您，我知道有一個地方…。」安琪兒興奮地比手畫腳：「您知道嗎？他們是喀什米爾人，他們賣特別的東西，但這一陣子政府不讓他們開店，所以他們只能偷偷賣，賣得的錢都還要回到他們喀什米爾的村莊，他們是很棒、很好的一群人…。」

我有點聽不太懂：「那是什麼樣的地方？市場嗎？」

「地毯，先生，他們賣喀什米爾來的地毯……。」

◆

娃娃臉村姑導遊安琪兒說：「…他們賣喀什米爾的手織地毯。都是古老的織地毯家族織的，但他們不是印度政府喜歡的家族，先生，您一定是知道的，喀什米爾有很多衝突，他們本來在德里的商店賣，現在只能在地下賣……。」

「地下」一詞突如其來地刺激了我腎上腺素的分泌，我無可救藥的好奇心又發作了。「先生，您要過去看看嗎？」安琪兒從前座回頭定看著我。我把手往空中一揮：「Okay，我們就過去瞧瞧，但待會兒你可要帶我去真正的巴剎。」

安琪兒向司機嘀嘀咕咕說了幾句，司機甘姆立許點點頭，開始施展在擁擠道路上的超車絕技，他超越一輛又一輛的牛車、騾車、駱駝車、各式各樣的卡車、板車、機動三輪車，以及大量標示Tata車廠出品的奇形怪狀車種，轉了許多個彎，經過許多似乎走過又全然陌生的各個路口，最後車子停下來，我們來到一家裝潢富麗堂皇的店面之前，大片落地窗裡布置著美麗的絲綢紗麗、羊毛披肩，以及各種大幅印花布，這一點不像「地下」游擊隊的革命基地，倒完全像是對付觀光客的「精品店」。但村姑導遊安琪兒回眸堆滿笑容：「先生，我們到了。」

進了店面，才看出賣店的真正規模。整層樓是一區又一區的商品，賣場既深且廣，我可以看見大量的圍巾、披肩、紗麗和被罩、被單等，簡直令人眼花撩亂。但一位經理模樣的西裝中年人彎腰把手一比：「請這邊走。」

他指的是一個走往地下的寬闊旋轉樓梯，我們往地下室走去，我心裡嘀咕著，所謂的革命份子「地下基地」，恐怕指的是這個意思吧？

下了樓，柳暗花明又一村，這是另一個寬廣明亮的大廳，一進又一進，深不可測，四邊牆上掛滿了美麗花紋的地毯，有一些看起來更是年代久遠的古董地毯。但是在我們下樓之處，首先映入眼簾的則是一座直立式的地毯手織機；看到有人下樓，一位鬈髮年輕人飛快跑過來，坐在手織機前，裝模作樣織起地毯來。

「午安，先生。」不知何時，我的身後已站有一人。我忙不迭回頭致意：「啊，午安⋯⋯。」

回頭細看來人，那是一位年紀應已超過六十喀什米爾裝扮的男子，個子不高，戴穆斯林小帽子、蓄著山羊鬍子，頭髮與眉毛都呈灰白，眼神銳利，相貌嚴肅，舉手投足也頗有威儀，很像是個薄有地位的人物，說他是一位革命軍的地下領袖，好像也有說服力。

老男子開口說：「午安，先生。歡迎來到我們的小地方。」他的眼睛盯著我，眼神尖銳得像老鷹一樣：「在這裡您看到的，先生，是關於一個古老的藝術。有幾個家族幾百年來從事同樣的藝術，工作方法至今沒有什麼改變，您在這裡看到的作品，和蒙兀兒帝國的沙迦罕皇帝看到的也沒有不同……。」

他的英文雖然帶著濃厚口音，但節奏和語感卻無懈可擊，用字遣詞更是優雅古典，聽來頗為悅耳且具可信力。他指著直立的木造編織機：「讓我來向您介紹這種古老波斯地毯的製造方法。」

緊接著，他開始解釋傳統波斯地毯的織造過程，圖案設計、算針，各色絲線如何從直立織造機橫向穿過，打結，用傳統刀具切斷……；他每解釋一個過程，本來坐到織機前裝模作樣的年輕人就表演一個動作，看起來也明白易懂。

示範完了，山羊鬍「革命領袖」伸手示路，說：「請往這邊走。」我們往前深入，連進兩進，這才發現，這個地下廳堂是長條直入式的深邃空間，每走幾步就有美麗掛毯相隔，隔出一個有隱密性的空間，如果同時有幾組人到達，你也可以看不到其他人的存在。

鬚眉灰白的穆斯林男子示意要我在一個掛毯背後的椅子坐下，眉毛挑起，眼睛直盯著我：「先生，我可以為您奉上什麼飲料嗎？」

「啊，咖啡就好。」我慌忙回答。

老男子大喝一聲，一位年輕人飛奔出去，大概是去張羅飲料了。我趁這個空檔問他：「不知我該如何稱呼您的大名？」

「您可以叫我庫瑪。」山羊鬍老男子威風凜凜地回答。

所以是庫瑪，Kumar，王子的意思，看他那副不怒自威的模樣，搞不好還真的有王族血統呢。我又回身站起，指著背後的掛毯問：「庫瑪，這些就是傳統圖案的地毯嗎？」

「先生，那些是我們蒐集的古董地毯，」老男子庫瑪嘴角牽動一下，似乎是一個苦笑：「這些都是百年以上的地毯，或者好幾百年，都是世上僅有的了，您買到了也不能帶出印度，何況我們也不能賣的⋯⋯。」

「我們今天要看的地毯，當然它們的作法和這些您看見的古董地毯一模一樣，有些編織的傳統紋飾也還一模一樣，技巧與藝術也一模一樣，但它們是新作的，來自我們喀什米爾的村莊。這些地毯是讓我們可以擁有，可以使用在日常生活上的地毯，除了少數屬於博物館的作品，畢竟，地毯的真正意義是每天可以相處、可以使用，不是嗎？」

「So，先生，您預備好要看看我們古老的藝術，來自喀什米爾的地毯了嗎？」

庫瑪表情嚴肅，濃密的眉毛下射出一道銳利的光芒。

「我全聽你的，庫瑪。」

這個時候，咖啡端來了，裝在小小的杯子裡，咖啡已經調和了濃厚的牛奶，我端起來，一股香料味撲鼻而來，香氣和馬沙拉茶頗為相近，但入口柔順，並不難喝。我又聽見庫瑪大喝一聲，嘟嘟嚷嚷不知說了些什麼。兩個長像相似、約莫十五、六歲的年輕男孩快步跑了出來，他們一個模樣的褐色皮膚，一頭鬈髮，白襯衫黑長褲，褲筒下露出一小截短襪和黑皮鞋，他們一人手上都捧著一捲物事，整齊劃一站在我面前。

庫瑪又大喝一聲，右邊男孩手一鬆，捲軸唰地一聲打開，底部啪地一聲打在地板上，他手中是一張與我剛才看見古董掛毯花案相似的地毯。庫瑪再大喝一聲，左邊的男孩手鬆開，唰—啪—，另一張地毯赫然開啟，它的圖案與前一張幾乎相同，但配色不同，兩張都是傳統的波斯地毯花紋，以花卉和葡萄藤為主題，顏色古樸優雅，織工精細，簇新的毛色閃閃發光，我有點看呆了。

庫瑪手一揮，兩位年輕男孩放下，跑步離開，皮鞋在地板上啪嗟作響，不一會兒，兩位年輕人快步回來，手上又抱著一捲物事，兩人又在我面前整齊站好。庫瑪轉向我：「先生，剛才您看到的是和牆上掛毯相似的傳統圖案，您也許還願意看看別的設計。」

不等我回答，庫瑪再喝一聲，右邊男孩手中的捲毯打開，唰—啪—，呈現在眼前是幾何圖案的地毯，三角形、方格、線條，複雜與簡單交揉，顏色以黑色為底佐以鮮艷的黃與白；庫瑪另一聲令下，唰—啪—，左邊的男孩手中地毯打開，另一個以星紋、六角形等幾何圖案的設計出現，另一種色彩配置，一樣的精緻美麗，真叫人無法呼吸⋯⋯。

◆

四張地毯現在並排擺在地上，山羊鬍地毯商人庫瑪脫下拖鞋，略提起褲管，光著腳走上地毯，隨即盤膝坐定，一副閉目養神的模樣。他輕輕拍拍身旁的地毯一角，示意我也坐上：「來吧，先生，請坐上來。雖然我們說地毯是一件藝術，但它原意是做來給人坐、做來給人踩的，您一定要有真實的感覺。來來來，請感覺一下這pashmina羊絨的質感⋯⋯。」

我脫下鞋子，學庫瑪的模樣坐上地毯，一面用手掌觸摸地毯的羊絨表面。一股柔軟厚實的觸感從掌心傳來，有一種說不出的舒服。那是長毛地毯，厚度恐怕有將近兩公分，羊毛柔細滑順，壓下去卻能立刻彈回來，何況它還圖案古典、顏色高雅。我忍不住贊歎說：「好美麗的地毯。」

「啊哈，」庫瑪繼續閉著眼，食指卻豎起來：「先生，在您下斷語之前，我還有更多的地毯要提供給您欣賞，我沒有期望您一定有意購買，我剛才不是才說，咱們這裡討論的是藝術嗎？」

老商人庫瑪大喝一聲，兩位年輕男孩再度飛奔而出，手上各捧著另一捲物事，庫瑪把手一揮，唰—啪—兩段聲響，又是兩張地毯現身。這一回，紋飾是全然不同的風格，那是像線畫一般強烈的單色對比，有獵人、樹木和野獸的圖案。庫瑪輕闔雙眼說：「您也許可以看得出來，這不是穆斯林的圖案，事實上，這是滿州人的傳統圖案設計。」

「但這也是喀什米爾生產的嗎？」我問道。

庫瑪睜開眼，一道銳利的目光射過來：「當然，我只是試著展示不同的設計與風格。」

兩位年輕男孩把地毯擺在地上，飛奔入室，不一會兒，又捧出兩捲東西，庫瑪咕噥交待了一聲，唰—啪—，兩張銀光閃閃的地毯映入眼簾，我簡直被自己眼前的作品驚呆了。右邊是一張散發著含蓄圓潤光澤的地毯，中央有六個方格，每個方格裡織有不同的植物造型，和伊斯蘭典型的「生命樹」圖案，邊上飾有不同式樣的框線，框中還有對稱的樹葉與花草，顏色則有金色、銀色、咖啡色，加上各種層次的綠色。左邊一張，圖案紋飾近乎相同，顏色則以咖啡、暗紅加上深綠為主，是比較傳統的配色。我呆看了一陣子，才結結巴巴地問：「這究竟是什麼？為什麼它們那樣閃閃發光？」

「絲，先生，」庫瑪面帶得意，幾乎要露出笑容了：「Silk，這是蠶絲與羊絨混織的地毯，喀什米爾工藝的極致。」

我摸摸它，那是比羊毛更纖細的一種觸感，還略略帶了一絲涼意。更神奇動人的是，當你從不同角度看時，它還呈現不一樣的明度和彩度，你用手壓下它的纖維，光色立刻起變化，好像突然變臉一樣。這兩張地毯的配色柔和優雅，織工細緻巧妙，我從來不曾看過這麼美麗的地毯。

潘朵拉的盒子已經打開，我也已經按捺不住：「庫瑪，你可以給我一點價格上的概念嗎？」

他灰白濃密的眉毛之下射過來一線銳利的目光，但一與我的目光相接，立即又閉了起來：「價格不是重點，重要的是，您是否找到您真正喜歡的地毯？地毯是耐久之物，它可以用好幾代，您必須先喜歡它。」好像是意識到自己並未回答問題，庫瑪立刻又補充：「我們現在說的是哪一張？」

「你行行好，不如把價格都告訴我，我看這幾張地毯也沒有不喜歡的。」

庫瑪抬頭向年輕男孩比了個手勢，一個男孩大步向前，把滿州人圖案那張地毯翻過來，原來背後角落裡貼著一張紙條，上面寫著「US$690」。我心裡暗吁一口氣，似乎沒有我想像中昂貴。

男孩跨一步，又掀起傳統圖案的地毯，紙條上寫著「US$900」。這比較接近我的想像，但最要緊的是那兩張絲毛混織、生命樹圖案的美麗地毯，它們的價格究竟是如何呢？男孩不等招呼，大步跨到我跟前，從我屁股下把地毯一角翻開來，上面寫著「US$2750」。

我的喉頭忍不住悶哼了一聲，這當然是太貴了。何況我才來到印度德里一天，一切都還在摸索之中，我要這樣快就做出「嚴重失血」的決策嗎？

山羊鬍地毯商人庫瑪恢復他的肅穆表情，緩緩問道：「先生，這當中可有您看上的地毯？或者您還想要再看一些？」

我嘆了一口氣：「不，庫瑪，我看的已經夠了，我只是還在考慮。」

「為了幫助您更快地確定自己的偏好，先生，我們是不是可以先把這兩張拿走？不要讓它妨礙您的選擇？」他伸手指著滿州人圖案的地毯。

「哦，不不不，讓我再考慮一下！」我發出了哀號。

「那，那一張呢？我們是不是把那一張先拿走？」他伸手指著葡萄藤傳統圖紋的第一張地毯。

我急急伸手制止他：「再讓它留一會兒，讓我一起考慮。」

庫瑪濃眉底下的銳眼再次斜射過來，偷偷地打量我：「我可不可以大膽地說，您最喜歡的是這一張？」他指的是蠶絲與pashmina混織的「生命樹」地毯。

「你說得對，但它實在太貴了。」

這個時候，就在這個時候，山羊鬍庫瑪語出驚人：「您知道，我們家鄉有一位古老的詩人，叫奧瑪．亥厳……。」

然後他契契切切、磬磬琮琮、叮叮咚咚以我完全聽不懂的波斯文朗誦起奧瑪．開儼的詩：「……時恐秋霜零草莽，韶華一旦隨花葬……。」

我就是這樣淪陷的，但你如何能夠拒絕一位用古波斯文默誦奧瑪．開儼的地毯商人？

我拿信用卡刷了一張算不清楚零的盧比帳單，約定由店家幫我把那張美麗的絲綢地毯寄回家，在店家千言萬語的感謝與祝福聲中，我與詩人兼地毯商人庫瑪告辭而別。

第二天以後的印度之旅，我不斷發現我可以用減半的價格買到昨日的東西，十天之後，我心目中的「合理價格」幾乎已經來到詩人的十分之一了。在齋浦爾旅行時，一位幽默的導遊提示我「討價守則」：「如果他們開價一萬，你就還一千，如果他們要一千，你就還他兩百。」

但逝者已矣，我還能怎麼樣？地毯商人老家的古波斯詩人奧瑪・開儼不是還有另一首詩說：

"Strange, is it not? that of the myriads who
Before us pass'd the door of Darkness through,
Not one returns to tell us the Road,
Which to discover we must travel too."

道失冥關誰借問，
了無歸客說崎嶇；
漫漫別路深如許，
寂寞行人只自知。

在印度廚房裡

「…明明行程上是這樣寫的呀！這我完全不能接受！」我的聲音因為激憤而高亢起來，惹得地陪旅行社代表慌不迭比出噤聲與求和的手勢，一面骨碌碌流轉眼珠看著旅館大廳，生怕驚動了什麼人；但已經來不及了，大廳中央一位身材寬廣、相貌堂堂的黃色西裝人士，顯然意識到這個角落有些不尋常的騷動，他欠身向本來正在談話的客人致意，旋即轉身向我們的方向走過來。

「哈囉，先生們，我可以為你們做些什麼嗎？」黃衣中年男子唇上蓄著威嚴的八字鬍，講起話來溫和禮貌卻頗有架勢：「我是這家旅館的副總裁，這邊有任何問題我可以效勞的嗎？」

「沒事，我們只是有一些小討論…。」旅行社代表還想要把我拉到一邊，但我已經決定把事情鬧大一些。我清了一清喉嚨，正色說：「呃，這位…先生，我要怎麼稱呼您？」

「叫我阿布都巴利就行。」黃色西裝男子笑盈盈從口袋掏出一張名片，禮貌地用雙手奉上。我接過來看，名片上寫著「Abdul-Baari Rathore，Executive VP」，我緊接著說：「啊，原來是拉拓兒先生，很高興認識您，事情是這樣的⋯。」

⋯事情是這樣的，我第一次來印度旅行，在網路上看到有一個「金三角烹飪之旅」（Golden Triangle Culinary Tour）頗吸引我，特別是它的行程描述裡對這一天就有讓我心生嚮往的語句：「回到旅館，參加旅館餐廳主廚為您示範的傳統印度晚餐廚藝，而享受完美味的印度料理後，您就可以回房間休息⋯。」

但是我的前一個晚上的美食行程，所謂的「烹飪示範」並沒有出現。司機把我接到餐廳，表示他將在外面等候，我們自己進入餐廳，把旅行社給我的「憑證」（voucher）交給侍者，侍者點頭微笑，不一會兒，各種美味菜色陸續端上桌，但並沒有示範或講授的跡象。等我用完餐喝起咖啡的時候，我忍不住向侍者詢問，侍者搖頭表示他「完全不知情」，「憑證」所說的，就是提供兩份「高級套餐」。出了餐廳，我又向司機詢問，司機機警地張大眼睛，聳聳肩，雙手一攤，他也是「完全不知情」。我們才剛下飛機，折騰了一天，已經沒有力氣追究，就打道回旅館休息了。

第二天，我們抵達著名的泰姬瑪哈陵所在的艾格拉（Agra）城，住進一家豪華觀光旅館，大廳裡，旅行社派來的代表已經在那裡迎接了，在他協助我們辦理入住手續時，我頗不放心，驅前問櫃台：「我們的晚餐安排在那裡？」掛著塑膠笑容的美女頭也沒抬：「就在一樓的自助餐大廳（Buffet Dining Hall）。」

我又問：「如果是自助餐，你們的主廚要怎麼樣給我烹飪示範？」

美女睜大眼睛，抬起頭來：「什麼示範？」

我把我所預定的美食之旅再給她講解一遍，塑膠笑容美女雙手一攤：「我們不知道有這種事，你必須和你的旅行社再確定一下，我可以確定的是，他們為您訂的就是自助晚餐。」

旅行社代表急忙把我拉到一邊，說：「您的憑證上只說有晚餐，他們不可能給您烹飪示範⋯。」

我把行程上那段動人的描述指給他看：「瞧！明明你們旅行社的行程上是這樣寫的呀，我也是為了這樣的行程而來⋯！」

櫃台後面一位年輕男子，看來是位經理模樣，他聞聲回過頭來：「怎麼回事？有什麼我可以做的嗎？」

旅行社代表也急了：「那是德里的旅行社，我是屬於艾格拉此地的旅行社，我們只是接受他們的委託，您可以先入住房間，我再去和他們連絡⋯。」

「不，不，不，走出這個大廳，我就再也見不到你了，我太知道你們在搞什麼鬼，你們的行程明明是這樣寫的，德里或艾格拉，總有人要為這件事負責，你說的辦法我完全不能接受！」

也就是這個時候，黃色西裝、相貌堂堂的執行副總裁阿布都巴利．拉拓兒走過來，問我們發生什麼事，我才對他說：「事情就是這樣。」又補上一句：「我對印度烹調充滿興趣，原來以為這趟旅行將對我的知識大有幫助⋯。」

阿布都巴利眉頭深鎖聽完了原委，他抬起手看一下腕上的手錶，沉吟半晌，才緩緩說：「您是我們的貴客，我願意盡我的能力讓您有個美好的居停，這樣吧，今天時間晚了，如果您有興趣，我可以安排明天下午的一個時間，讓主廚來給您一個示範課程，不知道您覺得如何？」

我看一下手上的行程單：「可是明天下午我有一個城堡導遊行程，難道沒有可能是今天晚上嗎？」

阿布都巴利面容嚴肅：「晚餐時間廚師都太忙了，我恐怕不是很方便⋯。」

我突然有了新想法：「Look，拉拓兒先生，可不可以這樣？我也可以不需要主廚的烹調示範，instead，您是否可以為我們安排一個廚房導覽（a kitchen tour）？找一位熟悉廚房的工作人員，帶我們在廚房裡走一走，讓我們看看廚師們實際怎麼工作，我保證不會影響他們的工作，您覺得怎麼樣？」

阿布都巴利露出笑容，好像也看見了曙光，說：「啊，我想這並不難安排，事實上，我很樂意親自擔任您的導遊，帶您看看我們引以為傲的廚房⋯⋯。」

我感染到他的熱忱，握住他的手說：「那真是太好了，我們會覺得很榮幸，拉拓兒先生。」

這個時候，旅行社代表又在拉我袖子了，他低聲說：「我必須警告您，如果這項活動牽涉到任何額外的費用，都和我們的旅行社沒有任何關係⋯⋯。」

但我已經一頭栽進對異國廚房的浪漫想像，我回頭對那位畏首畏尾的旅行社代表說：「這裡沒你的事了，我自己可以處理，你走吧。」

旅行社代表悻悻然走了，我回過頭，正好迎向阿布都巴利權威的笑臉：「請問先生，您和我們是同行嗎？」

顯然他誤會我是個開餐廳的人了，但這又一言難盡，我只好回答說：「事實上，我從事的是圖書出版工作，我對各種不同文化極為著迷，而料理恰巧又是文化中最有趣又最能參與的一環，只要拿起一隻湯匙，我們就參加了它，不是嗎？」

我說的話有一部分並非事實，我早已經離開出版行業了，但如果我誠實告訴他我從事的是網路事業，我要如何解釋我對廚房的興趣？但拉拓兒先生不疑有他，大笑起來：「Indeed, indeed，料理人人可參與，只要您有嘗試陌生食物的勇氣。太好了，先生，今晚七點鐘，我在大廳恭候您的大駕⋯⋯。」

◆

準時七點鐘，我搭電梯來到旅館大廳，約莫等了五分鐘，正在焦急阿布都巴利執行副總裁是否會黃牛的時候，黃色西裝的肥胖身影突然氣喘噓噓地現身，慌不迭地道歉說：「請原諒我的遲到，我今天有太多的客人。」一面說著，一面從胸前口袋裡拿出手帕拭去他額頭上的汗水。

「應該道歉的是我，我在您這麼忙碌的時刻，還提出讓您麻煩的要求。」我由衷地感到有點不好意思。

「喔，不不不，這絕對是我的榮幸，我非常樂意為您兩位介紹我頗引以為傲的廚房。」阿布都巴利露出開心的笑容，一面比出一個請這邊走的手勢：「事實上，我本來是廚師出身，我來到這家旅館時，負責管理的就是旅館裡的各家餐廳，只是現在我要管的業務就更多了，不再只是餐廳。」

「這樣說來，今天晚上我完全是找到正確的導遊人選了。」我一面隨著他走向電梯，一面誠心誠意地恭維他。

電梯來到旅館的頂樓，阿布都巴利彎腰表示歡迎：「This way please.」

「這是我們旅館最高檔的餐廳，叫做蒙兀兒廳（The Mughal Room）；」阿布都巴利副總裁引導我們走入餐廳，餐廳裡燈火通明，賓客摩肩接踵，看來生意火紅的模樣：「從餐廳名字您可以知道，本餐廳是以北印度拉吉斯坦菜為主，但我們是一個國際觀光旅館，得要滿足各種不同客人的需求，所以餐廳裡也提供中國菜和歐陸菜的菜單，……這邊請。」

阿布都巴利顯眼的黃西裝穿梭過忙碌的餐廳，服務生看到他，連忙點頭行禮，但阿布都巴利執行副總裁昂首闊步，兀自領我們前行，好像沒有看見他們行禮的樣子。他掀開紅色布縵，領我們穿過餐廳背後的服務區，領班與服務生慌亂成一團，我不斷聽到杯盤碰撞的聲音，也不斷有人在吆喝，大概是催促上菜的意思。工作人員看見黃色西裝的執行副總裁，顯然有點吃驚，紛紛讓出一條路來。但阿布都巴利也毫不在意，他推開厚重的鐵門，呈現在我們眼前的，是一個巨大的廚房，幾十個廚師在裡面忙碌工作，遠方的火爐，火焰高竄，發出轟隆隆的聲響。

「請往這邊走。」阿布都巴利繼續帶我們深入廚房，這時候，一位戴眼鏡、唇上蓄著小鬍子、白衣白帽的瘦小廚師一面在圍巾上擦著手，一面急忙忙迎上來：「啊，拉拓兒先生，何等榮幸！」

「啊，庫瑪，我給你帶來兩位貴客。」阿布都巴利也堆出滿臉笑容：「這位是庫瑪，我們的主廚；這邊是詹先生和他的夫人……。」

阿布都巴利執行副總裁改成嚴肅面顏：「事情是這樣的，詹先生對印度料理很有興趣，我要親自給他們一場廚房導覽，你讓你的廚師繼續幹他們的活，沒有人需要改變他們工作，除非我交待，明白嗎？」

「了解，拉拓兒先生，」瘦小黝黑的庫瑪點點頭：「我們會照做的，也歡迎你們，先生。」

阿布都巴利執行副總裁清清喉嚨，露出笑容：「您已經站在我們的廚房裡，先生，我們的廚房按照功能分成幾個部門；我們有坦都里部門，它在角落轉彎處，我等一下還會指給您看，它處理各種坦都里燒烤料理；我們有印度菜部分，就在您眼睛所見的右手邊，您看得出來，我們有很多廚師料理這個部門；再往左一點，那是中國菜部門，Sir，我了解您是中國菜的專家，我們印度人的中國菜也許和您所知道的不同，但中國菜在印度很受歡迎，我們有自己對中國菜的詮釋；再往左，那是個歐陸菜部門，在我們旅館裡，歐陸客人很多，他們有的人不能應付印度菜和中國菜，這個時候我們就要提供他們一點他們熟悉的東西；最左邊，那是一個燒烤部門，如果我們要料理一道歐洲的煎魚，就會由那個部門來負責⋯。」

阿布都巴利一口氣講了一長串，庫瑪在一旁頻頻點頭，阿布都巴利執行副總裁停了一下：「現在我們就來參觀廚房如何工作，Shall we?」

他領了我們往前走到角落，那是一個獨立的房間，正中央有兩個很深的坦都烤爐，有一位白衣白帽的廚師正在那兒忙著，爐子的前方是一大片玻璃窗，面對著餐廳裡的賓客，是所謂的「開放式廚房」，後方的出入門則與大廚房相連。阿布都巴利示意我們進入局促的坦都烤爐房間，廚師抬起頭，有一點不知所措，但威嚴的執行副總裁口氣嚴厲：「你正在做些什麼？」

「有一桌點了坦都里烤雞，Sir，我正要做。」

「把雞拿來給我。」阿布都巴利不由分說下令，可憐的廚師慌慌張張跑出去，不一會兒拿了一個大盒子回來，阿布都巴利打開盒子，裡面是粉紅色的醬料和雞塊，他一面解說道：「您看，這裡是我們醃好的雞，我們用優格和自配的香料來醃，訣竅是雞用撕的，不用切的，醃料比較容易入味⋯⋯。」

我的好奇心已經開始發作：「香料包括些什麼？醃多久？」

阿布都巴利露出慧黠的笑容：「啊，我不能告訴您香料的全部成份，但我們要先用布包把優格吊起，除掉多餘的水份，雞則要在醃料裡放置四小時⋯⋯。」

「四小時，我以為要更久，我們中國菜裡頭常常要醃一個晚上⋯⋯。」

「您也可以醃上一個晚上，先生，但其實不必，四個鐘頭已經足夠⋯⋯。」

阿布都巴利從盒中抓起雞塊，一塊一塊串入一公尺長的鐵叉，一共取了四塊：「⋯然後您將雞肉串起來，預備放入爐中，坦都烤爐已經非常熱了，它的溫度可以高達八百度以上，所以這樣一隻雞，我們只需要六、七分鐘⋯⋯。」

雞肉放入坦都爐中後，阿布都巴利對著空中揮揮手，大聲說：「再給我拿些羊肉來！」小廚師受了驚嚇一般，吱唔應道：「Yes, Sir. Right away, Sir.」匆匆忙忙跑出去，一會兒又帶回來另一個盒子。

阿布都巴利打開盒子：「您瞧，我們有很好的碎羊肉在這裡，它已經和一些洋蔥和其他香料醃好了，我們像這樣把它沾粘在烤叉上⋯⋯。」他抓起一坨碎羊肉，像日本人做竹輪那樣，或者像越南人做甘蔗蝦那樣，厚厚一層裹在鐵叉上，他又把鐵叉放入爐中。

阿布都巴利抓來一塊布擦手，又想起什麼似的舉起他的食指：「更重要的，我們用坦都爐來做各種餅，當然包括饢（Naan）在內⋯。」他的手在空中揮舞：「弄一個麵團來給我，小一點，快！」

「Yes, Sir. Right away, Sir.」小廚師轉身去抓麵團，掰開一小塊給意氣風發的黃衣執行副總裁。

「您看，這麵團多有彈性，我們這樣把它拉長，成為這種形狀⋯。」

阿布都巴利執行副總裁隨手搓揉拉展，小麵團看得出充滿彈性，並在手中逐漸呈現出淚珠的形狀，我忍不住讚嘆說：「您的手藝真好！」

黃色西裝副總裁露出全副潔白的牙齒：「I told you，didn't I? 我可是廚師科班出身。」

緊接著，他彎腰把淚滴狀的麵餅貼進坦都烤爐的壁上，一面說：「然後我們把麵團像這樣放進爐中，我剛才說過，爐中溫度很高，大約是攝氏八百度以上，所以饢餅一下子就好了。」

他眼睛盯著麵餅不放，不到一分鐘，他用一根鐵叉伸入爐中取出饢，放在一隻白色磁盤上，白色饢餅帶著棕色斑紋，焦香撲鼻，我頓時覺得飢餓起來，阿布都巴利滿臉堆笑：「來來來，請試試看，這就是坦都烤爐現做的饢，我已經好久沒動手了，我還怕做得不成功呢。」

我從盤中撕下一塊，放進口中咀嚼品嚐，饢餅麵皮因為高溫而冒出一個一個泡泡，裡面充滿空氣，咬起來極為酥脆，饢餅之內則仍然是溼潤有勁，應該是來自揉麵的勁道，細嚼之下則滿口麵香。饢餅雖是北印度的日常食物，但卻是從波斯（伊朗）隨蒙兀兒帝國傳來，naan 一詞出自波斯文，本義就是「麵包」或「食物」的意思，它的傳播範圍甚廣，除了印度，巴基斯坦、土耳其、伊朗、中國新疆都有造型不同、做法略異的饢，發音也都叫饢。這種歷史悠久、食之者眾的主食，當製作得法時，以我有限的經驗，無一不好吃。但阿布都巴利執行副總裁隨手製作的小型樣本饢，也許是剛從高溫烤爐中立即取出，空氣中飄浮著香氣，讓我驚訝於它的美味。

阿布都巴利執行副總裁略帶得意神色，欠身鞠躬說：「先生，這就是我們的坦都烤爐燒烤部門，現在再讓我帶您前往參觀我們的印度菜部門如何？」

我嘴巴裡還塞滿嚼勁十足的饢，嘟嘟嚷嚷慌忙地應著：「當然當然，after you，拉拓兒先生⋯⋯。」

我們離開熱氣騰騰的坦都烤爐燒烤房，回到大廚房，最右邊的遠處，有約莫六、七位的白衣廚師正忙碌著，瘦小黝黑的庫瑪小碎步向前跑去，吆喝了幾句話，幾位廚師停下手上的工作，往我們的方向看了過來。阿布都巴利高舉右手，很威嚴地說：「不要停，不要停，繼續你們手上的工作。」

我們走進火爐旁邊，一位面容削瘦的老師傅正拿著鍋鏟忙碌著，阿布都巴利靠近他，大聲問道：「你現在在做什麼？」

老師傅額頭上流下汗珠，口裡含糊地應著：「A Biryani, Sir。有客人點了羊肉炒飯，先生。」

老師傅一面回答，一面鍋中香氣四溢的炒飯已經完成，他伸手取過來一個有蓋的陶盆，正準備用鍋杓盛入，但黃衣執行副總裁伸手攔住他：「稍等。」阿布都巴利接過老師傅手中的鍋杓，拿來一個白色瓷盤，去鍋中撈出一大瓢的炒飯，扣在盤子上，遞到我面前：「試試看。」

旁邊的小廚師連忙遞過來一隻湯匙，我舀起一匙，湊近鼻頭，一股驚人的香氣撲面而來，那是一種複雜的香氣繚繞，一方面有羊肉的脂香，又有多種乾式咖哩香料的藥香，一方面也可聞到有香米的米飯香，還有一些新鮮香草的草木芬芳。我再把飯送入口中，出乎意料之外，米飯口感軟糯香粘，比較接近日本人或台灣人煮飯的口感，而不是一般印象中的乾爽鬆散、顆粒分明。細嚼之後，發現粘度來自於羊肉油脂的滋潤以及咖哩醬汁的粘稠，而不是米飯本身。

我正想稱讚炒飯的美味，阿布都巴利執行副總裁又開口了：「請這邊看，詹先生，您看，這裡是我們正在煮的飯，而這裡，則是已經熬煮多時的羊肉咖哩，當有客人點菜時，我們就取煮好的飯和羊肉咖哩，做成炒飯……。」

我趨前看，火爐上兩口深鍋，一口鍋裡色澤暗金紅棕，一看可知是羊肉咖哩；另一口鍋裡則是滾水湯湯，水面上浮著淺黃鮮綠幾種材料，看不清是什麼。我只好開口請教：「這是什麼？」

「飯。」阿布都巴利咧嘴笑說：「您看到的蕃紅花、芫荽，還有多種香料，我們用它煮飯。」

「煮飯是用水嗎？」

「不，是羊肉高湯。」

難怪炒飯香甜滑潤，油脂可太豐富了。羊肉咖哩當然更不用說，我雖然抵達印度不過兩天，吃到的咖哩，即使只是公路旁的休息站拿出來的應急貨色，也都美味得不可想像，古文明飲食的高明深邃，真的令人欽佩。

我忍不住一口又一口試著炒飯，阿布都巴利執行副總裁大概也覺得好笑：「先生，我們要準備往下一站了嗎？」

「喔喔喔，」我滿口飯粒：「當然當然。」

下一站就是隔壁的爐子，三個廚師圍著爐火，兩個小廚師用鐵盤子抓碼，一個大廚師手握中式炒菜鐵鍋，另一手揮舞鍋鏟，這種陣仗當然就是中菜部門了。阿布都巴利執行副總裁不由分說，大聲問炒菜廚師：「你現在做的是什麼？」

「Stir fried beef, Sir.」廚師回答道。我看向炒菜鍋內，果然正在炒的是翠綠的青椒絲和棕紅油亮的牛肉絲；阿布都巴利：「你可要小心了，我們今天的貴客是中國菜的專家，他要來看看你的菜對不對路……。」

廚師小心翼翼地回答：「那要我炒一道什麼菜嗎？」

黃西裝執行副總裁大聲喝道：「不用。」說完話他一把從廚師手中搶過鍋鏟，在鍋中胡亂炒了幾下，再順手一撈，撈出大半盤菜餚，隨即扣在一旁備好的白盤上，盤上還有小黃瓜和胡蘿蔔的刻花，顯然本來是出菜要用的，但執行副總裁可不管它，大動作把盤子推到我面前，聲如洪鐘說：「試試。」

我用來吃羊肉炒飯的湯匙還握在手上，立即從盤中舀了一匙，送入口中。嗯，嗯？這太奇怪了，看起來明明是青椒牛肉，吃起來卻完全不像，叫人感到困惑，腦中正在搜索這味道的來歷，抬頭卻看見阿布都巴利瞪大眼睛看著我，好像要開口詢問說：「Well?」

「Well，」我還在摸索該講些什麼：「它看起來是青椒炒牛肉，但吃起來卻不是我熟悉的青椒炒牛肉，我不知道為什麼…。」

阿布都巴利執行副總裁露出一點失望的表情：「可能我們印度人對中國菜的詮釋還是不對，這不是您熟悉的做法？」

但突然有個雷電打在我腦門，我大步走到爐邊，指著爐上一口超過半人高的大湯鍋，大聲問道：「這是什麼？」

阿布都巴利執行副總裁被我的大聲問話嚇了一跳，一下子腦筋轉不過來，他瞪大眼睛指著鍋子說：「您是指這個嗎？」

我點點頭說：「對，我想知道那是什麼。」

他用杓子去鍋裡撈一撈，困惑地說：「高湯呀！」

我再次指著鍋子：「我是說，這高湯到底是什麼做的呀？」

阿布都巴利把杓子抬高，露出其中的內容：「羊肉高湯呀！您瞧，裡面有大量的羊大骨、羊肉、洋蔥、胡蘿蔔，各種蔬菜，當然，也有各種香料，巴西里、芫荽，還有我們的印度乾香料，肉豆蔻皮、孜然子、黑胡椒，etc, etc, and many many more…。」

我轉頭問白帽廚師：「剛才那道青椒牛肉有放這高湯嗎？」

白帽廚師驕傲地回答：「當然，這鍋高湯是我們廚房裡的秘密武器。」

我轉過頭，正好和阿布都巴利執行副總裁四眼相遇，他張嘴露出莫名其妙的表情，我以一位破案偵探的口吻對他說：「啊，拉拓兒先生，現在我知道兇手是誰了，就是這鍋高湯……。」

「在中國料理裡頭，我們用雞高湯，有的還加了火腿，那是在南方，我們也用豬骨、牛骨做高湯，羊肉高湯是少見的，更不要說你們加了這麼多的香料，這使得菜的味道完全不同了……。」

阿布都巴利充滿擔憂：「味道完全不行嗎？」

「不，它其實很好吃，我只是覺得很陌生，本來青椒牛肉是我們很熟悉的家常菜，如今變得……呃，呃，」我一時找不到適當的字眼，阿布都巴利的擔憂神情也懸在半空中。

「呃，…變得十分異國情調（exotic）。」我終於找到合適的描述，阿布都巴利執行副總裁也鬆了一口氣，兩個人相對大笑了起來，旁邊圍觀的緊張廚師也跟著哈哈大笑。

「當然是異國情調，您現在正在異國旅行呢。正如我前面說的，中國菜在印度非常普遍，已經進到我們的生活之中，我們有自己的詮釋。」阿布都巴利執行副總裁恢復信心，繼續把手一伸：「請這邊走，讓我們再來看看廚房裡的歐式燒烤部門……。」

我們走到廚房的最邊上，那裡空蕩蕩一個人都沒有，爐火上是一大片鐵板，旁邊還有個大烤箱，看來設備倒是挺先進齊全，阿布都巴利執行副總裁皺起眉頭，敲敲鐵板，一面問道：「誰負責這裡？」

瘦小黝黑的庫瑪連忙站出來：「是阿金負責這個部門，但今天印度料理部門比較忙，我要他過去幫忙，我馬上叫他過來……。」

阿布都巴利揮揮手，不耐煩地說：「不用了，誰幫我拿一塊魚肉來。」

「Yes, Sir. Right away, Sir.」一個小廚師匆忙跑步離去，不一會兒，拿來一塊白身魚的菲力。

「這是什麼魚？」我問氣喘噓噓的小廚師。

「Dover Sole, Sir.」

那就是日本人和中國人稱呼為「牛舌魚」或「舌平目」的扁平魚了，肉身細緻柔軟，我們可能會拿來干煎或紅燒。但阿布都巴利執行副總裁端詳了一下手中的魚片，置於案上，撒上細鹽和胡椒，又隨手拉過來一個盤子，盤中顯然是麵粉之物，他把魚放進麵粉中，輕輕拍打，讓魚肉裹上薄薄一層粉。然後他打開鐵板的火，用手在板上試試溫度，覺得差不多時，他倒下一點油，等油冒煙，就把魚肉平整放上去。

阿布都巴利轉過身來說：「我們餐廳裡的歐式餐點並不像印度菜部門或中國菜部門那麼多選擇，也沒有那麼sophisticated，我們只是讓吃不慣外國菜的歐洲人有點能對付的東西，並不企圖做什麼驚人的大菜，能做的不過是一點煎魚、烤魚，以及一些牛排、豬排之類的東西，如果客人想要匹薩或義大利麵，我們也可以應付……。」

阿布都巴利擠擠眼，露出頑皮的微笑：「我這樣說，詹先生，是希望您不要對這塊魚抱太大的期望。」

「我倒要確認一下。」我也跟著笑了起來。

一下子，魚就煎好了，一股香氣撲鼻而來，阿布都巴利把魚輕巧地鏟起來，一旁小廚師立刻遞過來一個長盤子，盤上還有幾株巴西里做為裝飾，兼任大廚的執行副總裁把魚放在盤上，從另一隻盒子挖出一大匙塔塔醬，一面比了一個請用的手勢：「請試試。」

我拿著湯匙直接從魚身上挖了一大塊，放入口中，發現那魚煎得恰到好處，外皮焦脆，內裡軟嫩多汁，那一點胡椒味也恰恰提出魚肉的甘甜味，我忍不住贊美他：「拉拓兒先生，您真是太謙虛了，這魚煎得剛剛好，在歐洲，我很少不吃到魚肉煎得過老了的。」

阿布都巴利執行副總裁雙手拉著黃色西裝的前襟，面露得色：「我只說我們做很簡單的東西，沒說我們做得不好。」說完又得意地大笑起來。

「拉拓兒先生，我由衷地感到佩服，您這兒的確是一個相當值得一試的餐廳。我非常謝謝您的廚房導遊，這簡直比我失去的大廚演示還要好上好幾倍。我不敢再打擾您的廚房，但我已經決定放棄我的大廳自助餐，我們要留下來，好好地享受您的蒙兀兒廳，雖然我好像已經吃飽了……。」

阿布都巴利執行副總裁露出滿足的笑容：「先生，您是我的貴客，您們光臨我們的廚房是我的榮幸，我希望我的解說有助於您對印度菜的好奇。但話說回來，您怎麼能夠只參觀廚房而不嘗嘗我們的餐廳？我們何不這樣子？您們兩位今晚就留下來在我們的蒙兀兒廳，做我的貴賓，兩位的晚餐就由我們餐廳來招待。」

「這萬萬不可。」我開始覺得這個誤會可大了，我不過是個愛抗議、愛討價還價的觀光奧客，但這位阿布都巴利執行副總裁可能以為我是某方人物。

「我堅持，先生，您一定要接受我的邀請。」

「……如果您堅持的話，」我還能怎麼辦，我只好繼續裝做是個大人物：「我只好恭敬不如從命了⋯⋯。」

◆

阿布都巴利執行副總裁抬起頭，高舉右手，一位身穿暗紅色鑲金上衣、下穿白長褲並包著白色頭巾的侍者立刻現身，躬身說：「Yes, Sir?」

阿布都巴利嘟嘟囔囔用印度語交待了一番，「Very well, Sir.」紅衣侍者回應之後，立刻轉身向我彎腰行禮：「請跟我來，先生。」

黃衣執行副總裁滿臉堆笑向我揮揮手，我也鞠躬向阿布都巴利致謝，旋即隨著侍者來到窗邊一個座位，戴頭巾的紅衣侍者指著窗外說：「從這裡，先生，當天氣晴朗的時候，或者夜晚點燈的時候，您就可以看見泰姬瑪哈陵。」

我往窗外望見，外面是一片漆黑，但侍者也不尷尬，微笑解釋說：「當然，在這種時候，我們是什麼也看不到。」

我們坐下來，侍者拿來厚重的皮面菜單以及厚厚一冊酒單，行禮如儀地問道：「我可以為您們準備一點什麼飲料嗎？」

我的好奇心也同時發作了，印度紅酒雖然在國際酒壇上也得不到崇高的地位，但怎麼能夠不試一試？我點了一瓶印度本土「印達吉堡」（Chateau Indage）的紅酒和礦泉水，並且開始仔細地閱讀起菜單。

事實上在廚房參觀過程裡，我們已經吃了一塊現烤饢餅、一盤羊肉炒飯、一盤青椒牛肉、一塊煎烤鰈魚，幾乎已經吃飽了；但在這本厚重的菜單裡，一樣分成了三個部分，印度菜、中國菜和所謂的「國際菜」，每一部分都有洋洋灑灑十幾頁。如果在其他地方的經驗來看，菜單上有千百種項目的餐廳很難特別好吃，但以我們在廚房裡試到的水準，卻又讓我對這家餐廳充滿信心。我們商量了一下，最後決定還是選擇最具代表性的北印度菜，不惜重複我們在廚房中所試的東西，因為這才是這家餐廳的真正根源。

結果，我先點了來自坦都里燒烤部門的坦都里烤雞、烤羊肉串和原味饢餅；為了有醬汁沾餅，我又點了羊肉咖哩；可是想到羊肉炒飯的美味，我忍不住又點了一份炒飯。

餐廳裡此刻流洩著印度音樂，穿著傳統服裝的五人樂團正在遠方的舞台開始他們的表演，這場面太觀光了，餐廳的品味有點令人擔憂。我們也開始嘗試送來的印度紅酒，味薄而帶酸，貧乏而無變化，好奇心果然足以殺死貓，新興地區的葡萄酒真的是不應該輕易嘗試的……。

但不一會兒，來自坦都里燒烤部門的烤雞、烤羊肉串和饢都上桌了。我先拿了一塊烤雞，這烤雞果然如阿布都巴利所說，不是刀切，而是手撕，裂口粗獷，醃製容易入味，醃製醬料用的是晾吊去水的優格和香料，其中辣椒粉不少（也包含甜椒粉），故烤雞色澤呈誘人的橘紅色，雞肉表面更有高溫燒炙的黑紋和撲鼻的焦香，緊接著試了一口，嗯，這雞肉烤得太好了，外表焦脆，內裡柔軟多汁，可見火候時間掌握得極好。

再試羊肉串，羊肉串是用碎羊肉混合多種香料捏成柱狀，香氣幽微複雜，難以名狀，烤也烤得剛好，只是碎羊肉本身嫩則嫩矣，已失羊肉咬口，烤熟後水份流失，略顯得乾澀，並不如坦都里烤雞精彩。

這時候羊肉咖哩和羊肉炒飯也跟著上桌，我細看這兩道菜，羊肉咖哩醬汁色澤艷紅，有火辣的氣息，羊肉則帶骨，看起來是不向西方人妥協的絕佳徵兆，帶骨的肉一向更加美味，只是許多餐廳牽就西方觀光客的口味，轉用菲力，反而失去骨頭的好滋味；羊肉炒飯則是和在廚房所見相同，飯粒受羊脂滋潤，粒粒金黃油亮，飯中又有茴香和芫荽碎葉，翠綠點綴，草本芳香，十分吸引人。

我撕了一塊烤餅，沾著盤中羊肉咖哩的醬汁來吃，初入口感到芳香甘甜（應該是長時間炒化了洋蔥所帶來的美味），慢慢卻在口中冒出火來，醬汁裡帶著頗有威力的辣味餘韻，衝擊口腔的每一個角落，顯然這也是一道不向觀光客妥協的正宗拉吉斯坦料理。紅衣侍者看到我把手伸向水杯，忍不住露出一排牙齒：「太辣了嗎？先生。」

「不，它很辣，但它非常好。」我開口贊美。

「拉拓兒先生有交待廚房，要做正宗的拉吉斯坦菜給您，所以您的菜比其他桌的都要辣，因為歐洲人不能吃辣⋯⋯。」

原來阿布都巴利執行副總裁事先有交待，他內心顯然比外貌還要細膩，我也覺得很窩心，可是還是想問：「這就是你們平常吃的辣度嗎？」

侍者遲疑了一秒，再度展開笑顏：「不，先生，我們自己吃的，比這個還要更辣一些⋯⋯。」

他想了一下，跟著又說：「我們沒有這麼多菜，先生，我們吃一大盤米飯，要的就是這些辣味。」

我也跟著笑起來，誰的家鄉不是這樣呢？我們小時候的滷肉醬汁比肉更重要，好幾頓的白飯不都是澆著醬油吃下去的嗎，誰真正看到肉呢？

我們很努力的享用這頓晚餐，但實在太飽了，最後並沒有能夠全部吃完。除了烤羊肉串讓我覺得差強人意，其他幾道菜都很夠水準。這真的是個好兆頭，我來到印度不過兩天，但這樣的食物水準已經讓我充滿期待，覺得未來的旅程裡，似乎還有各式各樣的好運在等著我。

用餐之後，我向侍者要來帳單，侍者拿來一張單子：「拉拓兒先生交待，餐廳招待您的用餐，我只能收您酒水的錢。」

「拉拓兒先生太客氣了，但我不該接受他的招待，他一定誤會我是什麼大人物了，事實上我只是個好奇的人。」

「不，先生，您是我們的貴客，能夠招待您是我們的榮幸。」

看來我是無法要到我的帳單了，我只能付我最不想付的難喝紅酒的錢，我只好留下一筆較像樣的小費。

兩天之後的早上，我要退房離開前往旅行的下一站，穿著鮮艷黃西裝的阿布都巴利執行副總裁又出現了：「哈囉，詹先生，我特別來祝您一路順風。」

「拉拓兒先生，那天晚上您真是太客氣了，我不但耽誤您的工作，在廚房裡打擾大家的工作，還讓您請客，我真的覺得很不好意思。」

阿布都巴利眨眨眼，壓低聲音：「我只希望您能為我們美言幾句，至少筆下留情……。」

果然，他真的弄錯了，把我當做某種微服出訪的美食評論家了，大廳吵鬧只是匿名評論者故意設計的測驗，我自首地說：「不，拉拓兒先生，您弄錯了，我只是個對印度料理好奇的一般觀光客⋯。」

「不不不，您不用對我隱瞞，如果未來有文章出現，請您一定要寄給我。」阿布都巴利滿臉虔敬。

怎麼樣向他解釋我從來不是能夠寫美食的人，我嘆了一口氣：「唉，好吧，也許有一天⋯。」

長草叢中的死亡

司機兼追蹤者黑人馬克斯猛然停住吉普車，沒熄火的引擎還啵啵啵地空轉著，他跳到溼地，蹲在地上仔細端詳，他摸了摸軟泥上的印跡，伸出舌頭嚐了嚐，若有所思看著前方，漫不經心地說：「牠們走過這裡，昨天晚上……。」

「什麼？」我們一時還摸不著頭腦。

黑人馬克斯，同時也是我們的導遊兼守護者，出遊時還得兼任野地裡的侍者和調酒師，他抬起頭，眼睛陡然亮起來，咧開嘴笑著，開心地說：「獅子，我們想找的獅子。牠們昨晚走過這裡，應該還沒有走遠，足跡還是熱的。」

「They?」我想確定一下他的意思。

「是呀，牠們。有兩隻，都是母獅子，有一隻懷了三個月的身孕。」黑人馬克斯輕描淡寫地回答，一面回到車上，重新發動引擎，吉普車再度沸騰咆哮起來，碰碰碰冒著煙走進水中，此刻奧卡萬戈沼澤（Okavango Delta）正值高水期，水量充沛，草原上到處是水鄉澤國的模樣。

獅子？我的汗毛豎立起來，精神跟著感到振奮，但也不由得有點困惑，他怎麼能夠知道獅子昨天晚上經過這裡？也許這不難，札那人（Tswana）馬克斯就是一位非洲草原裡的追蹤者（tracker），追蹤者傳統上本來就是通過蛛絲馬跡判斷獵物蹤跡的獵人。但是，他怎麼能夠從水邊半個模糊的足跡看出那是兩隻母獅子，其中還有一隻懷了三個月的身孕？

這時天色才剛剛發亮，遠方天空的顏色還是暗藍透著橘光，非洲草原上兀立的幾棵樹像是黑色翦影一般。我們四點半就被叫醒，漱洗完畢後，摸黑在營地裡胡亂吃一點麵包和咖啡，昏沉沉地上了吉普車。此時霜露料峭，寒意逼人，司機兼追蹤者馬克斯要我們都穿上套頭的保暖蓬丘（Poncho，一種源於秘魯原住民的服裝），然後車子就出發了。

吉普車顛簸走過一段紅泥土路，就駛入了水中，潑刺聲驚動一群又一群的驢羚（Lechwe），紛紛從長草叢中躍出，姿態優雅地逃逸，像一群在舞台上躍起的芭蕾舞者，沼澤地的水光反映出牠們的倒影，金褐色的皮毛閃閃發亮，屁股上兩條顯著的黑線讓牠們像是在飯店裡穿著筆挺制服的侍者。天空有數不清的各色鳥類在飛行，一副交通繁忙的模樣，偶而會看見一隻魚狗翠鳥（Pied Kingfisher）

停在空中快速拍動著雙翼，緊接著轟炸機似地俯衝而下，叼起水中一隻魚再飛起，濺起四散的水花。

這個眼前的美麗景象有點像是在觀賞「新藝綜合體，彩色大銀幕」電影一樣，夢幻不真實。出門前我特地買了《非洲南部野生動物》和《非洲南部鳥類》兩本英文書帶在身上，但其實我並不相信自己未經訓練的眼睛能認出什麼鳥類。可是來到南部非洲波札那（Botswana）奧卡萬戈沼澤才兩天，我發現自己肉眼能辨認的鳥類已有數十種，原因之一是它們真的離你很近，像魚狗翠鳥捕魚的動作就常常發生在我們的獨木舟旁邊；第二個原因是它們的數量真的太多了，每一種鳥你不是見到它一次，而是一天要看見兩百次，特別是非洲水雉（African Jacana）和黑枕麥雞（Blacksmith Plover）每天都在你觸手可及之處，你再遲鈍也都熟識了……。

吉普車繼續在長草叢中前進，黑人馬克斯像是喃喃自語：「應該還沒有走遠，應該沒有走太遠，牠們應該餓了。」

一個轉彎處，我們就看見牠們了。就在路邊前方五公尺，一塊巨岩之下，兩隻壯碩無朋的母獅子威風凜凜站在那裡，眼睛看著草原的前方。我屏住呼吸，吉普車輕輕地停下來，馬克斯用兩根手指先指指自己的眼睛，再指向獅子，那是要我們注意看的意思。

母獅子比想像中還要更強壯，牠的胸肌隆隆鼓起，腿部更是粗若樑柱，莊嚴肅穆，不怒自威，微風輕拂過臉龐，牠們臉上的短毛似乎微微動了一下。但牠們直挺挺地站在高處，一動也不動眺望著遠方草原裡成群的驢羚，即使牠們眼角的餘光已經瞥了我們一眼，仍然像石像一樣面無表情，完全的無動於衷。車上的少年塞巴斯丁忍不住開口了：「牠們在幹嘛？」

「牠們在打獵。」黑人馬克斯用手摀著嘴低聲說。

遠方的驢羚幾十隻成群低頭吃草，一派寧靜安祥的畫面。不只是獅子凝視的正前方有一群驢羚在草地上徜徉，兩隻獅子的後方也有另一群更靠近的驢羚在安靜地吃草，看著食物目不轉睛的兩隻獅對身後這一群獵物卻絲毫不感興趣。我們看著追蹤者馬克斯，這位聰明的波札那大學畢業生立即意會我們的疑問，他指著上方的驢羚群，輕聲說：「瞧，現在風往那裡吹，獅子一行動，牠們就知道；所以獅子只會站在下風處，正面前方那一群驢羚才是真正的獵物。」

兩隻獅子好像聽到了我們的談話窸窣聲，身子動了動，開始緩緩地、無聲無息地朝低處的草叢走去。兩隻獅子一前一後行動，這時我才看清楚後面那一隻母獅腹部低垂，的確是懷了身孕。追蹤者馬克斯發動吉普車，慢慢跟在獅子不遠的後方，要讓我們看清獅子的打獵行動。但獅子開始分道，一隻往右，一隻往左，遠遠地走入草叢，我們看見長草搖曳，偶而還瞥見其中一隻的頭部，但慢慢兩隻獅子都沒入草叢，我們就只能從長草搖動，想像隱藏匍匐前進的獅子了。

我們再看即將大禍來臨的那一群驢羚，只見牠們沒事人一樣，仍然安靜地低頭吃草，偶有一兩隻驢羚警覺地探出頭來左右張望，但彷彿也看不出什麼端倪。我們則遠眺著遠方微微搖曳的草叢，兩隻伏行的獅子顯然已經分抄兩邊，即將展開攻擊，不禁屏住了氣息。

遠方的長草停止晃動，空氣也似乎凝結了一陣子，突然間，右邊遠方的獅子高跳起來，猛力追逐，草叢激烈搖晃，驚起一群飛鳥，驢羚群受了驚嚇，全部觸電似地跳起來，四腳齊飛，彈簧腿蹬蹬蹬往左邊逃散，但看在我們遠處的眼裡，牠們正衝向另一邊等待的獅子的血口，果然，幾秒鐘之後，左邊草叢激烈搖晃，獅子似乎是捕獲獵物了。

原來右邊負責衝散驢羚群的獅子放棄追逐，急急忙忙趕向左方；這時候，追蹤者馬克斯也立刻發動吉普車，大叫一聲：「咱們走。」

車子加速前往左邊的草叢，少年塞巴斯丁忍不住又開口探問：「發生什麼事了？」馬克斯回答道：「你看到右邊的獅子急忙衝向左邊嗎？那表示左邊的獅子已經獵到了驢羚，牠要趕快趕去，免得獵物被左邊的獅子獨享了。」

說話間，我們已經趕到屠殺現場，兩隻獅子正在爭奪一隻年輕漂亮的驢羚，一隻獅子咬住驢羚的喉嚨，一隻獅子則咬著驢羚的腿部，兩隻獅子都發出隆隆低吼聲，彷彿立刻要打起來，而可憐的驢羚脖子流出一灘血，已經一動也不動了⋯⋯。

兩隻獅子用牙齒和爪子緊咬並撕扯著那一隻毛色光鮮的驢羚。可憐的牠，兩分鐘前還在草原上左顧右盼、活蹦亂跳，此時卻已緊閉雙眼、死垂著頭，任人擺佈了。

獅子們撕咬搶奪，一面還從齒間發出嘶嘶作響的威嚇聲，想斥退另一隻「狩獵的合夥人」。動物在「食物」面前是自私的，豪無謙讓之類的「道義」可言；牠們的合作，似乎並不出於「信賴」，而是出於「需要」。當其中一隻獅子獵得「食物」之際，我多麼驚訝於另一隻獅子的反應，牠立刻拋下追逐中的獵物，急急忙忙奔來，生怕獵獲驢羚的母獅獨吞了收獲。動物學家常常提醒我們，不能以「人類的觀點」想像動物的行為與動機，但這個提醒強人所難，你忍不住就是會冒出一些「人類觀點」的偏見。

這時候裂帛似的聲音響起，驢羚硬生生被兩隻獅子撕成了兩半，原來撲殺驢羚的獅子奪得了頭部和半邊身子，趕來搶食的獅子則咬到了一條大腿和半個身軀。這下子，兩隻獅子各有所獲，反倒不爭吵了，牠們別過頭，背著對方「安靜地」吃著早餐。但說牠們「安靜」好像也不太準確，因為當牠們嘶咬驢羚皮肉、大口進食的時候，不時發出牙齒啃囓骨頭的摩擦聲，那卡嗞卡嗞的聲音聽得令人頭皮發麻、不寒而慄。

我們坐在改裝過的「荒原路華」（Land Rover）車上，距離用餐的獅子只有兩、三公尺，牠們的呼吸聲清晰可聞，牠們大塊吃著新鮮驢羚肉時，鮮血也沾滿牠們的鬍鬚和胸襟。雖然這樣盯著人家用餐頗不禮貌，但我們千里迢迢來到非洲卡拉哈里沙漠中的沼澤地參加宿營「薩伐旅」（Safari），不就是來尋找「大獵物」（big game）的嗎？只是我們不是獵人，手上沒有點450來福槍，只有相機和傻瓜相機，我們是嚮往弱肉強食、叢林法則的蠻荒世界的旅客。

非洲也已經不是十九世紀那個探險家與狩獵人的樂園，如今「蠻荒世界」都改名叫做「國家公園」，都是觀光業的天下了。有的國家公園還繼續提供打獵的執照，也有專業的旅遊服務，觀光客獵人由職業獵人帶隊，旅行社幫你申領執照，僱用追蹤者、持槍者（gun bearer）和挑伕，你就被容許在國家公園裡進行狩獵，屠殺猛獸。但也有一些國家公園完全不容許狩獵型的「薩伐旅」，我所來到的波札那奧卡萬戈沼澤就是完全不容許狩獵的國家公園，已經不獵殺野生動物的追蹤者兼司機馬克斯受過高等教育，他的話就顯得頗有經濟頭腦：「發一張執照，收費五千美金，獵了獅子，獅子就沒了，獵了花豹，花豹就沒了；但如果我們留下獅子和花豹，全世界各地的人們源源不絕地來看，看完了獅子和花豹都還在，收入也就源源不絕⋯⋯。」

這個概念幾乎就是中文裡頭說的：「留得青山在，不怕沒柴燒。」暗合了今日政治正確的生態觀點，而我們這些坐在越野車上的遊客，就是非洲「源源不絕的收入」的一小部分。

雖然我是個嗜讀多種非洲探險文學的書呆子，能細數十九世紀探險家的生平事蹟如家珍，你給我一個非洲地名，我就會在腦中連想到蒙哥・派克（Mango Park, 1771-1806）、大衛・李文斯頓（David Livingstone, 1813-1873）、李察・柏頓（Richard Francis Burton, 1821-1890）、亨利・摩頓・史坦利（Henry Morton Stanley, 1841-1904）等人的足跡，但天可憐見，我一直並未有能力實現日思夜想的非洲之旅，直到這一天在朋友的力邀之下才成行。

來到波札那並不容易，就像末代探險家威福瑞・塞西格（Wilfred Thesiger,

1910-2003）說的，現代旅行家面臨的第一個旅行困難不是地理險阻，而是「國家主權」（也就是那個風雲詭譎的「簽證」）。至少我的波札那之旅，面對的正是沒有道理可說的「簽證」。

照理說，既然我代表的是非洲生態旅行「源源不絕的收入」，我的旅行應該受到歡迎，我的「觀光簽證」應該不難辦才是。但是，不幸的，我不僅代表了非洲觀光收入，卻又代表了外交艱難、處處碰壁的「中華民國」。

首先，波札那與台灣並無邦交，因此也沒有任何領事館或「地下領事館」存在，無從申辦簽證。旅行社幫忙查詢之後說，可以前往香港的波札那領事館申請並安排面談，但我得親自跑一趟香港；我正巧有出差英國的機會，就探詢可否在倫敦辦理簽證，然而倫敦辦簽證需要四個工作日，我又無法待那麼長的時間。旅行社的朋友又說，理論上波札那在北京領事館接受台灣人用傳真和信函方式辦理簽證，只是沒有人真實辦過。我上網查看，果然有此業務，就把資料影印傳真寄去；到了官網所說的十日之後，卻渺無音訊，打電話去無人應答，傳真信函去更是無人回覆。

到了啟程前一週，我已經快要打退堂鼓，簽證卻一聲不響寄來了。打開一看，那是一封准許我落地辦理簽證的領事信函，但領事館絲毫不理會我申請的書狀，逕自批准我在首都嘉柏隆里（Gaborone）的機場辦理簽證，事實上我的行程是在毛恩（Maun）落地。我又開始北京、非洲兩地打電話，希望能夠更正那封信，不然我如何能確保在毛恩的機場會被接受？最後，來自非洲的旅行社打電話捎來消息，說已經和波札那外交部打過招呼，毛恩機場的移民官員會得到消息，他們會有人特別為我辦理相關事宜。雖然消息聽起來不太具說服力，但我還能怎麼辦呢？只好相信船到橋頭自然直了。

飛行路線也頗為周折，我們從香港經杜拜飛往南非的約翰尼斯堡，在那裡轉飛機到波札那最大城毛恩（人口四萬三千人），在毛恩入境後（如果我可以順利得到簽證），我們將繼續乘坐四人座小飛機前往奧卡萬戈沼澤地的營區，大概要用掉一天半的時間⋯⋯。

飛機降落毛恩機場時，機場看起來像是個鄉下的小學操場，我們走進一間像小學教室一樣的低矮建築物，裡面有兩個木頭櫃檯，應該就是過關的移民局了。移民官員都是穿著制服的女性，我走向其中一個櫃檯，拿出書信，開始解釋我的處境。長得像模特兒的移民官員對著我咧開嘴笑：「所以，你就是那個人？」

我也不管她的意思是什麼，昂然回答說：「對，我就是那個需要協助的人。」

女移民官啪地一聲把櫃檯關起來，揮揮手說：「跟我來。」然後又回頭跟我背後排隊的旅客說：「這個櫃檯關了，你們走另一列。」

一面說著，一面就把我帶進了小房間⋯⋯。

關閉了櫃檯的移民局女官員微笑著帶領我進入一個小房間，那顯然是某位官員的辦公室，文件資料散落在一張偌大的辦公桌上，桌子後方有衣架，架上掛著一件西裝上衣，桌前是一套沙發和矮茶几，茶几上同樣堆滿了公文和書報。領我進門的移民官小姐在茶几上清出一小塊空地，丟給我幾張表格，露出一大排潔白的牙齒，模特兒似的笑容：「你把這些申請表填一填，待會兒我們就來幫你們辦理手續，別忘了，你們還要繳交每人簽證費二十五元美金，我們只收美金⋯⋯。」

表格一共有三份，內容彼此很相似，而且幾乎是重複我本來申請觀光簽證時的內容，不外乎要你填寫姓名、年齡、住址，又要你聲明你不曾犯過重要罪行，再加上表明你的旅行計畫，以及你如何支付你的旅行費用等等。

我耐著性子把那些內容重複相似的表格一遍一遍地填著，移民局官員則在辦公室裡進進出出，她們清一色是女性，穿著卡其色的制服上裝和墨綠色的長裙，大都面帶笑容，吱吱喳喳講著話，心情不錯的樣子。辦公室的大門沒有關，我可以看見其他遊客紛紛離開海關，出境去了，從他們的行李來看，當中顯然有些人的確是來打獵的，因為他們帶著各式各樣的槍枝和紮營的器具行囊，也有特別的人來接應。

填完表格之後，我伸手攔住一位進出辦公室的女移民官，她指示我前往另一個窗口繳錢，再回來的時候，她走出去請來一位年紀較大、面貌依然姣好的女官員，這位主管坐下來細看我的護照，然後從抽屜裡取出貼紙和印章，乒乒乓乓敲了幾下，抬頭又露出一大排白牙，不帶口音的英文頗為悅耳：「這樣就可以了，祝你在波札那旅途愉快。」

走出海關，旅行社派了代表來接，他接過我們的行李，指示我們穿過另一扇門，再度回到小教室般的機場。雖然我們落地的毛恩城已是奧卡萬戈沼澤的門戶入口，但奧卡萬戈沼澤冬天高水期的面積約為一萬五千平方公里，快有半個台灣大，很難想像在沙漠的正中央有這麼大面積的濕地。我們所要去的營區距離遙遠，我們還得再搭乘一程小飛機，經過一個小時的飛行才能到達。

飛機是四人座的小飛機，機齡都超過三十年了。出發前訂機位時，旅行社嚴格限制我們行李的重量，並且要我們填寫體重，以便確保飛機的總載重不會超過負荷。填寫體重涉及「機密個資」，填寫起來赤裸透明，頗感尷尬，我們更怕申報體重之後體重又有變化，讓別人以為我們「申報不實」。但所有營區、交通的預定都必須在幾個月前完成，我們怎能保證體重不發生變化？

所幸這些尷尬場面都沒發生，我們的體重和行李都順利過磅通關，工作人員幫我們把行李塞進機腹下方，我們在停機坪和駕駛員打過招呼之後，逕自爬上飛機坐好，小飛機就離地起飛了。

在這個非洲黑人的故鄉裡，飛機駕駛員倒都是白人。後來當然我們也還發現，在觀光旅行服務業裡，重要的管理職務也多是外地來的白人，本地的黑人即使受過高等教育，擔任的也還多是非管理職，一種「更深層的」不公平顯然還是繼續存在。波札那平均國民所得將近一萬四千美元，比起「亞洲小龍」並不遜色，已經是非洲「首善之地」，波札那政府對教育的投資也極度關注，一般學子都能享有十年的基本免費教育，而能夠進入大學就讀的學生，像我們的司機兼追蹤者黑人馬克斯，大部分都能得到政府的資助，馬克斯開著吉普車時就跟我說：「我們的政府是好的，它幫我們付大學的學費⋯⋯。」即使如此，他們的工作還是偏向「社會分工」的某一面，非洲人的「出頭天」路途可能還是遙遠的。

小飛機飛行高度不高，我們可以俯瞰整個大地，地上鮮少人蹤，也見不到建築或聚落、城市，看到的大部分就是地景地貌的素面原樣。空蕩蕩、黃澄澄的土地上，遠方偶有一棵樹兀自佇立。或者飛經一條蜿蜒的河流，我們可以看見河岸兩旁有綠地，依稀可見獸蹤，大概是成群的野牛或羚羊之類的。河流旁邊看見一條火車鐵軌，這應該是文明痕跡了，鐵軌旁又可見成排的電線桿，只是沒有看見行駛的火車。

抵達沼澤地的營區已經是下午時分了，飛機在一塊草坪上降落，等在草坪旁有一部改裝過的巨大「荒原路華」，一位穿著卡其衣褲的高壯黑人笑容可掬走上來打招呼：「嗨，歡迎來到奧卡萬戈三角洲，我的名字叫馬克斯，這幾天我會和你們在一起⋯。」

馬克斯幫我們放好行李，「荒原路華」啟動，也嗶嗶啵啵接通無線電，他從對講機中告訴對方已經接到客人，即將返回營區了。

非洲地景的基調是黃沙紅土，即使有大片草原，草叢也是綠中帶黃，和我們所來的溫濕亞熱帶的翠綠景緻很不相同。沼澤地是個國家公園保護區，盡可能保持原始面貌，並沒有所謂的道路，大部分只是車子前次走過的路跡，但路跡也隨時會被積水截斷，沼澤處處是水，但改裝過的「荒原路華」吉普車是霸道的路上巨獸，它根本不管有路沒路、有水沒水，一逕地直挺挺壓著陸路或水路前進。車行草偃，和人身等高的長草隨著它的前進向兩邊倒地；走入水塘時，潑剌一聲，泥水濺起，驚起水邊的各種鳥類，吉普車也都無動於衷，這似乎不是環境友善的模樣⋯⋯。

無線電再度響起，黑人馬克斯對著無線電吱吱喳喳講著話，我們正要行經一段木橋，這是我們第一次看到「人工之物」，過了木橋，映入眼簾是一片青蔥翠碧的濃密樹林。再一個轉彎，我們進到樹林裡，才感覺到樹林中有光影搖晃，原來營區已經到了。

原來這是一片沿著河流生長的茂密樹林，營區就「掛在」樹林當中，在樹木高處，有一條木頭便道依著樹木建成，便道旁就是一間一間「樹屋」型式的「營房」。正中央是營區的入口與「行政區」，行政辦公區包含餐廳和酒吧，酒吧裡坐了一些已經住在營區的客人，看起來也清一色是白種人。營區全部都是原木建成，結構巧妙地和樹林結合在一起，從樹林外頭看，你還會誤以為整個營區是「長」在樹上面呢。

我們立即被領到自己的「營房」，但這可不是我童子軍時期或年輕時候參加的搭帆布帳篷的素樸「露營」或「宿營」，這是當今觀光事業的時尚發明，在最原始的叢林野地，用最天然的材料與營造工法，建造了最舒適、最奢華、最自我矛盾的營房⋯⋯。

如今非洲的「薩伐旅」行程都把住宿的地方叫做「營房」（Camp），每位旅客得到的房間則叫做「帳篷」（Tent），但這樣低調謙遜的名稱其實不足以形容我得到的奢侈經驗。就拿我們剛剛被帶進來的「帳篷」來說吧，它的確是由木頭和帆布搭建而成的「臨時性建築」，但它有寬敞的臥房、有透光的客廳、有古董式的高腳浴缸、有抽水馬桶、有雙人份的洗臉檯，還有可以眺望星光的露天淋浴間；走出門外，是一大片面對潺潺流水的木板陽台，陽台上有躺椅和茶几，還有專供午寐的吊床。

室內設計與傢具用品也不可小覷，雖然帳篷裡的裝潢和家具都刻意做成自然粗獷的模樣，大量用到不打磨的原色木料以及卡其色的粗厚帆布，加上非洲原住民梭織彩色粗布做為桌巾、床罩等裝飾，洗臉檯與盥洗調度品也刻意使用粗陶的大盆與瓶罐，加上藤製與草編的垃圾桶、洗衣桶與雜誌架，共同描繪出一種叢林系的視覺美感。

唉，說起來我們的確身處矛盾之中。我們其實早已遠離了探險年代，卻大言不慚地繼續「冒用」探險時代的名稱，所以有「營房」、「帳篷」、「營火烤肉」之類的名詞之雅；我們身處渺無人蹤的蠻荒曠野，卻還忍不住繼續享受「文明」提供的舒適與驕養，像抽水馬桶與供應熱水的淋浴；但在舒適放鬆之餘，又要處處用符號和色彩提醒我們的確是身在非洲野地的懷抱之中，絕不可錯認。

我說這些話並不是抱怨，而是一種對「非洲旅行」的自慚形穢，更是對自己因為錯過了時代（或者缺少冒險犯難的實踐能力），不得不採取的偷懶旅行方法，感到不好意思。但我也暗自慶幸，如果不是「恰好」錯過了時代，我們怎麼會有這種「舒適的」薩伐旅可以享受？

慚愧與內疚也只是一下下，很快的我就「適應」了「帳篷」和「營房」的舒適生活，甚至有能力起身到酒吧去喝酒了。酒吧當然也是一張巧妙掛在樹上的大帳篷，開放式的空間裡幾張藤製的沙發和矮桌，盡頭是一張圓木吧檯，放眼望去近處是叢林遠方是草原，草原上還有幾棵孤伶伶巨大的包芭樹（Baobab，中文又稱猢猻樹或猴麵包樹），一派的非洲景緻。酒吧裡兩位身穿卡其狩獵裝的黑人正在服務，其中一位走過來對著我咧開血盆大口，輕柔的聲調說：「先生，您想喝點什麼嗎？」

我點了一杯琴湯尼在手上，隨意翻閱酒吧桌上的非洲畫冊，此時的七月本是非洲的隆冬，但下午的草原仍然熱氣蒸騰，猶如盛夏午后一般；樹林中偶有微風吹來，枝搖葉動，加上手上冰酒的涼意，慵懶舒閒，頗有一種十九世紀帝國主義的享受情調。我其實正在等待傍晚活動的來臨，因為中午酷熱難耐，草原上的動物也全躲起來，薩伐旅的動物觀賞活動也無從進行，所有的活動一律排在清晨和傍晚，午后時光大部分不是在帳篷裡睡午覺，就是在酒吧裡喝酒納涼。

終於等到太陽偏西，略微減去燒炙威力，黑人馬克斯來呼叫我們，問我們是否已經準備好參加來到營地的第一場活動。第一場活動安排的是沼澤中的釣魚，我們早都已經準備好了，營地旁邊就是河流，兩艘鐵殼平底船停在木頭棧橋之下，我們幾個人隨著馬克斯上了船，馬克斯把馬達用力抽開，引擎啵啵啵響起來，船隻就沿著河流往沼澤深處航去……。

沼澤地裡有一種奇特的視野，你總是對下一個景觀感到驚奇，可能是低角度的緣故，人在船中的視線常被滿地遍生的蘆葦或處處高起的蟻丘遮掩，你只能看見近處，無法預見下一個轉折。小時候讀《水滸傳》，讀到水汀交錯、蘆葦叢生的梁山水泊，追捕好漢的官兵們進入水泊時常常只見茫茫白水，但一個轉彎，唉呀一聲，蘆葦深處駛出一葉小艇，船上有阮氏兄弟搖櫓大聲唱著歌，官兵們叫苦不迭，知道中了埋伏，但已逃之不及……。小時候讀書讀到這裡，對這樣一片神奇的水塘簡直嚮往不已，不知道究竟是怎樣的水文與地貌？

終於有一次，我旅行來到美國南方的紐奧良，不經意行至密西西比河出海口的「開琴濕地」（Cajun wetlands），在路邊電線桿上看見有「飛船出租」的招貼字樣，想起電影上看過「飛船」（airboat）用大片風扇快速滑行於水面與草地的英姿，忍不住下車打電話探詢，租船者和我約定隔日清晨在「下水處」（water landing）見面，到了下水處，只見一條污濁的小水溝，完全看不見沼澤在那裡。沒想到船一開出，才轉了一個彎，視野豁然開朗，眼前出現大片蒼茫的水泊，那正是一望無際的開琴濕地。有了這個經驗，對《水滸傳》裡的梁山泊才真的明白了。

這次在非洲沙漠中的沼澤也是如此，剛在營地下水時，也看不出這條小河流能通到那裡，但鐵殼小船啪啪啪拍水前進，轉了一個彎，我們就看見開闊的沼澤濕地景象。船在水中行走，蘆葦長得比人還高，我們幾乎是穿越蘆葦草叢前進，蘆葦葉割著我們的臉龐，不時還要和蜘蛛網撞了個滿臉；水地裡生意盎然，水中長著各種不知名的花草，水面上許多匆忙行走的水蜘蛛和貼著水面飛行的小蟲子，則構成一副交通繁忙的模樣。不遠處有長腳水鳥踩著水中植物的浮葉行走，司機兼此刻的駕船者把手指一指，說：「African Jacana（非洲水雉）。」

我才剛忙著要記住水雉的特徵長相，馬克斯又把手指向天空：「Saddle-billed Stork（鞍嘴鳥）。」抬頭一看，一隻有鮮艷帶黑條紋的尖長紅嘴、體型巨大的黑鳥在不遠處的空中振翅飛行。正想發出讚嘆之聲，潑喇水響，一隻黑白相間的小鳥俯衝至船邊的水中，咬了一條魚又竄出水面，馬克斯看也不看，就拿手往水裡一指：「Pied Kingfisher（魚狗翠鳥）。」

馬克斯眼睛不眨一下已經叫出了近二十種鳥類的名稱，我簡直手忙腳亂，連忙翻著我手上的圖鑑，對照圖片的影像與身旁的真實，想確定我聽見名稱的正式拼法，但野生動物太豐富了，數量也太多，譬如像是天使行走水面的非洲水雉，幾乎三兩步就有一隻在你身旁，慢慢地，你發現不用著急，以牠出現的頻率看，你終究會認識的⋯⋯。

但水路上也不時有一些驚喜，船走到一處水闊之處，看似有漩渦，忽然水中有巨大潑喇聲響，又聽見霍霍霍的巨大動物吼聲，我們面面相覷，感到驚疑，馬克斯把手往水中漩渦一指：「水裡是河馬。」

話才落下，嘩啦一聲巨響，水面昇起三顆碩大無朋的頭顱，三隻長相滑稽、有著巨大鼻孔的河馬同時現身，並且發出呼呼赫赫的喘氣聲，馬克斯露齒微笑：「你瞧，牠們正在聲張領域呢。」

但黑人馬克斯駕駛的鐵殼船並不稍懈，繼續啪啪啪啵啵啵拍水前進，拋下三隻試圖威嚇侵入者的河馬，兀自在那裡喧囂與憤怒地呼呼呼叫個不停。這時候，天上忙碌翻飛的是各種色彩繽紛的鳥類，水面上行色匆匆的則是各類生氣勃勃的昆蟲，交織成一個令人目不暇給、生機盎然的濕潤熱鬧世界，好像有沒有我們人類存在，一點也不妨礙世界的運行呢。

鐵殼船啵啵啵穿過蘆葦與長草，穿過蛛網與蟲巢，一個轉彎處，來到一窪平靜的小水塘，水色混濁不清，看不出塘水是淺是深，四周被蘆葦環繞著，形成了一片封閉的小天地。鐵殼船這時減速慢了下來，引擎發出空空空的空轉聲，黑人馬克斯看起來心情愉悅，近乎歡呼地說：「喲嗬，我們到了，這就是我們要釣魚的地方。」

說著就從船上拿出好幾支釣竿來，分給我們一人一支。那是很簡單而平凡的釣竿，長度幾乎與人同高，前端細小柔軟，漆成黑色，已經纏好了釣絲，釣絲前端有簡單的鉤子和小鉛錘，和我小時候在溪邊釣魚的小魚竿很相似，鉤子上串著的並不是蚯蚓或其他餌料，而是顏色鮮艷的塑膠假餌，看起來不像是釣得到魚的樣子。但大家是來渡假偷閒的，誰在乎漁獲呢？看著馬克斯正專心向少年塞巴斯丁示範如何使用釣竿，我們也就跟著興沖沖地投竿入水，認真地釣起魚來了。

前五分鐘在水裡的竿子毫無動靜，兩位少年男女幾乎要開始覺得無聊了。但我倒是注意到平靜的水窪其實一點都不平靜，如果細心觀察，水面上、水面下、蘆葦中，處處光影移動，到處都有生命蹤跡；這還不包括抬頭可以看見的群鳥飛揚，眺望即入眼簾的驢羚跳躍。更重要的是，「平靜大地」其實充滿了聲音；草中有蟲鳴和行動的沙沙聲，天上和樹上則有各種鳥禽啼叫，沼澤深處也有不知名的獸聲呼嚕，當我們安靜下來的時候就顯得喧鬧不已。

事實上，一直要等到夜晚我們在「營房帳篷」就寢之後，所有夜行性動物全部出籠，活蹦亂跳，就在我們帳篷外演出蟲鳥魚獸大合唱，吵得我們不得安寧，這時候我們才知道「生命的喧囂」是怎麼一回事。

但十幾分鐘後，魚兒開始上鉤了。少年塞巴斯丁是第一位竿下有動靜的釣客，潑喇一聲釣出水面來，是一條比巴掌略大、顏色棕黑、形貌介乎鯉魚與鯛魚之間的湖魚；後來我回營房查書，應該是麗魚（Cichlids）的一種。歡聲之餘，大夥的興致也高起來了，不一會兒，我的釣竿也有了動靜，釣起來，和原先塞巴斯丁的收獲是一樣的魚類；又沒過多久，魚兒紛紛上鉤，此起彼落，都是同樣的魚種，只是大小略有差異。

釣著釣著，微微起了涼風，太陽也西斜了，原來的灼日藍天逐漸變得彩霞半邊，橘色天空把水中的蘆葦、草原上的長草和孤樹都襯托成紅黑色的剪影，湖魚咬餌的情況更活躍了，大概是溫度下降，魚兒都從底部游上來，算一算，我們的水桶裡大大小小快二十條魚。天快黑了，我們也該回營了，黑人馬克斯說我們得把魚都放回水中去，少年塞巴斯丁第一個慘叫起來，說：「Why?」

「因為我們不吃它們，」馬克斯耐著性子解釋這「生態旅行」的原則：「我們讓它們繼續在水裡生活，讓沼澤保持沼澤原來的樣子。我們營區裡需要的魚，我們再去跟漁民買⋯⋯。」

鐵殼船再度啵啵啵拍水前進，穿過蘆葦與長草，穿過蛛網與蟲巢，蘆葦中的蚊蟲更密了，天空上的飛鳥也更繁忙了，我們在晚霞中駛回營區。到了小碼頭，營區裡早有人來迎接，一位身穿卡其狩獵裝的服務生站在碼頭，一面奉上冰涼的毛巾讓我們擦臉，一面則端出一托盤的雪莉酒，這是十足的大英帝國昔日的殖民情調了。

回帳篷休息片刻之後，晚餐的時間已經到了。服務生來敲門領路，我們一出帳篷，發現營區已經都點起油燈了，木頭棧道上每隔幾步就有一盞油燈，各家帳篷內也因為燈光顯得人影幢幢，頗有叢林中的獨特風情。

晚飯設在營火場之中，我們離開酒吧大帳篷，走進空地裡用原木柱圍起來的大營火場，只見中央熊熊燃起巨大的柴火，照得場中所有的人都紅光滿面。營火旁已經擺好了木桌和帆布椅，木桌上鋪好了白色桌巾，餐盤酒杯一應俱全，營區裡所有參加「薩伐旅」的旅客都到齊了。在這個薩伐旅營區，一共有十二個帳篷，也就是說住滿時可以有二十四名旅客，但營區的工作人員卻有六十七位，幾乎相近三個人服務一位旅客，可見是人力密集的服務業。火光中，我可以看見大部分的旅客是中年以上的白種人；偶而見到一兩位黃面孔，則多是日本人或香港人，其他亞洲人參加薩伐旅大概還是不多的。

營區裡的年輕經理笑容滿面前來歡迎，一位晒成渾身通紅的壯漢，穿著卡其短褲，頭戴獵帽，人來自澳洲，名叫約翰。另一位開口大笑的胖子也來迎接，年齡較大，身兼經理與大廚，名叫韋恩，來自南非。兩人都是白人，都爽朗健談，帶了一點童子軍的氣質。

晚餐從暢飲紅白酒開始，離波札那不遠的南非正是知名的紅白葡萄酒生產地，歐洲人傳遞釀酒技術於各界各處殖民地，南非歷史最久，已經超過三百五十年，因而號稱「最古老的新世界」，生產的酒物美價廉，沼澤營區裡提供起酒類也毫不吝嗇，我們白天的活動不管在水上或在陸地，黑人馬克斯在駕車、搜尋獵物之餘，總不忘帶一隻冰桶，桶中放了不鏽鋼酒杯和冰鎮得宜的白酒或氣泡酒，讓我們在樹下或草地可以停下來暢飲一杯。到了晚上，紅酒似乎是杯中不空，幾杯葡萄酒下肚之後，各桌的客人不再拘謹，紛紛轉檯搭訕聊天，大家滿臉通紅，又像是火光映照，又像是酒酣耳熱。加上交換起各種冒險事蹟軼聞，有了酒精壯膽，吹起牛來更加理直氣壯，故事也就加倍精彩刺激了。

約翰和韋恩都是「老叢林」了，生涯事業大都在各地叢林渡過，帶過各種營隊及服務過各種旅行樣態，一肚子驚奇的叢林故事，說來煞有介事。譬如說到叢林裡最危險的動物，兩人不約而同都說是大象，他們說大象「貌似忠良」，很多遊客不知害怕，不小心就遭了毒手。大象力大無窮，像坦克一樣，什麼都可以踩平壓平，特別是母象疑心有人要對幼象不利，抓起狂來萬夫莫敵。象群狂奔時也是世上最危險的處境，加上大象以樹為食，吃著吃著有時候就闖到營區裡來，出事的機率最高；凶猛動物如花豹、獅子之類，反而鮮少靠近營區……。

「牠們力大無比，可以拆掉整個房子，就像挖土機一樣……。」約翰搖著頭，讚嘆似地說。

「No kidding?」桌上一位頭髮花白的白種資深美女拿著餐巾捂住了嘴，瞪大眼睛。

「是呀，有一次，」韋恩接著說：「早上我坐在辦公室裡，正要處理一些事情，我先是聽到奇怪的聲音，抬起頭，一隻大象正在窗戶外張望，這是常有的事，我也沒有特別警覺。過了一會兒，窗外看不見牠的身影，我以為牠走了。突然間，辦公室激烈地搖動，門也碰碰碰地響，我在想，這什麼鬼東西呀？」

我們全部聽得目不轉睛，營火熊熊燒著，照映著我們臉上全部紅通通，韋恩紅著臉喝了一大口酒，說：「我的辦公室，你們知道的，就在那邊樹上，和現在一樣的，但也不能說完全一樣⋯⋯。」

到底怎樣了，您就快說吧，韋恩。

「⋯⋯碰的一大聲，我的門被撞開，其實就是整個撞破了，牠，那隻大象，把整個頭從門口探進來，鼻子全力向前伸，幾乎就要摸到我的桌子。我不知道牠要幹什麼，我辦公室裡並沒有食物，只有桌上一杯咖啡，但牠也許是想要拿我的筆，或者是想來應徵工作什麼的，一直把頭往門裡擠。我站起來大聲咻牠，吆喝牠，還拿出我的手杖揮舞，想把牠嚇走，但牠很堅持，繼續往門裡擠，整個屋子激烈搖動，還發出依呀依呀的怪聲，我心想糟了，可是整個門口已經只剩牠一張大臉，我根本無路可以出去⋯⋯。」

「然後呢？」資深白種美女快把餐巾捏碎了。

「然後噹啷一聲，門上的那一面牆整個垮下來，屋頂跟著陷下來，我的頭上都是乾草，我朝前衝，跳到辦公室的地上，屁股著地，摔得動彈不得，但我就眼睜睜看著頭上的辦公室整個垮下來⋯⋯。」

「No kidding?」白種資深美女張大了嘴，繼續嬌聲尖叫。

「沒騙你。」韋恩面不改色，用叉子送了一塊羊肉進口中。

「後來你們怎麼辦？」

「怎麼辦？」韋恩聳聳肩：「我們重蓋了辦公室。」

「我是說你們怎麼處置那頭大象？」

「毀了我的辦公室之後，牠繼續走到附近的樹林吃樹皮午餐，我只是跟牠說，我們工作沒缺，不能雇用牠。」

「說真的，你們到底怎麼處置牠？你們射殺牠嗎？」

「不不不，牠還好好的，今天下午不是還在酒吧附近啃樹枝嗎？」

「就是那隻？不危險嗎？」真的，下午酒吧喝酒時，大家都看見一隻大象在旁邊樹林裡安靜地吃樹枝，離我們才五公尺遠，我們都看到牠的眼白了，但牠一副安詳可愛的模樣，還以為牠是放大版的充填娃娃呢。

「就是牠，」韋恩又叉了一塊羊肉入口：「本營地頭號危險動物。弄壞我的辦公室不過是去年夏天的事⋯⋯。」

大家立刻覺得薩伐旅營地的生活更刺激有趣了，原來貌似忠良的「叢林破壞王」就在我們身邊。整個晚餐都在約翰和韋恩的各種「叢林奇談」中進行，大家也不知不覺多喝幾杯，有時候也誤以為這些半真半假的驚險事蹟好像發生在自己的身上。

突然間，約翰換了話題：「豪斯曼太太，您看見您的花豹了嗎？」

長桌角落裡一位安靜的銀髮老太太羞赧地回答：「今天下午又找了牠一回，還是沒看見牠的蹤影⋯。」

「您幾時回去？」

「我後天就得走了⋯。」老太太露出頗為遺憾的表情。

韋恩解釋說，德國人豪斯曼老先生夫婦來到營地時，就說最大的心願是想看到非洲最美麗的掠食動物花豹（Leopard）。營地裡的經理和替他們開車的司機兼追蹤者都說沒問題，花豹是此地莫雷密動物保護區（Moremi Game Reserve）的常客，看見的機會很大，沒想到豪斯曼老夫婦來了已經六天，什麼野生動物都看了，就是沒找到花豹。

但其實也不奇怪，我的書本上就說：「說來諷刺，非洲最尋常的大貓同時，也是最難看見⋯。」（Ironically, Africa’s most common large cat is also the most difficult to spot.）

它說，雖然花豹的數量比獅子或獵豹（Cheetah）都還多，但性情上牠更像貓，牠低調而神秘，向來習慣隱密、潛行，能適應各種環境（也因此可以躲藏在各種意想不到的地方），牠不像獅子那麼大搖大擺，也沒那麼容易被看見。所以說，豪斯曼夫婦沒遇見花豹，是有道理的。

第二天清晨，我們終於要開始我們的第一次「車巡獵物」（Game Drive）。四點半天還全黑，專屬嚮導馬克斯就提著燈來叫醒我們，匆匆漱洗完畢後，我們摸黑來到酒吧旁的營地餐廳，幾位黑人廚娘已經為我們準備了麵包、薯餅和咖啡，我們昏沉沉地胡亂吃了，就爬上吉普車出發了。

司機兼追蹤者馬克斯把車開出營地，天還僅僅微亮，遠方天色黑色帶橘，夜晚鳴啼的蟲鳥聲音還沒停呢。吉普車顛簸駛入了沼澤地水中，驚動一票水鳥和一群金褐皮毛帶條紋的驢羚，非洲草原的生物奇觀就上演了。

草原上的野生動物，除了到處可見的驢羚，我們又遇見好幾群藏身樹叢的高角羚（Impala），也看到了成群的斑馬，也目睹流線型身材的跳羚（Springbok），還有長相怪異的角馬（Wildebeest，又稱牛羚）⋯。

但追蹤者馬克斯突然把車停下來，整個人站在駕駛座，先把手放在眉頭上遠眺，然後又拿出望遠鏡，少年塞巴斯丁忍不住又開口了：「What? What now?

What are you looking for?」

馬克斯把頭轉向左，又轉向右，一面慢條斯理地回答：「花豹。…應該是花豹，就在附近，地上有牠的腳印，…母的，還帶了一隻小花豹…。」

我立刻想到那位可憐的德國老太太，來了幾天都沒看見花豹，現在花豹好像出現了，我們該不該通知她呢？

「小花豹在哪裡？」塞巴斯丁繼續追問。

「我看見了，就在那邊那棵樹上…。」黑人馬克斯指向遠方。

我們齊齊回轉過頭，只見遠方一片樹林，到底是那一棵樹？

◆

「花豹，就在那邊。」黑人馬克斯指著遠方，口氣堅定，但我們只看見一片密林和剛剛發白的天色，其他什麼也看不見。

馬克斯也不囉嗦，坐下來發動吉普車，引擎再度碰碰碰咆哮起來，開入了長草之中。我們在草原上前進，遠方的密林愈來愈近，漸漸地，我們看到的不是一片林子，而是一棵一棵形狀各異的樹。

「看見了嗎?花豹就在那一棵樹上。」黑人馬克斯再次指向前方。

這一次，順著他的指尖望過去，終於，我們看見了，在一棵傾倒下來的矮樹枯枝上，就在樹尖末梢，赫然直挺挺站立著一隻花色斑斕的豹子。

花豹的體型比想像中略小，也許是距離的緣故。但我們的吉普車繼續噗噗前進，直開到牠的身邊，停在離牠不到五公尺的地方。這時候，我們也看見了，在枯樹底下，還有一隻比家貓大不了多少的可愛小花豹，正在那裡跳上跳下，所以站在樹上的，的確是一隻母親花豹。

母花豹有著流線形跑車似的身材，站在樹頭上眺望遠方，體型只比一隻成年的黃金獵犬略勝一籌，不算太魁梧，但牠相貌堂堂，頗有威儀。這隻花豹聽到我們吉普車的聲響，看見我們目中無人地逼近牠，微微皺了一下眉頭，似乎有一點戒備之意，但仍然保持無動於衷的姿態，畢竟是食物鏈最上端的掠食猛獸，在叢林中的形象地位還是要維護的；只是牠的另一個身份是母親，這時牠不免也要用眼角餘光觀察小朋友的動向，隨時準備跳出來宣示牠的保護地位。

但小花豹可是完全不管什麼危險，兀自在草地裡打滾，還天真無邪地來到吉普車的巨大車輪底下，上上下下磨蹭著輪胎，猶如小貓撒嬌磨蹭著牠的主人⋯。

我們看著威風凜凜的母花豹，孤傲地站立樹頭之上，取得一個制高點，睥睨著整片草原，一派王者氣象；我們又看著草地上打滾的小花豹，不知人間世事的純真，金黃色毛皮帶著透黑花紋，閃閃發亮，一種純粹的生命力。我們屏息看著眼前這兩隻美麗的動物，有點看得呆了，也不知道過了多少時間，母花豹一動也不動望著遠方，順著牠的眼光看過去，我只能看見遠方空中盤旋的老鷹，以及草地上安靜吃草的成群驢羚⋯。

我們是幸運的，「五大」（Big Five）當中最難遇到的花豹，我們第一次巡迴就看見了，而且一次看到一壯一小，我們不由得想起營地裡運氣欠佳的德國人豪斯曼老太太。但黑人馬克斯催促我們：「我們要走了，向花豹媽媽說再見吧，我們還有很多動物要尋找呢。」

車子慢慢駛離樹林，走回到長草叢裡，我們回頭再看，那隻花豹還孤伶伶站在樹頭，一動也不動。車子再走了幾步，也許是灌木叢或是蟻丘擋住我們的視線，我們再回頭探望時，只看見一棵棵一般模樣的樹，卻再也看不到那母花豹兀自站立的身影了。

非洲草原上演的是一幕幕不休息的生物奇觀，我們心裡上雖然還掛念著花豹，卻又不得不被新來的奇觀所吸引。譬如說，我們很快地就撞見一群上百隻正在遷移的非洲水牛（African Buffalo），牠們一隻接一隻緊緊相隨，奔跑中地面發出雷鳴似的聲響，水牛不分雌雄頭上都有中分頭似的巨大硬角，身上的黑色粗皮也像是生鐵盔甲一般，牠們的移動好似裝甲部隊移防，捲起陣陣沙塵⋯⋯。

我們正在讚嘆水牛群移動的壯觀場面，猛抬頭，卻發現六七隻顏色艷麗的長頸鹿正歪著頭、表情怪異地從上方打量著我們。我們的注意力立刻被這新來的奇觀所吸引，成群的長頸鹿伸長脖子正在嚙咬樹梢的嫩葉，一面眼觀八方，腳下也不住地移動，當牠們奔跑時，我們的吉普車跟著前進，發現牠們的速度絕對不下於行駛中的車輛⋯⋯。

到了野外休息的時間，黑人馬克斯為我們找到一塊好地方，那是一片靠水的草地，並且有幾棵大樹遮蔭。馬克斯從吉普車後方搬出一個車用冰箱和一隻野餐竹籃，從冰箱取出一瓶冰鎮透涼的白酒和幾支不鏽鋼酒杯，從竹籃中取起士盤和小三明治，露出慧黠的笑容：「你們當中有誰要來一點冰透的白酒嗎？」

透心沁涼的白酒？我們當然都需要。我們一人手持一杯白酒，悠閒站在水邊，看著遠方美景，這樣的非洲時光著實令人難忘。

但是，神奇的是，在這個非洲沼澤裡，即使你停下來不去尋找奇觀，奇觀還是前來找你。正當我們站在水邊，喝酒聊天吃點心，一窪水塘的對岸，此刻竟走來一群上百匹的斑馬，優哉游哉地在水邊吃起草來，這真叫我們喜出望外。我們到哪裡才能見到這樣的奇景？黑白相間的斑馬在水邊低頭吃草，牠們的倒影就映在水塘之中。如果世上有任何一種水草豐美的伊甸園景象，那一定是這樣不可思議卻又真出現的畫面。

清晨一趟「車巡獵物」（Game Drive），避開了正午的蒸騰熱氣，中午之前我們回到營地吃午飯、睡午覺。等到傍晚熱氣稍懈，我們再度乘上四輪驅動車，前往草原上觀看「生物奇觀」節目的現場演出。我們一直搜尋獵物，直至天色已黑，才依依不捨返回營地。回程時夜行動物已經開始出籠，黑壓壓的灌木叢裡有多隻眼光閃爍，有時候一個急轉彎，一隻呆立的跳羚和車燈驟然相遇，動物完全傻了，過一會兒才回過神來，急忙逃走。有時候，我們聽見樹叢裡低低的喘息聲，黑人馬克斯用探照燈照射，若無其事地說：「啊，沒事，只不過是一隻斑點土狼（Spotted Hyena）⋯。」

回到營地，進了酒吧，看到德國人豪斯曼老夫婦正笑得開懷，我們急忙問：「豪斯曼太太，您今天看到花豹了嗎？」

少年塞巴斯丁更是急著說：「我們上午看見了，就在眼前五公尺，像這麼近，還有一隻小花豹。」他伸出手臂，比著一個距離。

不料這句話說出口，全場都哄笑起來。我們都迷糊了，我說：「怎麼？到底是瞧見了還是沒瞧見？」

大夥兒笑得更開心了。等大家笑夠了，臉紅通通的澳洲人約翰才說：「一直到今天下午都沒看見，回來的時候豪斯曼太太還很失望，不料回到營地卻發現不能回到他們營帳⋯。」

「為什麼？」

「因為一隻花豹就坐在他們的營帳門口⋯。」全場又大笑起來。

「No kidding?」輪到少年塞巴斯丁不敢置信了。

「真的，那隻花豹大概是來找食物，牠可能昨天晚上就來過了，我們早上還看見花豹的足跡，後來牠就坐在豪斯曼太太營帳的門口，坐到剛才才走，他們根本進不了房⋯。」

◆

第二天在早餐桌上，豪斯曼老夫婦滿臉堆笑向大家告別，豪斯曼老太太更是帶著靦腆的笑容，頻頻向大家致謝，好像看見花豹是大家共同的念力為她求來的，營區裡的其他房客都向他們恭賀，也覺得無比開心，好像親眼撞見花豹的就是自己一樣，根本忘了花豹闖進營區是一種危險的徵兆。

豪斯曼太太和她的先生應該是心願得償地離開沼澤地裡的營區，結束他們在非洲荒野的渡假時光，回到一成不變、可預測的文明世界去。但那隻善體人意的花豹，最後一夜戲劇般悄然地出現在他們營房門口，那個令人又驚又喜的畫面，應該讓他們終身難忘吧？

負責照顧我們的黑人馬克斯就為此感到神經緊張，連早上叫我們起床，他都要求我們不要自己行動，一定要等他來帶我們去餐廳，這一小段高架在樹上的木板路，在他眼中都不再安全，他說：「老天爺，花豹是會爬樹的呀！」

他疑心那隻坐在豪斯曼太太門口的花豹，和我們在草原上遇見的是同一隻，他說：「因為牠正在養護牠的小花豹，當牠找不到獵物當食物，牠才跑到人類的營區來冒險……。」

「……總之，我們一定要更加小心。」黑人馬克斯下了結論。

但很奇怪的，我們很難感覺到「叢林法則」的危險。也許是在這座舒適的營地裡，我們被照顧的太好了，根本忘了我們身在荒野；或者也許是「花豹來訪」這樣溫馨的結局，讓我們有一種好萊塢編劇就站在我們背後的感覺，好萊塢怎麼會讓我們身陷危險？千鈞一髮之際，主角總會逢凶化吉，不是嗎？

我們還是開開心心地摸黑吃了點早餐，天色未亮再度出發，進行另一趟「獵物車巡」，這才是我們來到營地的第三天，好多動物都還沒看見呢，譬如說，草原之王的獅子。

這時候，司機兼追蹤者黑人馬克斯猛然停住吉普車，引擎啵啵啵地空轉著，他跳到溼地摸摸軟泥上的印跡，點點頭說：「牠們走過這裡，昨天晚上⋯⋯。」緊接著他宣佈了我們心目中的期待：「獅子，有兩隻，都是母獅子，有一隻懷了三個月的身孕。」

我感到一陣子的熱血沸騰，真的要看到馳騁荒野的獅子了嗎？但我又感到無比困惑，黑人馬克斯，他怎麼能夠從水邊模糊的泥印知道獅子昨天晚上經過這裡？又怎麼能夠看出那是兩隻母獅子，其中還有一隻懷了三個月的身孕？

吉普車繼續在長草叢中前進，驀地一個轉彎，我們就看見站在巨岩之下威風凜凜的兩隻獅子，沒有錯，兩隻母獅子，沒有公獅那種蓬蓬頭，而且有一隻腹部下垂，看來是已有身孕⋯⋯。

獅子和昨天的花豹一樣，眼角睥睨著我們，卻面無表情，好像下定決心不要理會我們，牠們有自己的事情要做。兩隻獅子立即在我們面前演出一場充滿心計與技巧的狩獵記，牠們兵分兩頭，從草地的兩邊包抄一群吃草的驢羚。一隻獅子從左邊跳起威嚇，被衝散了的驢羚向右邊疾馳而去，另一隻獅子卻好整以暇等在那裡，挑準了一隻失散的驢羚撲了上去，立刻咬住牠的喉嚨，而原來衝散羚群的獅子也匆匆趕往就擒的獵物⋯。

黑人馬克斯發動車子加速趕到現場時，兩隻獅子正在爭搶那隻已經不再動彈的驢羚。獅子們撕咬搶奪，一隻咬住驢羚的喉嚨，另一隻則咬住驢羚的腿部，一面還從齒間發出嘶嘶作響的威嚇聲。不一會兒，一聲裂帛之音，可憐的驢羚被硬生生撕成兩半，兩隻獅子各有所獲，就背著身子各自專心地據肉大嚼，還發出嚙啃骨頭的喀啦喀啦聲，聽起來令人渾身起雞皮疙瘩。

我們屏住氣息看著兩隻獅子就在我們車輪之下，兩三公尺之外，牠們偶而飄過來一個眼神，似乎對我們這樣盯著人家吃飯有點感到不耐，但大部分時候牠們面無表情，只是專心撕咬著口中的肉塊，無視於草原上的其他動靜。而就在十公尺之外，剛才那群驚慌失散的驢羚似乎知道警報解除，也無視於獅子就在身旁，牠們恢復沒事人一樣，繼續低頭吃草，重回一幅「安詳寧靜」的畫面⋯。

「安詳寧靜」？這個形容似乎與眼前血淋淋的畫面並不相稱，何況還有令人發毛的啃骨頭聲音。窸窸窣窣的聲音也有一部分似乎是來自草叢深處，我們往旁邊張望，發現長草叢激烈搖晃，黑影閃現，草叢裡的確另有獸蹤出沒。黑人馬克斯似乎看出我們的疑問，指著一處搖動的草叢，輕聲說：「那是斑點土狼，牠們在等獅子吃剩的肉屑和骨頭。」

才說著，又有幾隻面貌醜陋的大鳥飄落，站在十公尺開外，虎視眈眈看著獅子口中的滴血肉塊，黑人馬克斯又有了機會教育的空間，他雙手一攤：「那些是白頭禿鷹（White-headed vultures），也是來等剩菜的。」

這才是「寧靜草原」的真相，寧靜並非寧靜，只是暫時的「均衡」。獅子已經捕獲獵物，到下一次飢餓之前牠不會（其實是「不需要」）再殺戮了。土狼、土狗和禿鷹這些腐肉食用者也配合這一次獵物的徹底清理，讓每一次「殺戮」的「經濟價值」充分發揮，食腐者清理不了的，還有食小嚙微的螻蟻；螻蟻處理不了的，還有幫助腐化分解的細菌；最終的養分都來至土壤之中，長出茂林野草，又成了驢羚的食物；好像可以說，驢羚的「亡魂」滋養了驢羚；或者說，長草叢中的死亡誕生了後繼綿綿不絕的生命……。

我們是一群不宜討論哲學題目的「薩伐旅」遊客，草原上的殺戮只是一場又一場饒富教育意義的「動物奇觀」，和國家地理頻道沒有兩樣……。

這只是其中一趟清晨的「獵物車巡」，獅子捕殺獵物只是其中一項允諾我們的節目，我們還要繼續多日奢華舒適的薩伐旅旅程，非洲大地還要繼續給我們各種奇觀和壯麗景色，黑人馬克斯也還要繼續擔任我們的司機兼追蹤者兼導遊兼守護者兼野地裡的侍者和調酒師，確保我們的美好經驗，以便我們能夠繼續成為非洲「源源不絕的收入」的一小部分⋯⋯。

獅子吃飽之後，丟下仍有許多殘肉的驢羚骨骸，躺在原地呼呼大睡，一隻大膽的土狼偷偷溜過來啣走了一小塊，禿鷹振翅急行，向前五六步，卻還不敢靠近，熟睡的獅子仍然是一個很大的威脅。但太陽已經高掛了，天氣變得熱不可耐，黑人馬克斯發動車子，一派悠閒地說：「獅子吃飽了睡著了，牠可能要睡整個下午呢。不如我們也回去吃點東西，睡個午覺如何？」

引擎啵啵啵響起來，車子開動了，遠方風吹草動，草叢裡不曉得有多少生命戲劇正在上演呢。

爆炸後的天堂

那一天早上打開報紙，映入眼簾的全部是觸目驚心的血淋淋照片、以及充滿煙硝氣息和災難意味的頭條標題：「峇里島三起恐怖爆炸，逾百人死亡。」或「恐怖人為爆炸，屍體枕藉，度假天堂淪為地獄⋯。」

閱報震撼之餘，卻也叫我躊躇為難了，因為我剛剛約好朋友前往峇里島度假，幾天後就要啟程，旅館也都訂好了。我只好給旅館發一封電郵：「你們那裡還好嗎？請你告訴我峇里島目前的情況，是否我應該取消行程⋯？」

回信很快就來了，信上滿紙哀怨：「如果您此刻要取消訂房，我們是充分諒解的，畢竟現在峇里島的旅遊業已經全部停頓，大家都失去了工作⋯。只是依我看，峇里島已經完全恢復平靜和正常作息，作亂的也就是那麼一小撮可惡的傢伙，絕大多數的峇里島人可都是善良平和的老百姓⋯。」

旅館經理的不平哀鳴，反而讓我自己不好意思起來，好像對無辜的人落井下石似的。我阿Q地想，恐怖份子的炸彈既然已經引爆，同一地點此刻戒備森嚴，應該是最安全的地方吧？再說，平日我們旅行不是最怕旅行目的地遊客如潮，到處人擠人令人遊興全消嗎？現在，每一個國家都急著把遊客運回家鄉，峇里島不是正好安靜悠閒嗎？

我把這個想法和友人說了，最後聳聳肩：「反正假已經請了，不如還是照原訂計畫出遊吧？」

關於旅行的事，朋友一向也聽我的，他們說：「好哇，反正都已經跟公司請假請好了，行李也打包了。」

就這樣，半是心軟，半是沒什麼警戒心，我們就按原計畫出發了。

出發前幾個晚上，我們不斷地在電視新聞看到峇里島鄧巴薩機場的狼狽樣，擠滿了衣衫不整、等待撤離的各國落難者。回到桃園機場的台灣遊客也被記者攔住採訪，在鏡頭下心有餘悸地談及爆炸當時的恐怖景象，而且還有遍尋不著、生死未卜的同遊友人……。

也許是這樣的媒體氣氛之下，我在機場遇見一位企業界的前輩，當他和藹地詢及去處，我尷尬地回答：「我們正要去峇里島旅行。」老前輩張開了嘴巴，半晌說不出話來，我不敢多解釋，匆忙向他告辭，老前輩眼神怪異，想必有一些沒說出的責備之語，或者內心已經對我下了某種結論，如果未來我有一件生意沒能做成，我應該明白其中的緣故。

但上了飛機，這種憂心被誤會的懊惱就消失了，因為機艙內寬敞舒適，每個人都至少可以佔據兩排座位。事實上，除了我們一行四人，空蕩蕩的飛機上僅有的盡是焦急返鄉的印尼婦人（有些還帶著小孩），再沒有其他遊客模樣的乘客。

下到鄧巴薩機場，海關氣氛緊張肅穆，荷槍實彈的軍警走來走去，平日擁擠喧囂的旅客不見了，大廳此刻顯得稀稀落落。我們很快通過移民局和海關，走到出境廳外，強烈的太陽白光立刻照花了我們的眼睛，本來大廳外應該是各形各色大聲拉客的行李小弟、計程車司機、自告奮勇的導遊，以及旅館的三七仔，但這一次他們叫得有氣無力，大概是遊客太少了，製造不出有利的混亂氣氛。

我們未受任何攔阻地走出來，看到拿著我的名牌來接機的旅館代表，旅館代表同時也就是開車的司機兼提供接待的侍者，我們先得到一條冰透的毛巾擦臉，毛巾有著香茅的香味，然後又各得到一杯飲料，司機還端出一盤切好的水果，盤中還精心擺設了蘭花和雞蛋花。

「叫我華陽（Wayan）。」戴著傳統頭飾的司機笑容可掬地說。

「所以你是家中的老大囉？」我冒險一試，因為峇里島人習慣依照生育排序命名，Wayan是老大的名字，也可能是老五，因為名字總共只有四個，老五就輪回來「華陽」了。

司機華陽笑容更加燦爛了：「先生您識得峇里人的名字？」

「剛從書中讀來，三十分前得來的知識。」我坦白招供。

「我是老大沒錯，但我還有一個弟弟也叫華陽。」司機一面開車，一面談興大開。

「所以他是家中老五，Wayan Balik？」Wayan Balik是峇里語「再一個華陽」的意思，我也開始賣弄起來。

司機華陽一面向我解釋峇里人命名規則，聽起來比我從書中讀到的還複雜，因為還要考慮其他家族和種姓的因素，我聽得有點頭昏腦脹了。只好轉移話題：「爆炸案怎麼樣了？」

華陽的笑容立刻垮下來：「都走了，遊客都走了，全沒了。您看看，街上都是空的，店裡頭，旅館裡，都是空的。那些混蛋，一顆炸彈趕走了所有遊客，大家都沒飯吃了。」

他愈講愈激動：「您看，他們說要炸帝國主義，但為什麼連自己人也炸？死的更多是峇里島人呀！路人也死了，酒吧裡工作的小弟也炸死了，我們村子裡也死了兩個人，他們做錯了什麼？」

「爆炸現場現在怎麼樣了？清理好了嗎？」

「爆炸的地方圍起來了，有軍隊看守著。但到處還是廢墟和危樓，政府根本沒有清理，我昨天經過庫塔海灘那裡，到處還冒著煙呢。」他發現自己義憤填膺，有點失態了，急忙恢復旅遊業者的模樣：「您們想去看嗎？等辦完住房之後，我可以開車送您們去。」

「我們再看看。」我也不確定去看一個災難的現場是不是好主意，至少，「爆炸現場」很不像是度假時期應該從事的活動。

說著說著，車子一個轉彎，位於張古（Canggu）海邊的旅館就到了。

車子停在旅館的門口，守在大門口就是古董石獅雕像，大門本身則是一條水中石階的步道，並不顯眼，走進門才看見寬廣開闊的大廳，以及大廳中央一尊幾乎有整層樓高的「迦樓羅」（Garuda）木雕，透露出優雅低調的美感⋯⋯。

這旅館太美了，事實上，這也是我想來的理由。不多久前，我在雜誌上無意中讀到關於這家旅館主人的故事。旅館的擁有者是一位印尼華僑商人，家族世代是印尼著名的藝術收藏家。收藏太多已經無處可放，收藏家想到一個方法，與其讓收藏品放在博物館供人「瞻仰」，不如把它放在旅館裡供人「使用」，旅館中包括建物、桌床、用品，都是歷來收藏的古董與藝術品，你實際上不是進入博物館，而是生活在博物館之中。這個概念，我一聽就著迷了⋯⋯。

◆

「博物館精品旅館」（boutique museum hotel）的概念聽起來就頗令人著迷。在尚未預定旅館之前，我已經從資料上讀到旅館裡有兩個獨特的房間，特別有藝術收藏上的意義。有一間房間叫「拉梅耶爾別墅」（puri le mayeur villa），是因為紀念比利時畫家阿德連．拉梅耶爾（Adrien Le Mayeur, 1880-1958）而命名的；另有一間叫「華特．史畢茲套房」（walter spies pavilion），則是因為德國畫家華特．史畢茲（Walter Spies, 1895-1942）而命名的。

拉梅耶爾和史畢茲都是二十世紀二〇、三〇年代無意中落腳在峇里島的歐洲藝術家，他們旅行來到此地，被峇里島的夕陽海灘的自然之美或風土人情的人文之美牢牢吸引，當然也可能包含一場浪漫動人的異國戀情（像拉梅耶爾的例子），再也無法離開；而他們後來都在峇里島致力於繪畫創作，影響了峇里島的當代繪畫風格，形成了一個新觀念的藝術社群，也影響了全世界對峇里島的認識。兩位藝術家不但留下許多描繪峇里島風光的作品，改變了其他峇里島畫家的創作走向，而他們的名字也從此與峇里島密不可分。

在這家博物館旅館裡，兩個以藝術家之名命名的房間並不只是對藝術家的紀念而已，它真實地蒐集了藝術家生前的作品和日常用品來設計這些房間，譬如用到藝術家原來住屋的門窗或床頭板成為建築的材料，室內陳設也擺出畫家們生前使用的桌椅或文具。這種住房投宿結合了歷史邂逅，無疑給旅客憑添了許多浪漫的想像。在旅館網頁的介紹內容與夢幻照片的驅使召喚之下，我為自己和朋友訂下這兩個獨一無二的房間；此刻我們已經抵達傳說中的旅店，這兩個夢幻房間究竟是什麼模樣……。

這時候，和我多通電郵往來的法籍經理匆匆趕到大廳來接待我們：「啊，詹先生，我親愛的朋友們，歡迎您們的光臨，非常感謝您們肯在這樣困難的時刻來到我們的小旅館……。」

「是呀，我也很高興我們還是來了，我等不及要看看你們那有名的房間和收藏品呢。」我興沖沖地回話說。

但站在我面前的法籍經理猛搓著手，又搔搔他已經童山濯濯的頭，欲言又止：「……當然，當然，但讓我先請您們喝杯茶。」

我們手邊全是才下飛機的行李，一路飛機旅程也已經全身是汗，我和同伴們互望了一眼，光頭的法籍經理眼神銳利，立刻出聲說：「不要管那些行李，有人會照料它們，等一下您們直接進房間就好了，一切都會處理好的。您們先看看，想喝點什麼？」

我們被殷勤地招呼在大廳的沙發坐下，看著飲品單，我突然想起下飛機時冰涼毛巾的香氣，率先說：「我決定了，請給我來一杯香茅茶。」

「香茅茶？當然。」法籍經理露出了笑容。

其他同伴也都決定了他們的果汁或茶，我們在大廳邊上的座位坐下來，大廳是挑高的建築，有個名字叫「阿岡迎賓廳」（Wantilan Agung），四面都是通風的開放結構，面對著一整片翠綠艷紅的熱帶植物花園，清風徐徐吹來，啜一口冰涼的香茅茶，真有置身世外桃源的感覺了。但是禿頭的經理還是站在一旁皺著眉搓著手，我心裡覺得有事，不知和前幾天的爆炸案是否有關，忍不住開口問道：「有任何問題嗎？」

法籍經理滿臉愁容：「事情是這樣的，您訂的兩間房間，有一間沒有問題，但有一間有一點小小的麻煩⋯⋯。」

「什麼麻煩？」我的口氣變得有點尖銳了。

「有一對法國夫婦，他們就住在拉梅耶爾別墅裡，事情發生後，他們走不了，沒有飛機，然而，請您試著了解，他們是來度蜜月的，我不能趕他們離開他們的房間⋯。」

「你可以早一點告訴我這件事，在我出發之前，我可以決定不來。」我的語言開始也無意保持禮貌了。

「Please try to understand, Mr. Jan,」法籍經理急著猛搓雙手：「我們都以為他們昨天一定可以離開的，結果飛機還是沒有位子，而航空公司保證明天一定會有位子⋯。」

「但這真是太狡滑了，你告訴我旅館客人都沒有了，讓我不好意思取消訂房，現在你卻告訴我你沒有房間？」

「我向您致最真誠的道歉，密斯脫詹，」法籍經理急得滿臉通紅：「但我可以帶您在旅館裡逛逛，您可以看見，全部都是空的，只除了一個房間，您甚至可以任意挑選您想要的房間，而您所預定的拉梅耶爾別墅，我也保證，明天一定會留給您們。」

「是嗎？如果他們明天也上不了飛機？」

法籍經理的口氣突然堅決起來：「那也一樣，我會請他們搬到別的房間，拉梅耶爾別墅一定留給您們。」

我的同伴已經在背後拉我的袖子，他們似乎是不希望我這樣咄咄逼人，以免壞了度假的心情，我只好把最後一句刻薄話吞下去，我本來是要說，「如果你明天可以把他們搬到別的房間，今天為什麼不能？」但算了吧，人家是一對度蜜月的新人，被一場爆炸意外困在孤島，也許經理的安排也是用心良苦吧？

我停下了話，法籍經理看我似乎是默認了他的安排，覺得機不可失，立刻直起身子：「詹先生，是不是現在讓我帶您們去看看房間？」

我們一行人離開寬敞通風、擺滿藝術品的大廳，走進後面的花園，花園裡的熱帶植物長得艷麗飽滿，紅的紅，綠的綠，黃的黃，白的白，譬如艷紅盛開的雞冠花和青翠開展的芭蕉葉，簡直濃妝艷抹得要滴出汁來。旅館所有的房間就一棟棟獨立散落在花園的各個角落，每棟都各有不同。

來到我預定的房間「華特．史畢茲套房」，我的氣已經全飄落爪哇國了，在一叢芭蕉樹和高大遮蔭的綠葉樹（我叫不出名字）的後方，露出一扇藍色的小門，小門之內是一個花草繁榮的小花園，穿過小花園的幽徑才是進入房間的台階，房間前方是個走廊，廊下有乘涼的臥榻和桌椅。

走進房間，入門處先看見客廳，有一張古董圓桌和四隻座椅，再過去，是一張古董大書桌和一張像太師椅一樣的古董椅，後方又有一張臥榻，鋪著顏色典雅的座墊，看來就是宜於睡午覺的地方。客廳右側是臥房，古董眠床潔白的床單上鋪滿花瓣，還有一張蠟染織布做為裝飾。

房間後方再打開門，赫然還有一個小庭園，庭園中央是一方小小的游泳池，池底鋪著藍色磁磚，映照池水成為誘人的藍綠色。池邊不遠有一個小亭子，亭內是洗澡的浴室，浴缸竟然是用錫鐵打造而成的大圓盆，已經放滿了水，水上漂著大紅和粉紅的玫瑰花瓣……。

「拉梅耶爾別墅」暫時是沒有了，但我們仍然在行經花園曲徑時看見它。那真是出人意料的美麗，遠比照片看起來更直接震撼，整棟別墅就蓋在一塘蓮花池的正中央，池塘上蓮花盛開，有一條小橋領你前往房間。

別墅本身是木造建築，巨大的屋頂則由稻草鋪成，有一種古樸自然的美感。通往房間的木板小橋也不是一條直線，而是中央有一個巧妙的小彎曲，彎曲處則放了一張小桌子和兩張椅子。法籍經理伸手指著桌子解釋說：「您們可以在小橋上享用早餐，或者晚上來一場燭光晚餐，如果您們想要一個浪漫經驗，我還可以為您們在橋上安排一場峇里島的傳統舞蹈。」

「拉梅耶爾別墅」太美了，但此刻它卻可望不可及，今天它還屬於別人，明天我的朋友才有機會入住其中，如果旅館經理說話算話的話。

法籍經理帶我們來到一棟旅館的別墅套房，它位於高處，爬一個樓梯才走進它的大門。進了房間，我們也頓時啞口無言，因為這個讓我本來有點不情願的替代品房間也是精緻優雅、美不勝收；庭院裡花木扶疏，一樣有著游泳池和戶外的淋浴間，浴室則在房間裡面，一樣有著錫鐵打造大浴缸。房內也有客廳，只是比較小，廳內有一張中國式的棗紅色古董圓桌和圓凳，也有一張鋪了坐墊的臥榻；廳旁是臥房，一張古董眠床擺設中央，床上用玫瑰花瓣鋪成了一個心型圖案。

法籍經理看我們對房間沒有什麼進一步的抱怨，似乎是鬆了一大口氣，連忙示好說：「我請他們把行李送進來，並且給您們送茶過來，我們還有一個迎賓的肩頸按摩，您們先休息，喝杯茶，我等一下會請人來帶您們去按摩。」說完就匆匆告退了。

行李很快就送進房間裡，我坐在古董圓桌，從窗戶正好看見另一位侍者頭上綁著頭巾，身穿印花布沙龍，把茶盤托在頭頂上，不急不徐，悠閒地穿過小花園小徑，進到我的房門，慢條斯理地將茶壺、茶杯一件件擺在桌上，輕聲解釋花草茶的來歷與效用，隨即點頭微笑而去。

看著侍者的步調與微笑，我的心情變得很好了。爆炸的陰影和入住時的爭執似乎已經遠離了我們，代之而起的是一種可以恣意享受峇里島原有安詳、清幽、神秘與和善的氛圍與人情，仍然是很放鬆開心的度假狀態。

享受了在房間內悠閒的花草茶，我們就被帶領到海灘旁的涼亭去按摩。涼亭是開放式的木柱和稻草屋頂，三邊有蠟染印花布圍住，按摩床則面對開放的一方，那是蔚藍的大洋與白淨的沙灘，躺在按摩床上，清風徐來交織著潮聲起伏，口鼻之間盡是按摩精油的香氣揉合了幽微的海水味道，再加上輕聲細語的按摩師正使勁調理你長期僵直的肌肉，我感覺到無比的舒適鬆弛而已經是昏昏欲睡了。

到了傍晚，同伴們一面在旅館空無一人的大堂享受印尼甜點和咖啡，一面商量接下來幾天的行程，大夥也有點想出外活動活動，但到哪裡才好呢？剛剛發生爆炸案的庫塔海灘好像不是最好的選擇，充滿藝術氣息的烏布離旅館遠了一點，也許應該第二天白天再去，大家覺得或許可以到附近的水明漾（Seminyak）的街市去走走。

旅館派車把我們送到水明漾，下了車，我們立刻可以感覺到我們正吸引了眾人的目光。街道上並無異狀，只是安靜而缺少逛街的行人，並不是沒有人，因為店裡頭仍然坐著呆望我們的店員，路邊更有一整排等待被招呼的出租車，司機們坐在路邊樹蔭下休息，全部以驚奇近乎狐疑的眼光看著我們。

我們隨意看了幾家工藝店，但覺得氣氛有點詭譎，索性也不進店面了，我們就沿著馬路一徑往南走去。水明漾與庫塔一路相連，走不了多久，我們就走到了庫塔的中心部。

庫塔海灘本是我們來到峇里島刻意逃避的所在，原因也就是太嘈雜混亂，太多觀光客，太少峇里原味，攤販推銷拉客也頗惱人。但此刻卻像個死城，店鋪大都關了門，街上連行人也沒有，有時候街角有一隻貓竄出屋子，看起來也像是很大的動靜，讓你嚇了一跳。

我們走到庫塔中心，先是看到焦黑的房屋殘骸，然後就聞到橡膠燃燒過後的難聞氣味，雖然已經過了幾天了，爆炸現場還是一片令人觸目驚心的災後景象。一個街角區域的房屋都倒塌了，焦黑的殘餘水泥裸露出內裡扭曲的鋼筋，災區中央地上掀起一個大洞，連水泥塊和柏油路面都翻開了，可見爆炸當時的威力。爆炸現場僅只草草用黃色膠帶圍起一個大範圍，圈中有幾張行軍帆布椅，有幾位荷槍實彈的草綠制服軍人坐在椅上四處張望，還有一種緊張的氣氛。

天色此時慢慢暗淡了，遠方已經彩霞滿天，紅色鮮血般的天空，配上爆炸過後廢墟般的斷壁殘垣，加上周圍家家戶戶緊閉房門，偶而冒出一位老太婆，佈滿皺紋的臉孔也掛著沉默的愁容，一幅末世地獄的景象。這讓我們看了也有點心裡毛毛的，急急想離開這個不祥之地。

街角一個轉彎處，一個本來熱鬧非凡的商場，此刻鐵門緊鎖，看來沒有任何營業的跡象。但在商場的旁邊，赫然看見一排等待客人的車輛，所有的司機都坐在階梯上，不發一語，各形各色的汽車則排列一旁，沒有人開燈，猶如黑暗中一隊鬼魅。我先是被嚇了一跳，旋即想到我們也需要代步車輛，我走上前去和第一輛汽車的司機交涉。

「您們要去哪裡？先生。」黝黑臉孔陰沉地問，彷彿沒有一絲熱情。

「我們想去金巴蘭海邊，就是那條有一整街海鮮餐廳的地方。」

司機點點頭，沉吟了一下說：「五萬盧比。」

那當然是相當膨風的價格，也是觀光地的一般習慣，我也理所當然地覺得應該還個價：「啊，太貴了，我給你兩萬。」

我本來預期他會激動地指天畫地，告訴我「最好的價格」不可能低於三萬五，但是奇怪的，這些常態並未發生，司機滿面愁容地點點頭：「走吧，我也不可能有其他客人了。」

其他坐在夜色中的司機也無人起身搭腔或出來看熱鬧，他們只是靜靜地坐在那裡，偶爾有一兩根香煙的微弱火光在黑暗中一閃一滅。

前往金巴蘭的路上無比安靜，兩旁的道路也少有民宅點燈，看起來好像所有的人都消失了；從前來到峇里島總覺得每一條田埂都會走出頭上頂著竹籃的婦人，現在也通通不見了……。

◆

來到金巴蘭海灘的所在，車子在一個僻靜處停了下來，愁容滿面的司機用哀怨的眼神看著我說：「先生，您的金巴蘭到了，您要我在這裡等您嗎？」

我沒有看見書中所說人聲鼎沸的「海鮮街」景觀，倒是聽到田裡傳來陣陣的蛙叫，彷彿是到了一個農莊的外圍，我忍不住問：「這裡是金巴蘭嗎？人們來吃海鮮的地方？」

司機指著前方：「那裡就是。」

我向前望，果然有一條有著燈光的彎曲道路。但司機又說話了：「先生，您看，到處都沒有人，您回去會叫不到車的，您要我等嗎？」

我揮揮手，搖著頭：「不用了，你等著我們反而坐不安心，我不知道我們要待多久，你先去找生意吧，出來我們再想辦法。」

愁容司機順從地點點頭，逕自把車開走了。

我們沿著小路走進去，果然燈光處是一家一家的海鮮餐廳，店面的正面很窄，昏黃燈光下是鋪著椰子葉和冰塊的平台，平台上則擺滿了各形各色等待被點選的海鮮。我們也不想走遠，就近挑了一家，有一位瘦骨嶙峋的年輕男孩坐在滿檯子的海鮮後面，呆呆望著我們。

黑暗廚房裡走出另一位精瘦的汗衫男子，領我們穿過店面（店面其實只是一個擺海鮮的檯子，加上一個燒椰子殼來烤海鮮的燒烤檯以及一個調配飲料的吧檯）來到屋後的海灘，沙灘上擺滿了桌子，桌子都是空的。事實上，不是只有這家餐廳的桌子是空的，每一家餐廳的桌子都並排在屋後的海邊沙灘上，沿著海灘綿延到遠處至少一兩公里，恐怕不止一千張桌子，我可以想像當夜晚餐桌坐滿遊客時的熱鬧景象，但此刻，都是空的，只有海水拍打岸上的規則潮聲在空蕩蕩的海灘迴響⋯⋯。

我到餐廳屋前擺滿海鮮的地方挑選了一條鯛魚、一隻龍蝦、一隻肥美的花枝，還點了一份炒飯和空心菜，以及一些椰子汁和啤酒，並且特別交待海鮮不要烤老了，兩眼無神的年輕男孩茫然地點頭，我不確定他是否都聽懂了。

坐在海邊沙灘，啜飲著啤酒，海浪就在我們眼前一起一落，發出隆隆的潮騷，然後碎裂在海灘之上。天空無雲，月光皎潔，照著岸上成千整齊排列空蕩蕩的桌椅，好像是一種絕佳的情調，可是卻又有一種空虛的寂寞之感。

很快的，我們點選的海鮮上桌了。這是峇里島享受燒烤海鮮的所在，大部分時候為觀光客佔領，氣氛（連同價格）太觀光了，可能不算是地道的當地風情。海鮮的烹調極簡單，大部分只是把魚鮮塗上一點當地的醬汁，直接放在點燃的椰子殼上炙烤；烤焦的海鮮外殼帶著椰子殼的香氣，醬料則鹹中帶辣，簡單明瞭，唯一的風險是當地人傾向於把海鮮烤得過熟，對我們來自台灣、習於蒸魚蒸到恰好離骨鮮嫩甜美的刁嘴客來說，可能是暴殄天物。但食物上桌時，香味撲鼻，烤好的海鮮放在椰子葉上，艷紅的醬料露出誘人的色相，我先試了花枝和龍蝦，肉質頗有彈性，可見食材還很新鮮；鯛魚果然是老了一點，但還不到變成焦炭的地步，已經讓我喜出望外。

空蕩蕩的海灘一開始讓我覺得有點淒涼，隨著食物與冰涼啤酒的加持，慢慢讓我們覺得另有滋味，白色月光下偌大的沙灘與潮聲完全屬於你，完全無人打擾，不能不說是一種幸運的奢華，我們開始喜歡起這種荒涼的氣氛了。

遠方堤岸處依稀有幾個人影移動，我們本來以為是夜間工作的漁民，後來聽到樂器聲響，才發現是一個小樂隊。他們先在堤防邊自行輕聲唱了幾首歌曲，樂音忽有忽無，然後椰影下他們身形晃動，從黑暗中朝我們的方向走來。等到他們走到月光下的明亮處，我們看見他們是四個人的小樂隊，四人都戴著草帽，做拉丁美洲的打扮。其中兩個人揹著吉他，有一人則吃力搬著一對邦哥鼓（Bongos），另一人在手上拿著一副沙沙作響的馬拉加（Maracas）。

四人信步來到我們的桌邊，把邦哥鼓架定，為首持馬拉加的一位年輕帥哥脫帽微笑：「晚安，女士先生，這是個美麗夜晚，不是嗎？月光明亮，海水平靜，請讓我們為各位先帶來一曲〈西班牙的眼眸〉。」

話音一落，邦哥鼓清脆響起，吉他和低音吉他跟著叮叮咚咚敲了起來，為首黑皮膚、清澈大眼睛的帥哥輕搖手中的馬拉加，馬拉加沙沙輕響，節拍猶如潮水一般，然後他開口唱道：

"Blue Spanish eyes
Teardrops are falling from your Spanish eyes
Please, please don't cry,
This is just adios and not goodbye

Soon I'll return,
Bringing you all the love your heart can hold
Please say 'Si Si'
Say you and your Spanish eyes will wait for me…"

歌聲輕柔地流洩而出，其他三個樂師也跟著輕聲唱和，潮水一起一落也彷佛打著節拍，歌聲像天籟一樣，充滿在星空之下的沙灘，一片詳和的樂園景象，簡直讓我無法與幾天前的大爆炸連想在一起，但海邊餐廳的一片荒涼又不得不提醒我，這的確是某一個詭異的夜晚。敲著邦哥鼓的小樂團也許是每天晚上都來到這裡，可以想像本來沙灘上有無數的遊客，他們可以一桌一桌的唱過去，也許會有一些正在慶祝特別節日的遊客會招手呼喚他們：「Hey, Amigo,」他們會配合樂團的拉丁打扮說：「Hey, Amigo，我們這裡有個人生日，你們可以來一首生日歌嗎？」

或者說：「Amigo，我老婆喜歡Killing Me Softly With His Song嗎？」

小樂團怎麼會說不，他們樂於給人們一點歡樂，這是他們的工作，吉他立刻會叮叮咚咚彈起來，邦哥鼓啪噠啪噠響起來，年輕帥哥會賣力地唱：

"Strumming my pain with his fingers
Singing my life with his words
Killing me softly with his song…"

但此刻他們一個其他客人也沒有，只能站在僅有的一桌客人身旁，試圖爭取一點小費，他們也不希望夜晚如此淒涼，一曲唱畢，我們熱情地給他們拍手，黑皮膚帥哥點點頭：「謝謝，謝謝。下一首歌是…」樂器聲響，四個人輕快地唱著：

"Quantalamela,
Quantalamela, …"

節奏輕快的Quantalamela，配合主唱手中沙沙作響的馬拉加，四人小樂團以一種溫柔的美聲和音吟誦著，絲毫沒有煩憂的拉丁曲風令人想要踩著沙灘起舞，銀白月光和潔淨海灘也令人心曠神怡，我們應該要感到浪漫輕鬆，甚至應該流連而忘返。事實上真的有那麼一點點時間，在輕柔的歌聲中，我感覺這趟不合時宜的旅行其實頗為舒適宜人。

歌聲終了，我們在座位上用力拍手，我塞了二十塊美元小費給樂團主唱，向他們道謝，一群人優雅地向我們脫帽鞠躬致謝，叮叮噹噹拿著樂器往海灘另一邊走去。本來，他們應該走向另一張桌子，走向另一群度假的快樂遊客，但此刻荒涼的沙灘並無另一桌客人。我看著他們穿過上百桌被遺棄的餐桌，低聲討論著，大概是討論今晚還需不需要留下來碰碰運氣，他們的身影漸行漸遠，聲音也逐漸低不可聞，慘白月光下的海邊，成千上百的無人桌上都還整潔舖著塑膠格子桌布，像一隻眼睛空蕩蕩地瞪著我們，那幾乎是一張超現實畫派的駭人畫面⋯⋯。

用完了既浪漫又荒涼的海鮮大餐，我們行至路邊，找到黑暗中抽煙等候叫車的司機，議完價格後乘車返回旅館。折騰了一天，我們也都覺得疲憊了，早早就回房休息了。

第二天早上，天亮得早，陽光已經灑滿了花園，我們走出房門和朋友會合，旅館裡一位身穿印花布沙龍的服務生雙手合十趨前和我們打招呼：「早安，女士先生們，您們睡得好嗎？」

我們嘟囔地回答說好，服務生繼續微笑說：「您們準備好要吃早餐了嗎？」

「是的，我們都餓了，可以吃早餐了。」我回道。

「那您們想在那裡吃早餐？」服務生繼續掛著招牌微笑。

我突然想起當時看到這家旅館的資料，說住客可以選擇旅館的任何地方用餐（房間、陽台、海灘），工作人員都會想辦法滿足住客的期望，我指著花園一旁的大樹，說：「我們可以在那棵大樹的樹蔭之下吃早飯嗎？」

「當然，先生。」服務生鞠躬合十，輕輕退了出去。

不一會兒，幾位工作人員抬著桌椅，就在樹底下布置起來。一下子工夫，兩張鋪著白色桌布的餐桌和四張籐椅已然布置就緒，服務生再度走過來鞠躬致意說：「女士先生們，您們的餐桌已經好了，請您們坐下來，讓我先為您們準備一些飲料好嗎？」

在綠草地上，早上明亮卻還柔和的陽光之下，樹蔭罩頂，身旁就是一叢一叢盛開的熱帶花朵。白色的桌布帶著漿洗過的清新肥皂味道，剛剛端來的咖啡芳香撲鼻，泛著動人的棕黑光澤，隨著而來的熱帶果汁則流淌著足以引誘蝴蝶的鮮艷色彩，服務生遞給我們一人一本大簿子：「女士先生們，請您們選擇任何一款想要的早餐⋯⋯。」

但這一份菜單太驚人了！當然有好幾種西式的早餐，包括那種以沙拉、乳略和穀物為主的健康早餐，也有早上就加了牛排紅肉的不健康早餐，更不要說美式、英式和歐式；它還有包括粥麵以及港式點心在內的好幾種中式早餐（又帶了點南洋風情），但最吸引我的還是揉合了娘惹風味的印尼式早餐。我很快地選擇了一個名叫 Bubur Ayam Babah 的印式早餐，在我有限的馬來文知識裡，這應該可以譯做「老爸雞粥」，老爸叫做「峇峇」，可見這款早餐也有它的「華人血緣」。很快的，我們每個人都點了想要的早餐，顯然每個人在這豐富的選擇中都找到自己的興趣，我們沒有一個人點的是相同的項目。

不多久，早餐頂在穿著印花布沙龍長裙的服務生頭上而來。兩個服務生頭上頂著加蓋的大籐籃，來到我們的桌前打開，裡面豐盛誘人的內容仍然把我們嚇了一跳。

就拿我點的「老爸雞粥」來說吧，我本來以為它會接近港式的「雞粥」，也就是雞肉置入粥中，粥的確是加入鮮嫩雞肉的白粥，但它整體出現的方式反而更接近台式的「清粥小菜」，因為光是附帶的配菜就有五、六種，有包在檳榔葉裡的烤肉丸、有澆著辣醬的煎魚，有幾種不同滋味的醃製蔬菜，還有一盤讓你放入粥中的「薄脆」（效果頗似我們把老油條放入粥中一樣），讓人目不暇給。更有意思的是，每盤小菜都有刀工精細刻劃的樹葉、竹片做裝飾，盤中偶而也擺上一朵艷麗的鮮花，增添許多視覺的趣味。

其他同伴點的西式或中式的早餐，份量和數量也都豐盛得嚇人，每個人都至少有七、八個盤子，加上新鮮的熱帶水果，原有在桌上的咖啡與果汁，簡直把我們的桌子快擠爆了。

早晨光影流轉，轉眼間我們已經享用完驚人份量的早餐，這時昨日接待我們的法籍經理又露面了，他滿臉堆笑：「早安，女士先生們，您們的早餐怎麼樣？」

我們摸著肚子說：「太飽了，份量太大了。」

法籍經理接著又說：「那麼，我們已經準備好要去市場了嗎？」

我這才想起來，本來選擇這家旅館時，我同時預定了一個「烹飪課程」。原來的資料上說，這個課程早晨帶你到當地市場去買菜，你可以選擇任何你有興趣的食材，回到旅館後，烹飪老師會在Wareong Tugu裡和你一同研究菜單，然後教你學習其中的部分菜色，你參與一起動手，完成後成為上課者「自作自受」的午餐；另外有一部分的菜單則由廚師當你的面準備，並解釋給你聽，那些你未參與動手的菜色將會成為你的晚餐。中間由於出現了爆炸案，我急著確定旅行的安全性和可行性，完全忘了我預定了一個「烹飪課程」這件事⋯。

「啊呀，市場？市場，當然，我們已經準備好了，隨時都可以出發⋯⋯。」我慌慌張張地回答。

十五分鐘後，我們都換好了外出服，戴上防晒的帽子，來到旅館門口，等在那裡的，是一輛有司機的廂型車，和一位笑容可掬的矮胖小姑娘，小姑娘手上有一個藺草編成的大籃子。小姑娘面帶微笑，卻老氣橫秋地說：「我們已經準備好要去市場了嗎？」

我們大聲齊說：「我們已經準備好了。」

她也戴上大草帽：「那咱們走吧。」

車子トトト來到人聲鼎沸的市場口，矮胖小姑娘帶領我們下了車，只見市場門口站滿了皮膚黝黑、頭頂草籃的婦人，她們有老有少，每個婦人都急著向我們揮手，嘴裡不知呼叫著什麼，但看不出她們叫賣的是什麼，因為她們的籃子都是空的呀。

小姑娘很篤定地走到一位身穿紗麗、身懷六甲的婦人面前，嘰嘰喳喳交換了幾句話，兩個人點點頭，似乎是達成了什麼約定。小姑娘大步向前，邁進市場之內，我們只得連忙跟上，回頭一看，那位頭上頂著大草籃、身穿綠色紗麗、露出一截鼓鼓的黑色肚皮的婦人也尾隨在後。

旅館帶隊的小姑娘倒是看出我的疑惑，輕聲解釋說：「她們是替市場客人搬東西的勞力。」

我大吃一驚：「老天，這位婦人已經懷孕，恐怕都快生了，我們怎麼能讓她搬東西？」

「你不讓她搬東西，她們可就連飯都沒得吃了。」小姑娘一副無動於衷的模樣，或者是嘲諷我的不知民間疾苦？

穿過嘈雜的各色攤販，我們來到雞肉攤面前，都是殺好、拔了毛的淨雞，光溜溜赤條條地擺在肉案上，小姑娘回過頭問我們：「要不要吃雞？」我點點頭。小姑娘指著肉案上的一隻肥雞，又指了另一隻雞，和雞肉販交待了幾句，雞肉販把兩隻雞清理一下，分別包在香蕉葉裡，搬運勞力的婦人一把接過去，放在頭頂上的籃子裡。

我們繼續走往菜市場的深處走，兩旁五顏六色的蔬果頗為誘人；帶隊的小姑娘繼續為我們選購了蕃茄、胡瓜、菠菜、胡蘿蔔等菜，又走到一家香料攤前，買了各種像芫荽、南薑、大蒜、紅葱之類的辛香料。小姑娘點點頭，似乎很滿意自己的收穫。她面帶微笑說：「接下來，我們要再去海邊漁港，看看有什麼海鮮。」

我們走出市場，走回到等待的車輛，帶隊的小姑娘謝了幫我們揹負採購的懷孕婦人，塞了一張鈔票給她，婦人也千謝萬謝鞠躬而退，我瞥見那是一張五千盧比的鈔票，折合台幣不到二十元，可見在觀光天堂的美景底下，窮人的生活還是艱難的。

車子繼續卜卜卜來到海邊，大大小小色彩鮮艷的眾多漁船繫在海岸邊，隨著海浪規律地搖擺，發出空咚空咚的撞擊聲。離岸邊不遠處，一個用竹竿和塑膠布隨意搭起來的簡易棚子，棚架下全是一個一個的魚貨攤子，大概是早上剛剛上岸的魚貨，漁夫自家就擺起攤子了。走近去看，有許多顏色艷麗的珊瑚礁魚類，像青衣、蘇眉之類的高級魚，也有鯛魚之類的近海魚，還有許多不知名的魚種和貝類，當然也不乏龍蝦、螃蟹之類的甲殼海鮮。

帶隊的小姑娘挑了兩條大鯛魚，每一隻可能都有一斤半以上；她問我們還有什麼想要的，我指著一隻體型驚人的軟絲說：「我可以要這隻烏賊嗎？」

「當然，先生。」小姑娘立刻又把牠買下來。

我們帶著一籃子的蔬菜、雞肉與海鮮回到旅館，進到旅館，看見花園一角的那個稱為Waroeng Tugu的開放式廚房餐廳已經升起了炊煙。帶隊的小姑娘領我們走到廚房，正忙著準備工作的有四個人，一位是年紀較長的老婦人，另外三位則是年輕的男性，其中一位長相斯文，戴著一副黑框眼鏡。小姑娘把菜放在檯子上就告退離開了，戴黑框眼鏡的年輕男子露出笑容用流利的英文說：「早安，你們的菜市場之旅怎麼樣呀？」

我們連忙回說好極了。他又笑著說：「歡迎來到我們的烹飪課程，我的名字叫華陽。」

華陽？所以又是一位家中的老大。華陽指著老太太說：「她是Melati。她是我們今天的老師和大廚，她是爪哇人，所以我們今天學的是爪哇菜，Melati不說英文，我會負責為各位翻譯並解說。」

美拉蒂，Melati，茉莉的意思。老太太靦腆地笑了笑，揮手把華陽招去，兩個人看著桌上買回來的菜指指點點，華陽一面點頭，一面用筆在紙上寫著字。過了一會兒，華陽笑呵呵地走回來，他說：「我們的大廚已經決定了菜單，菜單有兩部分，一部分是為了晚餐準備的，我們預備晚上給各位在海灘上辦一個Barbeque烤肉大餐，但你可以參加我們的準備工作；另外我們還有幾道菜，做完之後就立刻可以享用，那將是各位的午餐……。」

所有的工作人員就開始動起手來，另外兩位年輕男性開始洗菜、削瓜，美拉蒂拿出一隻石缽，華陽解釋說：「所有的爪哇菜都從香料的準備開始，香料都要磨成醬；我們現在先來做一道花枝，這道花枝是咖哩口味，要從香料的準備做起，你們來看⋯⋯。」

我們圍過去，美拉蒂解釋海鮮類常用的香料，你需要一些萊姆葉、南薑、紅蔥頭、魚露，當然還要現做的椰奶。椰奶，先用有鋸齒狀的工具把椰子裡的白肉刮下來，一位年輕人先示範，然後我就接手了。手上拿著一塊白色椰肉對著鋸齒刷下來，變成粉末狀進入盆中，等到椰粉夠多了，美拉蒂教我們如何加入水，再用紗布把椰汁擠出，華陽在一旁解釋：「這樣就成了椰奶。」

把椰奶和其他香料放入石缽中，用研磨棒把混合物磨碎，我問：「要磨到什麼程度？」

華陽說：「磨成醬糊狀，磨得愈細，滋味就愈容易出來。」

美拉蒂已經把花枝細細刻花，並切成一口大小。然後她起一個油鍋，我忍不住又問：「這是什麼油？」

「椰子油。」美拉蒂通過華陽解釋道。

椰子油燒熱了，石缽中那一團醬糊丟人油中，把它炒開，鍋中變成一種深色的醬汁，美拉蒂把鍋鏟交給我，示意讓我來動手。

「現在，把花枝放進去。」華陽在一旁替美拉蒂說明。

我把花枝放進鍋中，油汁濺出來，我用中國菜的方法翻炒它，一面虛心地問：「這樣對嗎？」

美拉蒂佈滿笑容，比起一個大姆指。

「是不是已經熟了。」我擔心地問，按照我們台菜的習慣，花枝炒個幾十秒已經足夠了。但美拉蒂說：「再炒一下。」

又翻炒了幾十下，美拉蒂點頭說：「好了。」

我把花枝撈起來，放入盤中，白色花枝現在沾滿醬汁，全部變成誘人的金黃色，而且充滿了香氣，大家都「嘩！」地一聲大叫起來……。

然後是做雞肉咖哩，一樣的從香料磨醬開始，使用的香料大致相同，不外還是萊姆葉、南薑、紅葱頭、魚露，當然還有椰奶，只是比例不大一樣。我看不出來為什麼這些比例差異能夠帶給海鮮和肉類完全不同的效果，香料的學問實在太神奇了，一點點成份的增減，就能產生不同的口感和協調性。雞肉咖哩完成了，一樣是充滿香氣的誘人金黃色，我們也再次發出嘩的一聲驚嘆。

緊接著，美拉蒂繼續教我們做湯，這一次，倒是沒有任何的香料醬要準備，戴黑框眼鏡的華陽代替美拉蒂解說道：「這一道湯極簡單也極神奇，材料只有兩種，胡瓜和蕃茄，調味料只有一種，那就是棕櫚糖…。」

鍋子裡煮開一鍋清水，美拉蒂把滾刀切塊的胡瓜丟進沸水裡，轉身去切蕃茄，切好蕃茄，她又把蕃茄也放入湯裡，然後示意要我接手，我站到爐火後方，望著那一鍋滾水。華陽笑著解釋說：「我們要讓它滾一陣子，讓蕃茄的酸味和胡瓜的甜味在湯裡頭結合…。」

我根本無事可做，只能盯著胡瓜和蕃茄在水裡上下翻滾，偶而拿著大湯匙翻攪一下，算是積極作為了。湯滾了好一陣子，美拉蒂走回來，看著鍋內，說了幾句話，華陽湊過來翻譯：「現在，要加入棕櫚糖，很多很多棕櫚糖。」

我下了一大匙，華陽搖頭說：「不夠，再多一些。」

我又下了一匙，華陽的頭還是搖得像花鼓一樣：「不夠，再多，再多。」

我再加一匙，再加一匙，一直加了四、五回，華陽拿了一根湯匙舀出來試：「嗯，差不多了，但還不夠，再來一些棕櫚糖。」

我也學他的樣，拿一根湯匙舀湯來試，大吃一驚，因為我沒有想到這兩種平凡的材料竟然融合出這樣清甜的美味，湯裡頭微微透出蕃茄的酸味，棕櫚糖帶來一種甘鮮味，作用似乎像是味精一樣，只是更自然更美好。

美拉蒂一面交待一位助手做薑黃飯，一面則指揮其他人把生雞切大塊放入醃料之中，又要華陽把鯛魚肉取下來剁碎，華陽手裡不停剁著魚肉，一面還不慌不忙向我們解釋：「這些是我們要準備晚上烤肉的材料，做法也會一一和你們說明，但你們可以先學薑黃飯的做法。」

薑黃飯的做法很簡單，和中國人煮白米飯大致相同，白米加水在鍋裡蒸煮著，但鍋不加蓋，米粒在水中置於一張草蓆之上，也許是要增添稻草的香氣（在福州菜館裡，我也吃過把米放在草袋中蒸煮的米飯），工作人員在水中再加入椰奶和磨碎的薑黃，最後米飯煮熟時，帶著椰奶的香氣，又有美麗誘人的金黃色澤。

我們雖然都動了一點手，但起的作用不多，重要的動作美拉蒂和她的助手都已經做了；我們也沒做什麼筆記，因為一開始華陽就說：「你們別記筆記，仔細看著就好，我們稍後會把食譜寫給大家，送到你們房間裡。」

所有的午餐都準備好了，有雞肉和花枝等五個菜，加上一個清新淡雅的湯，還有香氣撲鼻的薑黃飯。雖然說這是一個烹飪課程，事實上更像是一個有分解動作和解釋說明的餐飲服務，坐在通風的戶外長木桌，教學的廚師此刻轉身一變成了服務上菜的侍者，除了剛才完成的菜色經過一番擺盤裝飾，工作人員還送來水酒飲料，課程內容變成精美大餐，的確是有意思的享受。

上完課，或者說酒醉飯飽後，我們已經覺得渾身慵懶，昏昏沉沉，就和廚師們致謝回房了。整個下午，我們並未出旅館，躲在旅館裡休息、游泳、喝下午茶，日子倒也舒適寫意，有一種逃避世界的安全感；比起走到街上，你立刻感覺到爆炸震撼後的峇里島，有一種惶惑不安和被遺棄的荒涼。

到了晚上，旅館侍者來通知：「先生，您們在海灘上的烤肉晚餐，已經為您準備好了，您們要預備用餐了嗎？」

在侍者的引領下，我們來到旅館後院的海灘，熊熊的火把照映著夜空，原來晝間空曠無人的白淨沙灘，此時已經佈置起來，白色的木桌和木椅，鋪上大紅色的桌巾，桌邊放著冰桶，看來是預備服侍酒水之用；桌子後方靠近海浪撲岸潮間地帶，插了幾方旗子，有紅有白有綠，迎風飄揚，離桌子較遠的地方，則搭起一個烤肉工作檯，鐵架下炭火已經點燃了，發出嗶嗶剝剝的爆裂聲，檯子上滿滿的食材，有下午已經醃好的雞肉和魚肉串，也有各種顏色飽滿的蔬果，檯子上還堆滿了白色的盤子、杯子，工作檯旁站了好幾位工作人員，好像要服務幾十個人的盛大餐會，但我們只是穿著短褲和T袖的四個人呀！

「晚上好，女士先生們。」站在海灘上歡迎我們的是白天負責教學與翻譯的華陽，現在穿上正式盛裝的廚師制服，頭上還戴著頭飾，笑容可掬。整個場景和它的戲劇性，在火把和月光的照映下，幻化成紅白交織的光影，讓人覺得有點像闖進電影佈景裡似的不真實。

但我們還是坐定了，華陽走到桌邊，深深一鞠躬，說：「女士先生們，今天晚上為大家準備的是一場月光下的海灘晚餐，我和同事們很榮幸為各位服務，除了湯、麵包、沙拉，我們為各位準備了豐盛的烤肉大餐，有烤雞肉串、雞肉丸子，魚肉丸子，您們中午和我們一起準備的，我們還有烤大蝦和烏賊，所有的東西份量都很多，您們隨時吩咐。在此之前，您們有想喝一點酒或其他飲料嗎？」

我請他給我酒單，從中揀選了一支峇里島生產的粉紅酒，粉紅酒也許沒有什麼高明之處，但冰透了送上來，美麗的粉紅顏色完全符合今晚的夢幻氣氛，何況粉紅酒帶來的一點點酸度，與熱烈辛辣的異國香料和焦香撲鼻的美味烤肉卻也相得益彰。

我們一面享受美酒、美食與殷勤的服務，一面為這夢中一般的環境和遭遇贊歎不已，我們偷偷討論，這是這家旅館平日的服務嗎？還是在這樣的艱難時刻，對我們勇敢冒險前來旅行的一種補償？

烤肉的工作檯上不時冒出火光和白煙，廚師們忙碌著，做好的大菜一道一道上來，戴黑框眼鏡的華陽也不時還過來看看我們的酒杯是否空了，為我們添酒順便勸酒，胖胖的圓臉笑呵呵地，好像也沒什麼煩憂。這個島上剛剛發生驚天動地的流血大案，可以想見島上的觀光事業即將度過一個不知為時多久的寒冬，但華陽和其他峇里島的村民們，好像並不牽掛，他們仍然露出笑容，殷勤勸酒。華陽回答我的問題說：「先生，我不擔憂明天。我們的神祇會照顧我們，像祂照顧花園裡的花朵一樣。我們祖先也遭逢很多災難，但我們仍然受到眷顧。是的，先生，請多喝一點酒，我們不憂慮，現在客人都離開了，但他們會回來的，峇里島這麼美麗，客人會回來的⋯⋯。」

峇里島本地生產的粉紅酒，這時候，看起來的顏色、喝起來的氣味都彷彿和峇里島的菜餚與香料是完全相合的。就好像在我們的感受裡，此刻，夜晚裡天然的海潮、微風、星光和人工的火把、彩旗、裝置也似乎都是完美的結合。

菜餚是美味的，服務是殷勤的，華陽展開笑顏頻頻勸酒，各種烤肉、菜餚也不斷流水一般地搬到桌上，火花下把我們的臉頰照得通紅，酒醉飯飽，我們談天說笑的舌頭也漸漸變得不聽使喚。不知何時，沙灘上甘美瑯的樂音已經停止，後方烤肉檯的工作人員也不知何時已經悄悄撤離，只剩下華陽孤伶伶一人，站在離我們餐桌不遠處，隨時準備為我們空了的杯子再添一點酒，終於，這一瓶酒也倒空了。華陽帶著笑容，不疾不徐地說：「先生，我需要再為您準備一瓶酒嗎？」

「不用了，華陽，你看，我們已經都要醉了。」

趁著夜色星光，我們帶著酒意踩著沙灘走回旅館，我回頭看，工作人員的臨時工作檯早已撤得毫無痕跡，華陽也不知去向，但我們留下的桌椅還留置在沙灘上，現在看起來一副被遺棄的模樣。兩旁的火把火勢已經弱了，風中殘燭一般，海浪在微弱的光線下，一陣陣拍打在沙灘上，捲起一片片白色雪花，桌子遠處的旗幟還在，兀自隨著海風空蕩蕩地飄揚，可是不知為何，卻顯得無比的蒼涼……。

那個晚上，我有點酒醉頭痛，昏昏沉沉入睡，卻不斷做著短促破碎的惡夢，好像是發燒感冒了。惡夢裡，彷彿是一場戰爭還是災難，滿街都是逃難或者流離失所的人群，我在人群當中試著尋找失散的同伴，每一個路上看似熟悉的背影轉過來，卻只是一雙雙陌生茫然的眼睛，其中還有一位則是眼眶凹陷，空洞洞地完全沒有眼睛……。我不斷地驚醒，卻又快速睡去，夢境就自動接續，然後再驚醒，再睡去……。最後一次醒來，我感覺自己出了一身冷汗，大病初癒似的，虛弱而且疲憊。

這個時候，天色是暗藍中透著一絲白光，好像天快亮了，我看不出具體是什麼時間，決定起來泡一個熱水澡。浴室就在房間的花園之中，我摸著黑為浴缸放水，水流聲混合著蟲唱和蛙鳴，在寂靜的夜裡顯得吵雜不堪，似乎要吵醒方圓數哩的居民。我把自己浸入滿缸的熱水之中，徐徐吐了一口大氣，露天的浴池讓我覺得有點寒意，四週還是充滿著叮伶叮伶、嘰嘰知知的蟲鳴呱噪，一點也沒有要停歇安靜的意思，但我已經覺得好多了。

浸在黑暗的熱水之中，全身毛細孔彷彿都透了氣，病灶穢氣好像都從毛細孔排出遠離了。但這個處境給我一種不真實的感覺。峇里島這兩天給我的經驗，又好像是陷入災難恐慌，又像是無比的和平安詳。峇里島的老百姓好像正陷入一場困難麻煩，卻又好像無動於衷，繼續心平氣和過著平常的日子⋯。

天亮之後，旅館庭院裡的花草樹木在陽光映照下，重新發出艷麗色彩，蝴蝶、蜜蜂、金龜子，也都活躍起來，牠們在花朵樹葉之間忙進忙出，整個花園又顯得生氣勃勃。

這個早上，我們選擇了在蓮花池旁吃早餐。工作人員搬來了桌子椅子，鋪上白色桌巾，放好餐具，很快地，一場優雅豐盛的早餐又開始了。

同伴們和我在早餐桌上，交換了對昨天白天的烹飪課程以及晚上的海灘浪漫大餐的感受和贊歎，這些當然都是旅行中美好的經驗，但這些服務來自於受苦受難的居民，讓我們感到不忍和不安。可是反過來說，如果我們都遠離峇里島，不管是因為害怕或者不安，這些仰賴觀光維生的居民將加倍艱困，而那也正是恐怖爆炸行動想要達成的效果，嚇阻觀光客來臨，破壞峇里島的經濟命脈，讓他們的政治抗議得到全世界的注意。

餐桌上的討論之後，我們決定照樣出遊，到峇里島上最充滿藝術氣息的烏布地區去走走。

經理聽到我們的計畫，露出驚訝的神情，但他隨即展開笑容說：「啊，我很高興你們一點都不害怕，我其實相信峇里島現在應該是很安全的，讓我立刻為各位準備車子。」

旅館的車子送我們到了烏布，我請司機不要等我們，我們會自己找交通工具回去，司機點點頭，祝我們旅遊愉快之後，就開車離去。

但烏布地區一片安詳，並沒有海邊地區的肅殺之氣，金髮碧眼的西方遊客也還在，到處可見，只是數量少了許多，本來「過度觀光」的氣息倒是幽靜緩和了不少。咖啡店和藝品店裡都還有三三兩兩的遊客，可見內陸一點的外國遊客並沒有全被嚇跑。

我們在烏布的大街小巷裡閒逛，感覺氣氛還很適意悠閒，雖然我們還是可以從空氣中嗅到一絲絲不安疑慮的氣息。最主要的線索是「太安靜了」，連坐在咖啡店裡的年輕外國人都靜靜地坐著，低聲講著話或看著書，有些則完全呆坐著。這不是過去我所熟悉的觀光客的行為，總是有人大聲喧嘩，不管是蓄意的嬉鬧，或者只是興奮帶來的高亢。但眼前這個安靜的小鎮，人們的沉默究竟是鎮定，還是憂慮？

我們在咖啡店坐了一會兒，發現自己也變得和別人一樣安靜，一方面好像沒什麼好說，另一方面則是覺得不該攪動這個安寧場域的空氣，只能靜靜地啜飲杯中的咖啡，翻閱店中充滿美麗圖片的畫冊。我們又走到幾個工藝品店，店員照樣開出高昂的價格，等待遊客的殺價，遊客也還認真殺價，只是聲音似乎刻意地壓低了許多⋯⋯。

我也買了幾個廉價的簡單小木雕，其中一個木雕是一隻大眼睛的黑貓，全部的細節都在上半身，下半身完全變成平坦的形狀，好供你放在一個平台之處。我也買了一整串木雕的小猴子，一隻一隻用手勾住，木猴子是寫意的簡單雕刻，寥寥數筆粗略的刀法，一隻小猴子就躍然成形，其實是很有水準的工藝。

逛著逛著，不知怎地轉進了一條小巷，再走幾步就走到了樹林一樣的地方，樹林僻靜處有數間屋子和人影，走近時發現是一間開放式的「東屋」，高起來的平台上放滿了繪畫作品，旁邊有幾個人坐在那裡喝茶。

看見陌生人走近，幾位喝茶的中年男子停止了交談，遲疑地看著我們。其中一位說：「歡迎，請來和我們一起喝茶。」

我看那些擺在高台上的畫作，雖然明顯看起來是工匠式的作品，但是畫得很有水準。那是峇里島常見的畫風與題材，畫的是工筆細描的峇里島風景和花草鳥獸，構圖繁複，枝葉交纏，用色也大膽艷麗，充滿裝飾畫的趣味。我指著畫作問：「這是哪一位的作品？」

幾位喝茶的男子你看我，我看你，好像不知道該不該回答，最後共同指著一位頭髮既短且白的老工人說：「這是他畫的。他是附近畫得最好的。」

皮膚黝黑、身穿汗衫短褲的老工人顯得有點羞赧，把手在面前擺了擺，一副「不要問我」的模樣。但我還是忍不住地問：「這些畫畫得很好哇，您是從哪裡學來的？」

旁邊一位中年男子替他回答：「他是在這裡的美術學校裡學的，他以前在拉梅耶爾的畫室裡工作過⋯⋯。」

我仔細再看眼前這張美麗的圖畫，那是用壓克力顏料畫在帆布上的工筆畫，大約是兩公尺寬、一公尺半高的大尺幅，畫面遠方有峇里島的山水和瀑布，近處有枝葉繁密的樹林和盛開的花朵，樹葉中躲著顏色艷麗的天堂鳥和其他鳥類，畫工精準細膩，構圖略帶匠氣，比較像是技巧高明的裝飾畫，但我看不出一點和拉梅耶爾相似或相近的風格。說他在拉梅耶爾的畫室工作過恐怕不是真的，大概是用來提高身份與身價的唬人資歷吧？

老畫工羞澀地笑了笑，現出滿臉的皺紋，他既沒有承認也沒有否認這項旁人為他解說的經歷，也沒有透露會說英語或者不會的神情。

會說英文的中年男子鍥而不捨：「我告訴你，他的畫是附近最好的，您要買他的畫嗎？在這裡買會比在畫廊裡便宜。」

老畫工聽了這話，就走到一邊去，掏出一根菸來抽，好像是不願聽到俗氣銅臭味的交易似的。我指著那一張枝葉中藏著天堂鳥的畫作問：「這一張畫要賣多少錢？」

「這一張？啊，先生，你挑中了一個好東西⋯。」講英文的中年男子，此刻說的話和工藝品店的推銷員開始相像了：「這一張，我告訴你，如果您在畫廊看到的話，他們一定會要價一千美元以上，也許是兩千，但在這裡⋯。」

他話到一半停下來，轉身對著抽菸的老畫工喊了幾句話，老畫工頭也沒回，嘴裡嘟囔了一句，他轉回來對我說：「在這裡，您只要付三百美金。」

三百美金？那絕不是藝術品的價格了，即使是工廠的裝飾畫，這麼大一張也要賣不少錢。但是我是在峇里島呀，所有的開價都要還以三折，不是嗎？我出乎習慣地說：「三百達樂？太貴了，我沒有那麼多錢，一百達樂如何？」

中年男子搖搖頭：「先生，請看，這是藝術呀，您看這隻鳥畫得多好，還有這幾朵花，多漂亮，顏色也好，一百元太便宜了，這位畫家是我們烏布最好的藝術家，他還和拉梅耶爾一起工作過，這張畫起碼也要兩百達樂。」

我也搖頭：「畫得很好，我也同意，顏色也漂亮，掛起來一定好看，不然我也不會開口要買了，但是街上的畫也都比這張便宜呀，一百達樂賣不賣？」

「你不能拿街上的畫來比，這是貨真價實的藝術，一百五十達樂，這是最後的價格。」中年男子有點氣急敗壞了。

「我是真的喜歡這張畫，我也不管畫家是不是和拉梅耶爾工作過，我想買回去掛在牆上，但我希望是一百美元。」

「先生，一百元是不可能的價格，您再多出一點？一個好一點的價格？」

突然間，抽菸的老畫工回過頭了，講了一句印尼話，中年男子停下話，老畫工走回來，直直盯著我的眼睛，講出清晰簡單的英文：「你喜歡這張畫？」

「是的。」我有點不好意思起來。

「你喜歡，你就拿去。一百元也無所謂。」老畫工有點蒼涼地說：「這個世界已經不知道變成什麼樣子了，峇里島已經空了，今天、明天、後天都不會有人來買畫，天知道什麼時候才會恢復正常，家裡的小孩也還是要吃飯，如果你買回去掛在牆上，我會覺得很光榮。一百美元也不會太壞，不會比我賣給畫廊更壞。」

我一下子覺得很窘，老畫工的氣質真的接近藝術家，言談中也有一點不平凡的氣質，我這樣討價還價有點太市儈了：「畫家先生，我不了解作品的價值，只是在峇里島買東西都講價……。」

老畫家揮揮手，笑笑說：「是呀，我希望你看上別的畫，我比較不會捨不得，這張畫也許平常我會開價更高，但沒有問題，先生，你看上這張畫我很高興，我很樂意接受你的一百美元，我幫你包起來。」

老畫家小心翼翼把畫從木架上取下來，用好幾張報紙把它一層層包起來，我站在一旁像個闖禍的小孩，我好像不小心觸動了人家的傷口，現在也不知道該不該加價給人家，就怕改口加價變成第二次的侮辱。

老畫家包好畫，遞給我，露出頑皮的笑容：「這個，一百達樂。」

我從皮夾裡掏出一張百元鈔票：「先生，您確定這樣沒問題嗎？」

老畫家說：「有什麼問題？你花了錢買了我的畫，我得到尊敬又得到錢，你已經對我很好了，不要被剛才開的價格誤導你。」

「我希望爆炸的影響不會太大，很快峇里島會恢復平靜，觀光客都會回來。」我語無倫次卻充滿善意。

「啊，讓我們這樣期望吧，我也希望峇里島很快恢復過來。」老畫家意味深長地說。

我帶著畫，半是愧疚，半是陷入思索，心情複雜地，離開畫家的院子。

我的峇里島旅行還有一天半的時間，我還得繼續面對這個島上的住民。但這件事並不容易，島上的住民還有一種觀光地的習性，見到觀光客總要漫天要價的，可是他們又處在大震盪之後的受創調適期，心情也陰晴難測。我也不知如何測量他人災難的深度，這一刻我害怕變成一個「凱子」，另一刻我卻又不小心傷到別人的感情⋯⋯。

那是一趟令我難以忘懷、卻又說不出滋味的旅行。地點是美麗的，場所更是難以言喻的精緻，而我們參與的活動，包括烹飪課程、還有專為我們演出的峇里舞蹈都是既精彩也親密，可是災難的後勁卻又如影隨形，我們時時要感受到一種受災者的深沉悲哀、無奈和無力感。

回程的飛機上，航空公司告訴我們這將是「最後一班」返台的班機，因為沒有旅客了，航空公司即將要停飛一陣子，再視情況決定如何飛航。聽了這段話，我一方面感覺自己的魯莽，卻又慶幸自己趕上了某一個特殊時刻，也許不通過這樣的經驗，我永遠只是不相干的觀光客，很難是個闖入他人某種處境與「心境」的意外訪客。

冰海中的獨木舟

「如果你不小心落水了，請你立刻從小舟中掙脫，小心不要被船蓋住了頭⋯；」教練開始解釋翻船時急救的標準動作：「我會立刻划過去救你。但要記得，水裡的溫度低於零度，我不能下水救你，我若下了水，我們兩人都完了⋯。」

獨木舟的教練講到這裡，我們已經覺得不寒而慄，但現在說要退出已經來不及了，重要的程序還是聽清楚比較好：「⋯你必須救你自己。首先，先從水裡掙脫出來，不要被船蓋住頭；然後扶著獨木舟慢慢把它翻正，這個時候我應該已經趕到你的船邊，我會協助你回到小船上。記住，這個時候，請你用這個杓子儘量把船中的水舀出來⋯，」

教練鄭重其事手上舉起一個塑膠杓子，和小孩子在沙灘上遊戲的杓子看不出有什麼不同：「我會給你這件保暖衣⋯，」教練又舉起一件像潛水衣的黑色服裝：「你要立刻披上，你已經在水中浸泡了一、兩分鐘，體溫將會快速流失，我們只有幾分鐘的時間可以救你⋯⋯。」

教練停了一下，又舉起一個條狀的東西：「我會再給你這條巧克力棒，給你補充體能之用⋯⋯。」

「然後，我們就要停止計畫，立刻划回這裡，一刻都不能停留。你上了岸，趕緊按摩身體，換上乾燥的衣物，直到身體溫度恢復為止。」教練一口氣講完所有的落水急救程序，看了我們一眼：「清楚嗎？你們有任何問題嗎？」

我舉起手：「請問常有人落水嗎？」

教練嘴角上揚，酷酷地似笑非笑：「我在這裡擔任教練已經十年了，這十年落水的事件一共只有兩次。」

我們大家全鬆了一口氣。其中，最大的一口氣來自於我自己。

我們一群友人此刻正在號稱美國「最後邊疆」的阿拉斯加旅行，更準確地說，我們是在中南區阿拉斯加（South Central Alaska）港城西華德（Seward）附近一處僻靜的海灘，正在學習操作愛斯基摩人的獨木舟（Kayak）。

大家約好到阿拉斯加旅行，我是負責規劃行程的人。看到阿拉斯加諸多美不勝收的大自然景觀，使我覺得好像應該多尋求一些「活動」；包括乘坐小飛機上高山冰河、乘橡皮艇急流泛舟等都覺得應該一試，更不該錯過的，就是這個在海中划獨木舟沿海灣直下的活動。

在網路上看到極美的圖片，一個孤獨的旅人划著一葉獨木舟，背包和全身家當就綁在小舟上，大海寧靜如鏡，遠方壯闊的白首青山倒影在水面之中，海灣裡還漂浮著大大小小的冰塊，交織成寒冷孤絕的景象，令人心嚮往之。我找到提供獨木舟旅行的服務商家網頁，網路上說「無需任何基礎」，我就大膽地訂下了行程。

我不敢預訂那些「更勇敢的」行程，那種行程旅行者要在海上划獨木舟漂流七日或更長，白日有行程要走，傍晚上岸紮營，起火造飯，夜宿星空荒野之中。這種行程加倍顯得冒險浪漫，只是我率領的同行夥伴多半年事已高，我自己也不再是暴虎憑河的魯莽年輕人，看起來是不適合了。我嘆了一口氣，點選了「一日獨木舟行程」。

所謂的「一日行程」，其實是從下午開始。先在岸上由教練指導划獨木舟的要領，我們身穿救生衣，雙手執槳，左右比劃，「陸地行舟」，假裝真有一艘小船供我們驅使。兩位教練除了示範基本划槳動作，還解釋了我們幾乎不可能用到的高級動作「愛斯基摩翻轉」（Eskimo Turn）。愛斯基摩人的獨木舟本來是由海豹皮製成圓筒狀，整個人坐在入舟中，並將舟中艙孔的遮蓋緊繫於腰部，「人舟一體」，若在水中不慎翻覆，訓練有素的舟人只要在水中用力扭腰翻轉，即可重新坐起，這就是所謂的「愛斯基摩翻轉」。

教練教完基本動作後，就開始解釋起獨木舟翻覆時的救援「標準程序」。我愈聽愈心驚，特別是了解海灣水溫低於零度（雖然此時是夏天），落水超過一分鐘就有失溫的危險，平日缺少運動的同行夥伴是否都會游泳我也不知（我倒是知道自己確定是不會游泳的），恐怕我是太魯莽了，未曾知會大家就替朋友決定了這項活動，置親友於險境，萬一出了什麼差錯可該怎麼辦呢？我才忍不住問教練說：「常有人落水嗎？」

教練回答說「十年來僅有兩次」。聽起來機率甚微，我才稍稍放心。此時，五顏六色的玻璃纖維獨木舟已經放在岸邊，供我們選擇；大夥興高采烈地挑選獨木舟，放入水中，我們各自滑入狹窄艙口，把艙口遮蓋塑膠布繫在腰間。平底的獨木舟左右搖晃，等到大家七手八腳狼狽坐定，小舟才安定了下來。

兩位教練也各自乘坐一條獨木舟，不過，他們的獨木舟更細長更流線型，看起來就是「高級貨色」，和我們的廉價品完全不可以相比。但教練一前一後把我們幾艘小舟押住，前方的教練舉起手來，示意我們可以出發。我們每人一枝長柄左右開弓的塑膠槳，巍巍顫顫，左划一槳，右划一槳，獨木舟就搖搖晃晃破浪向前而去。眾人的獨木舟速度不一，在水上散落開來，迄邐約有百公尺，教練也不催人，只要我們放鬆心情，輕鬆划槳，讓自己逐漸找到節奏，和獨木舟達成一種和諧的關係。

等我們慢慢適應了划船的節奏，大夥的速度也變得相近了，獨木舟漸漸湊在一起，一艘接一艘連成一線。我們手上的槳開始也能操作自如，身體一左一右也漸漸體會出一種韻律，我們已經有餘力可以隔著船隻聊起天來了。

從下水處往前走，我們其實是走在基奈（Kenai）半島的一處內灣航道，小海灣有個名稱叫「復活灣」（Resurrection Bay）。海灣不寬，可以看見對岸景致，讓你有航於大河的錯覺。內灣有沙洲擋住風浪，水面平靜無浪，偶而會遇見大型旅客遊輪或其他船隻走過，才感覺有洶湧波浪襲來。

走了一小段行程，我們開始覺得心曠神怡；身體底下緊貼著屁股的，就是冰河融化流入海灣的冰水，頭頂上則是一片蔚藍的晴空，間或有海鳥或老鷹在上空盤旋。水中有浮游冰塊，都是上游冰河裂解而來，冰塊還帶著冰河特有的藍色；有時大塊一點的浮冰上，會看見有海豹在冰上歇息曝日。海水是一片平靜如鏡面的綠色，遠方也綠樹成蔭，加上藍天白雲，四處無人蹤，視野寬闊，令人覺得自己相對變得渺小，好像闖進了巨人不在家的世界⋯⋯。

身處在如此美麗的自然景觀之中，心裡反而覺得有點不真實。這是我第一次遊划愛斯基摩人的獨木舟，沒想到菜鳥初次下水的地方竟然不是比較安全的水塘或平靜無浪的湖泊，反而是這極北之地的荒波海灣。阿拉斯加的空氣極為清新，乾淨清洌，好像每吸一口氣都飽含植物的香氣和海水的冷洌。我們乘坐在緊貼著水面、名為Kayak的獨木舟，這是一種與自然緊密結合的交通工具，不要說冰冷的海水伸手可觸（你根本就可以用自己的屁股感覺到海水的溫度），就連冰河裂解飄浮而過的冰塊，我們也可以用槳輕輕將它推開。

◆

我們來到阿拉斯加已經數日，最大的感觸是原來熟悉的距離尺幅全部有了新的定義。我們剛剛才從丹納里國家公園（Denali National Park）探訪回來，光是丹納里這個自然公園的驚人面積就有24,858平方公里（超過六百萬英畝的土地），幾乎就是整個台灣的七成大小，但我們在地圖上看丹納里國家公園，不過是阿拉斯加中部的一個景勝之地，地圖上標出一片綠色，也並不顯得特別龐大。

我們租了車子，馳騁在鮮少車輛的阿拉斯加內陸高速公路上，就感覺到阿拉斯加與其他地方不同的比例與規格。巍峨的群山默默站在天邊，你和它們的距離卻如此遙遠；道路寬敞筆直，每一條路彷彿都是垂直通往天上；平地與凍原往往是寬廣而開濶，眼睛看不到盡頭；就連藍天與白雲都看起來比其他地方還要高遠。自然大地的巨大尺幅讓你心情既開朗又悲傷，開朗是因為領悟到塵世之上其實無事值得爭執，悲傷是因為意識到個人存在的微不足道與蜉蝣人生的短暫局促。

來到阿拉斯加旅行之前，其實我自己有過各種旅行想像，但並不知道感受會是這樣。本來以為乘坐遊輪航走「內灣航道」（Inside Passage）是有意思的旅行方法，後來讀了旅行書發現那是「被規劃的」、沒有彈性、也缺少意外驚奇的「鳥籠旅行」。有一本旅行書倒是推薦了一種利用「內灣航道」的固定航班的「海上流浪」，那是根據阿拉斯加當地使用的交通工具，一種通行於沿海港埠的定期航班，像「搭公車」一樣來旅行；譬如你先從西雅圖出發，乘船來到科奇坎（Ketchikan），下來盤旋數日；然後再繼續跳上下一班船前往錫特卡（Sitka），一樣停下來住幾天（如果你是推理小說迷，這個俄羅斯時期的阿拉斯加首府應該會讓你想起一本詭異的小說《消失的六芒星》）；再等下班船前往當今阿拉斯加的首府朱諾（Juneau，記得旅行作家Jonathan Raban有一本書叫《水路到朱諾》嗎），又住幾天，等待下一班船的到來⋯⋯。

這種「跳島旅行」的海上漂流倒是一個有趣的旅行概念，海上的定期航程雖然辛苦，顯然比較可能遇見在阿拉斯加因為各種理由討生活的人。而當你百無聊賴在岸上小城居住數日，又顯然比遊輪靠港帶你上岸幾小時更可能窺探當地人的真實生活⋯⋯。旅行書上甚至建議帶著營帳在船隻甲板上紮營，一方面節省購買船艙臥舖的支出，一方面也得到實際休息的目的。

如果我年輕二十歲，這極可能會是我選擇的旅行方法；但它需要不怕折騰的體力和不急著回家的時間，我現在兩者都缺了。

我也注意到阿拉斯加有一種被稱為「住房旅行」（Lodging）的旅行形態。這樣的住宿場所常常位於偏僻的所在，大部分沒有公路可達；旅館主人開著小飛機來到約定的地方接你，帶你飛往住處。

有一次，我在網路上看到有一家粗獷的木頭小屋名叫「風之歌」（Windsong），位於丹納里國家公園的西邊，距離最近的公路約有九百公里；如果你要到這家旅館去旅行（它一共只有三個房間），主人會開飛機到丹納里國家公園門口來接你。他駕駛的是一架水上飛機，載你飛越丹納里公園的上方，來到位於湖邊的旅館，你就在這荒無人煙、鳥每天都在生蛋的地方住了下來。每天早上，吃完主人為你準備的豐盛早餐之後，旅館主人問你有什麼想法，如果你說想釣鮭魚，他就開飛機載你找到一條沒人和你爭搶的僻靜河流，你就在那裡釣一整天魚，才「回家吃晚餐」；或者你說想看棕熊，他也飛你到山上深蔭之處，那裡有遭遇棕熊的絕佳機會⋯⋯。

看完這些訊息，我忍不住寫了電郵去詢問一些住宿細節，主人回了一封熱情洋溢的信，並且告訴我八月第二週與第四週還有空房，可以即早決定，他又說：「如果你有小孩，這將是他畢生難忘的經驗。」末了，他又不無挑逗地說：「如果你能成行，我相信你是第一位台灣人來到我這個地方⋯⋯。」

我在其他資料上又讀到一個故事，說美國七十年代末，嬉皮運動已到尾聲，大部分「花童」都結束流浪生活，回到「社會體制」去了。一部分不願承認「革命」失敗的死硬派誓不願回到他們所反對的「社會體制」，於是決定前往物質文明尚未全盤污染的「淨土」阿拉斯加，開疆闢土，用自己的雙手在無人之地建立一小片屬於自己的「伊甸園」。故事有點反高潮地說，到了九十年代末，這些伊甸園主人把自己的樂園改建，成為「生態觀光業」（Eco-tourism）的一環。

我當然不好意思探問「風之歌」的主人是否為花童「餘孽」，昔日激烈革命派如今大發觀光財？不過我只是問問，日常工作與生活兩忙，一擱下就無下文，當然也就沒有成行。不過「風之歌」主人倒是樂天積極，每隔一陣子就寫信來問候，並且提供空房的消息。時序不覺轉冷，冬天時他又來信說：「要不要來？我在一月第三週還有兩間空房⋯⋯。」

我也忍不住了，再度寫信去問：「此刻天氣酷寒，大雪封路，我到阿拉斯加深山之內，能從事什麼活動？」

「風之歌」主人也立刻回信：「⋯⋯嚴冬白雪封山之際才是阿拉斯加的精髓所在。如果你有興趣來訪，我有一個行程可以推薦給你。你乘火車到丹納里國家公園入口，我駕飛機來接你。飛機回到住宿之處，當天下午我讓你們在我園中各挑一支狗雪橇隊伍；整個下午我們先練習駕駛狗雪橇，晚上再退回房內休息。——在此順便一提，我們的阿拉斯加住宿是無與倫比的舒適，每個房間都有燒柴的壁爐和暖氣，浴室有二十四小時的熱水供應，廚房裡隨時有熱茶和咖啡，如果你要一些更強烈的東西，我們擁有各種威士忌和伏特加供應，你若擔心沒有你想要的牌子，不妨事先告訴我。——第二天，用完我為你們準的豐盛早餐，我們就各駕一支狗雪橇隊伍出發，前往雪原上進行五天四夜的雪上紮營之旅。不用擔心補給後勤之事，每到一地我們紮營休息，我會負責準備早午晚三餐加上兩次熱騰騰的喝茶時間；晚上我們紮營在雪地裡，享受文明世界無法想像的荒野生活。雪地紮營也頗為快適，我們的營帳是冬日雪地專用營帳，睡袋也能對付到零下四十度的溫度。五天之後，我們返回木屋旅館，休息一夜之後，我們一起驅駕狗雪橇到機場，你們乘坐飛機回家，我負責把狗帶回去⋯⋯。」

◆

「風之歌」主人的來信，激起我對阿拉斯加的浪漫想像。想像有一望無際的真白雪地，樹木生長不易，只有少數矮小的針葉林和耐寒的地草與蘚苔可以生存，但曠野中仍然有人影驅駕狗雪橇疾馳而過，他的呼吸冒出陣陣白煙。他是誰？可能是傑克・倫敦（Jack London, 1876-1916）筆下的流浪淘金者，為了極北之地的「黃金傳說」賭上了他的身家性命。夜晚裡，他在樹林中試著「生火」紮營，——還記得傑克・倫敦有一篇短篇小說就叫〈生火〉（To Build a Fire, 1902）嗎——林中暗處卻有鬼眼幢幢，月明之後，淒厲的狼嚎聲讓你知道狼群已經跟上了他，他必須生起一處火，他必須保持清醒，不能闔眼⋯⋯。

這當然不是今天阿拉斯加的休閒觀光旅程，即使是荒野裡的「雪地露營」也沒有太多艱辛或者危險而言。一方面是防寒設備已經大大改善，營帳、睡袋、衣著都有了全新的科學材料，讓你免於忍受酷寒（我自己家裡的櫥櫃裡就有從未使用過的雪地專用營帳）；另一方面是這些旅行活動的提供者，早已規劃出重複使用、免於冒險的路線與場地，發生意外的機會並不多。這也是為什麼旅館主人要向我強調「雪地紮營也頗為快適」的緣故。

我雖然被「風之歌」主人的來信撩撥得有點心癢難耐，但紅塵生涯身不由己的時候居多，工作和雜務處處牽掛，在雪地裡駕狗雪橇紮營的念頭終究還是沒能成行，一轉眼，幾年就過去了，旅館主人看我沒什麼實踐夢想的決心，來信就稀疏了，然後就完全斷了音訊。

等我再動起到阿拉斯加旅行的念頭，恐怕已經是五、六年之後，那時候我正好在重讀日本探險家植村直己（Uemura Naomi, 1941-1984）的《極北直驅》（1974）。植村是史上第一位登遍五大洲最高峰的登山家，也是第一位「獨自一人」駕狗雪橇到達北極極心的極地探險家。但他最後一次「個人行動」卻是發生在阿拉斯加，一九八四年，他試圖獨自一人完成冬季登頂美洲第一高峰麥金利（Mount McKinley）的高難度冒險，二月十二日他在自己的四十三歲生日當天登頂成功，二月十三日他卻與外部失去連繫，永遠消失在雪峰之中，一般相信是不幸敗給了變化莫測的山況與氣候，或者不可預測的雪崩⋯⋯。

這一次興起念頭遊阿拉斯加，就有一些朋友表示有意同行。我先向朋友說明我想去的地方以「內陸」為主，並不預備參加熱門的遊輪行程，朋友們覺得無妨，內陸旅行聽來也頗為有趣，只要用到大家方便的暑假時間即可。時序既然是夏天，駕狗雪橇荒地宿營的構想當然已經不合適，但夏天是阿拉斯加大自然最生機蓬勃的季節，能從事的活動可就多采多姿了。

我重新上網去搜集資料，又讀到各種有意思的參與性活動。譬如說，在離丹納里國家公園不遠處，有個叫塔基納（Talkeetna）的小鎮，人口只有七百多人，卻是登山客熟悉的所在，因為這裡是攀登麥金利峰的補給站與基地。這裡又有協助登山和釣魚的小飛機服務，我在網站裡發現他們還提供一個活動叫「冰河降落」（glacier landings）。

原來在阿拉斯加親近冰河的方式有很多種，一種就是從海面上觀看冰河的出海處，你可以看到冰河出海時裂解成冰塊的壯觀場面，聽見冰河瀑布的轟隆之聲，或者觀看冰河切割海岸產生的奇特地形景觀，阿拉斯加遊輪主要就是提供了這樣的遊覽經驗；另一種接觸冰河的活動則是「冰河健行」，也就是實際在冰河上行走，把冰河當做健行的道路，通常這些路線必須經過一段時間的考驗，否則有很大的風險；最後一種冰河接觸活動就是「冰河降落」，它是利用小飛機將人載到高山觀賞冰河的上游，以及冰河在山上形成的大冰原景觀。

後來我們在遊丹納里國家公園之後，驅車來到塔基納小鎮，找到提供服務的小飛機航空公司，問起冰河降落的行程。事實上，「冰河降落」也就在丹納里山脈之中，離麥金利峰不遠，屬於丹納里國家公園的範圍。我們因為前兩天已經進入國家公園，出示我們的購票記錄就無需再付一筆進入國家公園的管理費。

傍晚時分，我們一行十個人，分乘兩架小飛機，一前一後起飛，越過大片草原、樹林與沼澤，在高處仍可以看見下方沼澤地裡有馴鹿緩緩涉水而行；偶而還可以在荒野之中看見一棟遺世獨立的木造建築，應該是有人居住之處，但看不見任何道路相連，可見是那種出入必須開飛機的住處。飛越大片綠地之後飛機開始爬高，眼前的景觀轉變成壯闊無比的疊峰山脈，岩石與積雪構成黑白兩色，幾乎塞滿了飛機的窗框，可見山勢的巨大規模。沒多久，飛機來到一大片冰原平坦處，略為盤旋之後就在雪地上降落下來，不一會兒，我們就直接踏在冰河上了。

這是一個被暱稱為「圓形劇場」的冰河之原，也難怪有這個名號，因為這是三個山峰圍成的凹處，積滿了萬年的冰雪，只有一方是出口，冰河就是往那出口以每日幾公分的速度向遙遠的大海奔去。三邊的山峰都極高大，圍成的凹處也是極其壯觀，恐怕是幾十個足球場的大小，當做飛機場是綽綽有餘。我們在「圓形劇場」大聲呼叫，聽巨大的回音迴響在山谷之中，我們站立的地方又彷彿在萬峰頂上，窮目遠眺冰河流向的河谷，又有高處不勝寒的感覺。我們在山頂上待了約莫半個小時，已經到了回程的時間，飛機駕駛要我們協助他幫飛機掉個頭，像眾人推車一樣，我們把飛機推回轉身，轉而面向冰河河谷。駕駛員解釋說，飛機起降要充分利用地形，降落時選擇爬坡，上坡的力量可以幫助飛機剎車；起飛時恰恰相反，飛機轉向下坡，利用下坡的重力協助飛機加速，速度一到機頭拉起飛機就重新遨遊天空了。

除了「冰河降落」，夏天也是阿拉斯加急流泛舟的最佳時機。特別是在丹納里國家公園附近，短夏之際積雪融化，河流裡有充沛水量，這時候乘坐橡皮艇順流而下，隨著地形有不同湍流與激宕，舟中人被河水拋上拋下，時急時緩，比起人工的雲霄飛車更刺激也更不可預料。喜歡泛舟的運動者更愛尋找山勢急速起伏的陌生河流，享受無法預知下一刻的驚奇旅行。我在尼泊爾旅行時，看見泛舟者自備舟艇，在喜瑪拉雅山麓尋找合適的河流，顯然這種樂趣和衝浪者全世界去追尋「更高的浪頭」有異曲同工之妙。

我看著形形色色的泛舟資料，覺得這不失為是接近阿拉斯加野性大地的有趣活動，資料中發現，就在丹納里國家公園出口處，就有一處急流下舟處，我們既然已經排了時間來到國家公園，這一類活動又怎麼可以錯過？

除了冰河降落、白水泛舟之外，從海上乘船觀看冰河切割造成的峽灣（fjords）海岸，以及冰河出海時形成的雪崩瀑布，好像也不該錯過。這樣的活動本來是搭乘遊輪最大的優點，但來到阿拉斯加陸地也不見得就失去機會。

如果你從阿拉斯加首府安克拉治（Anchorage）開車往南，行走聲名遠播、美不勝收、總長一百二十五英哩的景觀道路「西華德高速公道」（Seward Highway），你可以到達人口不及三千的海港小城西華德，而西華德正是「柯奈峽灣國家公園」（Kenai Fjords National Park）的入口。在那裡，你還可以搭乘所謂的「日歸遊輪」（Day Cruises）從海上進入這座冰河面積超過六十萬英畝的國家公園，重點當然就是觀看冰河出海的奇景，以及峽灣地形的崎嶇海岸線，加上包括海獅、海豹、殺人鯨等在內各形各色豐富的海上生物⋯。

當然還有吸引我注意的「獨木舟活動」（Kayaking），我在網路上就看到一張極美的觀光圖片，孤獨的旅人划著一葉獨木舟，鮮黃色的槳綁在小舟上，划舟者穿著藍色夾克和橘色救生衣，碧綠大海寧靜如一面明鏡，遠方壯闊的白頭高山就倒影在水面中，海灣裡漂浮著大大小小的冰塊，交織成寒冷孤絕的景象……。

太多了，太多了，僅只是網路上瀏覽資料，就已經讓我感覺到阿拉斯加旅遊可看可做的事太多了。但資料太多對一位初遊者而言，反而是一個負擔。我「不知所裁」，不知道該如何選擇和割捨，山還是海，北還是南，道路或者曠野，露營或者旅店，自己開車還是公共交通，每一樣選擇似乎都有它的好處與壞處，雖然在我面前已經有超過十種以上的阿拉斯加旅遊書，加上網路上取之不盡的各種資料，我仍然覺得難以抉擇，想著想著，時間竟然就所剩無幾了。

我想起「風之歌」主人的故事，覺得如果有一位當地人可供諮商，恐怕是不壞的主意，但我不好意思去找這位通信已久卻不能成行的旅館主人，我想到網路上有不少提供服務的「旅遊組裝者」（tour packager），或許我可以試一試。我在美國自助旅行討論區裡看上了網友推薦的一位「組裝者」，是一位名叫「麗莎」（Lisa）的個人工作者。我寫了信去問她關於旅行規劃的事，這時候，距離我預計出發的時間已經不到兩星期了，而我連一個行程、一家旅館都還沒有訂呢。

麗莎的回信很快就來了。那是一封很專業、很詳盡、卻又充滿疲倦感的信。

信上一開始就抱怨時間已經太趕，她沒有時間好好規劃，也已經太遲，許多好一點的住宿選擇和活動，都已經被訂光了。她又抱怨說，這個夏天她已經接受了太多顧客，她害怕自己沒有力氣再承接這一趟，但如果我可以很快決定，她還是願意勉為其難。抱怨完了，她又說：「…要真正享受阿拉斯加，你必須有一個月的時間，才能儘可能嘗試它的多樣多元。如果不能有這麼多時間，你也應該考慮有三個星期的時間，我在這裡先為你安排一個十八天的行程…。」

她寫下來的行程更像是一篇「文章」，雖然和大部分的行程一樣是以「第一天」(Day 1)、「第二天」(Day 2) 起頭，內容卻充滿詩情畫意，不時出現：「如果覺得心情不錯，我們可以散步走到鄰近的一條冰河，在冰原旁休息片刻，想像這片冰層已經在此沉睡度過百萬年，我們平日工作的一點紛擾算得了什麼呢？」這樣的句子。她推薦的活動也五花八門，國家公園裡的露營，峽灣裡划獨木舟，山上看熊蹤，河裡釣鮭魚，草原上騎腳踏車，什麼都有；地理上則北至丹納里國家公園，南到柯奈峽灣國家公園，範圍也不小；行程步調不急不徐，看起來是一個考慮週到、了解很深、也充滿對阿拉斯加感情的行程設計。

但接下來的溝通就困難了，我向她表示時間太長了，我只能有兩週的時間，可不可以再減去「騎腳踏車」之類的行程？尋找棕熊的行程是否可以在「丹納里國家公園」的行程一併解決？某些地方的住宿處可不可以改成某旅館？麗莎不知道是不是被我的囉嗦回信冒犯了，她很快地回了一封簡短而決絕的信：「我試著連絡幾個我列在單上的住宿，他們全部已經訂滿了，改選其他我不曾合作過的陌生旅館或活動服務，那不是我樂意做的事，因為它有可能會影響我長期努力建立起來的個人聲譽。……在此，我必須向您深深致歉，我確定我無法接受您的委託，為您提供服務……。」

所以麗莎這條線到這裡就斷了。我心裡感覺到不妙，阿拉斯加主要的旅行季節一年只有六個月，旺季更是只有兩個月，旅行設施大部分全靠夏天的兩個月來掙注全年的收益，到了暑假旅館舟車都很難訂，我蹉跎時光，計畫了好幾個月，卻到了出發前十天還沒有決定任何的行程，現在就連最後一根稻草也沒抓住。

但麗莎的行程單卻充滿了啟發性，或者讓我確認了某些活動的價值，或者給了我全新的靈感，我很快自己在紙上列出我心目中「濃縮版行程」：第一天，我們在安克拉治落地，在機場取得租車（一定要事先確認），當天在安克拉治住宿，可以拜訪市區和兩家博物館之一，如果時間充裕，我還想去看看以賣戶外活動用品聞名的名店REI（全名是Recreational Equipment Institute），它是一個「合作社」（不是公司組織，會員都是擁有者，可以分紅，還可以競選董事），我從八十年代就是它的「會員」，但都是通過郵購和它打交道（家裡櫥櫃那具從未用過的營帳就是向它買的），聽說它在安克拉治有很大的門市，忍不住就希望去朝聖一下……。

第二天，我們驅車直衝路途遙遠的丹納里國家公園（要先預定入園巴士，不然不能入內），這是一趟長程車程，適合一鼓作氣，抵達公園口可能已經晚了，我們先到公園確認一下預定的巴士座位，再找住宿休息。第三天：清晨五點半出發，全天在國家公園裡，來回車程約需八至十小時。第四天：我們到附近渡河口的下船處去尋找「白水泛舟」的服務。隨後，我們離開公園去小飛機起降基地的塔基納，若來得及，我們就當天參加小飛機「冰河降落」的活動，若來不及，就改在翌日早上。第五天，全天在公路上，不著急地返回安克拉治。第六天，再沿景觀公路往南走，來到西華德，參加「獨木舟峽灣一日遊」。第七天，參加「日歸遊輪」，進入柯奈峽灣國家公園，全天觀賞冰河出海、峽灣海景，以及各形各色的水上生物……。

洋洋灑灑列了十二天的滿滿行程，我心裡覺得踏實了一些。接下來，要開始一一與這些單位連絡，設法訂下擁擠有限的座位或席次或房間。好在e-mail是方便的工具，只要勤於寫信，所有的狀況倒也不難掌握。問題出在時間，寫了一封信去問旅館的房間，他們隔了一天才回信說「抱歉，房間已訂滿」，第二天我再發一封信給另一家旅館，又過一天才有回音說「沒房」，時間一天一天過去，房間卻還沒能搞定，有點令人焦急了⋯⋯。

◆

相較於訂旅館的不順利，預訂其他活動則顯得容易很多。海上看冰河的「日歸遊輪」的船位很快就在網路上訂到，費用也立刻在網上刷卡支付了；「獨木舟一日遊」登記確認了時間，但費用要到現場支付。「丹納里國家公園」的入園巴士也預訂了，但網站自動回覆說會再以電郵確認。最重要的是，我們一行所需要的兩部租車也預訂到了，旅遊書上一再警告，租車要即早確定，因為旺季常常供不應求，這件事辦成，也讓我放下心來。

車子既然租好，旅館也就不再讓我擔憂，因為我們的活動範圍變大了，可以把旅館訂到幾十哩外也沒關係，再不濟，我們就把露營帳蓬帶著，阿拉斯加號稱是個「露營天堂」，大部分市鎮都有公營或私營的露營地（campground），費用低廉；如果連這個錢都不想花，我的一本旅遊書上就說：「對背包客而言，通常大家就是信步走進樹林，找塊無人空地就搭起營帳⋯⋯。」而在任何城鎮，往外走個一哩路，你一定會找到幾片樹林。

心情放鬆，我也不再死腦筋一次只訂一家旅館，我一口氣詢問幾家鄰近的住宿處，如果有一家回應，再去取消其他家，減少書信往返的時間。這個新策略果然奏效，好幾個地方都有了回應，就在出門前一天，勉強每一個地方都有了住宿之處，只是不知旅館好壞，至少營帳是不用隨身攜帶了。我內心當然也不無隱憂，因為有幾家旅館地點實在太偏了，不知道去到那裡投宿會是什麼狀況。

出發當日，我們有一部分朋友從台北啟程，一部分則從美國飛來會合，約好在機場碰面。經過長程飛行之後，我們順利在安克拉治集合，再一起去取預約的租車。一位在旅遊業工作的朋友，經驗老道地從背包中取出兩副無線電對講機，調好頻道，供我們兩輛汽車通訊使用，果然這個方式讓兩輛車在公路上的行車過程輕易溝通，同行夥伴也拿無線電來講笑話開玩笑，長程行車也就不顯得無聊了。

阿拉斯加地廣人稀，公路又寬又直，大家車都開得很快，我們的也不特別顯得快，但不一會兒，阿拉斯加的市區已經在望，我們也很快找到旅館。網路上胡亂找來的旅館，赫然是一家很新的時髦旅館，而且就座落在一個大型購物商場的旁邊，生活機能便利，讓我們有點喜出望外。

雖然住進旅館已經過午了，我們還是如願以償地趕上了博物館的開放時間，博物館裡有一個展示是阿拉斯加原住民伊努特人（Inuit，愛斯基摩人的一支）的生活與器物，令人印象深刻，我對其中伊努特人的獨木舟特別感興趣，博物館的收藏品都是用海豹皮製成的傳統皮艇，雙頭木槳則是用漂流木製成，伊努特人還穿上一種獨特的服裝，可以將上衣和皮艇的艙口綁在一起，形成完全防水的效果，皮艇基本上是貼身「穿」在身上，而非一般「乘船」的概念。

看完博物館我們還在附近的餐廳吃了馴鹿肉做的漢堡，馴鹿肉聽起來稀奇，吃起來倒也平凡。我們也趕上了REI的開店時間，果然是一家應有盡有的戶外用品店，讓人樂而忘返。事實上，夏天的阿拉斯加簡直沒有天黑這回事，到了晚上十二點天色也還是亮著的，店家也樂得開晚一些，畢竟夏季的兩個月是阿拉斯加唯一「拚經濟」的機會。

晚飯已經接近九點了，吃完飯更是已經十點半，但是天色還是亮如白晝，眾人第一天初抵北國，心情亢奮得很，一點也沒有倦意。總是活潑好動的桑妮說：「找個地方去散散步好嗎？」我把在「旅客中心」拿來的散步地圖找出來，查看一下就發現離我們旅館不到三公里，就是一條冰河的入口。我提議說：「那我們散步去到冰河如何？」

大家興致很高，興沖沖地往地圖指示的方向走去。一路上的景觀就是尋常的公路街道，只是房舍比較稀疏，走著走著，慢慢變得荒涼了些，道路變成沒有舖裝的泥土路，植物也漸漸變多，有點走到山坡小徑的感覺，沒想到一個轉彎，赫然就來到了一條巨大的冰河面前。

我們的面前是山路的盡頭，卻是一條冰河的「腰部」。往冰河上頭仰看，那些白中透藍的冰河直達山上，形成一個巍巍的白色岩石巨流，最高處則隱入山群不復可見；往冰河下方俯看，白岩巨流有一種滾滾向下的姿勢，細看又彷彿是凍結不動的，蜿蜒迆邐，直到遠方，遠處也不可見。

這看起來像是一條「暫時停止流動」的河流，沉默而安靜，無視紅塵俗世的倉皇喧囂。但我們從知識上又明白它其實是活生生地「流動著」，它的速度可能是一天「二十公分」，它不是不走路，只是不著急，一天二十公分，五天可走一公尺，一年可走七百多公尺，一百年它就走了七十多公里了，想像這些冰河存在已經百萬年以上，它走過的路可長得很呢。

我們一面搖頭贊歎，一面頑皮地踩上冰河。我的旅行書上一再告誡不要隨意走上冰河，因為冰河並不是像表面上那麼安靜穩定，充滿了不可測的動態與風險，如果你真要在冰河上穿越或行走，一定要有適當的裝備和有經驗的嚮導。但這條冰河簡直是一條「鄰居的」冰河，它就在市區的旁邊，轉個彎就到，你根本無法相信它會做任何傷害你的事。我們一點也不害怕地走上冰河，只是它一點也不好走，冰河看起來像岩石，走起來卻不像，它又滑又崎嶇，高高低低，很容易扭傷你的腳踝。我們在冰上走了一小段路，卻開始覺得腳底冷了起來，緊接著連短袖衣裳也讓我們覺得手臂發涼。夏天的阿拉斯加溫度舒適合宜，不冷也不熱，但冰河上的溫度顯然不是一般室外的溫度，畢竟我們是走在冰塊之上，腳底的溫度顯然應該近於零度，再走下去就覺得自己身在冰箱了。

我們倉促逃離冰河，但對「散步到冰河」的經驗感到很開心。冰河，從珍奇變得尋常，隨時可接近，這種感覺有點奇妙。接下來的幾天，尋找「鄰居的」冰河變成了我們的例行活動。每天晚飯後，我們都趁著「天還沒黑」，散步去找一條冰河走走。事實上，在阿拉斯加兩週間，我們從來沒有看見「天黑」，即使到了半夜十二點，它也不過就是晚霞滿天的模樣。有一天，我們當中幾位成員女士心血來潮，決心不睡覺，要等待看到極地天黑的時刻，我熬不住那個時間，糊裡糊塗睡著了，第二天問她們看到了什麼，奧斯婷說：「到了一點多，天色真的暗了，暗紅色快要轉成深藍色，有點像是入夜的感覺，但天沒有全黑，就開始日出了，一下子天就亮了⋯⋯。」口氣裡有點埋怨太陽不太配合，不肯老老實實演出一場「天黑」的戲碼⋯⋯。

◆

第二天，我們趁早出發，驅車往北，取道「喬治公園高速公路」（George Parks Highway），目標是三百八十公里之外的丹納里國家公園入口。

喬治公園高速公路，當地人就簡稱「公園高速」（Parks H'way），是阿拉斯加內陸的南北要道。它以安克拉治為起點，向北直達以觀看「極光」（aurora borealis）聞名的「大城」費爾班克斯（Fairbanks），中間行經的最重要景點就是丹納里國家公園。費爾班克斯的「大城」必須加括號，因為它是阿拉斯加第二大城，但人口只有三萬人（如果連週邊生活圈一起計算，大區域人口也不過八萬人）。

「公園高速」是典型的阿拉斯加內陸景觀，公路寬敞筆直，一條直線似地向前伸去，直達地平線的盡頭，完全看不到終點。柏油鋪設的道路兩旁也全是空地，先是沿著道路的小片沙礫，然後是大塊草地，還要至少踏過幾百公尺的草地，才是一片片個頭矮小的針葉林，看起來是雲杉（Picea）一類，每棵都是可以打扮成客廳裡聖誕樹的那種大小。杉木林綿延可能有數公里，遠方才看見山坡地，有些較為高大的白樺樹（Paper Birch）散落其中。但看往更遠極遠之處，似乎已經到了大地的盡頭，這才望見巍巍聳立的白頂山峰，從平地直接拔起，直頂天空高處，幾乎要遮去藍色天空的一角。

天氣非常的好，天空也比我們平日感受到的還要高出許多。那其實是阿拉斯加給我的基本感覺，好像所有的東西都「放大」了，平地放大了，山脈放大了，道路放大了，天空也放大了，就是我們凡人「縮小」了，連帶我們開的車子也縮得微不足道，小到好像是滄海一粟飄浮在大洋之中。公路放眼看去，空無一物，我們幾乎看不到其他文明的痕跡。常常要走上一個鐘頭，才會看見一家千篇一律叫「路邊咖啡」（Roadside Cafe）之類的簡餐店。

但這樣的簡餐店也就是我們在路上唯一能夠歇腳用餐的地方了，車子開了兩個多小時，我們終於來到一家長得和其他路邊咖啡店一樣的咖啡店，眾多鐵皮屋頂小木屋為什麼選擇了它？因為我的旅遊書上說它「提供公園高速路上最美味的吉士漢堡」。

我們坐下來，舒活蹖曲在狹小車廂中的筋骨，留著鬍子穿著牛仔褲的性格老闆笑吟吟跑出來點菜，菜單上沒有幾樣東西，不外是自家製漢堡、吉士漢堡和雙層吉士漢堡之類，大家胡亂點了一些東西加上咖啡之類的飲料。但一次十個人走進這家路邊餐廳，也讓老闆手忙腳亂，拿出來的東西掛東漏西，整整過了快四十分鐘才把大家點的東西搞定，這位名叫傑克的老闆已經滿頭大汗了。

「傑克，你的店一年開幾個月？」我問他。

「四個月，從六月到九月。」

「不開店的時候你也住這裡嗎？」

「不，我住在費爾班克斯，我只有在旅遊季節才在這裡看店。」

「路上的客人多嗎？」

「很難說，有時候車子開過去沒人停下來，有時候一來幾十個人，我們簡直要忙瘋了。」

「沒有開店的其他月份，你都在做些什麼？」

「我有一座農莊，我養馴鹿，那是我的正業。」

唉，這就是阿拉斯加，食物雖然乏善可陳（連咖啡都有一點煮過久的疲態），人倒是挺親切的，聊聊天時你會發現他們各有來歷，也許都還有更多的故事可以挖掘。但，我們只是停下來喝杯咖啡，吃個充飢簡餐的趕路人，更多的挖掘似乎是不可能了。鮑伯・狄倫（Bob Dylan, 1941-）的歌詞不就說：

再一杯咖啡要上路，
再一杯咖啡我就走……。

大夥兒車子再開，一樣的開闊風景，行行復行行，大約是下午接近三點的時光，我們終於來到丹納里國家公園的入口。

投宿到國家公園入口幾公里外一家有點簡陋的木屋旅館之後，我們立即前往國家公園的遊客中心去確定第二天的入園巴士。

「你們沒有預定入園巴士，我的名單上沒有你們的名字。」遊客中心一位面容嚴肅的中年女子告訴我一個晴天霹靂的消息。

「但是為什麼？我明明在網路上預定了呀。」我一面氣急敗壞地說，一面從書包裡掏出我印下來的網頁確認函。

「那只是確認我們收到你的預約申請，但我們是以電郵再確認你的巴士座位，我們在第二天就發出電郵，告訴你我們已經沒有任何巴士座位。」女子面無表情地說。

「你的意思是我根本沒有訂成我們的入園巴士？」我簡直不敢相信我的耳朵。

「是的。」

由公園管理處經營的入園巴士是僅有的入園旅遊方式，公園裡根本不容許任何私人交通工具進去。雖然公園也有容許徒步遊覽的方式，但那只限極小的面積範圍，也必須事先預定，由專業導遊帶你入內，現在也不可能預定了。

同行的Vicky在美國居住多年，是捍衛權利最積極的人，她看我一副不知所措的模樣，忍不住在一旁開口了：「嘿，你聽著，你們網頁上設計一個讓人誤以為完成預定的程序，而你們發出電郵通知時我們已經離開家門，我們當中大多數飛行了幾千公里來阿拉斯加，再開了幾百公里路來到這裡，然後你就告訴我們沒有巴士位子，這樣就了了嗎？」

Vicky的聲音逐漸提高起來：「你來看看這張單子，如果是你，你不會覺得已經訂好位子了嗎？如果是你從太平洋那一端飛來，最後有人說：對不起，我們沒有位子。你可以接受嗎？」

中年女子臉色開始有點不安：「是的，這的確是不好，但我真的沒有辦法，我明天的巴士已經全滿了，每一班都是。事實上，即使是後天，我也是全滿了，沒辦法，這個季節就是如此。」

「你難道一點辦法都沒有？你要讓我們回去，對阿拉斯加感到大失所望？」

Vicky顯然是嗅到一點變化的餘地。

中年女子雙手相絞，眼神飄浮，好像在想些什麼，她囁嚅地說：「我來看看我有些什辦法⋯⋯。」一面說著，她伸手去拿電話⋯⋯。

幾個電話和各種低聲細語之後，本來面容嚴肅的中年女子抬起頭來，臉上終於現出一點笑容：「嘿，大夥兒，我告訴你我將怎麼做，」她像是鬆了一口大氣：「我沒辦法為你們擠出任何巴士位子，但我明天有一位自然學者（naturalist）要進入園區，我剛才拜託她開一輛小巴士，一路載你們到驚奇湖（Wonder Lake）；然而她不能帶你們回來，她必須留在園裡工作；我會找另一位專業嚮導帶你們回來。」她停了一停，又說：「我很抱歉不能讓你們有一位完整負責介紹的嚮導。但我想，小巴士應該比大巴士舒服，時間也比較自由，車上只有你們一群人，路上你們想停，想拍照，想休息，想多看看風景，要快要慢，只要跟嚮導講一聲，她隨時可以配合⋯⋯。」

她聳聳肩，把雙手一攤：「⋯⋯這是我唯一能做的了，我不能再變出什麼了。」

本來已經感到絕望的我，突然聽到天籟一般的佳音，我衝動地跨前一步，握住她的手：「這個安排太好了，這簡直比原來的巴士旅程還要好，我們很感謝你的幫忙，真是太謝謝了⋯⋯。」

放下心中一塊大石，我們心情輕鬆地離開丹納里國家公園口的遊客中心，看看手錶也已經是晚餐時間了。這時候我看見印有「荷美遊輪公司」（Holland American Cruises）的巴士一輛接一輛開進公園口的停車場，心中覺得不祥，卻說不出是什麼原因。等我們再從旅館出來前往餐廳時，我就發現是為什麼。因為我從書中看上的餐廳，門口已經排起人龍。事實上此刻正值阿拉斯加旅遊旺季，公園口的餐廳每一家都大排長龍，我們似乎是沒什麼選擇。

我們排在長得有點離譜的隊伍中，這時候，天色雖然還是十分明亮，卻露出一種詭譎的陰沉暗霾顏色。過了一會兒，下起了淅淅瀝瀝的小雨，我們不得不狼狽地拿起報紙和書本遮擋。就在等待餐廳位子的行列中，我們抬頭看見小雨的形狀與顏色彷彿逐漸起了變化，凝神定睛一望，雨滴開始轉白，下降速度變慢，落地前迎風飄揚，好像跳舞一樣，真的，這是下雪了，阿拉斯加的天氣說變就變，但這是真夏的七月二十八日呀。

排隊排了兩個鐘頭，食物卻出奇的原始與簡單，價格也屬於觀光地區特有的「綁架贖金」式的等級，但我們知道自己是為了阿拉斯加的「原始」自然而來，對於這些沒什麼好計較。吃完晚飯，我們還是冒著小雪，散步去找一條冰河才甘心入睡。

丹納里國家公園入園甚早，說好帶我們入園的「自然學者」約我們六點在門口見，我們五點就都起床漱洗了。六點準時到了門口的停車場，發現滿地都是殘雪堆積，可見昨晚的雪下了一整夜。盛夏時分，看到路邊小草沾著雪花，遠山也白了頭，心理上還覺得有點難以置信。不一會兒，在公園任職的「自然學者」依約前來，這是一位約莫三十餘歲的棕髮女子，帶著一種明顯的學者氣質，但身形健瘦，皮膚晒成紅棕色，知道是經常曝晒在戶外的工作者。

棕髮棕膚的女子咧嘴一笑，露出滿口潔白的牙齒：「叫我蘇珊。我是你們的嚮導員。」

我們坐上她開來的十二人座小巴士，就正式進入丹納里國家公園了。剛進公園時，還有一點人工的建築，大概是公園管理處的辦公室。但再轉幾個彎，視線突然開闊起來，眼前是一個寬廣的河谷，河床上長滿長草和一些矮小灌木，遠方是高聳的群山，沿著河床旁邊一條蜿蜒的無鋪裝黃泥道路迤邐向前。這時候，太陽還不是太強，沾上什麼都帶來一抹金黃色；草地上還都是昨夜留下來的雪花，在陽光照射下將融未融，發出晶瑩的水光。

蘇珊一面握住方向盤，一面指著前方：「從這裡開始，就是公園了。我們要一路開到驚奇湖，距離入口將近九十英哩，估計我們慢慢開，不特別趕路，大概要走五個小時。」

我們小巴士的前方和後方，都有園方的巴士，那些巴士體型不小，應該是用學童上學的校車巴士改裝而來，全部漆成了綠色。巴士較高，也許眺望更遠，但看它們在黃土路上搖擺顛簸，想來沒有我們的小巴士舒服。

接下來的五個鐘頭，卻是充滿驚奇的旅程。我們陸陸續續在公園裡看見各種動物的蹤跡，極地松鼠（Polar Squirrel，或稱 Arctic Ground Squirrel）就在我們車旁的草地上竄上竄下，我們也撞見穿著夏天棕色服裝的極地狐狸（Arctic Fox）大搖大擺走在我們的車輪之旁；在嚮導的指示下，我們也看見在山坡高處徜徉的白大角羊（Dall Sheep），以及在遠方橫越渡河的駝鹿（Alaskan Moose）。

最震撼的經驗來自於棕熊，我們運氣不錯，看到不只一次棕熊。前兩次都是蘇珊提醒我們，山坡上有棕熊，我們抬頭看，果然都看到棕熊龐大的身軀敏捷地在坡地上行動，其中一次看到的還是帶著小熊的母熊。但過沒有多久，冷靜的蘇珊又提醒我們：「左邊前方地上，有極地松鼠。」

我們透過窗戶往下看，果然看見樹林裡的草地上有松鼠蹦蹦跳跳的蹤跡，這時候蘇珊又開口了：「右前方兩公尺，有棕熊向前走。」我們抬頭看，幾乎緊貼著車子，有一隻巨大的棕熊屁股正對著我們，但棕熊冷不防回過頭，振臂往地上一抄，立刻抓住松鼠送入嘴巴，同伴桑妮摀住張開的口，顯然是沒有心理準備目擊這場叢林法則的真實殺戮，她瞪大眼睛驚呼：「牠真的把牠吃掉了，你們看到了嗎？牠一口就把牠吃掉了。」

我們其實都看到了，我們其實也都感受到心理上的衝擊，剛才還在地上蹦跳的活潑可愛松鼠，下一刻就成了棕熊嘴角未曾拭去的一抹血跡，這的確是嚇人的。這也提醒我們，丹納里國家公園可不是什麼人工的動物園，這可是貨真價實的野蠻大地，棕熊也是貨真價實的「野獸」，棕熊可不是領薪水裝可愛的臨時演員，園中上演的可是真實而血淋淋的「生存遊戲」。在這裡，我們才是不相干的闖入者，我們才是偷窺動物真實生活的窺探者⋯⋯。

為了掩飾剛才被血腥殺戮嚇了一跳的我，故作鎮定地問：「棕熊平日都吃些什麼呢？」

「熊都是雜食性動物（omnivore），牠們掠食大型動物，像馴鹿或山羊，也捕鮭魚或獵取其他小動物，像松鼠、老鼠之類的，但當牠們飢餓的時候，牠們也採食根莖類、莓類等植物性食物。牠們食量很大，因為要儲備脂肪冬眠，所以松鼠對牠來說，只是一顆爆米花而已……。」

意思是說，如果牠吃「一包」爆米花，那剛才目睹的那場可愛小動物的殺戮遊戲，一天就要上演好幾百回了……。

再走了一個多鐘頭，薄霧漸漸散了，陽光漸漸變強，草地上的殘雪發出晶瑩反射，有點要不支融化的模樣。遠方烏雲也開了，巨大連綿的山脈露出臉，金色陽光灑在山頭上，最高峰的白頭處抹上一層橘黃，並在其他山峰的白面投下立體的影子。

嚮導員蘇珊驀地把車停下來，伸手指著遠方白頭的巍巍高峰：「你們都看見那邊的山頭了嗎？那就是北美洲的最高峰：麥金利峰（Mount McKinley）。」

她帶著一種興奮的聲調說：「這裡是看麥金利峰的最好角度，你們一定要下來拍一張照片。剛才一路上它都被雲遮住了，現在看得很清楚。昨天我開巴士進公園時，雲層太厚，麥金利峰完全看不見……。」

「這裡不會有熊嗎？」我還掛念著那隻嘴角血跡沒有拭淨的棕熊。

「喔，不會的，這裡是空曠的地方，棕熊看到我們是不會過來的。我把車子停在旁邊，你們拍好照就告訴我。」

我們走下車來伸懶腰，活動一下局促在車廂內的筋骨。這個路口是一個視野開闊的高地，在我們眼前是一整片寬敞的河谷，中央有河水流過，兩邊則是樹草茂盛的濕地，濕地上還可以看見好幾隻踽踽而行的駝鹿。河谷的另一邊，先是升起一片長滿樹林的坡地，坡地之後就是連綿不斷的山脈，山麓上則有冰河的一條條刻痕，山脈背後是更大更雄偉的山脈，表面上則積雪處處，一條條的白色冰河垂掛在其上。再往後看，一座巨大的山峰聳起，最高處是一個有著銳角的白色三角峰，一面的白雪被陽光映照成鮮艷的橘色，另一面則躲在陰影之中，那就是海拔六千一百九十四公尺、大名鼎鼎的麥金利峰了。

登山者常愛說，麥金利峰比喜瑪拉雅山的埃佛列斯峰（Mount Everest，或稱珠穆朗瑪峰或聖母峰）看起來更加崇高壯麗，因為珠穆朗瑪峰的基座是將近六千公尺的喜瑪拉雅高原，而麥金利峰則從七百公尺左右的基座丹納里山脈直拔雲霄，看起來（或攀登起來）都要高遠得多。

我們由嚮導員蘇珊開車帶領著，一路往公園的深處進入，山徑因著地勢沿著河谷東彎西拐，忽高忽低，當視野開闊時，麥金利峰總是在我們左邊，但也有若干時候，我們的視線受到山壁或樹林的阻擋，遠方山脈不復可見。路上我們繼續看見更多的動物，體型巨大的駝鹿和馴鹿似乎最容易看見，棕熊也起碼看到五次以上，蘇珊也很盡職地解釋各種動植物的習性與生態，給我們足足上了一堂極地的動植物課。

五個多鐘頭後，時間已是正午，我們終於抵達公園內的管理園區驚奇湖營地。這裡除了供國家公園管理員駐紮研究之外，也提供遊客住宿和餐飲。但我們並沒有預定任何服務，只在營區內買杯咖啡，就決定回頭上路。

我們向嚮導員蘇珊表明不停留的意思之後，蘇珊立刻進入辦公室連絡，不一會兒，從營區裡走出一位長髮綁辮子、蓄著大鬍子、穿著法蘭絨襯衫和皮背心、戴著一頂大草帽的中年男子，他向我們脫帽致意：「日安，各位。」

我們也向他致意，他點點頭：「你們的回程將由我來擔任你們的嚮導兼司機，我們都準備好要出發了嗎？」

雖然長程的山路已經讓我們的屁股有些疼痛，但我們也看不出在這荒郊野外有什麼停留的理由，我代表大家點頭：「是的，我們已經都準備好要回去了。」

「非常好。」獵人模樣的他也不多話：「大家請上車吧。」

回程的路上景色相同，感受卻不同。一方面太陽變得炙熱，景色看起來有點焦黃乾枯，早上處處可見的地上積雪現在已都不見了；另一方面大概是我們都有點累了，當嚮導員指著山坡地說：「看，那邊有一隻棕熊帶著小熊。」我們只是「喔」了一聲，並沒有很熱衷的樣子。

但當大鬍子嚮導指著河谷說：「那邊有一隻駝鹿向我們走來。」我們定睛向他指的地方看去，只看到空曠的沼澤和矮小的樹林，其他什麼也看不見。

「駝鹿在那裡？」

大鬍子嚮導一面掌著方向盤，一面不很熱切地指向右方的河谷濕地：「在兩點鐘方向的河谷裡，有一隻駝鹿剛剛走出樹林，牠正往陸上走去，我們等一下會在路邊遇見牠。」

我們再度努力向他指示的方向看去，約莫看了幾十秒鐘，終於看到河邊一棵樹下，有一個小小的身影正在緩緩移動；又盯著牠看了十幾秒，那影子愈來愈近，終於看出那的確是一隻長著一雙大角的駝鹿。車子又彎了幾個彎，大概已經是幾分鐘後，我們看見一隻駝鹿走出河床，沿著車子走的道路慢慢行走。我們很驚訝嚮導的準確預言，但覺得還是應該確定一下：「這真的是剛才在河谷裡看到的那隻駝鹿嗎？」

大鬍子嚮導點點頭：「Yap，就是牠。」

「你怎麼做到的？」我忍不住要問：「我們看半天才看到你看到的駝鹿，你的秘訣是什麼？」

「啊，年輕人，」大鬍子嚮導嘆了一口氣：「我是個獵人，我的祖先也是這塊土地上的獵人。你們看到的是一隻駝鹿，看到沒看到沒什麼關係，但我看見的是我的午餐。」說完才得意地笑了起來。

我們這才注意到他的面貌不是白人，他實際上是個阿拉斯加的原住民（雖然從外貌看他極可能也混了一點白人的血統）；他說他是個「獵人」，我們也才注意到他的裝扮的確有「山民」的風格。這下子我們的興趣來了，七嘴八舌問起阿拉斯加印地安人的食物與生活，我們問：「駝鹿好吃嗎？」

「好吃。烤來吃很好，用鹽醃起來的乾肉也好吃。」

奧斯婷身上帶了一大堆零食，現在更開心了：「那你要試試我們台灣人的牛肉乾嗎？也是我們打獵來的。」

獵人眼睛亮起來，用手指捏了一塊牛肉乾放進嘴裡嚼了一嚼：「嗯，這個乾肉真好吃。」

「你們吃白大角羊嗎？」

「當然吃，很好吃的。」

「海豹吃嗎？」

「我們這裡沒有海豹，但冬天食物缺乏的時候，我們會往海邊走，海豹也是重要的食物，生吃最好吃⋯⋯。」

◆

丹納里國家公園的入園之旅，去程與回程心情是大不相同的。

出發入園時，你對國家公園一無所知，路上每一個轉彎，前方每一個畫面，地面上一草一木，乃至於驀然現身、高插天際的麥金利峰，加上不時出現活力充沛的野生動物，樣樣充滿驚喜。

但回程時，路上的景致似曾相識（因為與來程是同一條路，也是僅有的一條路），缺少驚奇；野生動物的突然冒出也好像只是精彩鏡頭重播，不若初次見面新鮮；加上時間過午，陽光直射，地面乾焦，不像早晨那麼滋潤清新；更重要的是，我們已經在車上顛簸超過六、七小時，腰酸背痛，骸骨散裂，再好的景致也難再感到有趣。

反倒是這位獵人嚮導讓我們維持了回程的興趣，我們問起極北地區生活的種種習俗和趣聞，也問及各種關於打獵的技藝與心態，獵人嚮導事實上是一位「冷面笑匠」，他把原住民的生活和哲學，都用誇大和自我解嘲的方式來敘述，讓我們一路上聽得開口大笑，完全忘記了山路崎嶇和舟車顛沛的辛苦。

幾天之後，等我們再回安克拉治，來到一個以保存阿拉斯加原住民文化為使命的「原住民文化村」，雖然展示的文物豐富，各種生活化的表演也很多彩多姿，但還是有著一種悲情基調。比較起來，這位原住民獵人不卑不亢、開玩笑式的描述，反而更讓我對北方原民的生活智慧感到敬佩，也印象深刻。

離開了國家公園，我們都累了，這一趟來往旅程足足走了將近十二個鐘頭，幸虧我們換了一位嚮導員，反而行程解說毫無重複之處，一路絕不無聊。雖然人都累了，可是天色還亮得像白晝，好像也不到該休息的樣子。我本來想帶夥伴們去一家最高級旅館裡的餐廳用餐，到了餐廳才發現它已經被「荷美遊輪」的旅行團給全包了，一個位子也不可得。沒辦法，我只好跑去問櫃台的服務生，一位年輕的金髮帥哥聽完我的問題，面露猶豫神色：「您想要找的是高級料理（fine dining）嗎？」

「是的。」我的口氣堅定。因為幾天來我們已經知道阿拉斯加餐飲水準不高，我的想法是直接訴諸最高級，看看能不能得到稍微像樣的東西。

金髮帥哥沉吟半晌，最後拿定主意說：「如果是fine dining，我告訴您，您要往高速公路回走大約十幾哩，那裡有一家餐廳叫『河鱸』（The Perch），我相信是這一帶最好的高級餐廳⋯⋯。」

我們依言尋到了那家溫馨潔淨的餐廳，也幸好稍等半小時就有位子，「高級料理」當然只是馬馬虎虎，但吃了幾天公路食物之後，看到長得不像芝士漢堡的食物，加上有杯有盤，都算得上是精緻美食了。

第二天離開丹納里國家公園之前，我們先轉去乘坐橡皮艇急流泛舟，也許因為剛下過一場雪，水量太豐沛，急流變成「緩流」，顯得沒有那麼驚險。然後我們又驅車前往以「冰河降落」聞名的小鎮塔基納，趕上在傍晚時分，搭乘兩架小飛機，飛上山巔的冰河。

當晚我們夜宿寂寞小城塔基納，無事可做，只好拿出路上買來的廉價波本威士忌自己開派對。阿拉斯加是美國烈酒銷售最好的地區，在人口七百人的小城裡，我們充分體會它的原因。

再隔天，我們繼續趕路往南，我們再度馳騁在藍天高掛、萬里無雲、鮮少車輛的高速公路上。高速公路有時候讓我覺得比國家公園更能代表阿拉斯加的風情，它的寬廣開敞最能讓人體會自然界的巨大尺幅，並且對照我們的渺小。這一天，路途平和順利，氣候涼爽宜人，我們幾乎是不休息直奔南方，穿過安克拉治也不入城，因為我們的目標是西華德附近不遠處的「復活灣」。

「復活灣」是鄰近西華德的一處僻靜海灘，是學習操作愛斯基摩人卡耶克獨木舟的下水處。車子開到地圖位置的時候，看起來還是一片荒涼，不像是有人營業的地方，但再開一段空無一人的沿海小路，終於看見一間倉庫一樣的鐵皮屋，地上放置一個木頭手繪招牌，看來我們所要尋找的地方就是這裡了。

我敲門進入倉庫，裡面堆滿了獨木舟及各色水上運動用品，有兩位身穿潛水衣的年輕人正在椅子上打盹。我再度輕敲玻璃，吵醒了他們：「請問這是獨木舟的服務中心嗎？我相信我有一個十人的一日遊預約，我在網路上預約的⋯⋯。」

為首一位蓄著鬢鬍的年輕人揉揉眼睛，打了一個大哈欠：「哦，我們正在等候你們。」

兩個人從椅子上掙扎爬起來，走出倉庫，一面打起精神：「你們人在哪裡？」

我指著後方：「全在這兒。」

「但我們通通沒划過卡耶克獨木舟⋯⋯。」我有點不太放心。

「沒關係，這就是你需要我們的緣故。」鬍鬚男一派輕鬆。

兩位年輕人帶領我們走到海灘邊，岸邊零零落落擺了十幾艘獨木舟，舟上則各放了兩支槳。鬍鬚男提高聲音宣佈：「我們要在岸邊先練習，然後再下海。現在，你們先挑獨木舟，看你們自己的喜好，兩個人一艘。」

我們注意看，沙灘上散落擺著的獨木舟有雙座和單座兩種，兩人一艘意味著我們要用雙座的卡耶克。

鬍鬚男又說話了：「挑好之後，兩個人一組把獨木舟抬到前方，在我面前排成一列，我們要開始練習了。」

「我們要先從划槳練起，請你們各自挑選一支槳，雙手握住中央，右手掌心向上，左手手心向下，像我示範的這樣⋯⋯。」

我們就站在太陽底下，旱地之上，手上握著雙頭槳，一左一右地划起來，鬍鬚男教練的聲音持續著：「左、右、左、右，要平穩，慢慢來⋯⋯。」

接著鬍鬚男教練示範如何把小舟「穿」在身上，卡耶克獨木舟強調「人舟一體」，舟上座位其實是個「艙洞」，人必須坐進洞中，洞上有裙邊似的防水膠布（愛斯基摩人本來是用海豹皮來做，但那可能太貴了），你必須把它繫在身上。坐好在艙洞之後，我們兩人一前一後、持槳左右以平均速度同時划動，小舟「理論上」就會平穩地向前行進。

鬍鬚男教練又諄諄提醒：「任何時候你停下來，要記得先把槳橫放在舟上，不要把槳掉了⋯⋯。」

教練面貌嚴肅地繼續講到生死攸關的部分：「如果你不小心落水了⋯⋯。」「如果不小心落水了，請你立刻從小舟中掙脫；」鬍鬚男教練加重口氣強調似地解釋翻船急救的標準動作：「要記得，海水的溫度低於零度，我不能下水救你，我只能從旁邊協助你回到舟上⋯⋯。」

「⋯⋯常有人落水嗎？」我心中充滿疑慮。

「我在這裡十年了，十年裡落水事件一共發生過兩次。」

十年兩次？我們大家都鬆了一口氣，放心地下水出發了。

五顏六色的玻璃纖維獨木舟航行在海灣中，此刻風景如畫，空氣清新涼爽，海水則乾淨冰冽，我們也已經慢慢適應了划船的節奏。蔚藍的晴空中有老鷹展翅盤旋，海灣對面則有巨大的遊輪航行經過，甲板上的遊客興奮地向我們揮手歡呼，我們也舉槳回禮。我們的阿拉斯加旅行這一刻似乎是來到高潮，這般猶如風景明信片的景致，這般貼近大自然身心皆醉的經驗，我覺得自己好像來到將信將疑的美夢之中，忍不住要伸手摸一摸冰冷的海水確定這一切確屬真實。

慢慢地划船的動作已經變得自然而輕鬆，一點也不費力，沿著海岸我們不知道划了多久，景觀有過多種變化，岸邊不知何時已經換了布景，陡峭的大塊岩石和高聳的杉木林代替原來低緩的鵝卵石沙灘，樹蔭更密了，野生動物也變多了，各種鳥類更是一抬頭就可看見。

兩位獨木舟的年輕教練各駕一艘單座的獨木舟，細長流線型的船身，看起來極為優美動人，他們的划槳動作也輕柔不費力，輕輕在水面上一劃，那獨木舟就直溜溜滑得老遠，看他們划船的模樣，我才相信這種愛斯基摩人卡耶克獨木舟真的是可以航行千里，從眼前的復活灣一路向西航向白令海峽，或者向東航向首府朱諾（Juneau），小舟過了白令海還可以北上赴俄國或北極，或者向東至朱諾後你可再一路划向南到西雅圖，極地原住民不就是以這一葉扁舟，航遍極北冰海，在北極圈內自在生活？

兩位教練一在前一在後，把我們這些菜鳥舟手護衛著，一開始教練還指著天空說：「禿鷹（Bald Eagle，正確的譯法應該是白頭海鵰）！」或指著岸上說：「駝鹿（Moose）！」或者指著水上的冰塊說：「海獺（Sea Otter）！」我們也跟著抬頭、轉頭，果然空中或樹梢是一隻白頭巨鳥，岸上是長著一對大角的龐然大物在樹蔭中探頭探腦，或者躺在冰塊上晒太陽的，就是一隻或好幾隻觸手可及的海獺。但過了一段時間之後，教練也不出聲導覽了，我們也不轉頭了，因為太多了，一而再再而三，這些野生動物不斷出現，你也了然於胸，再無需別人解釋或指點了。

好像是過了很短的時間，也好像是過了很長的時間，太陽的威力減弱，我們知道時間應該是晚了。划船走在前方的鬍鬚男教練若有所思緩緩把獨木舟停下來，轉身面向我們，他把槳橫在舟前，他說：「我知道你們還想走，我也很不願意打斷你們的興致；但我們的時間真的已經到了，我們回頭吧，回頭還有一兩個鐘頭呢。」

我們當然也知道黃金事物難久留，這種身在美麗畫片的美好經驗終究還是要散去，成為不可捉摸的記憶的一部分，這已經是我們學到的人生真相。但另一個讓我們沒有抗拒這個提示的理由是，我們的臂膀已經隱隱酸痛，美麗景致快要不能抵擋衰老肉體的提醒，這也是我們已經學到的人生真相。

隨著教練一前一後的護駕，我們全員轉頭回程，仍然走在海灣的蔭涼面，太陽更斜了，樹影面積更大，微微有風，回程比來路加倍舒適。我們開始有說有笑，數舟並行，隔水可以聊天，每隔一會兒，總有某個人講了笑話，大夥兒都放聲大笑，聲音就在海灣岸上諸多岸洞中發出很大的迴響。

我們依稀是識得來時的水路，看來離下水處不會太遠了。頑皮好動的桑妮突然說：「回去之前，我們來賽個舟如何，看看誰先划到我們下水的地方？」

此議一出，大夥兒同聲贊成，也許大家划船已經上手，都想試試自己的技藝如何吧？我們把提議告訴鬍鬚男教練，教練裂嘴而笑：「好哇，為什麼不？你們試一試，說不定會給你們留下美好的回憶。」

教練還挺身而出，自告奮勇指著水面說：「你們全都在這裡一列排好，我在前面給你們出發的手勢。」

我們對照岸上的樹木，五艘小舟整齊地並排成列，舟頭認真對成一直線，大家手持著槳呈凍結的姿勢，像是即將拔槍對決的槍手。教練來來去去巡視獨木舟是否對齊，然後划到前方遠處，倒轉頭來說：「大家聽我的指揮，當我說走的時候，你們就用力划。」

教練左手橫槳，右手高舉，猛然劃下，大聲叫道：「走！Go!」

我將已經僵直多時的雙頭槳向左下用力撥水，小舟像箭矢一樣向前直衝，但我先聽到潑喇一巨響，又聽見旁邊有人驚呼，向左急看，我看見一團混亂場面，左邊另兩艘獨木舟已經打橫；這時候教練黃色流線型的細獨木舟飛快前衝，瞬間已經來到打橫的船邊，我才又看清楚其中一艘小舟是翻轉過來的，這意味著有人落水了。

要等到好幾分鐘後，我們才有機會弄清楚，因為賽舟的緣故，我們全部同時用力划水，水波震盪，最外圈的小舟受到最強的波浪激盪，當場就翻覆了。最外圈的船上坐的是游教授和他的太太Vicky，兩人顯然是落水了。這時候，兩位教練都已經趕到，游教授和Vicky也浮出水面，正扶著船身喘。緊接著，我們好像在複習「翻船急救標準流程」的課程，我看見教練協助落水者把小舟翻正，兩位教練再穩住船隻，要落水者爬回舟中，游和Vicky顧不得動作優美，落水狗式地爬上船，教練從袋中掏出兩隻杓子，兩人拼命將舟上的海水舀出；教練又拿出黑色套頭衣服將他們套上，也遞給他們補充熱量的巧克力棒⋯⋯。

教練回頭看著我們，面貌嚴肅：「現在我們要儘快回到岸上，一秒都別擔擱，但不要太用力划。」大家聞言有點慚愧，覺得自己頑皮過頭了，弄得生命危險的情況都發生了。

我們低著頭默默地划著小舟，回頭看到游教授和Vicky沒事人一樣有點發窘地笑著。慢慢我們知道沒事了，而且下舟處已經近在眼前，忍不住我們又想開起玩笑，不知誰先開口：「嘿，游教授，巧克力棒好吃嗎？」

另一個人也開口了：「嘿，我們付了一樣的錢，為什麼你們兩個人又有巧克力棒，又有保暖的衣服？」

「對呀，我也想跳下水看看……。」

嘻笑聲中，下舟處已經到了，我們的獨木舟之旅是要結束了，可是我們還真不想結束呢。

京都覓食記

身穿和服的女將跪在榻榻米上，一面優雅地遞上冰涼的毛巾，一面在桌上布置折敷、箸置與筷子，一面還和顏悅色地問道：「詹樣是第一次來京都嗎？」

「喔，不，來過很多次，」但我很快感覺答得不太準確，忍不住又加上一句：「但是，距上次來已經超過十年了……。」

「已經十年了啊……。」和服女將蹙眉淺笑著，跟著我的回答輕喟了一聲，也不知道是什麼意思。

她的喟嘆是在委婉輕責為什麼我如此怠慢京都嗎？連我想到自己已經這麼長時間沒有拜訪京都，都會暗自吃驚。像我這樣的日本旅行常客，十年來進進出出日本已經不知道多少回，什麼鄉下地方也都摸索去了，就是沒有來到京都，好像刻意迴避一樣，這究竟是怎麼回事？

也許較年輕時期的我，急急忙忙想知道世界變化前進的溫度與方向，優雅沉靜的京都並不特別吸引我，時刻翻新的東京可能更合我的胃口。而當我想尋找一個休息逃避地方之際，山上無人的鄉間或海邊荒涼的漁村可能更符合我的心境，京都對我來說，又太繁華也太巨大了；京都太穩定太持久了，有時候反而讓我不著急，總覺得別急，晚點兒再去，老一點再去，京都總會是在那裡的⋯⋯。

但就在前一次東京出差時，我抽空來到書店，照例我會買幾本短期內有可能會造訪之地的旅行書，連我自己都感到驚訝地，我竟然挑了兩本與京都相關的旅行書；顯然某種「京都蟲」已經再度蠢蠢欲動，「老一點再去」的承諾已經追討上我，我開始想念起京都來了。回程的飛機上我翻閱著買回來的其中一本書，名字叫做《京都美食：目前受歡迎的好吃店》（昭文社，2011），看著一家一家京料理餐廳，看著那些擺設猶如藝術精品一般的菜餚圖片，讀著每一家餐廳與廚師的來歷與歷史傳承，內心悄悄有了決定，如果短期未來有機會再訪日本，京都將會是我的選擇⋯⋯。

時間沒有太久，我又有了出差的理由和假期的機會，這一次就選在關西機場入境，然後乘坐火車直奔京都。在京都車站我搭乘一輛計程車前往旅館，計程車司機見我講日文，很開心地跟我聊起天來，我卻發現這些年在東京路上學來的日文完全變了樣，司機的京腔日文我簡直難以辨認，常常慢了一拍我才想起這是什麼句子，有的句子就乾脆完全聽不懂。下了京都的第一回合交手，我就經歷了一個挫折。

住進旅館之後，我不敢再冒險，抄好餐廳的名字請櫃檯經理幫忙訂餐廳。第一個想訂的餐廳是祇園的「琢磨」，只見經理小姐對著電話頻頻點頭說：「這樣子嗎？這樣子嗎？明白了，但還是很感激。」才抬起頭充滿歉意說：「他們今天已經都滿席了⋯。」

這正是我擔心的事。我在書中看見有意思的京料理餐廳，很多都是一個吧檯，十來個位子，城中稍有客人動念就訂滿了，何況這是一個週六夜晚呢。我拿出另一張紙條，說：「請幫我再試試這一家好嗎？」

經理小姐很驚訝於我的「準備充分」，她看著紙條帶著一點猶豫神色，立刻打開電腦查詢，我在一旁解釋：「是一家新餐廳，去年才開的。」

這家餐廳名叫「京和食かもめ」（Kamome，也就是鷗），引起我興趣是登在書上的一張美不勝收的料理圖片，圖片的說明說那是套餐料理中的「前菜之一例」，一片木板當做盛皿，板上舖著竹葉和楓葉，明顯處擺著一個燒得焦紅的魚頭，環繞著魚頭擺了多款精緻小菜，說明表列說這道菜裡有：「西京味噌的抹茶田樂、京水菜的おひたし、紅葉鯛的鹽燒、石川小芋的きぬかつぎ、秋鴨胸肉、鮎的甘露煮等等……。」抹茶田樂是綠色的，上面塗的味噌是黃色，秋鴨切開還帶著粉紅血色，小芋頭帶著紫色，京水菜是翠綠色，組合起來簡直是一幅畫。

內文講到這家餐廳與廚師的來歷，主人大廚寺原未央，先是在京都名料理店修業多年，現在與太太兩人出來開這家小店，每天晚上只有「主廚套餐」（おまかせコース）一種，集結當日新鮮食材由老闆主廚施展，從先付、椀物、生魚片到烤物、炸物和炊飯一共十道菜，價錢才四千日元。比起其它有名沒名的懷石料理動輒一萬五、兩萬，這個低價令人不敢置信，也是讓我心生猶豫、沒把它擺在首選的原因，但比較貴的餐廳沒訂到，這家座位更少的小餐廳能不能訂到呢？

經理小姐查過電腦，說：「的確有這家餐廳。」隨即撥了電話，接通後很客氣說了一大串話，又點頭說：「這樣子嗎？明白了……。」聽起來凶多吉少，恐怕也是沒有位子了，我暗自嘆了口氣，準備從口袋拿出第三張紙條。只見經理小姐此刻捂住話筒：「他們今天沒有位子了，但明天還有兩個位子，您要考慮嗎？」

我喜出望外，說：「當然好，當然好，請幫我訂下這兩個位子。」

只見經理小姐又蹙眉點頭：「這樣子嗎？沒有人能用英文解說嗎？」

我一旁聽著急了起來，趕緊用日文插嘴說：「大丈夫，日文是可以的。」深怕小餐廳不肯接待不講日文的客人。

旅館經理嚇了一跳，瞪大眼睛，對著電話說：「びっくりしました（嚇了一大跳），這位客人突然講起日文⋯。」

我只好解釋說：「我可以聽，可以讀，講就比較下手。」

經理小姐又捂住話筒說：「他們說沒有菜單，只有兩套套餐，四千元和六千元，您要那一種？」顯然我讀的書已經又有一些變化，套餐已經發展為兩套了。但既然有心試試大廚的手藝，何不慷慨就義呢？我痛快地說：「就來六千元的套餐吧。」

有沒有不吃的東西？他們可以特別安排。「我們什麼都吃，日本料理也是很喜歡的，沒有問題，都照Chef的意思。」

需不需要安排交通？或者提供地圖？京都人真是太週到了，但我什麼都不需要，只要給我訂好的座位，我就會準時出現啦。

第二天的晚餐已經有了著落，但第一天還沒有。我已經急著外出，看看睽違多年的京都景致，特別是想往寺町一帶走走，看看那些老店還在嗎？至於晚餐，那就看逛街逛到何處，時間到了再來想辦法吧。我把書本帶在身上，準備停當就離開旅館了。

這是秋日期間一個週末下午，京都城裡熱鬧非凡，說是有「文化祭」，到處有穿著短裙制服的年輕女生唱唱跳跳，像AKB48團體一樣，音樂放得震天價響，完全沒有沉靜古都的氣氛。好像全世界的文化活動都走到這條路上去了，文化祭放棄古都文化，「夢想家」也破壞了夢想……。

◆

我們從「京都御苑」附近由北往南走，才過了「烏丸御池」就覺得遊人增多，大概是傳統上遊行旺季的秋天，電車和店門口已經貼滿紅葉美景的廣告海報，雖然我們一片紅葉也沒見到。走到麩屋町通，看見「柊家旅館」和「俵屋旅館」的招牌，也看見許多餐廳的招牌。附近一帶已經變得觀光化，各種小店修飾得精巧可愛，賣些高級精品；令人意外的是，巷弄裡多出了許多義大利菜和法國菜的西式餐廳，門口有菜單，也強調喝紅白酒的選擇，果然古都裡的新流行事物是有些不同了。

信步走到三条通和河原町通交界，也就是牛肉老鋪「三島亭」的所在，卻被附近商店的喧囂和洶湧的人潮嚇了一跳。比起從前對京都沉靜優雅的印象，眼前這一切有點讓人懷疑自己來錯了城市。在「三島亭」門口，看見穿著白色制服的工作人員，好像在招徠客人，我突然想起一本書，京都女插畫家中村由紀在她書《京都三六五日，生活雜貨曆》中寫了一段描述：「（一月三日）在一年的開始，造訪從明治六年就佇立在寺町三条的壽喜燒老店三島亭。穿過焦糖色的走廊，走下扇形梯，進入看得見中庭的包廂。欄間上紅葉繁麗，梅花鹿翩翩起舞。在朱紅色的六角形桌就座，店裡招牌的紙燈籠造型筷架立刻被擱在眼前。以筷子便能輕易劃開的甜辣肉片在口中融化，眼角也跟著垂下，我細細咀嚼這無上幸福的一刻⋯。」

中村由紀說她每年初始，一定到「下鴨神社」祭拜許願，然後到「三島亭」吃壽喜燒，彷彿可以因此有了心想事成美好的一年。但這段關於「三島亭」的描繪實在太視覺化了，焦糖色的走廊、扇形梯、朱紅色六角形桌、紙燈籠造型箸置、筷子劃開牛肉、因為美味而眼角垂下的女子⋯，令人彷彿身歷其境。但此刻我就站在「三島亭」門口，我的美食導遊書又說它有兩百個座位，我何不去試試我的運氣呢。

我走到白衣白帽的服務人員面前，問他現在已經開始營業了嗎？他慌不迭地鞠躬說嗨：「⋯客樣的名前？」我說：「並沒有預約。」白衣人面露難色，再度鞠躬：「但是啊今晚，全部滿載了。非常抱歉。」

時間才傍晚五點半，但兩百個座位已經一無所剩，可見它的熱門程度。雖然位於逛街人川流的街市，老店仍然保持它的氣質，餐廳樓下一角設有肉舖，陳列著大塊粉紅色的高級牛肉，我看見好幾位客人指著牛肉和切肉師傅商量，顯然是要買菜回家，過度觀光的環境裡仍舊還有一點家常的氣息。

隨著人流再往下走，來到四条附近，天色已暗，但人更多了，大概是晚上用餐的時間到了，行路艱難，簡直已經是摩肩擦踵的地步。索性過了四条大橋，往祇園走去。

我在書中讀到祇園一家吃鰻魚飯的名店，說它的烤鰻魚師傅中川清司已經被認為是人間國寶，鰻魚吃法也特別，把飯和鰻魚放在杉木桶中，吃時再盛裝到碗中，稱為「鰻桶」，聽起來就頗有風情。我又查閱了一下路上書店新買來的米其林美食指南，發現它也名列一顆星名店，可見美味是受肯定的。只是星級名店常常訂位不易，這家「鰻桶屋」又是只有二十個座位的小店，我這樣隨便走進門，有機會得到歡迎接待嗎？

但就像媽媽從小對我說的：「驚驚袂得等。」害怕就得不了獎，退縮者吃不到好吃的鰻魚飯，為什麼要事先打退堂鼓呢。我內心給自己打氣，一面逕往祇園奧內的花見小路通走去。「鰻桶屋」的地址就在花見小路的巷子裡，巷子裡倒是幽靜雅致，家家戶戶都在門口地上點起白色燈籠，步道灑上水，光影明暗錯落有致，行人卻一個也無。

很快就找到「鰻桶屋」，門口一個立地的白燈籠，暖簾上寫了一個象徵鰻魚的「う」字。「失禮啦！」我一面招呼，一面掀簾推門而入。「嗨，歡迎。」一位少婦模樣的女主人身穿棕色工作服和藍色圍裙、頭上綁著藍色頭巾，站在門口鞠躬相迎，門口一旁就是開放廚房，白衣白帽的大廚正站在那裡升火，木炭嗶嗶剝剝地響，不時還冒出火星，傳說中的「人間國寶」皺著眉，正眼不瞧我們一下，好像對著炭火生氣的模樣。我心虛地問：「很抱歉，我們沒有預約，不知還有沒有座位。」

女主人哈腰把手一比：「請上樓，樓上是座敷，請隨便坐。」我們脫了鞋走上木樓梯，眼前是一個約莫十來疊的榻榻米，擺著四張矮桌，桌子旁整整齊齊擺了四個坐墊，一旁還有一個布簾，簾後有一張桌子，放了四張椅子，既充當個室，大概也給不適應坐榻榻米的客人使用。但町家風情的和室內，空蕩蕩的一個客人也沒有，不知道是生意不好，還是時間未到，我們挑了靠角落一張榻榻米矮几坐下來。

到了「桶屋」，當然應該吃「桶飯」，但「桶飯」有三人份、四人份和五人份，我們只有兩個人，但如果點一人一份的鰻魚飯又覺得太正常平凡，有點不甘心，決定還是要了一份三人份的桶飯，我又叫了兩合（360cc）清酒，但沒敢再點其他菜了。事實上菜單也就是鰻魚飯，加上「鰻魚蛋卷」和「烤鰻魚肝」兩種下酒菜，其他什麼都沒有，這是專業鰻魚飯店的正統。菜單中說另有「鰻魚套餐」，但必須前一天預定。

不一會兒，酒先來了，裝在一支復古的玻璃瓶裡，瓶子冰得沁涼，冷酒也冰得很透，一小口酒入喉，就對店家的細膩用心有好印象。但鰻魚桶飯就等了頗長時間，等得我的酒都快喝完了。終於，「桶飯」來了；那是白杉木做的扁形桶子，一邊有握柄，桶內因為長期使用已經有點淺淺的醬油色澤；桶子內裝滿了飯，飯上則蓋滿蒲燒鰻魚，一共是三條鰻魚，烤成了肥碩的六大段。

我們都先盛了一碗，放上一大塊鰻魚，灑上一點山椒粉；我先扒了一口飯，嚼了幾下，甜味一下子漫了開來，觸電一般，這下子知道「人間國寶」是怎麼一回事了，這極可能是我吃過最好吃的鰻魚飯中的「飯」。

那飯當然有醬汁，但師傅已經把醬汁和飯完全拌勻，每一粒米都裹上淡淡的棕色，深淺一致，光澤晶瑩。入口時米粒軟濡，甜鹹適口，醬油中有鰻魚油脂的香味和甘旨，應該也有糖，但甜味自然順口，好像天生就應該如此。

再試一口鰻魚，忍不住要停下筷子嘆氣贊賞。那鰻魚是江戶式的蒲燒，先用木炭素烤，再蒸，蒸透後浸醬汁再烤。因為蒸過，所以軟嫩鬆化；又因為烤過，不但沾滿木炭香氣，也把鰻魚身中的油脂烤出來，油脂再和醬汁混合，成就那充滿油脂甘甜的味道⋯⋯。

三人份的「鰻桶」實在是太多了，即使是另外盛入碗中，兩個人也必須各自吃完三整碗鰻魚醬汁飯，和一條半又肥又大的鰻魚，因為那是整整三條鰻魚的份量；而我自己，已經超過十年，沒有一口氣吃三碗飯了⋯⋯。

鰻魚飯，也許不像京料理或懷石料理，是那種可以表現廚師「十項全能」廚藝的多彩盛宴，至多只能是一種「單項賽事」的專門家。但在日本覓食的經驗中，單項技藝的精彩演出，常常讓人回味再三，低迴不已；所謂「匠」的精神與意旨，不只呈現在日本的傳統工藝上，事實上它也清楚呈現在「傳統美食」之上，每當你以為單一美食最高境界不可能超過如此，總有新的經驗能讓我再度驚艷。

在這次「鰻桶屋」之前，我曾經享用過印象最深刻的鰻魚飯，來自於日本山陰地方松江市的宍道（Shinji）湖畔，那是一家開業超過一百三十年的「曾田樓」，我曾寫文章嘲笑並贊歎它鄭重其事拿上來的菜單裡，其實只有「鰻魚重」一道，但堅持使用野生鰻魚讓我見識到鬆化和結實口感如何並存，炭烤鰻魚的滋味更是古雅悠長，令人多年難忘。但今天在京都祇園遇見的「鰻桶屋」，卻讓我感覺更勝一籌；這些尊重傳統、精益求精的美食技藝，國寶級師傅長年只做一件事，精緻程度著實令人吃驚。

我有時候會在這種時候聯想到台灣所謂的「小吃美食」。台灣小吃當然是祖先的智慧產物，是地方食材與飲食文化的協奏演出；台灣有幸傳承了閩南飲食文化的精髓，加上山海食材豐富，更有大江南北文化的衝擊匯流，因而擁有了傲視周遭的「小吃文化」特色。但這些年來的台灣小吃，往精緻化發展固然也有，我看到更多的則是「速食化」與「粗糙化」，「今不如昔」的情況比比皆是；最大的問題，可能在於求速成以應付大量需求的敷衍態度。生產求速，所以有些麻煩步驟就省略了；服務求速，所以塑膠袋、保麗龍就上場了；週轉求速，顧客的舒適感受就不管了。

我不太相信這樣的「小吃文化」有什麼前途，政府官員和民意代表的吹噓，只是造就人們的自我感覺良好，最後竟然就相信台灣可以「擔任」世界的「美食之都」（巴黎、東京或香港成為美食之都，並不是沒有理由的），或者想要把

「台灣小吃」拿去申請登錄聯合國「無形文化遺產」，或者外國媒體沒選到台灣小吃為世界美食排名就生氣跳腳，這些都是井底之蛙和夜郎自大的心態與舉動，其實是可憐可笑的。

台灣的小吃當然是珍貴的遺產，但當務之急，是先確保從業者不要「亂來」（小吃業者也要有集體意識，了解自己才是維護傳統的關鍵角色），要確保傳統「工序」，以及它應有的食材與成份（食材生產的傳統也要一併確保）。精緻化的方向在於對小吃「工藝」的精益求精，以及在服務細節上的追求講究；用紅色塑膠紙當桌布，以及用保麗龍碗盤當餐具，不太可能把台灣小吃帶上世界美食的地圖，而小吃業者的便宜行事（一位基隆著名的大廚就曾經抱怨「廟口小吃」的攤商沒有人肯自己煮飯了，他忿忿地說：「飯都是買來的，還有誰會有特色嗎？」），更是沒有未來的自毀行為，生意興隆的夜市不是就被「宅神」朱學恆痛斥「千篇一律」嗎？

我在台灣覓食的經驗常常是慘痛的，逯耀東教授說的「已非舊時味」常常是我覓食後的悲慘結論，「台灣美食」一詞顯然是需要有人當頭棒喝的，而不是大家靠攏取暖。哎哎哎，我講到那裡去了，台灣的美食前途干我什麼事？這明明是朱振藩、韓良露、葉怡蘭和胡天蘭等美食家的工作，我只是一位「出門訪古早」

的覓食者與腹飢者，這些話是輪不到我來說的。

在京都祇園一家舊日町家的鰻魚飯老店，卻讓我見識到日本廚師的藝匠精神，僅有的簡單炭火蒲燒鰻魚，味道幽微細緻，器具古典優雅，吃後不能不贊歎。付完帳我走下樓來，看到老闆大廚還站在炭火面前，滿臉嚴肅，細心地翻轉竹籤上的鰻魚。我走過去向他致意：「非常美味，真是御馳走了。」老闆聽了，嚇了一跳，連忙雙腳並攏：「非常感激。」女主人也連忙趕到門口：「非常感激，請一定再來。」

第一個晚上有了意外的驚喜，但也許也不是意外，畢竟這是一家連「米其林指南」都給了星的小餐館，水準高應該是意料之中，但它的價錢和路邊一般的鰻魚飯店一模一樣，工作與服務態度又是如此謙遜低調，這倒是令人意外。如果這是臥虎藏龍的京都美食的水準，可就讓我對第二個晚上的京料理充滿期待，我前面不是才說，單品料理猶如單項運動，注重「起承轉合」的全套料理才是真正給大廚施展多元才藝的「表演型式」。

第二天晚上時間到了，冬天夜黑得早，天上也下著雨，我決定走路前去。等我們七轉八折找到狹小的巷弄時，身上已經溼得有點狼狽。進了門，我報上名字，說明是前一天由旅館代為訂位的，這家名為「京和食かもめ」的餐廳顯然已經做好準備；進門處迎接我們的是一位看來只有二十歲學生模樣的年輕女子，她一面接過我們的溼外衣，一面親切地笑著說：「我叫京子，可以說一點英文，有什麼事情請直接吩咐我。」

脫鞋上了房間，我們被領往吧台，餐廳很小，一目瞭然。榻榻米上的一邊是吧台，吧台內就是廚房，幾位白衣白帽的廚師正忙碌著；吧台共有六個座位，有兩個位子已經坐了客人，吧台椅子底下是空的，可以伸腳和放東西。吧台後方是座敷，有兩張小桌子，各別只能坐兩個人，已經都有客人在桌前喝酒；前方有一個相連看得見的房間，有一張大矮桌，可坐六個人，但還是空的；後來我又看見有客人從後方上樓梯，可見樓上還有房間，看起來也能容納六個人，總共大約是二十二個人的位子。

但餐廳裡的工作人員可不少，吧台內有兩位廚師，還有一位廚師或助手隱身在廚房內裡的房間，隨時應大廚的吩咐拿出材料或高湯鍋之類的器皿。外場看得見的有四位，一位站在吧台後方指揮，穿著顏色美麗的全身和服，臉上化著正式化妝，年約三十來歲，應該就是店中的靈魂人物老闆娘；兩位穿著淺黃工作服，帶著學生式的稚嫩模樣（包括剛才招呼我們的京子），另外還有一位年輕男子，瘦削模樣看起來像是個中學生，跑堂似地端酒端菜，服務較遠處的桌子。

我們在吧台位置坐下來，站在我們面前是一位看來有點太年輕的廚師，正專心一志為一個方盤子擺盤，看到我們，他立刻停下來，說：「歡迎，今天晚上由我來為您服務，我的英文不好，但我會盡力，請見諒；兩位想要喝點什麼嗎？」

年輕廚師一面鞠躬寒暄，向我們致意，問及想要的飲料，但手中的動作並沒有停下來，他的面前放了十來個方型陶盤，他正小心翼翼用鐵筷子把各種小菜擺放在盤中。

環顧左右，吧台左邊的客人正在喝啤酒，有一位年紀較大但也不過三十來歲的廚師一面工作，一面與他們輕鬆聊天，聊天的話題是關於京料理的種種特徵，可見客人是外地來的「食家」，廚師應該就是書上說的店主寺原先生了；我們身後座敷席上兩張桌子各坐了兩名客人，男性似乎都在喝清酒，女性好像喝的是果汁之類的飲料；我還在想怎麼回應年輕廚師問的：「兩位想要喝點什麼嗎？」

我遲疑地說：「想喝點冷酒⋯⋯。」

我之所以說「遲疑」，是因為從前讀過名演員奧田瑛二寫的一篇文章，文章劈頭就說：「居酒屋，是一場勝負⋯⋯。」

為什麼坐到酒店的吧台上竟是生死決鬥一樣的「一場勝負」呢？他說，如果你是店裡的常客，來到吧台上，吧台廚師問你：「今天想喝點什麼？」或者：「跟平日一樣嗎？」

你一開口回答，就「門戶洞開」、一無遮攔了；你要的是什麼樣的酒，你就被歸到「某種品味」的人，更糟的是你如果回答：「就來老樣子吧。」你就被歸到「一成不變」、毫無創意的老頑固，你都會讓廚師看輕了，他對付你也就漫不經心；奥田瑛二說，要激起廚師的敬意與「鬥志」，你應該沉吟半晌，回答說：「嗯，今天想來一點不一樣的⋯⋯。」

這樣，球就丟回去給廚師；吧台裡的廚師就必須提出「建議」，他提出某個推薦的酒名，就輪到他「門戶洞開」，露出底線；如果推薦的酒不怎樣，你可以說：「喝過了，老套了，來點新的吧。」如果推薦的酒不錯，你可以不經心地點點頭：「好吧，我就來試試你的推薦⋯⋯。」這樣，評斷權還在你手上，廚師非戰戰兢兢不可⋯⋯。

我當然沒有日本人那麼龜毛，也沒有那麼愛面子，更沒有被陌生廚師看輕的心理負擔，「勝負」決鬥也不需要一定佔上風。但想到奥田說的，你一點酒，廚師就會據此評價你，這的確有點壓力，何況我對日本清酒的理解淺薄，顯然是一點勝算也沒有的。

一抬頭，我看到廚師背後的櫃子裡擺著幾種清酒，有台灣容易看見的名酒如「八海山」和「獺祭」，也有不曾聽聞的酒，其中有一升裝的大瓶酒，酒標看起來很傳統，上面寫的是「英勳」兩個大字，我忍不住指著它問：「那兩個字要怎麼發音？」年輕廚師面露驚訝：「這個嗎？讀做 Ei-Kun。」他把櫃子裡的大酒瓶拿下來湊到我面前。

「Ei-Kun？英勳，是怎麼樣的酒？」我一面看著酒瓶前後的標示，一面充滿好奇。

「這是我們京都伏見地區藏元的酒，這一款是本釀造酒，辛口，屬於濃醇酒，熱喝冷喝都可以，你要試試看嗎？我可以倒一點讓您嘗嘗……。」

「不用試了，請先幫我冰兩合吧。」我心想，既然是「本釀造」等級，一般不會太貴，不像「大吟釀」或「古酒」，不小心會喝到打破荷包的價格，料亭裡看不到價目表，有時候是危險的。

「是的，馬上為您準備。」廚師一面鞠躬，一面向旁邊的和服老闆娘示意，美麗的老闆娘也立刻鞠躬，表示聽到了。她轉身從冰箱裡拿出一個看起來像是不鏽鋼或錫製的酒器，把大瓶英勳酒注入，又把酒器放入一個冰桶，最後，在另一位女服務生的幫忙下，再把酒器中的酒注入青色竹製的「德利」之中；這時候，竹製德利表面浮起一層白色霧氣，可見是冰得很透了。

服務生走過來，在玻璃酒杯裡為我們斟上酒，我拿起來先喝了一口，發現辛中帶甘，口感極佳，香氣到嘴裡才沁開來，酒也冰透了，入口先刺激了尚未進食的味覺，味蕾彷彿都甦醒了。

年輕廚師這時候遞上一小缽，說：「這是先付。」

「先付」是供客人下酒的小菜，通常是全餐料理的第一道。小廚師進一步解釋說：「今天是松葉蟹和葉菜的涼拌。」

小缽裡一層綠一層白，還有一些黃色菊花點綴，顏色非常漂亮；筷子挾起來送入口，冷洌的觸感讓精神為之一振，隨即感受到蟹肉的清甜以及水菜的柔軟與香氣，再飲一口酒，發現兩者搭配可讓彼此甘甜味都增強了一些。

這時候，我看見年輕廚師匆忙把面前其中一個方型陶盤當中的蝦子拿掉，換上一塊肉凍似的東西，然後把方盤放在我們面前，露出靦腆的笑容：「這是八寸。您注文的是不一樣的套餐，等一下另外會有蝦子，我必須換一個。」

「八寸」就是前菜，也是下酒的小菜集錦，通常是用當令的山珍海味材料，做出各種滋味的多彩演出，這幾乎是評斷廚師本事的一道料理，事實上，我就是看到這家餐廳一個「八寸」的照片，才被吸引來的。

我看著方盤之內，整整齊齊擺了七樣小菜，其中一個是有蓋的小缽；打開蓋子，小缽裡是生湯葉（豆腐皮），其他在盤子裡還有一隻風螺、一塊柿餅、一片煎蛋、一貫醋醃鯖魚壽司、一小塊飛魚卵，另外那個看起來像肉凍的東西原來是各種秋天的菇類連高湯一起做成的蔬菜凍。

七樣東西，七種做法，七種味道，雖然是一道菜，其實是七樣耗時耗力的功夫料理，我一面配著酒下筷，一面感到暗暗驚奇，這家餐廳的廚師，真的是有本事的料理人。

然後是熱騰騰端上來的「御椀」，也就是進入正式大菜之前的湯品。清雅透明的金黃高湯上，浮著細細像米花一樣的小顆粒和一些細碎的綠葉子，底下則是一塊白身魚肉，我問：「這上面一粒粒的東西是什麼？」

「那是麩，京都的麩。」年輕師傅回答說：「底下的魚肉是鰆魚（Sawara），現在正是季節。」

那塊鰆魚先在炭火上烤過，沾滿炭火的香氣，置於碗底，高湯才一注而下，立即端上，魚肉還是脆的，時間拿捏得恰到好處，再晚一點就會被湯汁泡軟了。小顆粒的麩則有的脆有的軟，增加口感上的趣味，高湯則也非常高雅，一點點三葉菜切細撒在湯上，發出淡淡的青草香氣⋯。

湯汁溫度很高，入口燙舌，我輕輕吹氣，小口小口啜飲著，湯面冒出薄薄白煙；在這深秋雨夜寒氣沁人的時刻，啜飲美味熱湯就感覺有一種日本人愛說的「小確幸」。這就是坐在吧台的好處，廚師完成料理作品，立即端上，湯水溫度和湯中烤鰆魚的脆度都是最佳狀態，如果由吧台再端到房間的座席，溫度已經略降，魚肉也因浸水過久而變軟，食客對這道「御椀」的評價可能就不大相同了。

這也解釋了日本很多出色的料理餐廳都以「吧台」為中心，全部座位往往只有十來個；幾天之後，我在大阪訂到一家米其林三顆星的日本料理餐廳「太庵」，寬敞的現代和風餐廳裡共有十六個座位，十二個在吧台，都是黑色皮椅，座位之間空間餘裕，另有四個座位在吧台正後方，隔成一個開放式的小房間，大廚做菜可以看見全部的客人，狀態一目瞭然，重視廚師與食客之間的親密關係，這大概是日本料理的精髓了。

接下來出的菜是「造物」，也就是當日的生魚片。不同於下酒菜「八寸」，廚師事先準備好東西，並且一次在盤中擺好，伺機端給客人；但處理好的生魚片卻放在木盒置於冰櫃中，大廚確定出菜時機（他一面和客人聊天，一面用視線餘光看到我們用完湯品，並由服務生取走空碗），才取出現切，手腳俐落，不消一分鐘，切魚連同擺盤已經完成，即刻奉上，一盤色澤鮮美誘人的生魚片就呈現在我的眼前。

生魚片共有五種，前方是兩片厚切的青魽腹肉，後方是兩片鰹魚和兩片帶油脂的鮪魚赤身（應該是接近中腹的位置），左邊靠蘿蔔絲的地方，底下是兩片鯛魚，上面則疊起一丘海膽，顏色赤黃相間，一問之下，果然是用了赤海膽和馬糞海膽兩種。入口之際，發現生魚片水準極高，簡直是妙不可言；時值深秋，海魚已經肥美，主廚挑的青魽、鮪魚和鰹魚，都是富於油脂之物，魚肉的旨味正在高峰，海膽的強烈味道又有能力蓋過魚肉脂肪，而混合馬糞海膽的香氣和赤海膽的甜味也是料理人的巧思；吃完節節高昇的旨味之後，淡泊雅致的鯛魚白身彷彿讓你味覺甦醒，可以預備接受下一道料理，這生魚片的安排也真是費盡了心思。

緊接著生魚片上來的是一道奇特的料理，那是一道豆腐模樣的東西，上頭淋上細切蔬菜的澆頭，年輕廚師看我正在好奇打量，開口補充解釋說：「這是自家製的起司豆腐。」

果然，那豆腐模樣的東西口感比豆腐綿密很多，而且有一點淡淡的奶味，蔬菜澆頭則讓起司的油膩感盡去，頗有意思。我本來不是很喜歡在擁有悠久傳統的料理中突然冒出「非傳統」的食材或烹調手法，但這道菜的處理保持了京料理的細緻優雅，感覺不壞。事實上，當今日本料理名廚，用到法國菜技法的已經非常普遍，我讀「嵐山吉兆」大廚德岡邦夫（創辦人湯木貞一之孫）的食譜時，就看到高湯變果凍、蓮耦做薯片的例子，可見求新求變本來就是廚師的天職，關鍵在於吸收各國技法、食材的同時，是否仍保有傳統料理的味覺系統。

按照本格懷食的做法，「一汁三菜」是其基本，也就是說，不管端出多少道料理，當中「椀物」（湯）、「造物」（生魚片）、「燒物」（燒烤料理）和「煮物」（燉菜）應該做為骨幹。這道起司豆腐看來似乎是代替「煮物」的意思（蔬菜澆頭是多種蔬菜燉煮而成），因為在此之後，我並沒有看見任何可以代表煮物的東西。

或者不是？因為緊接下來，我又看到並不傳統的料理型式。上來的新一道菜用了一個長盤，盤裡盛放了多樣東西；中央最顯著的是一塊烤魚，那是浸過醬汁的鰆魚，陪襯的是兩根先浸湯汁再烤的青辣椒；我又看見廚師把兩隻明蝦摘除頭和一大朵舞茸一起放入高湯川燙，同時也把蝦頭烤得又焦又脆，也擺進盤中；燙好的明蝦和舞茸澆上一種類似荷蘭醬（Hollandaise Sauce）蛋黃醬汁，旁邊再放上一塊小芋頭和半個糖心蛋。這到底是燒物還是煮物？盤中烤的有鰆魚、蝦頭和辣椒，煮的則有蝦身、舞茸、芋頭和糖心蛋，有點像是把燒物煮物一起端上，這當然不是正統的做法了。

不正統好像也不打緊，味道倒是非常精彩，沾附帶甜醬汁的鰆魚滋味與口感都與湯中那塊素烤的鰆魚不同，但烤辣椒更精彩，表皮烤到焦黑起泡，沾附一點高湯醬汁，焦香甜美，微辣多汁，好吃得不得了。大朵舞茸沾上荷蘭醬也有獨特滋味，從前我只知用荷蘭醬來配水煮白蘆筍，沒想到用來配合味道細緻的蕈類也這麼對味，下次真該在家裡自己來試試。

但這道「雙拼料理」最大的問題是份量「失控」了，吃完這道菜就感覺完全飽了，事實上盤中兩隻明蝦已經有點讓我食不知味，現在又看到廚師正把大塊大塊的某種材料下入油鍋，心裡暗暗著急，我們這種飽和狀態要怎麼對付後面的「揚物」（油炸料理）和「食事」呢？

油鍋裡的材料炸得滋滋作響，時間也長得出奇，我看不出那是什麼東西，如果那是海鮮類（譬如魚肉或鮮蝦），似乎是要炸過頭了，但大廚好整以暇，一點都不著急，繼續和客人聊天，好像忘了一樣。又過了一下，廚師才回頭，用大勺把油鍋中的物件快速撈出來，放在瀝油的鐵盆中，又等了一會兒，再在炸物上灑上若干粉末，才開始裝盤。年輕廚師把盤子端到我們面前，說：「這是海老芋。」

所以這是芋頭，難怪要炸這麼久。但聽到是芋頭，又看到盤中每人兩大塊，益發覺得吃不下，勉強舉筷試了一口，卻發現口感又鬆又綿，非常好吃，忍不住三口兩口把它吃完了，炸物不油不膩，也很見功力。

這時候，大廚面前一個砂鍋冒出陣陣白氣，好像又有東西要出爐了。只見廚師把砂鍋抱離爐火，放在吧台上一個盤子上，讓它繼續嗚嗚的冒氣，似乎是還要再燜一下。和油炸料理一樣，燜熟過程比想像還長，一直等到我開始懷疑大廚是不是忘了的時候，大廚突然打開砂鍋，白煙冒出，一陣香氣立刻充滿整個餐廳。大廚快手快腳先用飯匙挖鬆炊飯，然後一碗一碗快速盛出，年輕廚師立刻端了一份放在我的面前，說：「這是松葉蟹炊飯，不夠還可以再添。」

同一個時間，服務生立刻端上來一個漆碗和一碟醃漬物，「食事」裡的飯、醬菜和味噌湯就到齊了。螃蟹炊飯的香氣無法抵擋，京都的「漬物」高雅細緻，連簡單的紅味噌湯也滋味不凡，剛才的飽脹感不知怎麼搞的已經不見蹤影，連年輕廚師問我要不要再添飯，我竟然還點頭說好呢⋯⋯。

一頓飯吃下來，超過兩個小時，也已經接近尾聲，最後送上來的甜點，是秋季當令的甜柿和自家製的起司慕思（類似Ricotta似的新鮮起司做成的柔軟蛋糕），並且奉上熱茶，為全餐劃下句點。我環顧左右，餐廳後來全坐滿了，好像除了我們兩人吃的是六千圓的套餐以外，其他食客全部是吃四千圓的基本套餐；而兩種套餐的差別很小，我們的生魚片多了兩種海膽，燒物煮物當中多了兩隻明蝦，「八寸」當中換了一個香菇菜凍，其他完全相同，事實上大部分的精華和高潮都是一樣的。而在動輒一個套餐一兩萬圓起跳的京都料理界裡，竟然還有這麼謙遜價格的料理店，令人覺得不可思議。當然所出的料理並沒有用到鮑魚、龍蝦、河豚之類的高價食材，但在有限的預算裡，大廚也用到松葉蟹、寒鰤、鰆魚、秋柿等當令材料，又能佐以高明適度的手法，引出食物本身的真實美味，讓整餐飯高潮起伏，驚喜連連，真是物超所值的意外發現。

這個時候，用餐已到終曲，顧客陸續起身結帳，大廚與老闆娘也走出門外開始送客。我們也酒醉飯飽，對用餐過程感到心滿意足，請服務生來結過帳後，我們也穿起衣服，掀簾走出門外；大廚和老闆娘在門口鞠躬，口中稱謝。我走過去跟大廚握手說：「今天幾乎每道菜都好吃，真是御馳走了。」大廚寺原先生突然面露靦腆之色：「真的嗎？真是太感謝了。先生是從裡來的呢？」

「我們從台灣來，第一次來到您的餐廳，希望下次有機會再來。」

「無論如何請一定再來。」兩人在雨中一次又一次鞠躬，我們也無意乘車，冒著雨，就從巷子裡轉個彎往旅館方向走了。

年輕的時候我在京都旅行，對京都料理的印象其實是不好的。一方面可能是捨不得花錢，大概找到的都不是什麼厲害的餐廳；另一方面也可能毫無認識，覺得「懷石料理」好像是吃盤子、吃氣氛，吃不出什麼道理，空有擺設，毫無滋味，甚至也有吃了十幾道菜而沒吃飽的情形。但當中隔了十年，我來去東京和其他地方，恐怕又有幾十回；這段時間，因工作機會日本朋友漸多，大家請客吃飯，見識略廣，對懷石料理的精神與路數得聞一二，開始有一點概念，也漸漸看出並吃出一點樂趣。

這次再回京都，重新感覺到京料理的精深傳承，像「京和食かもめ」這樣一家歷史不長的小餐廳，價錢不貴，廚師還在為知名度與認同度奮鬥，每天兢兢業業為二十個座位的客人努力，希望在大京都料理界找出一席之地。但這樣的餐廳就有這樣的水準，可以想像京都美食的競爭與縱深，也可以想像它的江山代有才人的盛況。

雖說如此，第二天我轉投宿在號稱「京都老三家」之一的「炭屋旅館」，晚餐吃到的懷石料理卻遠不如「京和食かもめ」小餐廳精彩。「老三家」的另外兩家「柊家旅館」和「俵屋旅館」也許較好，但那是秋天紅葉季節，另兩家旅館都早已訂滿，只有「炭屋」還有房間，等我們入住時也已經客滿，身為以服務著稱的老三家之一的炭屋，連服務上都顯得有點局促而潦草，讓我頗為失望；他們的料理我在這裡就不談了。

離開京都之後，我選擇了前往「賢島」，目的也是為了一場美食追尋，這個選擇可能有點出人意表，不過背後也有一個書呆子的「長故事」可講。

多年前我曾經讀楊怡祥醫師的著作《世界第一美食》（舊版2005，時報；新版2010，元神館），對其中一段描述頗覺得心情激動。在楊醫師的大作裡，把兩樣料理（鮑魚和龍蝦）的「世界第一」，都判定給了志摩半島一家旅館的附屬法國餐廳ラメール（La Mer）。這個判決有點奇怪，世界最好的某種料理，竟然不在東京、不在巴黎，而在地處鄉下的某個日本人的法國餐廳，聽起來當然覺得匪夷所思。但楊醫師在此書中的「狂言」不只一端，有些話乍聽像是胡言亂語，細思之後卻是醍醐灌頂，這使我覺得某家餐廳是世界第一的奇特判決，應該認真對待。

譬如說，楊醫師在書中的「狂言」之一，是他說紐約沒有世界一流的餐廳，語出驚人，恐怕眼高過頂的紐約人也不能忍受。他更認為堪稱世界美食之都的城市只有東京和巴黎，中間僅有香港可以頂得半邊天。說話說得這樣斬釘截鐵，缺少圓融轉圜，不免讓很多人生氣兼不服氣；可是敢說如此大膽言論的人，不是有點無知白目，就是見解獨特而不流於俗。我有點傾向相信他是後者，我看他的生涯經歷頗為不凡，不僅愛吃能吃，也捨得吃，知有覓食之處，乘坐長途飛機也特地前往；他是巨商名人邱永漢之甥，又曾留學日本，有幾篇寫到日本美食文章，都提到是經邱永漢先生的介紹，可見他的經驗別有淵源來歷，不是普通人的一般見識。

我與楊醫師不曾謀面，雖然身邊有好友蘇斐玲與他極熟。但當我讀到他的書中說，位於賢島的「志摩觀光旅館」所屬法國餐La Mer的主廚高橋忠之是「日本排名第一的大廚」，就連「法國三星米其林主廚都甘拜下風」，又說高橋忠之每天早晨必收聽「漁況速報」，「了解黑潮流軸位置，決定當天的菜色」，這種近乎武俠小說的描寫，對愛讀書的人最為致命，我也讀過難忘，總想像有一天如果行經志摩半島，一定要去朝聖嘗試。

時光蹉跎，等我想到京都離賢島不遠，已經是多年以後，我上網一查，高橋先生早已退休了。但我又查到旅館，得知餐廳仍然保存傳奇，強調餐廳菜單仍保持高橋舊制，志摩近海產的黑鮑魚與伊勢龍蝦仍是他們的經典菜色。我又在日本部落格中讀到食家爭論高橋大廚的成敗功過，一位高橋的粉絲慷慨辯護說：「我知道高橋先生重汁味濃的法國料理，在當今強調輕食養生的風氣下已經不符潮流，但在我心目中，高橋先生的法國菜才是真正好吃的法國菜⋯⋯。」

夠了，夠了，讀到這裡我已經下定決心，雖然哲人已遠，楊醫師的描述可能已經景況不再，仍然值得前去探訪，試試高橋先生留下的美食傳統是否仍有遺跡可尋。我在網上找到旅館的預定之處，選擇了最昂貴的晚餐搭配，那是一個集合當地頂級食材於一爐的「志摩黑鮑、伊勢龍蝦、松阪牛肉三大食材套餐」，就等待我前往現場一辨真偽。

在「炭屋」住了兩夜之後，離去之際，穿著和服的內將笑容可掬地問：「今天詹樣預定前往何處呢？」

我說：「今天，Kashikojima ikimatsu（要去賢島）。」留下瞠目結舌的她⋯⋯。

◆

坐上前往賢島的近鐵志摩線火車，那是一段約莫兩個半小時的直達車程。賢島位於志摩半島的南端，面對志摩半島三個海灣之一的英虞灣；英虞灣在地形上是代表性的リアス式海岸（ria coast，中文又譯做溺灣或谷灣），海岸上升淹沒河谷形成各種岬角和大大小小的浮島，是生產珍珠的著名基地，名牌Mikimoto的養珠場也在這裡。正因為這種特殊的海岸環境，讓附近海域盛產龍蝦、鮑魚和牡蠣；而著名的日本「海女」也出自於此，海女以天然方式潛水，捕捉鮑魚、蠑螺，並採集海帶等水底食材，是傳統的海上「風物詩」景觀，自古吟詠者多，小說家三島由紀夫的作品《潮騷》，背景舞台也就在附近海上的島嶼。

車程的前大半段幾乎都是山路，經過的是昔日的伊賀古國，伊賀山區也正是傳說中的「伊賀忍者」修習藏身之地，看著一站站掛著伊賀冠名的小火車站地名，很難不發思古之幽情，但列車繼續前進，還要經過更引人遐想的「松阪市」。沒錯，雖然松阪也是戰國時期的古城舊跡，但今日我們口口聲聲說的「松阪牛肉」也指的就是此地。

在楊怡祥醫師的書中，提到世界第一的牛肉料理時，也提到松阪一地，更提到松阪市內知名的牛肉餐廳「和田金」；和田金餐廳的歷史超過百年，擁有自己的牧場，供應最頂極的霜降牛肉。在這裡，關鍵不是烹調手法，而是牛肉本身。我上網看到和田金的菜單，不外是牛肉的基本吃法：包括涮涮鍋、壽喜燒、網燒、鹽燒和牛排，並沒有其他特殊的手法。但書中有一句動人也嚇人的話：「東京的松阪牛料理店價格約貴兩倍，但肉質卻無法與和田金相提並論，只能說是用和田金切剩的肉來形容⋯⋯。」

只有他們家的牛肉才是真材實料，其他家的牛肉都只是「切剩的」，這句話太嚇人了，忍不住讓人想「中途下車」一探究竟，但⋯但我不能這麼做，這樣就沒完沒了，you can't win them all，我此行的目的是來追尋高橋忠之的legacy，並且確認一位書本作者的「可靠性」，我要專心一點，在這個「荒郊野外」專心尋找一家風華不再的傳奇餐廳，尋找一位已經退出舞台的法國料理大廚，我的成功機會已經微乎其微，我不能再節外生枝了⋯⋯。

我的腦中想著讀過的書上的種種描述，想像即將面對的「真相」，周遭的風景快速後退，綠蔭山路不知何時已經變成蔚藍海岸，時間過得很快，我已經即將抵達賢島。

季節不對，旅客不多，五六個遊客魚貫走下火車，我也尾隨而出，出了月台就看見有司機模樣的穿制服男子，手上拿著「志摩觀光旅館」的牌子，顯然是來迎接客人的。事實上拿牌子的人不只一人，我看到的有三人，拿著不同旅館名稱的牌子，遠方則停著漆有不同名稱的轎車或巴士，都是來接客人的。我走向持「志摩觀光旅館」牌子的工作人員，報上名字，他深深一鞠躬，接過我們的行李，領我們走向小巴士，顯然他的目標沒有其他客人，等我們坐定，司機毫不猶豫就發動車子出發了。

日本旅館所謂的「送迎」服務，通常儀式與尊崇超過於實質的交通，因為距離一點都不遠，不到三分鐘，繞過港口一條蕭條的商店街，轉一個彎，我們已經到達旅館的大門口了。

門口另有鞠躬迎接的工作人員，都穿著西式旅館制服，他們接過行李，領我來到櫃台辦理入住手續；櫃台經理效率也很高，應對也很禮貌得體，沒幾分鐘手續就辦好了，很快的我們就進住到房間。

在這一段過程裡，工作人員衣著整潔，態度親切有禮，但大廳裡沒有其他客人走動，空蕩蕩地有一種說不上來的淒涼之感。真正進到房間，那種衰頹之感才迎面撲來，房間沒什麼不對，就是「舊」了並且「簡」了，或者說，房間陳設的概念已經舊了，反而不如新開的普通旅館，而古典優雅的部分卻簡化也俗化了，只要換掉舊東西的部分就都是廉價品，那就連撐住老式豪華都做不到了，這就有一種挽不回年華老去的頹勢的感覺。

我有一點像是來到十年前台北的「圓山飯店」，或是二十年前的上海「和平飯店」，你知道她曾經風華絕代，也有蛛絲馬跡讓你彷彿看見那些黃金歲月，可是你又看見上流客人已經散去，她現在掩不住的皺紋、龜裂、發黃、褪色⋯⋯，更糟的是，她好像自己不太知道，或者是她撐著面子不想承認？

「志摩觀光旅館」曾經是日本天皇每年來到伊勢神宮祭祀時下榻的「御宿」，也是小說家山崎豐子（1924-2013）筆下《華麗一族》的舞台，她自己也愛投宿這家旅館，旅館的昔日風華其實是不難想像的；我自己後來在旅館閒逛時，就在旅館一角發現了一個山崎豐子的特展，敘述作家山崎與旅館多年之間的纏綿糾葛，但那個展覽角落昏暗蒙塵，乏人問津，倒過來變成旅館處境的某種寫照了。

旅館本身不是沒有往前走的，事實上，在更靠海的不遠處，「志摩觀光旅館」現在有一家更豪華氣派的新旅館，所有房間都是有房有廳的面海套房，面積超過二十坪，索價是老旅館的兩倍，新餐廳仍叫 La Mer，有了一位新的女主廚，菜單也是全新的，保持高橋忠之舊制的舊餐廳如今反而改叫 La Mer Classic 了。旅館因為有了勇敢的大投資，維持新旅館的豪華感變成它的重心所在，舊旅館不免於自然規律，終究要漸漸凋零。

也許這些滄桑感都是多餘的，也許一切只是季節不對、缺乏遊客而已，我走到港邊小城，街上缺少人蹤，商店多半是關門的，有少數開門的，貨架寂寥，慘不忍睹，就連賣珍珠的，理當要擺出一種闊綽的奢華，才好賣出奢侈品的價格，但不知怎地這些珍珠店也像鄉下的雜貨店一樣，昏暗雜亂，即使有遊客，恐怕也難吸引人進店。

港口有供遊客巡覽海灣的觀光船，我們買票上了船，船上倒還有十來個客人，有幾位是外來觀光客，但多數似是本地人。船隻在英虞灣繞行一周，中間還停靠一個小島，讓你參觀養珠、製珠的過程，一旁兼賣各種毫無吸引力的珍珠製品，只是遊客太少，表演者和販賣者都顯得有氣無力，草草了事，連虛應故事都沒力氣了。

這些無精打采的觀光活動，對我來說並不見得掃興，反讓我看到觀光產業比較不「表演」的那一面，有時候真實得像齣令人看得津津有味的荒謬劇，更何況，我是為了La Mer Classic的「古典晚餐」而來，為了追尋大廚手藝的鬼魂而來，其他並非重點，不是嗎？

◆

好不容易熬到晚飯時光，想到是老派的法國餐廳，覺得還是應該盛裝前往，旅行中沒什麼像樣的衣服，但起碼穿上了有領子的襯衫和西裝上衣。到了餐廳，服務生的確是正統正式的燕尾服加黑領結，餐廳大堂挑高，有水晶吊燈，一派老式的奢華。

年輕的服務生領我們到座位，圓形餐桌鋪好粉紅桌布，已經擺好餐具，包括高腳玻璃杯、酒杯，以及白色餐盤與銀色刀叉。坐定之後，頭髮灰白的中年經理前來送上菜單，菜單是我原先在網路上已經事先訂好的，餐廳鄭重其事把它列印出來，我真正要做的事只是點酒。酒單中的選擇並不算多，以法國酒為主；但因為我們的主菜有海鮮、有牛肉，我就選擇了半瓶白酒、半瓶紅酒，選的都是法國勃根地的酒。

特地為我們印製的菜單用金色絲帶綁起來，打開之後，全部內容是這樣的：

Menu

車海老・伊勢海老の冷製コンソメとともに（Crevettes en Gelee de Langouste）

鮑のステーキブールブランソース香草の香り（Ormeau Sauce Beurre Blanc aux fines herbes）

伊勢海老クリームスープ（Bisque de Langouste au Cognac）

伊勢海老アメリカンソース（Langouste a l'Americaine）

松阪肉トルヌードステーキマデラ酒のソース（Tournedos “Matsusaka” Madere）

デザート Desert

コーヒー Café

雖然內容讓我充滿期待，我又有點擔心這不是一分「平衡的」菜單，因為前菜和湯都用龍蝦做材料，主菜當中又有一道龍蝦，不知道會不會太重複，或者根本變成了某種「龍蝦全餐」，儘管大廚高橋先生的拿手絕活正是龍蝦料理，但那並不是我想探訪的原意。

白酒點的是William Fevre的夏布利，侍酒者冰好送來之後，打開讓我先試，雖然是半瓶裝的酒，侍者的服務也是一絲不苟，溫度也恰到好處，一開始就有好印象；喝了一口酒後，首先我們就吃麵包，竹籃中用白布包著的麵包是熱的，桌上一碟形狀優美的奶油則是上好的法國奶油，麵包有點牽就日本人的口味，做得比較鬆軟，但仍然是夠水準的。好餐廳應該有的基本動作，它是過關的；我內心也偷偷鬆了一口氣，千里迢迢跑來一家傳奇廚師已經離開的餐廳，畢竟不會完全沒有收穫⋯。

然後端上來的是菜單上沒有的Amuse Bouche，也就是法國廚師習慣給顧客驚喜的「一口開胃前菜」，服務生解釋說今天的開胃小點是用志摩當地產的番薯做的，磨成細泥狀放在一個像試管一樣的長型小杯中，顏色淡黃，上面加了一點鮮奶油和一片薄荷葉。用小湯匙舀來吃，薯泥細滑，帶了一點甜味，但不會太甜，相當雅致，但也說不上多厲害。

緊接著菜單上的正式內容要登場了，首先是前菜「龍蝦高湯凍及明蝦」，桔黃色的高湯凍舖在白色金邊的湯碗中，湯凍上擺著幾片艷紅的明蝦肉，再飾以幾葉綠色香草，色彩十分誘人。前菜用湯匙來吃，入口之後，冰冷的高湯凍即刻化開來，龍蝦湯汁的甘甜和氣味也隨即充滿在口腔之中；我想這道菜的重點應該就是龍蝦高湯，明蝦肉似乎是用來增加口感上的變化，不至於太單調，但滋味全被龍蝦搶走了，明蝦已經不起作用。然而散落在最上方的幾片香草葉，每一葉都是不同的香草，倒是每一種都與湯凍結合出不同的味道，效果上顯然是更加重要。

高湯凍撤走之後，聞名的志摩黑鮑就要上場了。這道料理的正式名稱是「鮑魚排佐香草奶油醬汁」，白色瓷盤正中央有一整隻裙邊黑厚的鮑魚，身上與盤底沾染一點綠色醬汁，沒有任何其他配菜。

鮑魚約莫拳頭大小，用餐刀輕輕一劃，鮑身就切開了，可見非常軟嫩。切下一小塊，放入口中，鮑肉應齒嚼開，雖然柔軟卻仍有新鮮鮑魚的抵抗力，不像乾式鮑魚那樣熟爛，隨即展開的是淡淡的奶油味夾雜著檸檬香氣和隱隱的白酒酸味。這味道非常細緻高雅，層次也複雜，的確是我吃過的最意外好吃的鮑魚料理，至少我覺得比起廣式鮑魚強調高湯吊味、糖心口感要有意思得多。

我曾在網路上尋得這道菜的烹調方法，新鮮鮑魚川燙後除殼去內臟，鮑身放入大口鍋中與大量的水、鹽、蘿蔔和香草束（bouquet garni）同煮，這裡的關鍵據說是蘿蔔，與蘿蔔同煮是鮑魚軟熟的訣竅，鮑魚在水中要煮到三小時，這時肉質已經柔軟了。取出鮑魚置冷後，拍上麵粉在平底鍋中煎至兩面焦香，再加白酒與檸檬汁進烤箱保溫，上菜時再淋上香草奶油醬汁。

正在回味獨特的鮑魚料理，緊接著端上來的是「龍蝦干邑濃湯」。龍蝦湯也是盛在白色金邊的湯碗裡，橙褐色濃湯上面有一抹鮮奶油，白色鮮奶油卻有焦糖布丁那種燒灼痕跡，帶著一點焦香味道。舀一匙濃湯來試，龍蝦殼腦的強烈濃縮香氣和甘甜當然不用多說，細細品嚐則發現滋味複雜，難以形容；相形之下，過去嚐過的龍蝦濃湯都太簡單了，幾乎就是小學生與研究所的差距。

這道享譽三十年的龍蝦湯據旅館自家說的作法是這樣，他們一次煮一百人份的蝦湯（一百人份也是美味的關鍵），先用大量的龍蝦殼、龍蝦頭和大量的鮮蝦在鍋中用澄奶油同炒，炒出膏狀的「龍蝦奶油」（伊勢海老バター），這時候再加入白酒、香草、蔬菜與米同炒，略炒之後再加牛肉清高湯和蕃茄清湯（tomato purée）同煮，靜煮的時候要時時翻攪，避免沾鍋燒焦。比較有趣的是，為什麼烹煮法式濃湯要用到「米」？

餐廳提出來的理由是為了增加湯的「濃度」。當一個湯叫做Bisque的時候，通常是指萃取了甲殼類海鮮旨味的極濃湯，濃度幾乎就是「美味」的等同語，甲殼與米同煮，鮮味不會被稀釋，米卻能增湯的黏稠度，湯汁因為還經過「過濾」程序，最後在湯中並不會看見米粒，這是餐廳裡常用的手法⋯。

喝了層次複雜、滋味不尋常的龍蝦濃湯，緊接著出場的就是被楊醫師書中稱許為「世界第一」的「龍蝦料理」；我當然已經無緣嚐到高橋忠之親手調理的龍蝦料理，更難有機會享受書中描述的「不在菜單上」的龍蝦對切舖滿黑松露的傳奇菜色，但我的菜單上的「龍蝦佐美國醬汁」（Langouste a l'Americaine）也是高橋大廚自創的經典料理，在「志摩觀光旅館」已經風靡食客三十年，也是我十分期待的經驗。

美國醬汁龍蝦端上來，銀蓋掀開，純白瓷盤正中央擺著一隻對切的龍蝦，身上淋著鮮艷的紅褐色醬汁，除此之外別無任何裝飾與配菜。龍蝦大約是手掌張開的大小，據說是高橋大廚的堅持，他認為龍蝦最好的大小是兩百公克左右，再大就容易纖維變粗變老，肉不夠嫩，此刻盤中的龍蝦正是這樣的大小。

但我對「美國醬汁」一無所知，回家之後查詢資料，才知道這是法國料理的經典醬汁之一。「美國醬汁」據傳是法國廚師皮耶・傅雷思（Pierre Fraisse）在一八七〇年所創，當時傅雷思在美國芝加哥客座為廚，友人深夜來訪，他臨時以手邊食材泡製醬汁，做出一道龍蝦料理，友人詢問料理名稱，他遂以自己客寓美國為名，把這道龍蝦料理命名為「美國風龍蝦」（écrevisse de mer a l'américaine），從此這個醬汁就被稱為美國醬汁。

當時傅雷思做此醬汁時，原本用的材料是是龍蝦殼和各色細切香草入鍋先炒，然後再加魚高湯烹煮，過濾後再加龍蝦頭裡的膏黃同煮，並加入鮮奶油；後來其他廚師製作醬汁時，則加入洋蔥、蕃茄、甜椒粉以及白酒、白蘭地、奶油同煮，追尋更濃郁、更細微的醬汁風味。

高橋忠之的醬汁就是自己改良的做法，他先取龍蝦殼連同蝦頭、蝦膏用奶油炒香，萃取蝦膏精華，再加入細切香草繼續同炒，然後加入白蘭地、白葡萄酒與蕃茄清湯熬煮濃縮而成；調理龍蝦時，選生猛厚實的兩百克龍蝦對剖為二，先用澄奶油煎煮，殼下肉上，龍蝦肉只淋奶油加熱，勿使過熟，殼變色後再加美國醬汁同煮片刻即起，放進保溫盤中端上。

我用刀叉將龍蝦肉剜出，切開小塊沾滿醬汁送入口中，龍蝦肉將熟未熟，軟嫩無比，醬汁則極濃郁，有奶油的滑潤與白蘭地的香氣，更有濃得化不開的龍蝦膏滋味，但又帶了一點蕃茄酸度，顯得清爽不膩，的確相當高明。

在大部分時候，我並不喜歡西式料理裡的龍蝦，通常被烹煮過頭，蝦身老硬，調味又多以奶油、起司相佐，容易肥膩飽脹；亞洲人料理龍蝦則清爽許多，火候也比較得宜，可以在入味同時仍保持肉質軟嫩；我甚至覺得龍蝦沙西米可能是最好的選擇，完全不烹調，只用清酒略為清洗，讓蝦肉帶有淡淡酒香，蝦肉取出後更要先放入冰水中浸泡一下，使蝦肉收縮緊實，吃起來既有脆彈口感，又有新鮮龍蝦肉的清甜。

但並不是料理過的龍蝦都不好吃，我有幾次在義大利吃到的「龍蝦麵」就極好吃，龍蝦殼與蝦頭連同蕃茄煮成醬汁，滋味濃郁甜美，肉身則切段與麵條拌在一起，只不過這好吃的龍蝦麵關鍵在於混合蝦膏熬成的醬汁，使得麵條無比鮮美，有沒有蝦肉反而不是要緊的事。

「志摩觀光旅館」的這道「龍蝦佐美國醬汁」就有這個意思，醬汁既濃郁又清爽，蝦肉保持單純鮮嫩（兩百公克的青春肉體可能也有貢獻），結合醬汁則鮮甜可口，使得整道菜令人驚喜於它的美味，又不覺得構成胃納的負擔。

連續三道菜「鮑魚排佐香草奶油醬汁」、「龍蝦干邑濃湯」及「龍蝦佐美國醬汁」都表現精彩，讓我們對餐廳有點刮目相看，對它長年來的聲譽也有了一點理解與想像，高橋忠之創造出來所謂的「海の幸フランス料理物語」（法國海鮮料理故事），總算讓我們體會一二。

故事還沒有完，上完海鮮之後，侍酒者來為我們換酒杯，改斟紅酒，預告著「肉料理」的來臨；我們才喝了一口酒，帶著深色醬汁的牛排就端上來了。這道菜在菜單上叫做「松阪肉トルヌードステーキマデラ酒のソース」（Tournedos "Matsusaka" Madere），中文也許我可以把它譯做「松阪菲力牛排佐馬德拉酒醬汁」，法文的 Tournedos 指的就是 tenderloin（牛腰肉），或者 filet mignon（菲力），那是牛身上腎臟旁邊、分列脊椎骨兩側、藏在體內的兩條肌肉，被認為是牛肉最軟嫩的部位。

但在這裡，重點應該是「松阪」，而不是「菲力」。取珍貴的松阪牛身上最軟嫩價昂的部分（通常一條牛腰肉只有四到六磅，一隻牛身上只有兩條），煎成牛排，用馬德拉甜酒做成醬汁相佐，聽起來就頗具吸引力。可是當松阪牛排放在金邊白盤端上來時，我卻有點驚訝於它的「不起眼」，那是裹在暗褐醬汁裡的「薄薄一片」，你比較可能稱它「肉片」，不太會稱它叫「牛排」。松阪牛肉本來已經很嫩，腰肉部位更是嫩上加嫩，但因為太單薄的緣故，醬汁就顯得太搶戲，肉本身則少了充實的口感，三口兩口就吃完了不打緊，好像也還沒有搞清楚它的真正滋味，情況有點讓我聯想到楊醫師在書中描述「和田金」牛肉時說的：「⋯⋯無法與和田金相提並論，只能說是用和田金切剩的肉來形容⋯⋯。」

牛肉的單薄也許是出於善意的考量，連續三道海鮮料理之後，我們的胃口其實已經很有限，大大一塊譬如說一百二十克的牛排，也許是太沉重的負擔，未必讓人覺得美味。但話說回來，份量過度不足的主菜同樣也有無法呈現應有滋味的問題，過與不及都不合宜，要怪我自己太貪心，想要「三大美食」一網打盡，這並不是明智的選擇。我們看到鄰座一位鄉下人模樣的中年男子，獨自一人來到餐廳，顯然是位常客，他只點了一道龍蝦濃湯和一道美國醬汁龍蝦，就著一盤白飯吃得精光，他做的是比我更內行的選擇。

海鮮料理精彩出色，令人驚艷難忘，但最後上場的牛肉料理則是反高潮，讓人吃得有點糊裡糊塗，摸不著頭腦。飯後的甜點與咖啡，中規中矩，但也稱不上厲害，一場千里迢迢的「追尋之旅」就在「虎頭蛇尾」的情況下落幕了。

回想起來，我仍然覺得這一趟旅程是不虛此行的。我最覺得印象深刻的是鮑魚料理，因為做法獨樹一幟，優雅又富滋味（優雅與滋味常常不可兼得）；但我最佩服的卻是他的龍蝦濃湯，把一道到處可見的尋常料理做到滋味複雜、層次分明，令人對熟悉菜色有了全新的體驗，這真是不容易的事⋯⋯。

◆

結束了在志摩觀光旅館La Mer餐廳的晚餐，感受是五味雜陳的；如果旅行回去有朋友要問我這家餐廳值不值得像我這樣「特地前往」，我也會覺得頗難一言而決。

首先，La Mer餐廳的晚餐到底好不好吃？我應該說是「相當有水準」的，值得特地前往，特別是它的鮑魚和龍蝦，都讓我有開了眼界的感覺。但我從楊怡祥醫師書中讀到高橋忠之的傳奇，到我終於有機會親身前往，時間已晚了六年，而楊醫師寫下文章，距離他真正體驗高橋的手藝可能也晚了很多年，書本裡記錄的時空其實是無能再現了；即使我嚐到的鮑魚與龍蝦，顯然也不是楊醫師書中描述的那種「天上的滋味」。

更特別的是，在我實際品味這些原創自高橋忠之大廚的料理時，也有一種「作者不在」之感。你問我為什麼？我只能說，廚師做自己發明的菜餚時，隨時會有新的靈感，做起來會有一種即興的「神采」；但如果你是緊守遵循某一位廚師的食譜手法，那菜餚做起來中規中矩，但難免有一種「拘謹」之感。如果高橋大廚如今還在La Mer餐廳，這些菜色可能還會不斷「演化」，但當他離去，餐廳又想保留他的經典菜單，其他廚師試著亦步亦趨地模仿，這些菜色就會停在這裡，再也不會進展了。這個時候，再好吃的菜餚，都會讓你有一種「有體無魂」的空虛感覺⋯⋯。

但也有可能是我的「心理作用」，我追尋書中的傳奇而來，主觀上卻相信傳奇已經不在了，雖然嚐到的料理是出色的，我還是想像「那沒吃到的」應該更加美味⋯⋯。

失去「名廚光環」的菜色，也有一個好處，它變得不是遠在天邊、遙不可及，相反的，它讓我躍躍欲試，覺得我們這些平凡人，只要遵循步驟方法，應該也可以烹調出同樣的菜色來⋯⋯。

整個晚上，我都在胡思亂想、患得患失，反覆和自己爭辯這究竟是一場難得的美食經驗，還是一趟幻滅的旅程？

第二天早上，當我再度回到La Mer餐廳享用旅館附帶提供的早餐，在完全沒有任何期待之下，竟讓我經歷了一頓驚喜連連的早餐。早餐其實就是一般概念下的「美式早餐」，但樣樣東西都極講究，首先是它的吐司與牛角麵包水準不凡，配合法國奶油與飯店自製的果醬，滋味完全不一樣；然後是它的沙拉，維持La Mer餐廳與高橋大廚「地產地消」的哲學，用的全是附近農家的菜蔬，新鮮清脆已讓人感動，油醋醬汁也調得高明，加上一瓶自製的優格，微酸帶奶香，讓你味覺與身體都徹底清醒起來；更不用說，半熟的雞蛋與自製的煙肉與香腸，都是比一般旅館虛應故事的「美式早餐」不知高明多少倍。

這個時候，我隱約有點體會，La Mer其實還是一家值得稱許的餐廳，從它早餐的一絲不苟可以看出；它的晚餐之所以讓我內心掙扎，其實是我自己的「心魔」所致，若我不曾讀過楊醫師的著作，而是在偶然機會嚐到它的料理，它一定會讓我驚為天人，甚至急忙想要推薦給朋友；正因為我帶著作者的「鬼魂」而來，又魅惑於高橋忠之的傳奇，心中總是猜疑：「失去傳奇廚師的加持，我是不是還能得到最好的？」反而不敢信任自己的直覺。

帶了一絲愧疚和一點滿足，我也沒有心思再遊志摩半島或伊勢神宮等名勝，就決定直接返回大阪了。到了大阪，我立刻試著要預約另一家楊醫師書中的名餐廳，我請旅館的concierge幫忙打電話，那是一位很有主見的白髮中年男子，他聽了我報給他的餐廳名字，立刻變得不由分說：「Kahara？那是一家很貴、很難訂的餐廳，為什麼要去？」

我只好陪笑解釋：「那是我從書上讀來的餐廳，嚮往很久了，難得有機會來大阪，想要去試試看⋯⋯。」

他覺得不以為然地打了電話，只見他不斷點頭，連聲稱嗨，然後捂著話筒說：「他們沒有位子了，現在只能訂一個月以後。」

我又拿出紙條，說：「可不可以幫我再試試另一家餐廳？它是新開的，它叫Hajime。」中年男子說：「沒有聽說過，我來打打看。」

電話接通了，他對著電話又說了半天話，回過頭對我說：「他們沒有位子了，現在訂也是要一個月以後⋯⋯。」

我又拿出一張紙條說：「還有這一家。」

Concierge男子現在好像已經和我站在同一陣線了：「這一家我知道，懷石料理很有名，但也是很難訂。」他興沖沖地再撥電話，和對方聊了很久，才轉頭對著我笑：「真有意思，他們今晚還有兩個位子，我就幫你訂了？」

訂到的是被米其林評為三星的日本料理店「太庵」，我也非常意外，本來以為最不可能，沒想到竟然訂到了，我對這位門房大叔表示感謝，當天晚上很高興地就去了。

當時米其林新版剛剛出版，「太庵」蟬聯三星，入門玄關處放了好幾個祝賀的花籃，都是酒商、米商、肉店、魚店送的；但主廚一臉嚴肅，做菜時好像搏命一樣，壓力太大了。那一頓飯水準當然是很高的，每一道菜也都做得好，但我卻覺得「不精彩」。「精彩」其實是創造者游刃有餘、帶著一點「好玩」性格的時候最容易顯現，「太庵」好像就少了那麼一點放鬆的感覺。

餘下的幾天，我反而在幾家毫無知名度的餐廳裡吃到意外精彩的料理，連同在京都無意中經驗到的京料理餐廳「鷗」，都讓我驚喜連連。儘管我在日本旅行多年，有意無意享受到的精彩料理也不少了，像這次專心一志尋找美食的旅行，對我而言還是少有的。但要怎麼收穫，先怎麼栽，我努力尋找有特色的餐廳，這個區域也真的饗我以美好的回報。我對京都、大阪一帶美食文化的深厚累積感到印象深刻，事實上，我還沒時間走到神戶呢。

旅程的最後一天，我又回到書店（這本來是我平常旅行的重點），這一次我尋找的書變成了京阪神一帶的美食雜記和餐廳資訊，無暇顧及其他「更有學問」

的題材；當我手上捧著一堆全部是關於吃的書去結帳時，我知道自己已經上癮了，這樣的「覓食記」只是開始，並非終曲。

復興振興酒店

日本311東北大地震發生大約半年多，我就動了念頭想「回去」看看，但我不知道這是不是合適的念頭，忍不住問我兩位日本友人說：「現在是適合到東北旅行的時候了嗎？」

兩位日本友人面面相覷，有點不知如何回應，可能也是沒聽懂我的意思，我只好再做解釋；我的意思是說，不知道目前日本東北震災的復原情況如何？如果回復的情況不錯，當地人正要重新啟動經濟活動，有一些外來觀光客應該會提振士氣；如果居民還在傷痛重建時刻，我們這樣不識相的觀光客卻闖進來，彷彿是在「旁觀他人之痛苦」，那顯然就是不適宜了⋯⋯。

今川先生望向渡邊先生，似乎是在尋求一個回答，渡邊先生摸著下巴的鬍子，側頭低喟地說：「嗯，這很微妙呢。」

びみょうですね！這是向來說話講究的渡邊先生的用語，表面上的意思是

情境微妙，「不好說明」，但骨子裡的意思有點「無法贊同」的輕微否定之意。今川先生望著我，大概覺得這個答案有點敷衍我，對我這樣的朋友不太夠意思，他改用英文說：「為什麼你要去？」他又解釋說：「連我們東京人也不太去東北了，輻射的情況真的是不好預料呢。」

我前面不是才說「想回去看看」，日本東北和我「非親非故」，為什麼一不小心就用上「回去」這樣的字眼？

事實上，日本神戶大地震之後，我也有同樣的惦記牽掛，一直想「回去」看看那個美麗的港都城市「是否無恙」。等到真正找到合適的時機，也已經是一年以後了。再來的時候，大部分受損的建築已經恢復舊觀，人群熙來攘往，似乎也已恢復原有的生活，災難好像是遠離了。但行到某些街角暗處，我仍然看見有部分建築因故未修，激烈扭曲變形的水泥線條讓人觸目驚心，仍可想見地震當時的威力。建築物撕裂的破口裸露出依舊混亂的室內陳設，當然已經人去樓空了，但鬧市之中突然出現一塊廢墟，那就變成結痂的傷疤一樣，總是提醒你餘悸猶存的創傷。

這種「回去」的念頭，其實是屬於「旅行者」的。旅行者行經某地，某些經驗使他與該地有了「記憶連結」，或者套句《小王子》裡的對白，旅行者與旅行地有時候會建立起某種「馴養關係」，當突然聽到他人指稱該地時，此刻你「心有所屬」，因而發出「要回去看看」的想望，也許是這樣的意思吧？

日本東北大地震之前，我曾到過東北地區旅行多次，有過若干「美好經驗」。但也不能說所有的經驗都是美好的，記得第一次到日本東北地區，其實是去山形市湊熱鬧參加一個記錄片的影展，然後才順道和幾位朋友去其他地方周遊。在東京出發前夕，我們在一個酒吧裡和幾位日本電影圈的友人喝酒，其中一位英語毫無口音的日本大姐說：「幹嘛去那種窮鄉僻壤？那裡根本不是日本，我們連講的語言都不一樣。」這當然是一位都市文藝中年女子的「城市沙文主義」，她自己是不願去鄉下地方的，連帶想把我們這票人都留下來……。

等我到了東北地區，果然許多日文難以聽懂，真的如大姐所說，講的並不是「同一種語言」；又過了幾天，我「發現」路上「找錢」出錯的機率高得嚇人，不管是在店裡買東西，或是在車站買車票，找回來的錢常常是錯的，但顯然並不是東北人的算術不好，因為都是「短找」了，從來沒有找多了，可見是一種欺負外來者的「普遍現象」。我並沒有真正吃到什麼虧（我有事先把該找的錢心算算好的好習慣），卻對東北地區有點奇怪的民風印象不佳。

但這並沒有阻止我繼續前往東北地區旅行的願望，日本東北地方共有六個縣，風土景色與歷史人情各有特色，每次旅行總有許多收穫，而第一次旅行經歷的怪事也沒有再發生，更加讓我對探索東北地區有著不止歇的熱情。

也不過在震災發生前的一段時日，我才有機會走過了一趟仙台與氣仙沼的小旅行。仙台是東北地區的交通要道，經過的次數算是多的，這一次則是住到了郊外的「歷史名湯」秋保溫泉。而氣仙沼則是通過閱讀旅行書想像多時，如今終於得償宿願的一次機會。

氣仙沼港以漁獲出名，除了秋刀魚、鰹魚和鮪魚都很出名之外，它的另一個有名之處就是它的「魚翅」產量是全日本第一。氣仙沼得天獨厚，捕鯊魚製魚翅，重要的市場是賣給中國人（日本人本身並不特別欣賞魚翅，也不懂得烹調），取得很多外匯。但近年來捕鯊取翅的行為頗受環保人士批評，連愛吃魚翅的中國人也有很多的反省之聲，看來這項美食是該「淡出」了。

我對氣仙沼的嚮往並不完全因為新鮮海產的緣故，更大的原因是一家「國民休暇村」的號召。

國民休暇村，是日本一種國內旅遊的住宿型態。它是從日本公益彩券和摩托車賽車博彩的收益金當中，提撥部分收入所做的公共事業，目的是提供給國民一個健康的休閒活動去處。國民休暇村是唯一能夠合法建在國立公園（一級國家公園）或國定公園（二級國家公園）當中的旅遊住宿機構，通常擁有廣大腹地，自然環境令人驚艷，每個休暇村大多有長達數公里的自然步道，或有森林或有海灘，更有各式各樣的運動設施。日本國民休暇村的設立（1961），至今已經超過五十年，全日本共有三十六處，而我自己足蹤所至之處，則有九處，算是真誠忠實的「愛用者」了。

可能是在某一次投宿某家國民休暇村之際，我在旅館中翻閱國民休暇村的設施手冊，看到「休暇村氣仙沼大島」的介紹和圖片，看到休暇村孤懸海上一片碧綠的美麗空照，又讀到描述說它所在之地是「綠色真珠的療癒之島」，再看到它整艘船堆滿各色生魚片的晚餐，心中不禁就動了凡念，想像有一天，時機得宜，就要到氣仙沼的國民休暇村去走一走。

時機恰好就來叩門，當時我的小孩大學畢業，在當兵之前，和幾位同學相約到日本去上一個短期語言學校。這讓我找到一個「探班」的好理由，並且承諾要為他們幾位年輕人安排一個週末的「小旅行」，離開東京去散散心。我看時間不夠多，路程不宜太遠，就想到往北先赴仙台，再往氣仙沼的一趟三日兩夜之旅，正是合適的長度與合適的距離，多年來對氣仙沼國民休暇村的想望，因而就有機會變成事實了⋯⋯。

即使已經到了仙台，距離看似不遠，但前往氣仙沼大島國民休暇村的路途事實上還是頗為周折。根據休暇村給我的建議路線，我應該從仙台乘火車至一之關轉氣仙沼線前往氣仙沼駅，再從氣仙沼駅乘計程車到氣仙沼港，從氣仙沼港乘汽船到大島浦之濱，休暇村將派小巴士來接我們。

◆

我們先在秋保溫泉度過相當愜意的一個夜晚，雖然住的並不是當地最豪華等級的溫泉旅館，但古意盎然的日式旅館，一如往常，仍然有極為舒適的露天風呂和豐盛美味的晚餐。等我們第二天回到仙台車站，才發現前往氣仙沼的車班不多，而且非常耗時；我們臨時決定，先搭快車到一之關，再改乘巴士到氣仙沼，如果巴士車班較密集的話，我們或許可以省下較多路上等待的時間。

運氣非常好，巴士車班並沒有比火車密集，但抵達巴士站時正好有經由大船渡往氣仙沼的車輛要出發，我們立即上了巴士，一點時間都沒有浪費。正因為乘坐的是在鄉間行駛的客運巴士，我們一路經由各種城鄉街道，幾乎是貼著兩旁店面穿梭，彷彿沒有距離，鄉民在巴士裡上上下下，彼此打招呼，我們好像是闖入的陌生人，無意間偷窺了鄉民的生活。

七拐八彎行駛了近兩個鐘頭，我們來到氣仙沼駅前，依照休暇村給我的交通指示，我們叫了兩輛計程車趕到港邊，發現離渡船出發的時間也不多，一切銜接得流利順暢，心裡頗為慶幸。渡船是那種能運送車輛的大型渡船，車輛在甲板下的停車場，行人則在甲板上，海鷗則一路盤旋在我們頭上，半個小時的船行，我們就抵達浦之濱碼頭，而休暇村的小巴士已經停在路邊等候，幾個轉彎之後，我們就來到這家嚮往已久的「氣仙沼大島國民休暇村」了。

入住之後，我們放下背包行李，先到島上散步，海邊沿岸有步道，周遊一圈幾乎要走超過一小時，雖說是在海邊，我們卻感覺走在松樹林中，偶而走到高處，才從濃密的松林中眺見海洋，才確信我們真的是走在海岸上。流了一身汗，我們泡了澡，準備好吃晚餐，果然氣仙沼是日本三大漁場之一，晚餐是各式各樣海鮮演出，一整艘小船的生魚片不過是基本菜式，還有多種叫不出名字的海鮮，甚至還有兩道用了整片魚翅的料理；只不過魚翅是小小一片，烹調方式也無法討好我們這些真正來自懂吃魚翅的華人社會，那些鯊魚真的是白白犧牲了。

第二天，我們離開休暇村，又回到氣仙沼港，港邊有觀光魚市，新鮮的螃蟹、鮑魚、扇貝和出名的秋刀魚閃閃發亮，招手徠客，但我們旅行在外，新鮮的漁獲當然無法購買，現場有許多魚翅乾貨我們也不敢問津，只好買了一些魚肉和貝肉罐頭充數，聊解「血拼」未遂的遺憾。

誰想到時間才過一年多，氣仙沼旅行的印象猶深，就在三月十一日的夜裡，我在電視上目睹氣仙沼港化做一片火海的地獄景象。我屏住呼吸，仔細想認出畫面中有哪條街道是行走過的，有哪家店是造訪過的，還有哪個城鎮是車行過的，我兩眼發熱，但什麼也認不出；是的，我是無法免於牽腸掛肚的，所謂的「凡走過必留下痕跡」，原來指的不是行走者會留下印記，而是「被走過的」會在旅行者身上留下不可塗去的痕跡⋯⋯。

那天看見氣仙沼在暗夜中的火海景觀，我心裡感到無比震撼，看著那樣的焚城災難，我以為全城都毀了，沒有人能從那樣的火海中倖免了。第二天以後的新聞陸續呈現，慢慢才知道是因為港口油槽破裂，流出的汽油起火燃燒，夜間看似全城起火的景觀，其實大半是海面上流動的汽油，火災的覆蓋面積似乎並沒有那麼大。反倒是白天看到港邊的船隻被衝到陸地，而大島往返的渡輪則被沖離岸邊，在大海上漂流，彷彿是一隻不能控制的玩具船⋯⋯。

隨著地震災情的報導，一點一滴拼湊出來的災後地貌，我其實是無法辨識舊地的，那些沿岸的街道、昔日觀光魚市，甚至投宿之地，大概都是付諸流水了。

地震發生不到三天，我就收到來自「國民休暇村」的會員通信，信中報告了各地休暇村的大小災情，其中一句觸目驚心的話：「我們在此沉重地宣布，氣仙沼大島國民休暇村受災嚴重，已經確定永遠無法修復⋯⋯。」意思是他們完全放棄了，我讀了這封信，心情也跌到了谷底。

就這樣惦記著牽掛著，日本東北大地震發生大約半年多，我就動了念頭想「回去」看看，想看看那些東北沿岸的景致是否無恙，更想知道那些在此生活的人究竟在一種什麼樣的狀態，如果回去那裡旅行，那怕只是對當地生活的人說一句加油，也是很能表達自己的心意。但我不知道這是不是合適的念頭，才忍不住問我兩位日本友人，現在是適合到東北旅行的時候了嗎？

兩位友人的「微妙」回答，潑了我一盆冷水，我想自己是太急躁了，儘管是出於好意，也要更明確知道東北已經度過了最嚴重的傷痛時刻，人們已經進入了復興期，當他們充滿生存的戰鬥意志，急著與外在世界溝通，那也正是外人可以恢復旅行之時。

沒有多久，我就陸續聽到不一樣的消息，一位與日本多有往來的朋友告訴我，說此刻仙台市「生氣勃勃」，原因是世界或日本國內各地來的義工聚集在那兒，各種建設計畫正在進行，而災後的保險理賠和救災的援助款都來到仙台，銀根充沛，他說：「你會發現仙台是目前日本經濟最繁榮、最有活力的地方⋯⋯。」

我是讀經濟學的，這樣的話當然一聽就懂，只是自己從沒有這樣想過。

又過了幾天，我收到另一封來自國民休暇村的會員通信，信上竟然宣布，氣仙沼大島國民休暇村復建成功，開始接受外界住宿預約，但它解釋說：「目前以提供救災義工住宿為主，外界人士如有需要，可以申請，一泊二食的費用是六千五百日圓，但無法提供特別的套餐飲食⋯⋯。」意思是只有標準的早晚餐（沒有特別注明內容），不能提供像過去一樣有各種等級的料理，或者特別講究的美食。

但這已經夠讓我感到振奮了，本來聽說它「永遠無法恢復」，現在竟然告訴你已經恢復營業，只是還沒有回到觀光的悠閒狀態，但我得到消息，已經像是聽到患有絕症者的朋友突然遇奇醫而痊癒一樣。

這樣是不是已經「適合再到東北旅行」了呢？如果災情最嚴重的地區之一，都已經開始發出廣告信函，邀請會員回去看看，而東北各縣都在做「加油呀，東北」的觀光宣傳，觀光旅館也打出各種優惠，這難道還不適合嗎？

◆

就在日本311大震災屆滿一年之際，我在網路上匆匆訂了旅館，買了直飛仙台的機票（也就是那個曾經在海嘯中淹沒、旅客全被困在屋頂上的國際機場），決定「回去」看一看。

上飛機的時候，感覺並不孤單，因為飛機艙內並不是空蕩蕭條的；我至少看到兩個人數不少的旅行團興高采烈地正要前往震災地區旅行。他們年紀多半是年已過六十的退休人士，間或有一兩位比較年輕的女團員，腰上裹著腰包，腳上穿著球鞋，頭上戴著棒球帽，胸前貼著旅行團名稱的貼紙，喜氣洋洋，精神飽滿，也開心地聒噪不停。可見台灣人愛到日本旅行，並不害怕輻射線或災區的景況，勇敢犯難的氣魄顯然是超過日本人自己的。

到了仙台機場落地，這個景觀加倍明顯，因為過關的外國人幾乎清一色是台灣人，仙台海關一位工作大嬸乾脆站到櫃台上，用半生不熟的國語解釋過關填表的注意要點，中間還夾雜了幾句搞笑的台語，旅行團中的熟年台客歐吉桑也能用流利日語對應，場面熱絡而台味十足，讓我錯覺自己是來到了花蓮機場。

有一團旅行團團員手上有佛珠，胸前貼紙有蓮花符號，攜帶的行李也有佛教的法器，我猜想他們是有佛教信仰的旅行團體，可能行程就包括剛剛被指定為世界遺產的佛教勝地、位於岩手縣的「平泉」。當然，東北地區的宗教勝地不只一處，我自己此行就有計畫前往偏於山形縣一隅的神秘聖山「羽黑山」，只是開山超過一千四百年的「出羽三山」之一的羽黑山，是日本神道教的修行聖地，並非佛教徒孺慕的標的。

這幾年外出旅行，經常遇見台灣旅行團中有這一類的宗教團，也許信仰的一致帶給團員興趣的相近，不但可以共同尋求有宗教意義的旅行目的地，又可以與教友相濡以沫，交換靈修的心得，應該是一種有益身心的旅行型態。但我也看過比較「奇怪的」場面，譬如有一次在印度德里的「國家博物館」裡，我遇到一團台灣佛教信徒，就五體投地跪拜在釋迦牟尼佛的「舍利子」之前，還有和尚帶領敲鉢誦經；這並不是任何宗教勝地，而是「博物館」廳堂中的一項「考古文物」，其他參觀者在一旁不知所措。事實上，就在這個展覽項目的旁邊，已經張貼了一張告示，大意是「有人在此參拜造成其他遊客的不便，請安靜參觀，勿在此舉行任何宗教儀式」云云。可見台灣教友的「勇往直前」已經成了一種博物館管理的困擾與麻煩，大字報就貼在那裡，我看到來自台灣的善男信女卻還照拜不誤，香煙裊裊，梵唱不休，完全把「博物館」當做「名山古剎」，著實可說是一種「範疇的誤用」呢。

閒話暫且不表。出了海關，拿到行李，兩個台灣旅行團有大巴士來接，忽焉而去，留下我們一行兩人拖著行李，穿過天橋，找到前往市區的電車，空隆空隆緩步行進。發自空港的電車郊外段落走在高架橋上，接近市區才潛入地下。一路上景觀簇新，好像是新建設的一樣，這倒不一定是災後重建的緣故，機場的地鐵線本來就是較新的路線，加上日本人對器械設備一向保養用心，幾年之內通常都像是全新一樣。

事實上，這次重訪日本東北是初次體驗直飛仙台，從前來都是從東京搭乘火車走陸路，仙台機場還是第一回看見，機場規模不大，乾淨新穎，但氣氛上更像一個熱鬧的鄉下火車站，沒有國際機場的森嚴和冷硬；進市區的電車路途感覺也不遙遠，兩三站之後就是一般市民搭乘的日常交通工具，學生背著書包上下學，家庭主婦提著菜籃上下車，讓人感覺距離市民生活很貼近，沒有一般國際機場快捷運輸的「非生活感」。

進到市區，投宿的是一家公司職員出差用的「商務旅館」，Lobby有自動機器可供你自助辦理住房與退房，但我用的是網路訂房，還是得臨櫃辦理手續，穿著制服的小姐英文困難但態度熱情，仔細為我介紹館內的各項設施，不只是提供免費的自助早餐，餐廳還隨時提供免費的咖啡和其他軟性飲料，同時還兼做報紙閱覽室和交誼廳之用，我看見確實有出差的會社員把餐廳當做約會洽商之處，約來各種對象，自取飲料，低頭猛做筆記，好像在咖啡店談生意的模樣。但旅館房間很小，放下行李已難轉身，照說這些偏遠城市，市區寬大空曠，土地不像東京那麼昂貴，房間面積應該可以慷慨一些，我走過日本大小城鎮，只要是經濟型商務旅館，格局似乎都是一樣。

我們急著出去走走，想看看闊別一陣子的仙台市是否無恙。在市區信步走去，不多時已經來到最熱鬧的國分町與本町；時間已晚，我們還沒有吃午餐，現在已經飢腸轆轆，想起仙台的名物「烤牛舌」，忍不住直往烤牛舌的「元祖店」、一九四八年誕生的「味．太助」。

憑記憶找到老店家，白色店招布旗依舊，斑駁木門依舊，推開危顫顫的木門，煙霧迷漫依舊，撲鼻獸肉焦香依舊。我第一次造訪仙台，時間幾乎是二十年前；當時就曾依照旅遊書中所述，按圖索驥來到這家烤牛舌的元祖之店。「太助」的初代創辦人佐野啟四郎鑑於戰後物資匱乏，牛肉可售美軍價極昂貴，牛舌、牛尾與內臟則乏人問津，物賤如土，因而想尋找日本人可接受的牛舌烹調方式，他經過多次實驗，把牛舌用鹽、胡椒醃製，再用炭火炙烤，配合麥飯（在白飯中加入麥實，也是窮人少吃白米的意思）和淺漬小黃瓜或高麗菜，並佐以葱白燉煮的牛尾清湯，成為一整套的鄉土美食，這樣的烤牛舌套餐後來更風行全日本，現在已經是經典的庶民料理了。

推門進入老店「太助」，中央是一個木製吧檯，吧檯內站立白帽廚師一人，守著面前一片鐵網，鐵網下的紅炭輕輕地滋滋作響；旁邊另立一人，守著一鍋湯。菜單主要分A餐和B餐兩種「牛舌定食」，差別只在於B餐有四片烤牛舌，A餐則只有三片，其餘搭配的麥飯和湯完全相同。客人點餐之後，中央守著火網的廚師掀開毛巾，露出堆如山積的大片醃製牛舌，取出三片或四片丟至網上，鐵網立刻冒起白煙，發出畢剝之聲，牛脂肪的焦香味旋即充滿整個房間；坐在吧檯上，你可以看見紅色的肉片受熱返白的景象，看見油脂滴落炭火掀起煙霧，看見另一位廚師取出蔥白置入碗底，並從鍋中舀出白澄湯汁注人碗中的模樣；這一切純熟自然的動作都伴隨撲鼻的肉脂香氣進行，食物還未上桌，你已經覺得好吃到不行了⋯。

坐下來點好四片牛舌的套餐之後，站在吧檯內的白衣廚師立即取出醃製牛舌肉片，置於炭火上的鐵網開始烤肉，煙霧迷濛之中，另一位廚師則取出細切的蔥白置入碗中，開始舀湯；不一會兒，清澈的牛尾湯與麥飯先來，然後香氣撲鼻的烤牛舌也搭配淺漬白菜緊跟著端到桌上。

先喝一口湯，帶著脂肪和膠質的牛尾竟然有著一種濃郁的奶油香味，蔥白的清香則給它清爽不膩的效果。然後是麥飯，白米飯中夾雜麥粒的香氣，吃起來卻有類似糙米飯的粗纖維口感；配合一片牛舌來吃，牛肉切得頗厚，咬嚙時在齒間抵抗，很有嚼勁；每片牛肉都醃製得十分入味，炙烤的焦香與入口有滋味的鹹香，搭配白飯和清酒都很登對。

雖然午飯時間有點晚了，我們還是吃得很開心。事實上，現在販賣烤牛舌定食的已經不是「味．太助」一家，光是在仙台市內恐怕都不只一百家了，每家都有不同的詮釋和強調的賣點，有的強調只有牛舌最厚最軟嫩的舌根部分，有的則強調獨特的醃製調味（日式味噌、韓式蔥麻油或法式調味）；而賣烤牛舌定食的餐廳也不限於仙台，在東京、大阪都有「烤牛舌定食」的連鎖店，烤牛舌從戰後滿目瘡痍的仙台出發，如今已經是日本全國的庶民美食了。

享受過烤牛舌的「元祖店」之後，我們在市內街上閒逛，朋友曾告訴我仙台市如今是「日本經濟最繁榮、最有活力的地方」，這句話看起來大體上是沒有錯的，街頭上滿是消費的人群，到處都有強調「重建」或「振興」的活動；百貨公司裡常常設有強調產品來自災區的特販角落，到處都有震災創傷的記錄攝影展覽，書店裡各種震災專書則擺在最顯眼之處；「創傷」與「繁榮」之間有著一種奇異的組合，說不出來是矛盾還是平衡？

但是我心裡上還掛念著一件事，那是我在書上讀到的一個消息，急著想證實它的內容。我幾個月前在東京買了一本昭文社出版的旅遊「雜誌書」，書中提到關於仙台的一個「最新消息」，新聞標題中說：「喝東北的酒支援災區復興⋯⋯。」

怎麼樣喝酒支援災區，新聞裡進一步說，這是一家「以復興支援大震災為目的的居酒屋」，開店時間預定為一年，從二〇一一年九月十三日開始營業，計畫在二〇一二年九月三十日關閉，酒店中一共蒐羅受災的岩手縣、宮城縣、福島縣所有釀酒酒造的「地酒」一共九十五種，全部一杯賣四百八十元，提供的飲食也全是來自三個縣的食材，這是一家非營利的酒店，所有收益全部捐給受災的三個縣⋯⋯。

開店時間只有一年，這顯然是師法當今零售業最時髦的所謂「快閃店」（pop-up store）模式，快閃店突然而來，也稍縱即逝，最早是由美國和英國的時尚服飾業者所愛用，以打游擊的「快閃店」和限定商品創造消費者的「追蹤」慾望，進而完成一種「你追我躲」的隱密店概念。這家「復興支援酒場」，期間也只有一年，一方面參與的義工得以結束他們的投入（無法完成的義舉有時候是一種折磨），一方面也使得支援的消費者珍惜機會，不至於彈性疲乏。

這是一個有意思的「構想」，雖然用喝酒作樂來救助災民好像有點怪怪的，但可能進酒店「喝一杯」本來就是日本人的生活型態，飲酒未必就是「作樂」，有時候更是「一醉解千愁」的治療過程。而一家居酒屋竟能把災區「酒藏」一網打盡，提供九十五種地酒，讓你全盤認識這些地方原有的物產風情，這卻又是一種有創意的「同情」之舉。

書上讀到的資料如此，現在既然來到了當地，怎麼能夠錯過一探究竟的機會？

我按著書上所揭示的住址一路尋找，一直走到車站附近的小巷內，小巷錯綜複雜，有點鬼打牆似的幾次繞回原地，猛一抬頭，才發現酒場的招牌就在眼前。

酒店門口除了一個小小的木頭招牌，其他都是「大字報」，寫的都是關於這家店的來由以及做法。上面也注明每天營業時間是從下午五點到半夜十二點，而此刻正是剛剛開店的時候。我們掀開門簾走進去，裡頭的工作人員爆發出一長串的吆喝歡迎之聲，立即有一名年輕男子笑臉迎上前來，身穿工作人員的黃色T袖制服，上面印著「復興支援酒場」幾個黑色大字，胸前還別著一個繡有名字的名牌，他招呼我們坐在一桌靠邊的桌子，店內客人已經不少，單獨或兩三人前來的客人多半坐在吧檯，人數較多的客人則坐在木桌之旁。

大概是年輕男子看我對應慢了半拍，猜出我是日文不靈光的外來客，過了一會兒拿著菜單前來的女服務生開口就講流利的英文。大學生模樣的女服務生解釋菜單的內容，說明每一個區塊代表的是某一個縣的食材和地方料理，既可以單點，也可以點套餐，如果你點「宮城縣course」，它就為你選了該縣十種代表性的下酒菜色，如果你願意同時「支援」三個縣，也可以點「三縣course」，它就從三個縣當中各挑選若干代表菜色組成一個套餐。

「你們慢慢看，我要幫你們先點杯酒嗎？」女服務生很熱心地介紹。

另一張酒單上列舉了三個縣各家酒造的代表「銘柄」，但我們既然來到仙台，不如就專心挑選宮城縣本地的酒，我們就選擇了一杯「一之藏」的「無鑑查本釀造辛口」，和一杯「伯樂星」的「特別純米」，這兩家都是東北地區享有盛名的清酒名廠。

過了一會兒，女服務生先抱來一大瓶一升裝（1800ml）的「一之藏」擺在桌上，在我面前放下一張深口盤子，再放下一隻杯子，然後費力舉起大酒瓶，大聲對著店內叫著：「要倒了喲！」全場的工作人員連同店裡的其他客人全部轉頭看向我，同聲齊唱：「嘿，どこいしょう，どこいしょう。」（Dokoishio-Dokoishio）服務生緩緩將酒注入杯中，至杯中酒滿出了，又大聲叫說：「酒滿了

呀！」全場又是唱歌似地大聲附合：「嘿，どこいしょう，どこいしょう。」

我坐在那裡又驚又喜，原來全場喝酒的人是這樣的心思相連，那酒一直注入到杯中全滿，最後連盤子也滿了，不小的杯子加上深口盤裡的酒，這一杯怕不只300ml以上，喝了恐怕要醉。服務生匆匆離去，一會兒又抱來另一個大瓶，這次是「伯樂星」，她對著我們眨眨眼，再度對著店內大呼：「伯樂星，要倒了喲！」全場又興奮起來，歡唱一般：「嘿，どこいしょう，どこいしょう。」等酒滿溢出來，「酒滿了呀！」

「嘿，どこいしょう，どこいしょう。」又像是鼓勵，又像是開心，又像是在說：「我們又捐了四百八十元給災民了呀！」這個氣氛真是超現實呢。

侍者倒酒的時候，全場不分工作人員或飲酒客人唱歌似地齊聲大呼：「ハ―ドッコイショドッコイショ。」（讀做ha—Dokoishio-Dokoishio）但有趣的是，我卻理所當然地把它聽成了：「落蓋咻，落蓋咻。」等到寫這篇文章的時候，我的同事和一些日本友人才告訴我說，並沒有「ろがいしょう」這樣的日本字⋯⋯。

「怎麼會沒有？」我心裡納悶著，小時候不都聽過〈素蘭要出嫁〉的歌，那扛轎的不都唱著「嘿咻嘿咻，落蓋咻，落蓋咻」嗎？

等到輾轉來自日本友人的指教，那原文是「ドッコイショ」而不是「ろがいしょう」。而「落蓋咻」根本就是台語的訛轉，那位要出嫁的「素蘭」，其實本來也就從是日本東北漁夫捕魚時唱的一種漁歌「ソーラン節」（Soran-bushi）借來的。漁夫在海邊捕「鰊魚」（ニシン，也就是我們說的鯡魚），收網時唱著「ソーラン節」，歌詞中就有「ハードッコイショドッコイショ」的語句，象徵眾人收網使力的吆喝聲，有同心齊力的意味。

這樣就明白在這家支援振興酒店裡，店員要和客人共同唱和著「ドッコイショドッコイショ」了。

既然叫來了酒，我們又點了一些下酒菜，也刻意都點來自宮城縣的食材和特色料理，我們才吃過太遲的午餐，也不能多點，食物送上來時，雖說都是很簡單的料理，味道卻也都相當認真正宗。

但在讀菜單的時候，卻在菜單背後的一段文字中讀到關於這家酒店的緣起，文末還附上了前一個月的「財務報表」⋯⋯。

原來「復興支援酒場」的構想，正是來自當地一家居酒屋的經營店主，他發起這項救災構想，尋找各界的支持，許多酒店、餐廳都共襄盛舉，有器材出器材，有食材出食材，或者就提供義工與資金，幾乎是地方上餐飲界的團結行動。

他們也初步募集了若干資金，就由居酒屋的主人來號召組織，共同經營這一家以賑災為目的的「復興支援酒場」；而酒店開幕以來，地方上的酒客也樂於支持，下了班轉過來喝一杯，既解百憂，又為災民出了一點力氣，並不困難勉強。而每個月酒店也都把財務報表印在菜單背後，收支損益透明，以昭公信，真的是用心良苦的一個實踐。我就他們的財務報表所見，酒店每個月約可獲利六十餘萬到一百萬日圓，一年期滿應該有機會捐出幾百萬或近千萬日圓的善款，誰說小企業家的力量是微薄的呢？

大概是構想獲得了成功，他們雖沒有計畫「延長」這家「復興支援酒場」的開店期限（目前是預定開到二〇一二年九月底為止），但卻已經在東京新橋又展開了另一家店，概念完全相同，酒單與菜單也完全相同，下一次有機會去到東京，我也會設法再去造訪。

入夜之後，客人愈來愈多，我也已經有點不勝酒力，覺得應該起身離去，因此請服務生結帳，帳單送來時，價格比想像中便宜合理，我深深覺得這真是一個支援災區的好主意，參與義工與參與消費都顯得自然而不勉強，大家只是做自己熟悉的事（餐廳服務生就做服務工作，酒客就喝酒），竟自然而然造就了一項義舉，而大家有感於這項工作可以幫助有困難的「別人」，服務起來或喝起酒來也

加倍來勁，就連呼喊「ドッコイショドッコイショ」也充滿了熱情朝氣，沒有例行敷衍的怠慢，大家都很有力氣地「活著」，這難道不是艱困人生中一個美好的活動嗎？

第二天傍晚，我再度回到「復興支援酒場」，這一回我卻連一個座位也找不到了，服務生充滿歉意向我道歉，但有什麼關係，一個賑災的酒場如此興盛，我只會為他們感到高興。懷著贊歎歡喜之心，我離開酒店回到旅館，準備第二天展開東北鄉間的旅行。

可惜氣仙沼我這一趟不能夠再去，主要是因為鐵路交通尚未恢復，必須一段巴士一段火車接駁前進，我的時間是不容許我這麼做了。但我倒是回去重訪松島，乍看之下，松島似乎沒有受到很大傷害，細審之後，發現不變的其實是「自然景觀」（海上星羅棋布的大小島嶼，以及島上筆直挺立的松樹），「人工建物」的部分反倒都是重建或翻修了，街道變新變乾淨，商店也有全新的裝潢和招牌，顯然是災後復建的；進到商店，牆上則有各種災難時的慘狀照片，並且說明自家商店是如何重建復興，看來每一家都經歷了一些艱辛過程。

但海上的遊覽倒是恢復了，海灣遊覽船仍舊準時出發，導覽廣播仍舊飄揚在空氣中，連遊客都回來了不少；海邊新建的遊客中心人聲鼎沸，有許多媽媽義工熱心地向遊客推薦當地的各種景點和名特產，遊客看來以日本當地人為主，間或聽到一點台灣國語，但其他國家的遊客就非常少了，不是我十幾年前來的景況。

中午我找到巷子裡一家隱密的壽司店，店中沒有別的客人，卻有一組電視拍攝人員在採訪取材；我們坐下來，除了點了中午的壽司套餐之外，我看到牆上有手寫海報說「岩牡蠣上市」，松島正是著名蚵田所在，也點了一份生牡蠣來吃。牡蠣端上來時，一個盤子裡只放一顆，牡蠣殼和盤子一樣大，殼中的牡蠣肉肥美飽滿，一顆幾乎就要吃飽，味道也鮮美至極，充滿海水潮香，令人印象深刻。

離開松島之後，我們的路線就轉往北邊日本海，往山形縣的方向走去。那裡是震災受損較小的地區，交通和公共建設大多安然無恙。但出乎意料之外，儘管災情較少，當地景勝之地遊客卻十分稀少，遠遠不如仙台與松島。

我們往北來到靠海的酒田市，那是昔日庄內藩的重要港口，身繫日本海的交通命脈，頗有一些有意思的古蹟。但我們來到市區中心的商店街，卻發現門可羅雀，形同鬼域，信步走進一家賣掃帚、畚箕的生活古用具店，我看見店中頗有雅趣，忍不住徘徊再三；店中走出一位年約三、四十店東模樣的男子，客氣問說：「客倌哪裡來？」

答曰：「來自台灣。」

男子眼鏡背後露出驚訝之色：「啊，來自那麼遠的地方？我們這麼偏僻的所在，連日本人都很少來呢。你們是自己旅行嗎？」

「是的，先到仙台，然後走陸羽東線到瀨見溫泉，再來到酒田。」

「真了不起，那麼接下來要到哪裡呢？」

「此行的目的之一就是要上羽黑山……。」

店老闆露出更吃驚的表情：「先生知道羽黑山嗎？」他急忙入內，過了一會兒取出幾張觀光地圖：「這裡有一些旅行資料，您一定要參考使用，羽黑山是我們這一帶最值得探訪的地方，我自己每年開春都要去初詣呢。」

拿給我的資料當中，有兩張是關於羽黑山的地圖和解說，有一張則是酒田本身的觀光地圖。我合掌鞠躬說：「真是太感激了。」

店老闆搖手說：「不，不，我們要感激的是你們台灣人呢，大震災的時候捐了這麼多錢，世界第一呢，比美國人還多，台灣是那麼小的地方，我們真是太感激了。」

這下子輪到我身為台灣人感到驕傲了，台灣的確是個善心之地，四川汶川大地震台灣捐助了七十億台幣，日本東北大地震台灣也捐助了超過七十億台幣，而這些受災地區你永遠會看到慈濟志工身先士卒的身影……。

我常常在想，台灣外交這麼困難，國家主權這麼難以伸張，乾脆把「外交部」裁撤了，改設「慈濟部」，哪裡有災難，我們就去那裡幫忙，完全只求奉獻，不求回報，我們既不爭取「國家承認」，也主張「廢棄國家主權過度伸張的概念」，事實上國家主權和國家利益主張在歷史上多半是「欺侮別人」和「欺騙國人」的時候為多，有理想的國家何不改用「人道前提」來參與國際社會活動呢？我們的外館不是大使館或領事館，而是經濟文化交流代表處和「旅行服務處」（代替簽證這種主權概念），台灣如果大膽設出這麼一個有前進思想的政府部門來，說不定還可以引起國際社會的討論和注意，比起賄賂收買的骯髒外交要來得有格調吧？事實上，我走在這日本鄉下的經驗正在為這個思想做了一個註腳，使我在異鄉揚眉吐氣的理由並不出於我們政府「大有為」的外交，而是出於民間發自內心的人道義舉，前者讓我們處處碰壁，後者卻讓我們飽受尊重，走路有風⋯。

我說到哪裡去了？

我們在酒田市一家店裡遇見一位謙沖有禮的年輕老闆，他真誠地想幫助我們這些陌生的自助旅行者，而他又出自內心感激台灣人對日本震災的幫助，他自己並非直接受災者（但東北此刻缺少遊客也讓他成了震災的間接受害者），他仍然對台灣的義舉心存好感；我並不是要緊的捐助者，卻在旅行的每一站，受到每個人對我的鞠躬感謝，彷彿我是被台灣人派來接受日本民間人士的謝禮的。

◆

但我是怎麼跑到羽黑山來的？羽黑山是所謂的「出羽三山」之一，出羽國是酒田所在地昔日古國之名，「三山」則指的是羽黑山、月山、湯殿山，是日本橫亙山形、新潟、福島三縣的「磐梯朝日國立公園」的一部分，自古是日本靈修者心目中的聖山靈峰，羽黑山山頂的「三神合祭殿」開山已經一千四百年，歷史悠久，地位崇高；又因為地處偏僻，交通不便，探訪者除非有莫大的毅力決心，不容易完成。

前年我與家族親人在山形縣會合旅行，路過鄰近「羽黑山」的鶴岡市，忍不住臨時決定搭車上山，但車班稀少，我們僅能有二十分鐘的停留時間，只參訪了山頂的「三神合祭殿」，來不及去走走長達兩公里共二千四百四十六階的參道。但我們已經看見山上參天的古杉木林，樹齡都在千年以上，那座巨大森林的蒼鬱姿態和雲靄靈氣，已經讓我們一見難忘，我心裡也暗暗下了決定，他日有機會，一定要來這座「靈山」走一走。

而這次正好找到機會，我又發現就在山頂不遠處，另有一座「羽黑國民休暇村」的存在，這對我來說是太好的消息，早早就把休暇村的房間訂好了。

我們從鶴岡搭乘巴士上山，巴士幾乎沒有其他乘客，而路上的積雪也還沒融化呢。來到休暇村時還不到下午兩點，住房登記的櫃台還是空無一人，連電燈都還沒打開（休暇村正常的入住時間是從下午三點開始），等我提著行李來到櫃台前，辦公室裡一位高胖的年輕人急忙走出來開燈，一面點頭致歉。親切地幫忙辦完住房手續後，他又幫我提著行李進房「案內」，並且說明晚餐時間如需鋪床服務，可把牌子掛在門外，會有工作人員把床鋪好。這倒是新的服務，從前我住國民休暇村的經驗，都是要自己鋪床的。

等到收拾停當，我急著想上山頂去走走，再度來到櫃台詢問，這回櫃台裡是另一位瘦黑的年輕人，我告訴他想到附近散步，休暇村是否有步道的地圖提供？瘦黑年輕人似乎有點驚訝，他遲疑不決地給了我地圖，並且打開地圖建議我只在停車場附近的濕地走走，他說：「這一帶已經除雪完成，比較安全，走路還是要小心滑倒；其他地方積雪未除，最好不要去⋯⋯。」

「我想到山頂上走一走⋯⋯。」

「但這一帶的步道都被雪淹沒了，前一陣子有大雨，森林裡幾乎不能走。」年輕工作人員誠惶誠恐地說：「森林裡的參道倒是整理好的，明天早上我們有專車送客人到隨神門入口，再到山頂去迎接，您可以考慮參加。」

「好，我考慮看看。」我雖然聽到這個選項，卻心裡有點疑惑，山頂不是已經近在咫尺嗎，為什麼上不去？

等我帶著地圖來到森林步道的入口，只見入口拉起了紅繩，掛著牌子說，由於大雨沖刷，步道地基流失，請遊客不要冒險進入……。我越過繩子，走了幾步，只見步道處處泥濘，有許多倒下的大樹橫亙去路，這樣的山路的確是不好走了，看來是又得放棄了。

但休暇村位於山腰空曠之處，我們在四周散步倒也心曠神怡，路上雖有積雪未化，氣溫卻已經舒適怡人，遠眺白頭山頂，山嵐裊裊，靈氣滿溢，令人心生崇敬之意，難怪是個宗教勝地。

只是我像《茵夢湖》那位失意的萊因哈德 Reinhard，游不到湖心、觸不到那雖近實遠的水中睡蓮；兩度我來到羽黑山，卻還進不了兩旁參天杉木的參道。第二天，我還是坐上休暇村的便車來到入山口的「隨神門」，我只走了一小段崎嶇的山路，看到五層的國寶木造古塔「五重塔」，然後我就得離開了。受限於稀少的車班，我必須趕著上路。遠方有一班火車我必須趕上，才能依約定時間到達另一個陌生而古老的溫泉，那裡，將有另一位工作人員等著迎接我，帶領我到達另一家旅館，而這樣一程趕過一程，我的東北之行也即將要告一段落了⋯⋯。

小野二郎的壽司旋律

言談熱烈的會議突然間「有天使走過」，出現一段靜默空白，大家都不知說什麼好，這時候，坐在身旁的May低下聲音悄悄說：「如果有小野二郎壽司的空位，你有沒有興趣？」

我嚇了一跳：「你是說，東京小野二郎老師傅的數寄屋橋壽司店？」

「對，」May澹定地接下去：「位子超難訂，我們好幾個月前訂的，結果他臨時有事，去不了了，取消掉太可惜⋯⋯。」May的先生是大銀行家，事業繁忙，意外的工作行程顯然也是常發生的。

我一下子完全聽懂了她的意思，腦筋也跟著急忙搜尋轉動。

小野二郎一九二五年出生，今年八十七歲了。他從七歲進割烹餐廳習藝，二十五歲開始修習壽司，三十九歲就在銀座自立門戶，開了這家名聞世界的「數寄屋橋次郎壽司店」（すきやばし次郎）；算一算，從學廚藝起已經八十年，手握壽司的經歷已經六十二年，自己開店也已經都快五十年，每一項都可說是現役廚師的世界記錄。

二〇〇七年法國知名的美食導覽《米其林》（*Michelin Guide*）初次出版亞洲城市的評論，第一站就是日本東京，那一年，米其林一共給了東京的餐廳一百九十一顆星，其中，三顆星的餐廳共有八家，「數寄屋橋次郎壽司」是其中一家，這當然更創造了小野師傅的傳奇性，因為他又多了兩項世界記錄，一是最老的三星餐廳主廚（那一年他八十二歲），另一則是全世界唯一一家店內沒有廁所的三星餐廳⋯⋯。

廚師的傳奇有時候只是故事性濃厚，未必與好吃劃上等號，但小野二郎顯然享有比傳奇更高的榮譽。日本料理評論家山本益博稱他是「世界第一的握壽司」，把老先生高抬至「廚壇祭酒」的地位；法國天才大廚霍布匈（Joel Robuchon, 1945-）也欣賞老師傅的手藝，每次來到東京必定拜訪「數寄屋橋次郎壽司店」，並且指著吧檯說過一句被傳頌一時的名言：「這是全世界離天堂最近的位子。」（雖然霍布匈似乎是「變心」了，在最近一本雜誌刊出的一篇名叫〈世界頂尖主廚所愛的日本名店〉的文章裡，霍布匈不推薦小野，改稱在赤坂的「鮨さいとう」是他最愛的日本餐廳。）

我知道小野二郎的故事也超過十幾年了，八〇年代末期當時我剛開始學會在日本自助旅行，渴望找到更多的資料，其中當然也包括各種美食導覽的書刊，我買到一本由山本益博監修的雜誌書《東京食走指南》；たべあるき在這裡被我粗糙地譯做「食走」，當然有點不雅馴，但它是一種按地理分區詳述餐廳特色的美食導覽，宜乎使用者邊走邊吃，或者為覓食奔走，強調身體力行的「步」（走路），這對旅行者而言，顯然也是很實用的隨身一冊。

但這本雜誌書在正文介紹各區餐廳之前，還有幾個饒富趣味的主題文章，第一篇就是報導「最老的」和「最年輕的」壽司師傅，最老的當然就是小野二郎，當年「才」七十一歲，而最年輕的壽司師傅則只有十七歲，兩人相差五十四歲，江山代有才人出的世代交替意味不言而喻。

這是我初次讀到關於壽司人瑞的故事，印象深刻的是書中說老師傅每天清晨騎腳踏車親赴築地採買魚貨，他眼光銳利，更兼狠準，每遇上等食材（特別是鮪魚大腹），不顧高價，非搶到手不可；他更解釋這是他在銀座開店的原因，因為銀座離築地很近，採買鮮魚之後可以立即處理，不會蹉跎於車程路途，離魚太遠的地方不適合開壽司店。

讀完小野師傅故事心也跟著動了一下，但那個時候我旅行日本不久，對當地的「高物價」還頗不適應，對動輒上萬日元的高級料理頗有心理障礙；大部分的飲食經驗僅限於「庶民美食」的拉麵、豬排飯或一些便宜大碗的海鮮刺身等，看到銀座高級壽司店總是有雙重畏懼，一方面害怕荷包失血，一方面則害怕坐吧檯講日文，結果心動歸心動，始終沒有真正行動。

但後來我的日本旅行漸漸起了變化，大概是我對自己的三腳貓日文略微有了信心，覺得拿來對付旅行上的應對，似乎是「可以用」了；另一方面，則是隨著年紀心態上起了大變化，覺得「人生只是走一次的旅程」，什麼東西都得試試，金銀錢財生不帶來，死不帶去，有時候「放手一搏」，買到人生獨特經驗也是值得。這樣把心一橫，就發現沒有什麼價格是不能付的了。

這幾年，利用工作出差或家庭旅遊，我開始在東京嘗試高級壽司，幾家名店因而都有機會一試，像「青木」、「久兵衛」、「からく」等名餐廳，都親履勝地去試了，有的名不虛傳，有的大失所望，大概是因緣相異，有時候遇見大廚親自服務，有時候只分到小徒弟，或者當天漁獲不同，所見也不同吧？

唯獨老師傅的「數寄屋橋次郎壽司店」始終無緣相識，大概我的旅行計畫太隨興，總是到了東京才想到要去訂個位子，但「數寄屋橋次郎壽司」是沒能夠讓你這麼隨便的，一直訂不到；有一次，我請旅館的門房經理代訂餐廳，他一看餐廳名字就說：「訂不到的，沒有一個月以上是訂不到這家餐廳的。」說完竟然就把紙條交還給我，連試一下都不願意。

後來知道小野二郎的次子在青山開了另家分店，也拿到了米其林兩顆星，我想試試同一「家學」也好，竟然也訂不到位，所以「知易行難」，耳聞老師傅的故事已經近二十年，書籍和報導也不知道讀過多少回了，始終缺乏真實體驗。

現在，奇特的因緣發生，May和先生訂好了位，卻因故不能成行，突然在席間問起來：「如果有小野二郎壽司的空位，你有沒有興趣？」

「啊，當然有興趣，我回去馬上看看我的時間，只是機會難得，你確定真的不要了嗎⋯⋯。」我還有點不好意思拿走他們的訂位。

「我們幾個月前就訂了，當時還再三確定他的時間，現在突然間又不行了，有客人從海外來，他得要接待⋯⋯。」May的口氣裡也充滿婉惜。

她又接著說：「你回去看看時間，如果你可以去，我就不取消訂位了；下週一你給我一個電話，我再把訂位資料傳給你。」

下週一我看了時間，發現我是有空的，正巧日本也有一些工作要做，我就回話說：「我可以去，請把訂位留給我吧⋯⋯。」

但是留給我的訂位是三個人，我們只有兩個人，好像也不應該浪費剩下的一個座位。可是邀請別人，禮貌上多半總是要邀請兩位（如果人家的生活本來就是成對），邀一位有點奇怪。一開始，我試著努力遊說一位還在學的研究生，我和他的父母很熟，常在一起吃飯，發現這位年輕人不僅見多識廣，而且也確有美食熱忱，未來顯然有成為美食評論家的潛力，既然還單身，只邀一位也不唐突；但年輕人有課要上，不敢造次，幾經掙扎，就放棄了。我蹉跎時光，轉眼就來到出發的日子，另一個座位的客人竟然還沒有著落⋯⋯。

當然，今天寫這篇文章，可以想見諸多老友讀到這裡，一定咬牙切齒：「我們根本沒有事呀，我就是一個人呀，為什麼沒有想到我？」

但是，吃飯和旅行，都是很「個人口味」，英文俗諺豈不是說：「一個人的肉是另一個人的毒藥。」（One man's meat is another man's poison.）可見「酒肉朋友」的形成也不容易。平日應酬，固然有時候要與陌生人把酒言歡；但如果是吃飯品酒，卻非必需有固定「飯團團員」不行，冒然邀請習慣和性情不同的人一

◆

起吃飯，常常是危險的事。

到了出發前一天，為了那一個珍貴的空位，我不得不寫電郵給一位日本的工作朋友，委婉解釋空位的由來，以及只能邀請一位的失禮，希望他能接受我的邀約，一起去嚐嚐這號稱「世界第一的握壽司」。日本朋友的回信很快就到了，信上劈頭就說：「Thank you very much for your kind invitation!」，緊接著又說：「星期五晚上我當然有空！」事後，這位朋友對我說，他覺得，沒有任何日本人能夠拒絕一個「次郎壽司」的邀請⋯⋯。

我把旅館訂在銀座地區，以便徒步專心去嘗試小野二郎的手藝；當天晚上，日本朋友今川先生依約前來旅館會合，神情至為愉快。他說：「說實在的，我在東京四十幾年，這還是第一次要去吃次郎的壽司呢，真是託您的福。」

我們沿著銀座明亮的道路散步走去，「數寄屋橋次郎壽司」位於銀座四丁目的西端，已經接近有樂町了。餐廳位於一間舊大樓的地下室，並且與地下鐵相通，場所低調到有點寒酸，但店內店外都有一種不可輕慢的清潔感，料理工作檯是白色檜木，顧客用餐的吧檯是漆成暗紅色，配上黑色皮墊的座椅，風格是保守的傳統風。據食評家山本益博的說法，標準的傳統壽司吧檯設計，顧客端的桌面應為兩隻筷子的長度（相當日本尺一尺五寸），壽司師傅的工作檯也是一尺五寸，合計為三尺的寬度，次郎壽司的設計，正是秉持古法。

我們抵達店面時稍早於預定時間，店中空無一人，我們看見老師傅背著手在店中踱步，嚇了一跳；就在我們被服務生招呼坐上來喝茶時，轉眼間，客人突然間全部上門了，好像約好的一樣。七時一到，我們全部被請上吧檯，吧檯一共十四個位子，坐滿了十三個人，只有一個位子是空的。

座位前方桌面上已經擺好筷子，熱毛巾，以及一張平台式黑色木漆器，那是用來放置壽司的托盤，旁邊有一撮捏緊的嫩薑片；此刻，座位前方並擺好一份當日英日文對照的印製菜單。

「次郎壽司」並不提供酒肴，全部都是「主廚調度」（おまかせ）的菜單，視當日食材情況提供十九貫或二十貫的壽司。我們當日的菜單是冬令旬物（時間是剛過舊曆年的二月份），依序如下：

1. 比目魚（ひらめ）
2. 墨烏賊（すみいか）
3. 鰤魚（ぶり）
4. 鮪魚赤身（あかみ）

5. 鮪魚中腹（ちゅうとろ）
6. 鮪魚大腹（おおとろ）
7. 小肌（こはだ）
8. 赤貝（あかがい）
9. 章魚（たこ）
10. 鯵魚（あじ）
11. 車海老（くるまえび）
12. 水針魚（さより）
13. 文蛤（はまぐり）
14. 鯖魚（さば）
15. 海膽（うに）
16. 小貝柱（こばしら）
17. 鮭魚子（いくら）
18. 穴子（あなご）
19. 玉子燒（たまご）

客人坐定，壽司檯上的師傅們也全部就定位，小野二郎老先生站左側，他的長子站右側，兩旁各有兩名助手肅立。老師傅面容嚴肅，銳利的眼神掃過全體就座的客人，微微頷首，算是打了招呼，一句話也不多說，突然間就開始動手捏起壽司來了。

這一動手，吧檯內就騷動起來；吧檯內的助手有人取食材，小野二郎的兒子則負責切魚，老師傅則動手捏握壽司，捏好後助手立刻跑步送到面前來，並且低聲說：「請立即食用，無需沾任何醬油。」氣氛緊張，打仗一般。

第一顆送上面前的壽司，是晶瑩剔透的比目魚，魚肉切得方正厚實，肌理分明，先不管好不好吃，光是壽司的造型也叫人驚嘆；日本人稱壽司上的那塊魚肉為「鮨種」（すしだね），「次郎壽司」的鮨種是我所見過最端正優美，從前讀書看到孔子說：「割不正不食。」不太能完全體會這個意思，但在小野二郎師傅的手中，你可以重新感受到「刀工」在食物上的重要性，刀工在這裡指的不是能把豆腐細切一千刀的那種「技術」，而是一種理解食材，通過對食材最合適的剖解，加上一種端莊大方的「美學意識」，才能造就這樣美型的壽司。

但到目前為止還只是視覺的，這名聞遐邇的握壽司，味道究竟又如何呢？全場顧客也沒有人敢耽擱（預約時都已經被反覆交待千萬不要遲到，壽司做好要立刻吃），我也緊跟著拿起壽司，送入口中……。

第一顆壽司送入口中，滋味在嘴裡散化開來之際，腦中無數的感受、念頭也同時都冒出來了……。

其中一個感受當然就是：「啊，原來如此……。」

原來「次郎壽司」的滋味是這樣的啊，這是你讀過多少次報導評論，看過多少張絕美照片，做過多少回揣摩幻想，完全都無法替代分毫的。此刻，想像遇見真相，你內心輕輕喟嘆，啊，啊，啊，原來如此，原來如此，原來滋味是這樣的。

但這樣也許還不夠，你還要快速搜索枯腸，試著比較過去經驗，描述這樣的滋味究竟是怎樣的？首先，醋飯的味道非常明顯，比過去熟悉的握壽司的醋味都要來得濃厚一些（雖然很溫和，並不至於搶了餡種的味道）；其次，米飯煮得比較硬，水份比較少，吃在口中粒粒分明，也和過去吃到的日本壽司那種水份飽滿、口感柔軟的米飯，印象截然不同。最後的感受才是來自做為餡種的比目魚，比目魚肉結實厚重，軟中帶脆，淡泊清雅，愈嚼愈有味。魚肉上一抹輕輕的醬油，帶給整顆壽司恰巧足夠的鹹味，這鹹味優雅圓潤，隱約有一絲甘甜，醬油顯然是處理過的，裡面有什麼？可能有柴魚高湯和清酒、米醂之類，但醬油抹得極輕，剛好用來襯托魚肉的鮮甜，一點不搶戲。

但好吃嗎？每一位知道我跑去「數寄屋橋次郎壽司」的朋友忍不住都在這裡打岔，急急忙忙問道：「好吃嗎？」事實上，第一顆壽司入口時，我的內心千迴百轉，最後不免也要問自己：「好吃嗎？」

很奇怪的，我發現自己答不上來。我第一次造訪東京壽司名店「青木」的時候，去的並不是銀座本店，而是他的青山分店；當時也是臨時起意，怕銀座本店太難訂位，改訂青山店，不料當晚卻幸運地得見身高一米八的美男子老闆青木利勝的親自服務（傳說他多半在銀座本店服務，只有熟客點名時才來到青山店，當晚顯然有重量級熟客登門）。青木利勝的手指像鋼琴家一樣修長靈動，動作快捷優美，更兼談笑風生，完全不費力氣，不像「一生懸命」的模樣。他的第一顆壽司是「鳥貝」，入口時，貝肉的鮮脆感，醋飯的柔和感交織成協調的樂音，內心不免暗暗叫了一聲「好吃」。

而我第一次在札幌造訪壽司名店「壽司善」時，服務我們的是一位年輕的師傅佐藤聰（當時剛得到北海道壽司職人大賽的第一名，現在則在香港中環擁有自己的舞台了），當他的鮪魚大腹壽司送到面前來時，入口之際，我內心也曾暗暗稱道：「好吃。」

但小野二郎師傅送上來的第一顆比目魚壽司，激起我內心無數念頭想法，卻對「好不好吃」一問感到難以回答（不像其他壽司店會讓我暗叫一聲「好吃」）。也許應該說，這顆壽司太「個性鮮明」了，挑戰我過去對壽司的認識，「震撼」可能還超過美味的感受⋯⋯。

小野老師傅銳利的眼神掃過吧檯所有的客人，確定大家都已入口，立刻動手捏第二顆壽司，服務生快步奔走，迅速將第二顆壽司置於面前，那是潔白發亮的墨烏賊。做為鮨種的墨烏賊一樣切得簡潔方正，抹過一層薄醬油並沒有改變它純白的色澤，它沒有其他壽司師傅所做的裝飾功夫，譬如在烏賊肉上刻花，或束上一條黑海苔腰帶，它乾乾淨淨，「一無所有」。入口之後，感覺到烏賊肉厚實卻柔軟，對牙齒毫無抵抗，味道則清淡雅致，但愈嚼愈能體會烏賊本來的鮮甜味道，這時候我開始覺得較重的醋飯有點道理，不然連續兩顆這麼清淡的壽司，要如何讓你察覺它的「存在」？據說法國大廚霍布匈對小野二郎的「墨烏賊壽司」最為心儀，曾經讚美說：「簡單到了極致就是純粹。」

小野二郎師傅面無表情，確定客人用完墨烏賊壽司後，繼續從木盒中取出大塊魚肉，大兒子在一旁埋首切割，老師傅則動手捏起壽司，像軍事行動一樣，服務生快跑把壽司送到面前，這顆是冬天來自富山的鰤魚，不同於前面兩顆壽司的潔淨淡雅，鰤魚肉上泛著油光，是脂肪飽滿的寫照，魚肉色澤偏於黃白，邊上帶著一抹鮮紅，側面則有青皮撕去後留下像新鑄銀幣般的耀眼光澤。我，和其他座上的客人一樣，不敢遲疑等待，趕緊一口塞入嘴中。送入口後，魚肉極軟，幾乎是到口即化，鰤魚的脂香甘甜逐漸在口中散發開來，味道開始變得濃郁，醋飯的醋味開始隱沒不顯，情緒也開始升高了。

好像經由鰤魚敲響序幕，緊接下來是一連三顆的鮪魚壽司。第一顆是醬油淺漬的「鮪魚赤身」，鮪魚紅肉部分因為富含鐵質，本來帶有一點微微酸味，經過醬油淺漬之後，鹹味則與酸味中和，帶出了沒有脂肪的赤身的甜味。據說小野二郎對赤身醃漬時間極其嚴格，根據天候與當日魚肉情況，調節的時間甚至以分鐘差異來計算，這也是他嚴格要求食客準時的原因……。

才說到「準時」，這時候一位客人匆忙走進來，奮力坐進了吧檯上本來僅有的空位；他嘟囔地不知道跟壽司師傅說了句什麼，顯然是個熟客，小野二郎微微頷首，也不答話，冰櫥中再度拿出木盒子，很快地又捏了幾個壽司，到了第五顆壽司上桌時，我們和新來客人的速度又變得完全同步了。

第五顆壽司是「鮪魚中腹」，「次郎壽司」向來以捨得出高價搶購最好鮪魚而聞名，這時候就看出端倪，鮪魚中腹肉脂肪的豐美，幾乎已經是別家聲稱的

「大腹」了，入口時立即消融，不記得有沒有吞嚥的動作，但事後口中覺得柔軟香甜，餘韻無窮，真的是上等的鮪魚腹肉。第五顆之後立刻又上了第六顆的「鮪魚大腹」，比起肥美無比的中腹肉，這顆大腹肉壽司更是豐潤滿口，卻又瞬間消融，你想要抓住一點什麼具體的感受都不容易。

從赤身到中腹到大腹，同樣來自鮪魚的魚肉，卻有三種截然不同的風情，而且曲調節節高升，到了大腹肉登場，簡直像是交響樂團全部樂器齊響，連定音鼓都用力敲擊起來，氣氛來到最高潮……。

但第七顆壽司上場，情緒急轉彎，彷彿否定了前面的所有情節安排。這顆壽司是「次郎壽司」的「名物」，也就是被稱為「小肌」的鰶魚。小肌是「江戶前壽司」的代表性鮨種，它是容易腐壞的青皮魚的一種，傳統做法要趁新鮮用醋醃，時間拿捏是關鍵，要略微帶酸味卻又不減魚肉鮮美；小野二郎醋醃的功力聞名遐邇，但上桌時最讓我印象深刻的卻是它的「造型」。小肌雖經醃漬卻仍然保持閃閃發光的金屬色澤，整條小魚捏成修長的模樣，尾部卻多了一個轉彎，變得優雅靈動，被稱為是「女子的坐姿」，好像是個淑女雙手貼著膝蓋，小腿側彎端坐的模樣……。

一連三貫肥美的鮪魚壽司之後，彷彿音調突然一轉，從鮪魚大腹的油甘脂美急轉至青皮小肌的微妙醋酸，口腔中重新變得乾淨清爽，效果好像法國料理在中場要用雪貝冰沙（Sorbet）來清洗並轉換嘴裡的味覺一樣。按照食評家山本益博的說法，前七個壽司是「第一樂章」，用的都是傳統「江戶前壽司」的正宗鮨種，到了醋醃的鰶魚之後，壽司師傅就有較多材料可以「變奏」發揮。

第二樂章是當令食材的表演，也是「數寄屋橋次郎壽司」的季節菜色真正變化之處（前後則各季大同小異）。起頭領軍的是顏色橘艷的赤貝，咬起來柔中帶脆，赤貝上那一抹輕淡不搶戲的醬油則發揮畫龍點睛的功效，它讓赤貝有一點自然鹹味，就又讓你沒感覺到有調味。第二顆上來的壽司則是鹵煮成深紫色的章魚，「次郎壽司」的做法是讓章魚軟中帶脆，味道也輕淡；相比之下，「青木」的著名酒肴「章魚櫻煮」反而太軟爛也太重鹹，也許青木的鹵煮章魚目的是用來下酒，而非當做壽司的鮨種。

然後是肥美的冬天島鰺（しまあじ），屬於青皮魚的鰺魚本來很容易有點腥味，但「次郎壽司」採買的鰺魚極大極肥，帶著濃厚的脂肪香氣，毫無腥氣，如果不是菜單放在面前，我一定誤以為這是紅鮒或青鮒之類的大魚。

島鰺之後是「車海老」，木盒取出艷紅的大明蝦，體型的巨大同樣讓我吃了一驚，那比較像是在吃天婦羅或洋食的炸蝦會看到的體型，而不像是壽司店裡會用的鮨種。助手們迅速地為明蝦去殼，小野師傅面無表情繼續捏著壽司，捏完之後橫切一刀，一顆壽司剖成兩半；助手送到面前時還交待：「請先吃頭，再吃尾。」入口之後，我才有點體會小野師傅的用意；大概這明蝦是太大了，不宜像其他壽司一樣，一口一顆，既不舒適也不雅觀，分成兩段之後，蝦肉與米飯正好可以一口送入，符合壽司每一口都要結合魚鮮與醋飯的原意。

但何以先吃頭後吃尾？吃蝦頭時，蝦膏在其中，口中充滿香氣，第二口蝦飯仍可持續，如果先吃尾，則尾段完全沒有蝦膏，這應該是師傅的用意吧？事實上明蝦雖經水煮，但剛剛斷生，吃來仍有沙西米的甜味，水煮過的蝦身則飽含彈性，帶著微妙的溫度，是我吃過極少數好吃的明蝦（大部分我都嫌明蝦太大，肉身容易過老，江浙人的炒蝦如龍井蝦仁，用的都是細小的河蝦，味道就比纖維較粗的明蝦高明很多）。

陸續再上的是水針。水針壽司用一整尾水針做成，剝了皮的水針魚肉晶瑩透明卻仍有邊緣的細皮留著，銀亮閃閃好像是塗了螢光一般，可以想見它的新鮮；最令人驚嘆的還是它的造型，水針身體細長，老師傅把它盤來繞去，使水針發亮的銀線繞成一周，好像特別把壽司鑲了銀邊。入口時，魚肉軟中有脆，符合我平日對水針的印象；但也只是如此，壽司美則美矣，水針的味道卻很難與其他壽司店有什麼不同。

然後登場的是淡醬油燉煮的「文蛤」，當助手們從木盒取出帶殼的巨大蛤蜊時，著實有點讓我吃了一驚，那文蛤可能比拳頭還大，助手取出文蛤肉交由老師傅捏成壽司，再迅速送到我們面前。我用手輕輕舉起文蛤壽司，看著文蛤肉完全包住米飯，雙邊還微微下垂，幾乎超過六公分，這麼大的文蛤的確少見，材料的取得恐怕也不容易。文蛤鹵煮得十分柔軟入味，味道亦淡雅，醬油味很清淡，多的反而是昆布的甜味。

文蛤之後令我意外的上的竟是鯖魚，和前面幾種壽司看不出概念上的連結，也許是著眼寒冬鯖魚特別肥美的緣故吧。但鯖魚的確選得高明，切得方方正正厚厚一片，銀亮薄皮粉紅肉身，加上一抹暗紅血色，看起來就很誘人，入口則到口即化，滿口脂香，是令人印象深刻的一品。

這是充滿多樣變化並與前一樂章相互抗擷的第二樂章（一共七貫壽司），然後就來到最後一個段落，小野師傅再度回到「江戶前壽司」的傳統曲調，只是這一段卻從「軍艦」開始。用乾海苔片卷起圈住餡種的壽司就是所謂的「軍艦卷」，海苔片用備長炭火爐輕微炙烤，增加脆感與香氣，卷住醋飯，再在上頭放上容易鬆散的魚鮮，這也是「數寄屋橋次郎壽司」令人稱道的傳統技藝。

第一顆上場的握壽司是「海膽壽司」，鮮黃色海膽固然糅糯滑順，充滿潮水味道，當然是上等貨色，更令人驚艷的則是海苔，厚而脆，芳香撲鼻，海膽上已經輕輕點上醬油，無需沾醬已經滋味十足。

再上來的是獨特的「小貝柱」，黑色海苔包住的醋飯上滿滿放著小粒新鮮干貝（恐怕有七、八顆之多，但它並不是顆粒小，而是不同品種的干貝，事實上小野師傅用的小貝柱比一般用在天婦羅かき揚げ裡的要大很多，據說這種野生珍味已經快要絕種，未來只能吃到養殖的了），口感柔軟清甜，加上香氣明顯，是當晚菜單中令人印象深刻的一道。

然後再上的是「鮭魚子」，這時候我才注意到小野師傅做的「軍艦卷」比多數壽司店做的較大，形狀橢圓大方，海苔築成高牆，因此放料較多。這顆鮭魚子壽司就做得飽滿而不擁擠，十分端莊美觀。鮭魚子本身當然也艷紅肥美，一見知道是高級品，最難得是醬油輕輕醃過，時間可能極短，只有一絲鹹味，更多是魚子本身的鮮味，調味算是很高明的。

菜單上最後一顆壽司就是「穴子」了，穴子就是星鰻，是江戶前壽司的「考師傅」之作，星鰻事先需經薄醬油鹵煮，目標要入味鬆化，火候和時間拿捏是一大考驗。「數寄屋橋次郎壽司」的穴子壽司當然是出名的，穴子切成大片，尾端垂到桌面，形狀仍然是無懈可擊。難得是醬油用得淡雅，沒有其他壽司店的黑醬色，味道恰到好處，也真的是入口即化，好像打進了空氣一般。

穴子是最後一顆「壽司」，卻不是最後一道，因為還有一道「玉子燒」，既做為壽司餐的總結，又有西式料理「甜點」的功能，因為「玉子燒」多半做得帶甜。「次郎壽司」的玉子燒顏色絕美，外層是均勻的棕色，內裡是金黃色，上桌時還是熱的，我尤其喜歡它表皮的焦香味。

短短三十分鐘，將軍趕路一般，一場全球最老現役三星主廚的「壽司秀」就做完了，我自己還覺得意猶未盡。「主廚調度菜單」（おまかせ）結束之後，老師傅還問座上客人要不要再點一點什麼，有的客人點了也是店中名物「干瓢卷」（かんぴょうまき），有的客人則重覆點了剛才吃的喜歡之物（例如鮪魚大腹），我和兩位同伴相望一下，覺得並沒有要再增點的意義……。

當我們表明已經吃飽，服務生隨即把我們請下吧檯，改坐在座椅上，奉上毛巾擦臉，再奉上甜點水果與熱茶。不一會兒，其他食客也紛紛下了吧檯，都坐到座椅上來，也有一些客人開始結帳，穿上大衣圍巾離開了。

同伴今川先生趨前向小野二郎老師傅說了幾句話，隱約聽到是說明我們從台灣專程前來。老師傅走出吧檯，親自來到我們座位前和我們握手致意，那雙捏握壽司超過七十年的手又厚又軟，也有溫潤之感，看來身體非常健康，恐怕再做五年十年也不成問題。我們趁機也露出天真觀光客之貌，邀請小野二郎與我們在店招前合照留影，老師傅一改吧檯內工作時的嚴肅冷面，變得笑臉迎人，對合照之請也來者不拒。最後，就在小野老師傅不斷鞠躬的禮數之下，我們告別而去。

走出大樓地下室，銀座的冷空氣一下子撲在臉上，我感到精神為之一振，可是好像也有一點悵然，一場想像多年又期待多時的「盛宴」怎麼忽焉就消逝了，此刻根本還不到晚上八點呢。我忍不住問今川說：「今川樣對今晚的壽司覺得如何呢？」

今川歪著頭沉吟半晌，好像正在盤算合宜的答案，但回給我的並不是答案，而是另一個問句：「詹樣知道末廣鮨嗎？」

「您是說靜岡清水的末廣鮨？」我問。

今川點點頭，我接下去說：「知道，與數寄屋橋次郎齊名的壽司店，至少在鮪魚的頂級程度上齊名，我聽說了很多年，還從來沒有真正成行。」

今川說：「比起來，我還是比較喜歡，或者說是習慣，末廣鮨的壽司做法。

家父和末廣鮨主人是好朋友，我因而有多次機會去末廣鮨。也許下一次詹樣來，我們一起去末廣鮨，當然要改由我做東，您可以比較看看⋯⋯。」

時間也實在太早，如果就這樣結束一個夜晚，未免有點虎頭蛇尾。今川先生建議再找一處喝一攤，我當然也贊成，夜還太年輕呀！

口裡說著「銀座這一帶我不熟」的今川熟門熟路地把我們帶到一家高級服飾店的頂樓，頂樓赫然是一家與服飾品牌同名的「葡萄酒吧」（Wine Bar）。酒吧裝潢富麗時髦，大量的金屬與玻璃，規模不小，上下共兩層，中央有旋轉樓梯相通，店中人聲鼎沸，各色人種穿梭不息，十足的國際都會感。膚色黝黑的門口接待服務生似乎不太通日文，弄了好久才為我們帶位，在角落裡給了我們低矮沙發的位子。

配著黑色蝴蝶結的侍酒師前來致意，看起來和今川是熟人，兩人熱絡打招呼交談後，侍酒師為我們推薦了一瓶名為「一千零一夜」的義大利紅酒。我從來沒有聽說過這個托斯卡尼的酒款，但送來之後卻意外的美味，酒體淡雅柔順，還有一點酸度，接近勃根地酒而不類波爾多。酒的好壞或許不是重點，重點是喝酒所打開來的談話氛圍，舉杯之後，輪到今川先生質問我了：「那麼，詹樣覺得今晚的壽司如何呢？」

「與我的想像完全不同……。」我像是嘆了氣的回答，事實上，整個晚上我都在問自己同一個問題，也還找不到合適的答案。

緊接下來，就是我的「長篇大論」了。我的朋友們當然熟悉我的長篇大論，現在我的專欄讀者當然也得忍受我的「下筆難休」。長篇大論其實反應的是說話者的「溝通焦慮」，生怕自己他的解釋不夠周全，讓別人把他的意見理解成另一種面貌，只好加註再加註，補充再補充，最後就變成了「長篇大論」。

「我本來預期這是一個美食經驗，不料卻發現它變成了一場教育之旅。」我接下來說：「美食經驗本來容易，它只要讓我直覺好吃就行，它訴諸我未經反省的感官，讓我覺得愉悅，也因此美食經驗通常就是一種重覆已知的經驗……，」

「但有些食物或烹調挑戰你既有的認知，它不是你已知的，它逼迫你去想它的原理，今天晚上的壽司對於我好像就是這種東西，它不是美食經驗，而是拓展你的經驗邊界，逼迫我去想，什麼是真正的江戶前壽司……。」

「原來如此，」今川先是頷首若有所思，然後就轉為頑皮的調侃：「詹樣不但是美食家，其實也是哲學家呢。」

我被說得又窘又急：「真的，今川樣，這是我今晚的感覺。我沒有辦法立刻說它好吃，因為它和我原來知道的好吃壽司不一樣；可是我又說不出它有任何地方不好吃，我好像需要更多時間來想清楚⋯⋯。」

但這真是一場「教育之旅」，從小野二郎老師傅切割鮨種的端莊方正，捏握壽司的完美造型，已經給了我一堂視覺上的震撼教育；到它醋飯的突出酸味與飯粒的堅實口感，再到它每一顆壽司帶來的鮮明滋味，以及每一種食材處理的落落大器，它的每一個過程都給了我難以磨滅的印象，從這個角度來說，我的專程前來也顯得不虛此行了。

今川先生也同意我這個想法，他說：「我們日本人常吃壽司，但對壽司究竟本意如何也很少深究，小野先生的壽司的確會提醒我們壽司的深奧⋯⋯。」

八個月後，我在巴黎和朋友謝忠道吃飯，這位真正的美食家告訴我這位「冒牌美食家」一個故事，他說他有一次在倫敦三星主廚Gordon Ramsay的餐廳吃飯，鄰座有一群人圍著一位老太太吃飯，他注意到老太太吃的是「主廚渾身解數套餐」（tasting menu），老太太津津有味用完十幾道菜，還喝完所有的搭配酒款，最後服務生唱著生日快樂歌推著一隻小蛋糕出來，原來那是老太太一百歲生日。謝忠道感嘆說：「我希望我一百歲還能像她那樣吃飯。」席間所有人都跟著感慨，不料謝忠道突然發難：「如果你到了一百歲生日，你要在哪個餐廳用餐？」

我立刻莫名地想起小野二郎老師傅用左撇子姿勢捏著壽司的畫面來，我說：「如果我活到一百歲生日，我想到最老的師傅那裡用餐，雖然他得要活到一百三十歲才行⋯⋯。」

時間又飛馳了一段，我向今川先生說的「需要更多時間來想清楚」的事到現在也沒想清楚，我也還是說不出「次郎壽司」究竟是好吃還是不好吃，但它令我常常想到它，可能是它的滋味，也可能是滋味背後的文化傳承，更可能是老壽司師傅那種專注神情帶給我的感動。被很多人認為是日本天婦羅第一把交椅的天婦羅師傅早乙女哲哉據說從二〇〇三年起，每天中飯都在「次郎壽司」用餐，他顯然是用此來給自己鬥志的，他還說：「只要八十歲的老先生還在做，我就不會退休。」的確，小野二郎的壽司之所以難以一言而決，正是因為混合了太多滋味⋯⋯。

兩個羊頭

「伊斯坦堡人為兩個羊頭哪個比較好吃而爭論不休⋯⋯。」書上這麼說。

這本書是兩位年輕的伊斯坦堡人寫的，他們一位叫Ansel Mullins，另一位叫Yigal Schleifer，兩個人在土耳其的伊斯坦堡經營旅遊導覽，其中一個非常受歡迎的導覽項目，是帶領觀光客以徒步方式品嚐伊斯坦堡的「街頭小吃」，這個Guided Tour就命名為「伊斯坦堡街頭小吃步行導覽」（Istanbul Eats Walks）。

我在網路上讀到這則訊息時，心中怦然一動，覺得有機會到伊斯坦堡旅遊時，應該試試這個街頭導覽；但轉眼一看網站中的其他資訊，發現他們兩人寫有一本書，書名叫做《吃在伊斯坦堡：探尋巷弄中的美食》（*Istanbul Eats: Exploring the Culinary Backstreets*, 2009）。這對我來說，是更好的消息；來到異鄉城市，如果有在地人帶領尋訪街坊美食當然再好不過，但如果有書本能讓我按圖索驥，自由選擇，不勞煩他人，那就加倍符合我的心意。

沒想到機會真的來了，朋友相約，幾家人一起到伊斯坦堡旅行，我雖然困於繁忙的工作行程與牽腸掛肚的諸多糾結，最後還是在忐忑不安的心情下成行了。朋友都是事業有成的人士，行程的前半段都住在博斯普魯斯海峽沿岸景觀絕佳的豪華旅館裡，探訪的也比較多是當地的高級餐廳，只有幾次拿著旅外土耳其人的推薦名單，找到顯然是在地人才去的大眾食堂，其中有一家位於亞洲側Uskudar的餐廳，店中有幾道正宗「地方土菜」讓我們直呼過癮。

幾天之後，我們共同旅行的幾家人各有行程，就分手道別了；我和家人搬到市區的旅館，準備改用慢調步行，用自己的身體與腳程「丈量」這個文明古城的大街小巷了。

第一天我就找到知名書店「魯賓遜漂流記」（Robinson Crusoe Bookstore），果然店中有大量關於土耳其歷史、文化的書籍，我挑了幾本涉及旅行史的書前去結帳，不料竟在櫃檯看到魂縈夢牽的《吃在伊斯坦堡》一書，急忙也取來一併買單，這本書因此進入了行囊。

漫步伊斯坦堡街頭時，我看到路標有「純真博物館」的標識，興起一探究竟的念頭。《純真博物館》（*Masumiyet Muzesi*, 2008, 中文版麥田，2012）本是諾貝爾獎得主土耳其作家奧罕・帕慕克（Orhan Pamuk）的小說書名；但小說所敘述的人生就已經有了「博物館」的意象與概念，特別是人生與各種世俗物件的關係，小說出版之後，伊斯坦堡也據此打造了一座與小說相互呼應的博物館，從諾貝爾獎的文創或觀光效應來看，這也是極其自然的事。但我在我的觀光導遊書中讀到一篇酸溜溜介紹這座博物館的文章，大意是說這座博物館是由得獎作家的作品「啟發」（inspired）而來，害得我有一點覺得無趣，總覺得追逐這樣的流行有點可恥，也就沒有把它列入行程，現在既然在路上看見它的路標，不妨也繞過去看看。

幾個轉彎之後，加上我並沒有用心尋找這座博物館，路標就失去下文，我們也連帶就迷了路，在上坡下坡的彎曲巷道裡不知身在何處，連地圖也看不出所以然來。但我們也不特別掛心，我並沒有非要找到那家博物館不可的念頭，在小巷裡胡亂穿行，常常窺見別人的後院，看到各種尋常百姓的生活，倒也讓我感到興味盎然。我們無意中來到一個巷弄，正巧看到一個餅店，一個麵包師傅正用木柄從磚窯裡把一大堆冒著白煙的扁餅（Pide）拿出來；我們正看得起勁，這時店裡來了一個包著頭巾的老婦人要買餅，麵包師傅和她親切交談數句之後，用白紙包起兩落扁餅（大約有二十張或四十張）交給老婦人⋯⋯。

這太誘人了，以婦人買餅的數量來看，這顯然就是土耳其人的日常主食，而且才剛出爐。我忍不住上前去，比手畫腳向聽不懂英文的年輕麵包師傅請求買餅，他瞪著眼問了一句什麼，我比出一個手指頭：「只要一張餅。」他點點頭，從木托盤上拿了一張餅，用一張白紙包起來，再放進一個塑膠袋，嘴裡嘟囔說了一句話，應該是價錢吧？我掏了一里拉給他，他轉身又找給我三毛錢，所以一個餅是七毛錢（約合新台幣十元）。我們拿著這熱騰騰的餅，找到街邊一個茶攤子，傚仿在地人叫了兩杯土耳其茶，坐下來一面喝茶，一面撕開餅來吃。

扁餅本來是配各色前菜（mezes）或烤肉（kebabs）吃的，本身沒有任何調味，只有炭烤的焦香和慢慢嚼出的淡泊麵香；這個時候，我從背包中把《吃在伊斯坦堡》一書拿出來翻閱，發現書中寫的幾乎都是街頭小攤販或巷弄中的小店，讀起來津津有味，忍不住覺得飢腸轆轆起來⋯。

書中一篇文章引起我的注意，文章劈頭就說：「伊斯坦堡人為兩個羊頭哪個比較好吃而爭論不休⋯。」

它說，兩個羊頭做法不同，一種是烤的羊頭，叫 Kelle Tandir，另一種是水煮羊頭，叫 Kelle Sogus，烤羊頭是「熱吃」，水煮羊頭是「冷吃」。伊斯坦堡兩家賣羊頭的名店正巧是一冷一熱，各有各的擁護者，兩個羊頭哪個比較好吃也因此變成伊斯坦堡人爭辯不休的話題。文章並有兩張彩色照片，那是兩位師傅持刀處理羊頭的景象，一位笑容可掬，另一位則專注嚴肅，連工作風格都形成對比。

我看了兩家店的位置，發現都位在新城Beyoglu區的大馬路巷內，都在魚市場（Balik Pazari）附近；離我們此刻歇腳的茶攤約莫也只有兩三公里，散散步也是走得到的，我們就興起來去尋覓的念頭。

一路走去並沒有想像中順利，一方面好幾個地方正在大興土木，路途不通必須改道，另一方面則因為道路彎曲多歧，稍不注意就走錯了路，必須重新找到定點來查看地圖。一趟路找得我精疲力盡，好不容易才來到魚市場；再按地圖走進市場一帶的曲折巷弄，市場附近各種餐廳、酒吧加上蔬果花卉與魚肉賣店，無不爭奇鬥艷、大聲叫賣，顏色五花八門、氣味也錯綜複雜⋯⋯。

同一條路已經走過多回，但我要找的兩家羊頭店卻遍尋不著。伊斯坦堡古老巷弄的路牌並不清楚，常常不容易搞明白自己身在何處，我不斷地停下來重新尋找地標定位，希望更準確找到相對位置，但沒有幾分鐘我就再度被新出現的街道所迷惑，原來的定位又亂了，不得不再找一個位置重新來過。

正當我挫折到無以復加、想要放棄的時候，突然間我發現眼前有一家賣羊肉、牛肉的店鋪，門口有一隻木造櫥櫃，櫃子內整整齊齊擺了幾十個煮熟的羊頭。我心頭一震，難道我要尋找的並不是食堂餐廳，而是肉店裡兼賣的熟食嗎……？

◆

那家肉店生意興隆，架上掛著各種部位的肉品，店內一群顧客排隊等著接受師傅的服務。我看到隊伍旁有一位中年男子沒有排隊，卻和每位顧客嘻鬧著，我疑心他是店中的老闆或什麼，遂推開玻璃門，探頭招呼，打斷店中的熱絡談話：「伊斯巧斯米（Excuse me）！」

穿著藍色V領毛背心的中年男子聞聲抬頭，一張笑臉迎了過來，但不無問號寫在他臉上，我指著店外孤伶伶的木櫃又問：「請問這裡就是賣烤羊頭的地方嗎？」

我真的是走運了，臉上法令紋很深的中年男子竟然會說英文：「沒錯。」

我揚一揚手上的書，說：「書上說你們賣伊斯坦堡最好吃的烤羊頭，是不是就是這裡？」

瘦削的中年男子這時候走出門外，笑得更開懷了：「當然是，我們在這裡賣羊頭超過五十個年頭了……。」

但我看著左右，一張桌子也沒有，有點煩惱：「可是我沒想到你們不是餐廳，我們又在路上旅行，我要怎麼買，又怎麼吃呢？」

「你買了羊頭，我們會為你打開、處理，乾乾淨淨，裝在盒子裡，你可以帶回旅館，或者你找個酒吧，買杯酒坐下來，這裡或那裡⋯⋯。」中年男子用走指著兩旁，我順著看過去，旁邊的確是一家又一家的餐廳、咖啡店、啤酒吧。

「但羊頭要怎麼買呢？我是一次買一整個嗎？」

「沒錯，我們是一個一個賣的。」

我狠下心來，指著櫃中堆疊如山的烤羊頭：「那就給我來一個。」

V領的中年男子大聲吆喝了一聲，裡面賣肉的矮胖師傅立刻放下店裡的客人，走了出來，我一下子認出他是書中照片裡的人物，叫許納喜師傅（Şinasi Usta, usta就是master的意思），也就是那位戴著圓邊眼鏡、滿臉嚴肅的「砍頭」師傅。

許納喜師傅似乎沒有和我打招呼的意思，櫃中取出一個熱騰騰的羊頭，用的是綿羊，羊皮已經剝去，羊肉烤成焦香的金黃色。師傅拿著一把厚重的剁刀，一刀就往羊頭蓋劈去，但手勁恰到好處，頭蓋骨應聲裂開，刀就停在頭骨上，裡面的東西卻一點也沒動到；羊頭師傅旋轉剁刀，輕輕把頭蓋骨掀開，就露出白中透黃的羊腦來。許納喜師傅再用刀尖做幾個動作，頭骨就被他卸了下來，他拿出一個紙便當盒，用湯匙輕輕把羊腦刮起來放入盒中一邊。

師傅再用剁刀切下羊頭的側面，迅速刀手並用，剝下兩頰的肉；那羊頰肉呈丸狀，看起來結實富彈性，剝下的兩大垛羊頰肉放在砧板上，再用刀剁碎，也放置盒中。然後羊頭被整個劈開，師傅用手一剝，取下了整根舌頭，舌根處看來像是頰肉，舌尖則是不同的肌理，師傅一一用剁刀切成細片，也放入紙盒另一邊。最後，師傅用手伸入頭骨眼眶，摘下兩隻羊眼睛，用刀來切開除去眼中雜物，只取周圍肌肉處，也用刀切碎了，看不出形狀，通通放入紙盒之中。

羊頭師傅再在盒子上灑上孜然粉和辣椒粉，再擺上幾支芫荽，一盒羊頭肉乃大功告成。盒子置入塑膠袋中，捧在手中熱乎乎的，結帳下來，一個烤羊頭是十五里拉，約合新台幣二百二十元。

買到了烤羊頭，信心大增，心裡也因此有數，另一個要找的「冷羊頭」可能也不是餐廳，而是另一個木頭櫥櫃。

回頭走，果然不久之後，就在剛才走過好幾遍的路口，有一個小攤販，攤販有一個木頭櫥櫃，櫥櫃裡放了十來個大羊頭（幾乎比烤羊頭的羊頭大了快百分之五十，可能根本是不同種的羊），一位師傅正埋頭苦幹，砧板上正處理著一個羊頭，不同的是，這攤販是個一人小店，除了羊頭不賣任何其他東西，他處於一家酒吧的門口屋柱旁，櫃子不過六十公分寬，非常局促的小空間，但攤販後方有張矮桌，桌旁有兩張凳子，此刻正坐著一位工人模樣的顧客，身旁放了一個大包袱，發呆似的等著他的午餐。

我大膽走向前，向埋首砧板揮刀片肉的羊頭師傅致意，這位師傅顯然不諳英文，困惑地看著我，我指一指櫃子裡的羊頭，說：「我要一個羊頭？」瘦削的師傅茫然看著我，伸手到櫃子取出一個麵包捲，在空中搖一搖，我搖搖頭，大聲說：「我不要麵包，我要一個羊頭。」說完再度指著櫃中的羊頭，羊頭師傅咧嘴一笑，露出一個金牙，我也認出他正是書中照片開口微笑的另一位羊頭師傅，名叫穆阿瑪師傅（Muammer Usta）。穆阿瑪師傅露出金牙，笑容可掬，猛力點頭，好像是聽懂了。

我又指一指隔壁的酒吧，說：「我要坐在隔壁，你可以待會兒把羊頭送過來給我嗎？」穆阿瑪又是開口無聲地笑著，用力點點頭。

我們走進一根柱子間隔的酒吧，坐在最外邊可以看見來往行人以及對面市場動態的座位，我先走到吧檯點了兩杯土耳其Efes生搾啤酒，才回到座位打開那盒處理好的溫熱的羊頭肉，盒子裡已經貼心地放了紙巾、紙盤和塑膠刀叉。

不一會兒，冰冷的啤酒送到桌上，第一口啤酒沁入脾胃，說不出的痛快舒服，特別是我們已經走了快兩個小時的道路。我再用叉子叉起一串切碎的羊頰肉，送入口中，羊肉香氣四溢，又柔軟多汁，大概羊頰是運動極多的部位，雖然烤得柔軟卻仍有嚼勁，一點沒有水份流失變柴的跡象，加上一點辣椒的刺激，以及孜然和芫荽的香氣，這羊頭真是太好吃了⋯⋯。

我再試一口羊舌的滋味，羊舌的口感與羊頰不同，它硬一些，但質地也密實一些，咬在齒間有堅強的抵抗，細嚼之後另有滿足之感；然後試羊腦，烤過的羊腦有一種芬香，入口即化，彷彿脂肪，但更細滑；最後嘗試羊眼睛，羊眼經過師傅刀工處理，事實上感受到的是眼睛周圍的肌肉，它既結實卻又柔軟，有咬口卻又細緻，好像是更高級、更精美的羊頰肉。沒想到一輪試下來，羊眼睛最為甘美，和我原先的想像完全不同。

一面嘗試烤羊頭，我也沒有停止觀察隔壁穆阿瑪師傅處理羊頭的動作。和許納喜師傅使用的剁刀不同，穆阿瑪用的是一把薄片刀，薄刃運使如飛，把羊頰肉快速削下來，成為一張張如紙薄片；他正在為坐在攤位座位的客人做一個羊頭肉三明治，把麵包捲從中橫切一刀，放進生洋蔥絲、萵苣葉、蕃茄片，然後把一片片羊頭肉包進麵包，再灑上香料和辣椒，還有一大堆剁碎的芫荽，一點點羊肉汁，一個三明治就大功告成……。

做完羊頭肉三明治之後，穆阿瑪師傅又從櫃子裡取出一個羊頭，先用剁刀將羊頭劈成兩半，放回半個進櫃中，然後他運用手上手把小刀，在羊頭上又剜又削，不一會兒，附在頭骨上的肉已經全部被取下，師傅運刀如飛，快速將取出的肉切成薄片，然後他取出一個盤子，鋪上一張白紙，紙上鋪一層生洋蔥絲，再將切好的羊頭肉置入盤中，他灑上幾種香料，再灑上大量切碎的芫荽葉，最後，再在盤中放進一整個法國麵包，這樣才大功告成，穆阿瑪師傅笑瞇瞇地把那一大盤端到隔壁的我的桌子上。

「多少錢？」我掏出錢包，準備付帳。

穆阿瑪師傅笑得靦腆，伸出手指，比了一個「八」的手勢，所以這是八里拉，相當於新台幣一百二十元，不過這是半個羊頭，跟剛才那烤的羊頭一整個要十五里拉似乎是差不多……。

不，事實上是差很多，等我開始動叉子取出盤中的羊肉，發現這半個羊頭肉的份量幾乎和另一家整個羊頭是差不多。一開始我用眼睛目測，也覺得穆阿瑪師傅的羊頭比許納喜師傅要大很多，兩家用的都是綿羊，這羊頭大小的差異不知道是因為品種不同還是羊齡不同？但看他們櫃中的羊頭倒都是一樣大小，可見每一家做法和選材都有他們自己的考量。

水煮羊頭端上來之後，我看它的肉色比較暗淡，不像烤羊頭有著一種焦黃或棕色的美麗顏色，香氣也比較明顯。這時候，我的烤羊頭已經吃去了大半，我拿起叉子滿滿叉了一串羊肉，送入口中，稍一咀嚼，不禁覺得驚奇，因為它意外地好吃，口感更緊實，暗含隱隱香氣，我甚至傾向於覺得它比烤羊頭更好吃。

應該不是調味的緣故，我仔細翻看盤中的羊肉，發現它的調味料不過是黑胡椒粉、孜然粉、辣椒粉，可能有一點芫荽籽粉（coriander seed），它又放了很多碎芫荽，但基本上調味和烤羊頭是差不多的。可能水煮的時候，湯汁中有若干香料，現在微妙的香氣進入肉中；但水煮後放涼，肉質略略收縮，變得更為緊緻，可能是更重要的原因。兩種羊頭肉火候都不俗，都沒有煮過頭，使肉質變柴的毛病，話說回來，這正是羊頭的優點，它的肉不多，貼骨帶筋，又都是運動量特別大的部位（譬如臉頰肉），可以久煮不柴。

這也讓我想起台灣幾個有賣「骨頭肉」和「頭骨肉」的地方，譬如三義地方有聞名的「賴新魁麵館」，除了有用豬大骨湯煮的切仔麵和粄條以外，賣的小菜有「骨頭肉」一樣，也是他們的招牌，把煮熟的大骨肉從骨頭上拆下來，連筋帶肉，非常好吃，我們每次路過都忍不住要下交流道去吃一碗，從前的骨頭肉用臉盆裝成一整大盆，豪邁的模樣總讓我覺得比現在分好裝盤自助餐式的方式要更好吃。我和朋友也偶而早上跑到新店光明街去吃「勇伯米粉湯」，他有很多黑白切的白煮小菜，豬腸、豬肺、肝連等一應俱全，但我最喜歡的小菜是他的「頭骨肉」，肉從豬頭上拆下來，肥瘦相間，嚼起來變化多端，頗有滋味。不過這兩家都是豬肉，此刻我在伊斯坦堡街頭品嚐的是「羊頭肉」，概念雖然相近，但羊隻體型更小，肉質更嫩，相形之下，比豬隻又更勝一籌。

嚐完兩種羊頭之後，我對土耳其的街頭小吃充滿新的期待和信心，對我初次使用的《吃在伊斯坦堡》一書更是印象大好，急著想要再試試書中其他的推薦。

另外有一篇文章的開頭敘述引起我的注意，書中是這樣說的：「要在伊斯坦堡找一家烤肉餐廳不難，街頭至少有幾千家，但要找一家合適的場所卻是出乎意料地困難⋯。」

所謂的「烤肉餐廳」（kebab restaurant）的確是伊斯坦堡街頭的基本景觀，說它有幾千家恐怕並不誇張。烤肉有時候是用垂直的旋轉爐來烤，有時候是用水平的旋轉爐，有的肉是一層一層疊上去，有的是碎肉做成的丸子，也有的是串起來的肉塊，肉的種類和口味也是多元多樣，也有放在盤子裡吃，也有包在餅裡吃，既可當正餐又能當速食。

我們剛到土耳其時，在來自朋友的推薦單上，我們也去了一家位於「香料市場」附近知名的餐廳Hamdi Restaurant去嚐了烤肉的味道。那也是一家相當好吃的烤肉餐廳，美中不足的是已經觀光化了，口味國際化，價位較高，多數是觀光客的天下，本地人並不多。

但書中說的「要找一家合適的場所卻是出乎意料地困難」這句話卻是真的有點「出乎意料」。書中很快有解釋，它說，有很多烤肉店味道很好，地方和服務卻太簡陋，你可不能拿它來當夜晚酬酢之用；可是有的烤肉店注重了場所的氣派和高檔的服務，你可以看到更豐盛的菜單菜色和相映的酒單，但多半又做過頭，因為穿燕尾服的服務生在招呼斯文地用刀叉吃著粗獷的烤肉，並不是一個和諧的景觀。你要怎麼樣恰到好處？

書中最後說，「祖貝義兒烤肉店」（Zubeyir Ocakbaşi）就是最佳答案，它又可以讓你「歡度夜晚」（make a night out），又讓你保持非正式氣氛，輕鬆自在不管禮儀地大吃你的烤肉⋯。

這聽起來是有趣的概念，也讓我好奇起來，一家「恰如其分」的烤肉店究竟該長什麼模樣。夜晚時分到了，我們離開位於塔克辛（Taksim）廣場附近的旅館，不特別抱什麼期待的，徒步前往十幾分鐘腳程Beyoglu區的「祖貝義兒烤肉店」。

走到鄰近地區，發現一整區都是餐廳，大部分是烤肉店，每一家都搖曳著誘人的火光，喧囂的人聲，酒杯碰撞聲，簡直是個熱鬧的美食街。正當我們看得目不暇給的時候，我也看見了我正在尋找的祖貝義兒的招牌。餐廳位在一樓，從外頭看進去，正中央就有一個巨大的烤肉爐，幾乎有一張十人會議桌那麼大，頭上是一個黃銅打造的、古色古香的排油煙機，烤爐上是燒得紅通通的木炭，旁邊擺滿了各種肉串，還有許多茄子、辣椒、蕃茄，色彩艷麗，令人垂涎欲滴，一位瘦削的烤肉師傅坐在當中，面容嚴肅地盯著炭火上的烤肉⋯。爐子周圍其實就是吧檯，你可以像吃壽司一樣指著食材點你要吃的東西，而烤肉師傅就當你的面調理你的食物。

就是它了，光是那個黃銅造的排油煙機已經夠讓我著迷了，何況炭火上的肉串還滋滋作響，冒出一陣一陣的香氣⋯。

◆

在門口張望片刻，我們不再猶豫，推開玻璃門走了進去，穿著白襯衫黑背心的男性侍者立刻前來迎接，但他們似乎不太能說英文，對我尋求座位的問句無法回應；這時候，後方轉出一位唇上蓄著灰色鬍鬚、穿著黑色西裝的中年男子，相貌堂堂，他走向前來打招呼，用的並不是英文，但神情篤定自若，頗有威儀，他直接把我帶到離烤爐不遠的鋪著桌巾的座位，示意要我坐下，然後又大聲用土耳其語對其他侍者交代了幾句，旋即鞠躬退出。一位較年輕的俊男侍者手上拿著兩瓶水，用簡單的英文說：「飲料嗎？」

我要了一瓶無氣泡水，又要了一瓶當地啤酒，喝完第一大口冰啤酒之後，才請侍者送上菜單。送來的菜單倒是土、英雙語對照的，清楚易懂，而此時我們已在伊斯坦堡居停多日，即使是土耳其文的菜單也已經識得不少了。這份菜單則是容易理解的，因為它除了多種前菜之外，其他就是各式各樣的烤肉了。

怎麼點選這些看似相近，實則各有滋味的烤肉？書上其實有些建議，它推薦 Adana Kebap，那是一種把羊肉絞碎，混入各種香料（當然辣椒絕不可少），再揉搓成一大團來烤的經典烤肉；雖然聽來誘人，但我在伊斯坦堡已經多次嘗試Adana Kebap，此刻我更想試試別種烤肉。書上另外也推薦Koc Yumurtaci，那是烤羊睪丸的意思；我曾在倫敦一家黎巴嫩餐廳試過炸的羊睪丸（不過那是出於一場誤會，因為菜單上委婉地寫成「羊腸」，而不會講英文的服務生試圖阻止我，我也沒能聽懂），口感近乎我們台菜中的雞睪丸，也不特別吸引人。最後，我點了一份烤羊小排（Tarak，也就是lamb spare ribs），和一份雞肉串；前菜部分，我則選了一份南瓜泥和一份蔬菜沙拉。

土耳其的前菜，和希臘或阿拉伯菜餚一樣，有許多做成泥狀的前菜，其中，用鷹嘴豆和茄子做成的泥糊更是當中兩種經典菜餚。用土耳其餅沾著這些泥糊狀的前菜來吃，不只是口感滑順，滋味複雜幽長，它們還是極有助於消化的潤腸食物；我特別傾心於茄子泥，好的茄子泥先烤過後去皮，再打成絲綢一般柔滑的泥糊，內中暗藏蒜、優格、胡椒、檸檬等滋味（如果是阿拉伯人的做法，當中還有加入芝麻醬），泥糊上常常再灑上甜椒粉（paprika），味道好到有時讓人停不了口。

但書上說這家的前菜以南瓜泥最為出色，我們在伊斯坦堡已經多次吃到好吃的茄子泥，我就點了南瓜泥來試試。前菜來了之後，南瓜泥果然滑順可口，又帶了一點香甜滋味，用來抹在扁餅上更是讓人一口接一口，我們台灣人說某些菜餚很「下飯」，這些南瓜泥、茄子泥、豆泥則是非常「下餅」，我們在伊斯坦堡常常一頓飯後來都覺得吃太飽，大部分的原因都是在前菜時吃了太多的餅，最後主菜上場，就有點悔不當初了。

不一會兒，兩種烤肉也陸續登場了。帶骨的羊小排烤到焦香撲鼻，邊上都是焦黑的顏色，配上一些生菜、大黃瓜，以及烤過的半個蕃茄與一根青辣椒。烤雞肉串則是大塊切丁的雞肉，大約是先用醬料醃過，再烤至橘紅色（想必香料當中應有薑黃、優格和辣椒粉），方丁的雞肉塊的邊上也有燒焦的痕跡，木炭香氣強烈明顯，令人食慾大振。

我先取了一塊羊肋排來試，真的烤得是外焦酥內軟嫩，火候恰到好處，滋味也極鮮美，口味有點偏重，既濃且鹹，但都能襯托出羊肉的甜美多汁。我已經在伊斯坦堡吃了不下七、八家的烤肉，發現每家的調味都不太相同，各有各對羊肉的詮釋，其中Adana Kebap最厲害，因為它像我們的獅子頭一樣，是切碎的羊肉混合而成，所以有肥肉和瘦肉的比例，加上調味是在肉丸之內，而不像肉塊是在肉之外，味道當然更均勻深入。但除了Adana Kebap之外，在土耳其，不管是肉串、肉塊，或者此刻我正在品嚐的羊小排，它的調理都非常入味，烤得也都在最佳狀態，並沒有過頭或不熟的問題。

也難怪，這是自古吃羊肉的遊牧民族，在炭火上烤現宰的羊肉恐怕已經有千年的歷史，當然是熟知烤肉滋味、熟諳烤肉技藝的民族。

贊歎烤羊小排的美味之後，我再取雞肉串來試，雞肉切成塊丁，本來的風險是失去水份，變得太乾，但這雞塊入口之後，軟嫩多汁，完全沒有過乾的問題，烤肉師傅顯然對火候掌握得極為老練。我忍不住再回頭看了看那位坐在烤爐面前瘦削的烤肉師傅，看他全神貫注地盯著炭火上的肉串，一眼也不眨，斗大的汗珠從額頭涔涔而下，我心中多了好幾分敬意。這雞肉外焦內軟，可見爐中炭火的溫度極高，才能快速把肉汁封在雞肉裡頭，但那也意味著烤肉師傅得要冒著地獄高溫的辛苦。

有趣的是，烤肉盤中做為配菜的蕃茄和辣椒也烤得極為美味。辣椒是辣度頗高的青辣椒，烤到表皮略焦起泡，但內裡仍然柔嫩多汁；入口之後先感覺到炭火香氣，然後是帶著甜味的柔滑口感，最後卻從舌根傳來勁道十足的辣味。蕃茄烤過之後，水份減少，變得既香且甜，蕃茄肉也變得口感結實，讓我驚訝「火烤」本身能在食物帶來的效果。

我們一面贊美土耳其烤肉的高明，一面享受烤肉美食，我也忍不住偷看其他客人點的食物。有一對中年男女坐在烤爐旁的吧檯，點了一大堆食物，除了好幾種前菜（更多的「泥糊」）、各形各色的烤肉之外，他們還點了一種炭火烤的「茄子鑲肉」。我在進門之際，就看到烤肉師傅身旁的木櫃中有一種特殊的肉串，那是把極肥大的茄子中央挖空，塞入滿滿的碎肉餡，看來極為搶眼。吧檯旁的食客點了那道我覬覦已久的「茄子鑲肉」，烤肉師傅就取出一串，放在炭火上，不一會兒，茄子皮的焦香味充滿房間，師傅從火中取出，剝去茄子皮，再將整支「茄子鑲肉」肉串在盤中切段，灑上香料與芫荽，整盤奉上，看來極其美味；可惜我們中午已經飽食一頓，有點力不從心，不敢多點，但也懊惱沒有能夠多試各種不同烤肉的滋味。

在伊斯坦堡的最後三天，我靠著《吃在伊斯坦堡：探尋巷弄中的美食》一書，一共吃了六家餐廳或路邊攤，幾乎無一不好吃。相形之下，反而在旅行前段吃的高級餐廳，包括奧圖曼宮廷料理和海鮮餐廳，並沒有讓我感到那麼滿足以及印象深刻。也許對高級料理來說，我心中比較的對象是「法國料理」，或者香港和東京的高級海鮮餐廳，那我們並沒有在伊斯坦堡品嚐到更高明的料理（當然也可能是我們情報搜集不夠）。但從街頭料理來說，我比較的是台灣的小館、香港的大排檔，這時候，土耳其的「兩個羊頭」就太有特色，太令人難忘了。

附錄　旅行窮盡處

旅行窮盡處，幻想啟程時。

當真實世界探索已完，想像世界就要讓我們繼續前進，「科幻小說」的起點應做如是觀，「想像地誌學」（Topographia Phantasica）也應做如是觀。因為，只有一個世界，是令人不滿足的⋯⋯。

已經很長的時間，我一直覺得（或者說是「疑心」可能還精確一些），法國作家儒勒・凡爾納（Jules Verne, 1828-1905）把他的系列科幻小說作品統稱為「不尋常的旅行」（Les voyages extraordinaires），名稱當中其實是藏有深意與線索的（雖然這個名字可能是他的出版家Pierre-Jules Hetzel取的，但概念背景還是一樣值得我們追究）。

當然，凡爾納是後人所稱的「科幻小說之父」，他的作品是現代科幻小說的起點，但科幻小說既然是當時前所未見的新創作類型，發明者自己有時候也不一定知道他的作品「將要變成」某一種創作的規範。就拿創造出「間諜小說」類型的愛爾蘭作家厄斯金・柴德思（R. Erskine Childers, 1870-1922）來說吧，他在一九〇三年寫出史上公認的第一部間諜小說《沙岸之謎》（*The Riddle of the Sands*）時，卻以為自己寫的是一部「帆船小說」（a yachting novel）⋯⋯。

凡爾納的第一本小說是《熱氣球上五星期》（*Five Weeks in a Balloon*, 1863），那是一個用熱氣球探險非洲的故事，充滿了科技上的想像（以熱氣球做空中旅行）和地理上的細節（他描寫的地理細節總是準確無比，但他在此之前從未出國旅行，他的地理知識全是書本上閱讀得來的），這兩個特徵後來一再出現在凡爾納的小說之中。

這部小說和後來的《環遊世界八十天》（*Around the World in Eighty Days*, 1872），都是凡爾納心目中的「地理小說」，也就是有著「事實存在的世界」供小說中的角色去遊歷與探險，但他另外的小說所遊歷的，有的就是完全創作出來的。

我指的當然就是像凡爾納最受歡迎的幾部想像小說，像《地心歷險記》（*Journey to the Center of the Earth*, 1864）、《從地球到月球》（*From the Earth to the Moon*, 1865）和《海底兩萬里格》（*Twenty Thousand Leagues Under the Sea*, 1869）之類最膾炙人口的作品，也是奠定現代科幻小說創作基礎的作品。這些故事裡的地形地貌，或者所謂的「地誌」（Topography），不管說的是地心世界、海底世界，或者是還未被人類探索過的月球環境，則完全是憑空虛構的。

想像不存在的「地理」，對創作者的意義究竟在哪裡？而這些虛構故事一出版就洛陽紙貴，對讀者的吸引力又是來自何者呢？人們為什麼會對這些「烏何有之鄉」感到興趣呢？

讓我們跳開來，先回頭想想「旅行文學」的魅力吧。

「歐爾思克是烏拉河在亞洲這岸的小城鎮，當馬車駛離鎮上最後一條街時，我心裡想著：『再會吧，歐洲！』我們接下來要穿越廣漠的吉爾吉斯大草原，它的範圍在裏海、鹹海、烏拉河和額爾濟斯河之間，草原上孕育許多野狼、狐狸、羚羊和野兔。吉爾吉斯的遊牧民族趕著牲口在大草原上逐水草而居，他們搭建黑色如蜂巢狀的毛氈帳篷，也在流入鹽湖的眾多小溪畔搭建蘆葦帳篷。一個稱得上富裕的吉爾吉斯人通常擁有三千頭綿羊和五百匹馬，一八五四年俄國人征服這部分大草原時曾興建過一些碉堡，至今仍有少數軍隊戍守⋯⋯。」

上面這段文字是我從瑞典籍大探險家斯文・赫定（Sven Hedin, 1865-1952）的自傳《我的探險生涯》（*My Life as an Explorer*, 1925）裡隨手摘出來的，那是斯文・赫定中亞探險，從俄羅斯草原向南正要進入中國新疆的一段旅程，章名叫做〈兩千哩馬車之旅〉，它代表的是旅行文學中常見而近乎標準的一種敘述語氣。

它圖像化的描述展開了一個充滿「異國情調」的景致，又佐以一種帶著知識權威的「科學語彙」（三千頭羊和五百匹馬，以及河流名稱和歷史年份），這些敘述建構了一個難以想像卻又「真實的」世界。

這樣的口氣有時候會突然轉為高度的驚悚性和戲劇性，譬如在同一本書裡頭的以下這一段：

「車夫慌亂粗野地吼叫，馬鞭舞得嘶嘶響，使勁催促馬匹前進，只見馬兒口濺白沫，前腳提起後直立地嘶鳴著，牠們身上每一條肌肉都在抽搐，接著奮力往下坡直衝，直到一半身體浸在水中才停下來。我們來到河道轉彎的地方，這時馬車右邊的兩個輪子仍然在結冰的坡道上，而左側的兩輪卻已滑入水裡了。這一切都在瞬間發生，眼看馬車橫衝直撞，我死命把身體緊靠著車篷右側，這當口馬匹全速向右轉，馬車在三呎深的河裡顛簸，由於衝力太猛，車篷頓時摔裂成片；前導的兩匹馬跌倒，韁繩雜亂地纏繞在牠們身上，差點慘遭溺斃。就在千鈞一髮之際，車夫縱身跳進河中幫跌倒的馬匹解開韁繩，河水深達他的腰部；突然間，上尉從座位上被甩了下來，和一塊冰塊撞個正著而血流如注。我的行李箱在水裡載浮載沉，只有箱子角露出水面……。」

對一位不曾身歷其境的讀者而言，這些緊張刺激的敘述足以讓你讀得血液沸騰，心跳狂飆，既恨不得參與其中的英雄行動，又慶幸不必身歷其險境。但閱讀本來就是一種「替代性」的經驗，你讀得心臟猛拍，又讀得汗流浹背，感覺上好像已經親身經歷了大冒險的行動。

何況旅行文學偶而還會出現平凡的真實人生做夢也難以想像的奇緣奇遇，讓你心慕神往，譬如斯文．赫定書中也有一段，當他來到帖木兒家鄉撒馬爾罕附近的部落：

「酋長撥出一棟堂皇富麗的宮殿供我使用，在為我接風的餐宴上足足擺上三十一個碩大的盤子，裡面裝滿了豐盛的食物。我的臥床舖著紅色絲緞，地板上舖的則是大張美麗的布卡拉地毯。真希望他們能讓我帶一兩張這樣的地毯回家！……」

一切情節都像是刻意設計，來滿足我們對異國、富裕、刺激又不受傷的幻想與願望，但這些故事出自真實的旅行家之口，它不是夢中之物，它是夢想成真，只是由別人「實現」，我們在一旁窺看而已。

但這是「探險與旅行」文類受讀者大眾接受的「心理基礎」了⋯⋯。

※

「一八八〇年四月二十四日，『維加號』（Vega）的汽笛聲響徹斯德哥爾摩港，整個城市瀰漫歡騰的氣氛。沿岸的樓房點綴著無數的燈籠和火炬，皇宮前用煤氣燈點亮裝飾成的『維加』兩字如同一顆閃亮的星，就在一片令人眩目的燈海中，這艘名聞遐邇的探險船輕緩地滑入港灣⋯⋯。」

這艘英雄式返航的「維加號」，其實是一艘「探險失敗的受難船」，船上領軍的是瑞典著名探險家諾登舍爾（Adolf Nordenskiold, 1832-1901），他率船出發，沿著歐洲海岸，直達最北端的北極海，試圖穿越北極找到直通亞洲的航道，那也就是當時航海界與探險界熱中想要尋找的「北方海路」（Northern Seaway）或「北方通道」（Northern Passage）。他的船隻在接近白令海峽之處被冰流凍住了，整整在北極圈內被困了十個月。那時全世界發動了幾個救援行動，其中包括一艘撞上冰山、折損大量船員生命的美國救難船。但「維加號」卻在第二年的冰融之際自動解困，因而穿越了北方通路，來到日本橫濱靠港。消息傳來，舉世稱幸，斯德哥爾摩全城更是洋溢著瘋狂歡欣的熱鬧氣氛。

「維加號」返航，成了斯德哥爾摩的大事，市民擠在港口等待船隻入港。人群當中包括了一位年僅十五歲的青少年，目睹此情此景讓他大受感動，四十五年後他在回憶錄裡還說：「當時，我和父母親、兄弟姊妹們一起站在斯德哥爾摩南邊的高地上，飽覽這場盛大的歡迎儀式。霎時，我被那股劇烈的狂喜和興奮俘虜了——終此一生，我未曾遺忘那一天的盛況，因為它決定了我未來的志業。聽著碼頭上、大街上、窗戶旁、屋頂上響起的熱情以及如雷的歡呼聲，我暗自立定了志向：『有朝一日，我也要像這樣的衣錦榮歸。』」

這位青少年長大，如願以償成了世界知名的大探險家，他的回鄉也同樣受到盛大熱烈的歡迎。他就是以中亞腹地探險、發現樓蘭遺址、並發明「絲路」一詞的瑞典探險家斯文．赫定，而上面的引文也都來自他的全球暢銷自傳《我的探險生涯》。

「旅行與探險」的各種書寫在十九世紀後葉受到廣大的歡迎，這個現象一直持續到至少第一次世界大戰之前。而旅行家與探險家的超高人氣，使他們看起來幾乎就像是今日的搖滾樂歌手或運動明星，斯文．赫定正是最後一代的這種文化明星。美國總統羅斯福第一次被別人介紹到斯文．赫定時，曾經激動地說：「你該不是說，這就是那位赫定吧？」反應和今日一位中學少女上車發現臨座的乘客是周杰倫沒有兩樣。

但我說那是「最後一代」家喻戶曉、廣受歡迎的探險家，在他之後，特別是二次大戰以後，探險家慢慢變成一種「專家事業」，他們的行蹤慢慢隱沒了，偶而有些報紙的頭條新聞，提到某幾個特別的成就，但引發的已經不再是那種顛倒眾生、風靡大眾的激情反應。就連我們當代最偉大的一位探險家艾德蒙．希拉瑞（Edmund Hillary, 1919-2008）最近逝世，我看所有的媒體只有「國家地理頻道」顯得有點激動（一連播了好幾個他生平事蹟的紀錄片），其他的報紙、電視台大多只是唸唸稿子、虛應故事而已，唸稿子的明眸皓齒女主播，恐怕根本不知道稿子裡的這個人是誰呢（無獨有偶，不久前我向一位搞電信的瑞典朋友提起我的偶像斯文．赫定，他也不知道赫定是誰）。

這也怪不得女主播或瑞典青年，誰叫他們生得晚，整個「探險時代」已經落幕，他們是錯過許多好戲了。

「探險時代」是何時結束的？英國探險家兼旅行史家波西．賽克斯（Sir Percy Sykes, 1867-1945）寫下他著名的《探險史》（*A History of Exploration*, 1934）時，在他心目中，探險時代早已經結束了。因為在到達北極、南極之後，地球上已經再沒有更高價值的「地理目標」讓探險家去追求了，從此之後，只有地表上的細節可供專家們去測量、描繪，那種讓探險家冒險馳騁、犯難摸索的空白之地已經是不存在了。

但對歐洲人而言，「大航海時代」帶來的「大發現時代」，是一場又一場的地理驚奇，也是一幕又一幕世界觀擴大重寫的過程。一四九二年，哥倫布（Christopher Columbus, 1451-1506）「發現」新大陸（這當然是針對歐洲中心來說的，對北美洲的原住民而言，你怎麼可能把他的家園當做人類發現？）；然後有第一位繞行環航整個地球的麥哲倫（Ferdinand Magellen, 1480-1521），然後又有幾乎測量了全球海洋道路的柯克船長（Captain James Cook, 1728-1779）。陸地上的探險家也出發了，他們的足跡走遍了非洲大陸與中部亞洲，這原都是歐洲不知道的地方。每一位航海家或探險家的旅程，幾乎就是歐洲人眼光的延伸。

雖然大詩人但尼生（Lord Alfred Tennyson, 1809-1892）有詩句說：「世界苦多，人生苦短。」（too many worlds, too little time.）然而對探險家而言，恐怕有

「世界苦少」之嘆。特別是經過群雄並起的十八、十九世紀，探險活動已經難以找到有意義的標地，所剩的幾個顯著目標像北極、南極、和喜瑪拉雅山，已經演變成「國際競賽」了，不再是心智與毅力的自我考驗。

在凡爾納的科幻小說出現以前，這個處境已經愈來愈明顯了。大體上，世界的基本面貌，已經在人類知識的掌握之中。想想看，如果不是大致上已經知道地球上的地理分佈與各國風情，你又怎麼寫得出《環遊世界八十天》呢？而如果這些知識不是已經普遍為一般人所熟知，你又怎麼能把小說讀得津津有味呢？《環遊世界八十天》的故事儘管是虛構的，但地理分佈與交通條件全部是有所本、與事實相近的，不然它就失去八十天日程的真實緊迫性，也就失去了讓你感到緊張刺激的樂趣。

如果《環遊世界八十天》小說的出現，代表了「世界地理知識」已經在作者與讀者之間成為一種溝通基礎，這可以倒過來說明了真實世界探索的終結，旅行是已經來到窮盡之處了。

但旅行窮盡處，正是幻想啟程之時。真實的探險遊記，對我們這些未曾啟程的閱讀者，不也是提供了幻想與作夢的靈感嗎？

是的，當世界混沌未明，充滿神秘，勇敢的探索者為我們「發現」更多的世界；但當世界已經明朗苦少，仍然有勇敢的書房夢遊者為我們「創造」更多的世界。這也許就是科幻小說的由來吧？

我這些聽來有點離奇乖謬的主張，也許讓人一下子摸不著頭腦，但讓我們試著來看看文學史上最早的科幻小說，看看它們的敘述體例與遊記寫作的關係，也許當中就藏有足夠的線索與證據。要從哪裡開始呢？就讓我們先來讀一讀凡爾納的《地心歷險記》吧⋯⋯。

※

地心如何旅行？

首先，當然，地面下必須有容身之處，也要有可遊歷之地。如果只是挖個地道深入地下，我們只是囚在封閉空間之中，那也不叫什麼旅行了。如果旅行所見，只有岩壁，那還不如讓一具地鑽鑽入地面，最多再在鑽頭上加裝鏡頭，對研究者來說，也就已經是「驚異奇航」了。

如果地球是空心的，地球中心別有洞天，那又如何？那當然多了周遊其中的物理空間。但另一個問題，如果地球表面之下充滿的是燃燒的岩漿，每下挖七十英尺溫度就升高一度，那麼到了地球的中心（四千英里或六千公里的半徑），地心的溫度就會高達二百萬度，就算只是到了薄薄一層的外層地殼（六十公里厚），溫度也已經是幾千度，不但旅行者很快就會成了烤雞灰燼，連隨身攜帶的金屬用具也都早就融化了，你還能怎樣旅行呢？

但「科幻小說之父」法國作家儒勒・凡爾納在寫《地心歷險記》時，並不是沒有考慮過這些問題的。

首先，他相信（或者有目的地相信）地球是中空的。地球中空理論由來已久，遠的神話不說（很多古人相信地底另有世界，不然怎麼會有「十八層地獄」這一類的概念？），近代科學家當中最早提出地球中空理論的，是英國的數學家兼天文學家哈雷（Edmond Halley, 1656-1742），也就是利用歷史資料準確預測「哈雷慧星」出現時間的那位哈雷。他提出地球中空的理論，估計外部地殼的厚度約為八百公里，地球內部另有兩層同心表層，並有一個核心。地球內部層自有兩個磁極，與地表以不同方向運轉（這解釋了羅盤有時候會異常的原因）。他又認為地球內部的大氣層能發光，內部或許能居住，而「極光」（Aurora Borealis）可能就是內部發亮大氣外洩的現象。

主張地球中空論的著名科學家還有瑞士數學家歐拉（Leonhard Euler,

1707-1783）和宣傳最力、擁有最多追隨者的美國理論家小西默斯（John Cleves Symmes Jr., 1779-1829）：兩人的理論都與哈雷略有不同，這裡不多描述了，最重要的是他們都相信地球南北極有裂口可通地心，小西默斯還提出組織探險隊前往北極，尋找通向地心的通道，後來為美國總統傑克遜（Andrew Jackson, 1767-1845）所阻。

這些背景，反映了凡爾納寫作《地心歷險記》時期所能掌握的知識。以我們今天的地球科學知識，當然可以指出這些理論假說都是錯的，但那個時代的知識界卻不能夠。

凡爾納的小說寫作一向試圖找到真實的科學基礎，在這一點上他是很絕頂認真的。另外一位「科幻小說之父」英國作家威爾斯（H. G. Wells, 1866-1948）在這件事上態度就不一樣，雖然對後代科幻小說的影響同等深遠。有一次，凡爾納讀到威爾斯寫的《人類初登月球》（*The First Men in the Moon*, 1901），大感憤怒不平，和朋友抱怨說：「我應用了物理原則。他卻隨手創造。…我用砲彈原理上月球，用大砲來發射。他卻想像一艘太空船，用了一種可以不管引力原則的金屬。…我倒要看看這種金屬，讓他變出來呀！」

的確，凡爾納的科學幻想小說走的是「硬派」路術，樣樣有科學根據，他的

《從地球到月球》比威爾斯早了三十六年，通篇幾乎在解決登陸月球的技術問題，事實上後來人類登陸月球用的也真的是大砲和彈道相似的原理（用火箭推送）。但在威爾斯的例子，他沒費什麼力氣，只說有一種反引力的物質叫Cavorite，輕輕鬆鬆就把人類送上月球。問題是，威爾斯感興趣的是社會問題，他的科幻小說都是極端的處境想像，再用它來闡釋他的社會主張。譬如他的名作《隱形人》（*The Invisible Man*, 1897），他也不曾解釋使人隱形的科技基礎是什麼，但他卻用這個故事深刻地講出了科技應用的道德風險。

可能是凡爾納應用的科學知識都有當時的知識根據，這也使得他的科學性衰退得特別快，就像《地心歷險記》的地球中空理論。但也因為凡爾納事事有現時現地的基礎，因而也就幫我們留住某些思想和態度的時代氛圍來。

《地心歷險記》以一位博學而急躁的德國科學家李登布羅克（Lidenbrock）為中心主角（好萊塢電影《回到未來》裡的瘋狂科學家就是用這個角色得來的靈感），通過他的侄子兼助手艾克索（Axel）的敘述。先是科學家在古書中發現一張寫著密碼的羊皮紙，解開秘密後發現是古代冰島人提到前往地心旅行的通道位置，他們立刻前往冰島尋找那個可以進入地心的火山口。

當然，地底溫度一事剛才我們還沒解決，科學家的侄子也和我們一樣擔憂，他忍不住問：「地球裡面的物質都是白熱化的氣體，因為金屬、黃金、白金和最硬的岩石都無法抵擋那樣的高溫。因此我完全有權提出這樣的疑問：有可能進入到那種地方去嗎？」

科學家李登布羅克開始使出渾身解數，旁徵博引，從法國數學家兼物理學家波瓦松（Semeon Danis Poisson, 1781-1840）講到英國化學家亨佛利．達威（Humphry Davy, 1778-1829），從地球內部何以不可能是二百萬度高溫講到何以地球內部不可能全是氣體或液體或重礦石。年輕侄子被他的博學和研究激情感染了，他熱切地回應說：「我們會看到的，如果是在那裡真能看到東西的話。」科學家叔叔豪情萬丈地說：「為什麼不呢？我們還可以期望在那裡有電的現象，給我們照明；甚至在接近地心的時候，還有大氣壓力，使它發出光亮。」

而李登布羅克的這段話（或者說凡爾納的話），現在我們完全明白那是從天文學家哈雷的理論來的。

出發的日子到了，我在這裡一方面指的是科學家和他侄子的旅程，一方面要提醒自己我正試圖把科幻小說的起源和旅行文學結合起來。是的，如果你讀《地心歷險記》，你會看見一種熟悉的敘事體例，那是達爾文（Charles Darwin, 1809-1882）的《小獵犬號航海記》（*The Voyage of the Beagle*, 1839）或者華萊士（Alfred Russel Wallace, 1823-1913）的《馬來群島自然考察記》（*Malay Archipelago*, 1869），或者其他維多利亞時期科學考察遊記典型的寫作風格。

寫作者詳細記錄沿途所見，包括車次、航班、日期、天氣，並敘述他對景物、自然環境、人文風俗等的觀察與感受。是的，《地心歷險記》也是這樣啟程的，他們從德國漢堡出發，穿越德國北部，進入丹麥，一路直往冰島的雷克雅未克（Reykjavik），途中所記錄的鐵路時刻表、航線航班表全部是真的，冰島的地理、人文的描述也完全是準確的，連經度、緯度、溫度都正確無誤，作者甚至提供了冰島的獨特風情：冰河、難以下嚥的怪食物（放了二十年的酸牛油和魚乾）、暴風雪、痲瘋村和日不落的永晝。

可以說，一直到火山口之前，凡爾納的描繪簡直就是一流的遊記。不，我這樣說是不對的，進了火山口之後，也就是我們的主人翁開始他們的地心之旅，他的敘述語調也沒變，他一路還要記錄更多的景觀、新發現的動物、植物以及旅行的意外與遭遇，我們讀到的仍然是一流的「旅行敘述」（travel narrative），只是，這些地景地物是真實人生找不到的了⋯⋯。

※

「…一月十五日，他帶密勒斯和一支狗隊出發去小屋岬，那是在此去南面十五哩處。他們越過冰河舌，在那裡發現一袋壓縮草料和玉米，是沙克爾頓遺留的。西南的未凍海水幾乎漫及冰河舌。

抵達小屋，史考特驚駭地發現屋裡全是雪與冰。這很嚴重，而且後來我們才知道，飄來的雪向下滲漏成冰，屋子裡整個變成大冰塊。冰中有一排箱子，是『發現號』留下作補給品的。我們知道裡面全是餅乾…。」

熟悉探險史的朋友，讀到引文中有「史考特」之名，又看到冰封雪凍的場景，應該已經猜到這指的是前往南極探險的悲劇英雄英國探險家羅勃．史考特（Robert Falcon Scott, 1868-1912）。沒有錯，上述引文是從艾普斯雷．薛瑞．吉哈德（Apsley Cherry-Garrard, 1886-1959）所寫的探險經典《世界最險惡之旅》（*The Worst Journey In the World*, 1922）書中摘出的。但我的原意並不是要在這裡介紹這場悲壯動人的極地探險故事，也不是介紹這位史考特探險隊中年輕隊員作家和他的作品，我只是要展示一段常見的「旅行敘述」（travel narrative）文體。

因為我們還可以再看看下面的一段文字：

「……六月十九日，約有一哩路，一冰島哩，我們完全走在火山溶岩地面，這種地面在當地被稱做『賀倫』（hraun）。溶岩上的皺摺像繩索一樣，有時舒展，有時捲曲，還有好大一片溶岩就垂掛在附近的山上，見證了這些熄火山昔日的猛烈。即使是現在，我們也還隨處看得到地底熱泉冒出的蒸汽。

我們沒有時間檢視這些地理現象，我們必須趕路。不久，我們騎下的牲口又再度踩入沼澤地中，四處散見大大小小的湖泊。我們向西前進，繞過了法克隆（Faxa）大海灣，斯耐弗山披著白雪的頂峰出現在雲間，距離已經不到五哩路了……。」

這段口氣、結構、風格都與「旅行敘述」相似的文字，實際上是來自法國作家儒勒．凡爾納的《地心歷險記》，一部所謂的「科幻小說」作品，也就是「純屬虛構」的意思，但為什麼它的敘述文體和旅行探險文學如此相像？

事實上，這一段文字所記錄的景觀現象，全部都是事實。我在上次已經說過，《地心歷險記》裡的故事在主角們進入火山口以前，「途中所記錄的鐵路時刻表、航線航班表全部是真的，冰島的地理、人文的描述也完全是準確的，連經度、緯度、溫度都正確無誤」。我們還要再看一段文字，才能完全明白凡爾納在創作上的某種「設計」：

「⋯五百碼外，在陡峭的懸崖盡頭，一片高大茂盛的樹林出現了。樹林長滿中等高度的樹木，樹形呈規則傘形，有著清晰的幾何輪廓。風勢似乎對樹葉沒有影響，儘管大風勁吹，那些樹木仍然如堅硬的杉木一般，屹立不搖。

我快步向前，想要指認這些奇特物體的名稱。它們是在世界已知的二十萬種植物之外的物種嗎？或者它們是屬於某種特別的湖沼類植物？不，都不是。等我走到它們的樹蔭之下，我的驚訝已經轉為讚嘆。事實上，我發現我其實是面對著一種地球上的作物，只是體形巨大得多，我的叔叔立刻就叫出了它們的名字⋯。」

那是一片蘑菇林，只是這些白蘑菇都像樹木那麼高大，高到十幾公尺。這當然是虛構想像的奇觀，但作者還在書中引經據典說，根據布雅德（Bulliard）的研究，有一種學名叫 Lycopodon giganteum 的大型菇類，菇傘圓周可達三、四公尺，好像要證明更大的菇類並非不可能。書中提到的布雅德也真有其人，全名是皮耶・布雅德（Pierre Bulliard, 1742-1793），是有點冷門的法國植物學家，專長就是菇類。

但是，這就是凡爾納創作上精巧之處了。小說大部分用旅行敘述的文體寫成（除了開場發現古老羊皮紙秘密的部分，那是用類似推理小說的敘述方法寫成），並且加註了日期，雖然通過某一位主角的主觀觀點寫成，口氣卻傾向於科學觀察般的冷靜客觀。旅行的前半段（從德國漢堡經丹麥到冰島，一直到了位於北緯六十五度、高度一千五百公尺的斯耐弗火山），完全是「真的」（都有真實的依據）；但從火山口往下，前往地心的路上，想像的成份逐步增加（一開始關於地層的描述，也都是有地質學依據的），直到穿過岩層，來到完全想像的地域⋯⋯。

從火山口前往地心的路程，也真的是「初極狹，才通人」，走了一段時間，就「豁然開朗」。博學而急躁的德國科學家李登布羅克和侄子助手艾克索、嚮導漢斯深入到了地心世界，那裡不但空間廣大，上有天空（或者一種天花板式的圓頂蓋，畢竟他們是在地底呀），下有芳草地，還有各種稀珍動物和植物。他們還撞見一片一望無際的大海（這真是名符實的「地中海」了），做了一艘木筏之後，他們就「乘桴浮於海」了⋯。

他們當然還要歷經許多冒險，看見許多不可思議的景觀，才要以奇特的方式回到地球表面，我在這裡不能細說了。但也許我們已經都看出來，凡爾納使「幻想」變得可信的方法，是讓它「真幻交揉」。前面的描述都是真的，像個科學考察者的日記一樣，在某月某日之後，小說就走出真實地理的邊境，走進幻想的偉大世界。那一條邊境線隱而不顯，讀者是不易察覺的，由真入幻的過程自然流暢，或者我可以說，你是在真實的「催眠」之下緩緩進入幻想的甜美「夢鄉」。利用真實細節堆砌起信賴感，最後要你不知不覺相信摻入的虛構成份，這種寫作技巧從《魯賓遜漂流記》以來，就是很多作家擅長的了。

這種「假的旅行文學」延續了「旅行文學」的閱讀興趣與熱情，也正是因為真實的旅行探險已經來到「山窮水盡疑無路」的地步，作家筆鋒一轉，把你帶進「初極狹，才通人」的地底通道，你才發現原來地底下「柳暗花明又一村」，真實世界苦少，幻想世界的探索卻還沒真正開始呢。

我想，也正因為作家是在尋找「另一種旅行」，想尋找新的旅行來替代已經青黃不接的「旅行文學」，作家才會把他一系列想像小說訂名為「不尋常的旅行」；凡爾納本來想延伸旅行文學的生命，想延續探險家的冒險精神，想為世人繼續尋找更多我們還未知悉的世界，但旅行窮盡的世界畢竟是窮盡了，作家只好向更空曠的地方追尋，他為我們找到地心，他為我們找到海底，他為我們找到月球⋯⋯。後來的作者接續下去，他們就會找到外太空，找到意識世界或者電腦的數碼世界，這些新開發的世界之旅，後來我們熟知的型式就是所謂的「科幻小說」了⋯⋯。

※

旅行就是想像，想像就是旅行。

旅行與探險敘述之所以迷人，正因為它所敘及的地理面貌與風土人情是如此的遙遠、怪異、不像真實；或者應該說，它太不像聆聽者自己熟悉的世界，閱讀經驗本身就洋溢著想像（或不可想像）的色彩，更能激發閱讀者對自身世界無限可能的想像。因為，閱讀者一面對新奇事物嘖嘖稱奇，一面也不免陷入思索，世上如果真有奇特的人種、文化或文明如斯者，那就意味著我們人生的另一種可能也就像這樣。異文化有時候就是新選擇（不然為什麼有考察或觀摩的旅行呢），一種與我們自身世界的「對照性」，我們的人生也因而就隱藏了一種新選擇（顯然我們既有的人生並不是唯一的選擇）。

當然，異地理與異文化之所以為「異」，就像東晉郭璞注《山海經》時所說的：「物不自異，待我而後異，異果在我，非物異也。」但物又為什麼會因我而異？那是因為「人之所知，莫若其所不知」（我們不知道的事比知道的大得太多了，這是莊子的話）；而人所不知之事，有時也有身處地理的限制，北方遊牧民族看到粗麻，不知道可以織布；南方越人看到羊毛，不知道可以織毯（「夫胡人見黂，不知其可以為布也；越人見毳，不知其可以為旃也」），都是缺乏「在地經驗」的緣故；「夫翫所習見而奇所希聞，此人情之常蔽也」，又有什麼奇怪呢？

「想像的旅行」也完全具備這種特質，它有時候還更遙遠、也更怪異，與我們自身世界的對比更強烈。它雖是想像與虛構，但從旅行文學的閱讀經驗延伸來看，它只不過更像是「行走到更遙遠的地方」。和真實的旅行文學一樣，它也提供了另一個世界的經驗、另一種文明樣態、另一套文化價值、另一種生活方式，甚至是另一組全然更新的視覺經驗（眼前的風景與生態是不同的，相處的民族服飾與風俗是不同的，建築是不同的，連廟宇的型式與崇拜的神祇都是不同的……），和旅行所見一樣，它也提供了我們人生的另種新選擇。

科幻小說就是一種這樣類似行走到更遠地方的「情感重演」，科幻創作者顯然也是從旅行文學裡得到啟發，進而「複製」了一場旅行。我們不光是從還在旅行與科幻的邊界摸索的科幻小說之父儒勒・凡爾納身上看到這樣的例子，甚至到了一九六六年初次面世、至今重拍多次、歷久不衰的科幻電視系列《星際爭霸戰》（*Star Trek*, 香港又譯《星空奇遇記》），故事中不斷地「旅行」（並佐以艦長的旅行日記），不斷地遇見異種族與異文化，仍然是科幻文本的基本敘述型式，即使科幻文類已經誕生一百年，它的面貌已經多元發展，變化到難以辨認的地步，但這些例子還是讓我們再一次察覺到科幻小說與旅行文學之間難分難解的「血緣關係」。

從旅行文學得到啟發的創作不限於「科幻小說」，另一些無意於「科」、只在意「幻」的作品，也值得一提。譬如就拿每個小孩都愛讀的《魯賓遜漂流記》（*The Life and Adventures of Robinson Crusoe*, 1719）來說吧，這是英國作家狄福（Daniel Defoe, 1661-1731）初試小說創作的經典之作（他寫第一部小說時已經五十八歲了），這當然也是「想像的旅行」的代表作。

狄福的寫作策略是使故事儘可能像是真的，甚至初次出版時書本上的作者也署名「由魯賓遜・克魯梭本人所撰寫」（written by Robinson Crusoe himself）；

書中所述是第一人稱口吻，句子淺白曉易，加上許多描繪細節真實無比，是史上第一部發展出「寫實」技巧的小說。小說家吳爾芙（Virginia Wolfe, 1882-1941）有一次說，長大後發現原來《魯賓遜漂流記》有一個「作者」（而不是魯賓遜本人），這件事讓她悵然若失了好久，可見小說「以假亂真」的高明程度。《魯賓遜漂流記》小說裡的荒島，地理、地形、地物均有細節描述，魯賓遜如何渡河、攀山、造屋、撿拾海龜蛋，乃至於發現島上海鳥不怕人，都有栩栩如生的描繪，無一不似真實的地理敘述。比起來，莎劇《暴風雨》（*The Tempest*, 1611）當中普洛斯斐洛（Prospero）所居的荒島，雖然也是一座「幻想之島」，但島上有仙有妖，無意於「寫實」，你也只能當它是故事的佈景，沒人會誤以為它真實存在。

一個人如何在荒島上孤獨地「重建文明」（從一無所有到衣食無虞），這個由《魯賓遜漂流記》率先提出的主題，深深吸引後來的作家，紛紛創作出一系列可以統稱為「魯賓遜式文學」（Robinsonnade）的作品，這些追隨者的作家中，就包括了科幻小說之父儒勒．凡爾納，他的《十五少年漂流記》就是魯賓遜漂流記的青少年版，原來的書名是《兩年假期》（*Deux ans de vacances*, 1888），但日本將它譯做更直接的《十五少年漂流記》，連帶台灣也受影響了。

想像的地理，從《魯賓遜漂流記》開始，想像者被期待必須「寫實地」（也就是以假亂真地）描繪想像之地的地形、地貌、地物，甚至包括動植物生態、人文、建築、與風土人情，也就是說，你必須「憑空建造」關於一個地方全面而完整的描述，你的描寫能力不能再是平面的，而必須是「空間的」。

對一個地方的「全方位敘述」，那幾乎就是古時候「地誌學」（topography）的概念了，創作者因而必須有一整套「想像的地誌學」的能力，才能夠可信地「建造」一個「虛構的地理」以及它的相對情境，再把某一個人物放入其中去旅行，這樣就造就了後來的科幻小說。科幻小說先從「地理的旅行」，一路走到「更遙遠的地方」，這些地方從地底、海底開始，然後再到月球、火星，最後才走到外太空、太陽系外，當然也包括我們還不曾知悉的星系。

小說家後來又想到「空間軸」之外的另一軸：「時間軸」，把角色送到「另一個時間」去旅行，這個概念從威爾斯的〈時光機器〉開始，到了法蘭克・赫伯（Frank Herbert, 1920-1986）的《沙丘魔堡》系列小說（*Dune Saga*）裡，為小說中建造的世界描寫出「全史」，連時間軸也用盡了，不過這是後話了。

從旅行文學來到科幻小說的路上，另一個副產品也就是這些獨立存在的「想像地誌」，創作者只建構「想像地理」，並不一定建構發生在這地理之上的故事。日本作者谷川渥甚至為文學史上各種「虛構地理」寫下堪稱博大精深的《幻想的地誌學》（筑摩書屋，2000，中譯本台灣邊城出版，2005），讓我們看見虛構地理幾乎已經凌駕真實世界的規模。

「想像地誌」後來更是「視覺時代」的新場域，最近來台灣參加國際書展的法國插畫家普拉斯（Francois Place, 1957- ），帶來他耗時五年的三卷插畫力作《歐赫貝奇幻地誌學》（*Atlas des géographes d'Orbae*, 1996-2000），在台灣掀起一陣旋風，這也是近年在想像地誌領域的經典之作，也許只有詹姆士．葛尼（James Gurny, 1958- ）的《恐龍國》（*Dinopedia*）系列創作堪與比擬。相較於《歐赫貝奇幻地誌學》的英文版只出一卷就無下文，中文世界的讀者顯然比較有福氣。

科幻電影當然也是「想像地誌」的重要貢獻者，光是〈《異形》第一集（*Alien*, 1979）開場在陌生地景看見異形蛋的一幕，已是想像旅行的視覺頂峰。但不管插畫或影視，都使得「地誌學」一詞覺得詞窮，也許借用希臘古地理學家托勒密（Ptolemy）的古字「地理圖誌」（Chorography），比較容易描述這些新型態的創作。